조선후기 통신사 필담창화집 번역총서 11

雞林唱和集

계림창화집

조선후기 통신사 필담창화집 번역총서 11

雞林唱和集

계림창화집

구지현·임채명 역주

보고사

이 역서는 2008년도 정부재원(교육과학기술부 학술연구조성사업비)으로 한국연구재단의 지원을 받아 연구되었음(KRF-2008-322-A00073)

이 번역총서는 2012년도 연세대학교 정책연구비(2012-1-0332) 지원을 받아 편집되었음.

차례

◇ 계림창화집 鷄林唱和集 권지팔 卷之八

◇ 계림창화집 鷄林唱和集 권지십일 卷之十一

◇ 영인자료 [우철]

일러두기

1. 통신사 필담창화집 번역총서는 제1차 사행(1607)부터 제12차 사행(1811)까지, 시대순으로 편집하였다.
2. 각권은 번역문, 원문, 영인자료(우철)의 순서로 편집하였다.
3. 300페이지 내외의 분량을 한 권으로 편집하였으며, 분량이 적은 필담창화집은 두 권을 합해서 편집하고, 방대한 분량의 필담창화집은 권을 나누어 편집하였다.
4. 번역문에서 일본 인명과 지명은 한국 한자음 그대로 표기하고, 처음 나오는 부분의 각주에 일본어 발음을 표기하였다. 그러나 번역자의 견해에 따라 본문에서 일본어 발음대로 표기를 한 경우도 있다.
5. 번역문에서 책명은 『 』, 작품명은 「 」로 표기하였다.
6. 원문은 표점 입력하였는데, 번역자의 의견에 따라 표기하는 것을 원칙으로 하였지만, 가능하면 한국고전번역원에서 정한 지침을 권장하였다. 이 경우에는 인명, 지명, 국명 같은 고유명사에 밑줄을 그어 독자들이 읽기 쉽게 하였다.
7. 각권은 1차 번역자의 이름으로 출판되었는데, 최종연구성과물에 책임연구원과 공동연구원의 이름이 반드시 들어가야 한다는 한국연구재단의 원칙에 따라 최종 교열책임자의 이름으로 출판되는 책도 있다.
8. 제1차 통신사부터 제12차 통신사에 이르기까지 필담 창화의 특성이 달라지므로, 각 시기 필담 창화의 특성을 밝힌 논문을 대표적인 필담 창화집 뒤에 편집하였다.

상업출판 필담창화집의 집대성 『계림창화집』

1. 개요

1711년 통신사가 일본에 갔을 때 조선인과 일본인 사이에 이루어진 필담창화를, 일본 교토의 서사(書肆) 주인인 세오 고레타카[瀨尾維賢, 1691~1728]가 대대적으로 수집하여 1712년 규문관(奎文館)에서 15권 8책으로 간행한 목판본 필담창화집이다.

판심제(版心題)는 계림창화집(雞林唱和集)이고, 간기(刊記)는 "正德壬辰夏五月御書物所出雲寺和泉掾瀨尾源兵衛御書物所唐本屋淸兵衛合刻"라고 되어 있다.

2. 저자사항

편자인 세오 고레타카는 자는 준부(俊夫), 호는 용졸재(用拙齋), 별호는 규문관(奎文館)이다. 이토 진사이[伊藤仁齋, 1627~1705]에게 유학을, 이리에 자쿠스이[入江若水, 1671~1729]에게 한시를 배웠다. 본래 가업인 서사(書肆)를 이어받아, 자신의 저서 및 이토 진사이 부자, 이리에 작스이의 저서를 출판하였다. 그의 서사에서는 주로 유학 서적 및 한문

문집, 시집 등이 출간되었다. 1711년 통신사가 왔을 때 이루어진 필담 창화 기록을 널리 수집하여 이 『계림창화집』을 출간하였다.

『계림창화집』에 등장하는 조선인은 9인이다.

정사 조태억(趙泰億, 1675~1728)의 본관은 양주(楊州), 자는 대년(大年), 호는 겸재(謙齋)·태록당(胎祿堂)이다. 1693년(숙종 19) 진사가 되고, 1702년 식년문과에 을과로 급제, 검열·지평·정언 등을 지냈다. 1707년 문과중시에 병과로 급제하였고, 이조정랑·우부승지·대사성을 역임하였다. 1711년 통신사 정사로 일본에 다녀왔고 이듬해 막부의 장군을 "대군(大君)"이 아닌 "국왕(國王)"으로 표기한 일본의 국서가 격식에 어긋났다는 이유로 관작이 삭탈되고, 문외출송(門外黜送)되었다. 1722년 대제학이 되었고, 공조판서·예조판서·우의정 등을 역임하였다. 1725년(영조 1) 사간 이봉익(李鳳翼), 지평 유복명(柳復明) 등의 청으로 판중추부사로 전직되었으나 곧이어 삭출(削黜)되었다가 1727년 정미환국으로 다시 좌의정에 복직되었다. 1755년 나주괘서사건(羅州掛書事件)으로 관작이 추탈되었다. 저서로 문집인 『겸재집』이 있다. 시호는 문충(文忠)이다.

부사 임수간(任守幹, 1665~1721)의 본관은 풍천(豊川), 자는 용여(用汝), 호는 돈와(遯窩)이다. 1694년 알성문과에 병과로 급제, 정언을 거쳤고 1707년 사직으로 문신중시(文臣重試)에 병과로 급제하였고, 1709년 사가독서를 하였다. 1711년 통신사 부사가 되어 일본에 파견되었고 이듬해 조태억과 함께 삭탈관작 되었다. 1720년에 재기용되어 승지에 올랐다. 저서로 『돈와유집(遯窩遺集)』이 있다.

종사관 이방언(李邦彦, 1675~1723)의 본관은 전주(全州), 자는 미백(美

伯), 호는 남강(南岡)이다. 1702년 식년시에 합격, 사간원 정언, 사헌부 지평(持平)을 역임하였다. 1711년 종사관(從事官)으로 일본에 다녀왔다.

제술관 이현(李礥, 1654~?)의 본관은 안악(安岳), 자는 중숙(重叔), 호는 동곽(東郭)이다. 숙종 23년(1697) 중시(重試)에 합격한 후 호조정랑(戶曹正郎)에 제수되었는데, 서출(庶出)로서 청직(淸職)에 임명된 것에 반발하는 여론 때문에 곧 정체(呈遞)되었다. 1711년 통신사 제술관(製述官)에 임명되어 일본에 다녀왔다. 그 후 벼슬을 한 기록은 없다.

정사서기 홍순연(洪舜衍, 1653~?)의 본관은 남양(南陽), 자는 명구(命九), 호는 경호(鏡湖)이다. 무오(戊午, 1678)년에 증광시 생원(生員)이고, 을유(乙酉, 1705)년에는 증광시 문과에 합격하였다. 1711년 일본에 다녀왔다. 그 후 중국으로 간 후 돌아오지 않았다.

부사서기 엄한중(嚴漢重, 1665~?)의 본관은 영월(寧越), 자는 자정(子鼎), 호는 용호(龍湖)이다. 숙종 32년(1706)년 정시 문과에 급제하였다. 교서관 부정자, 박사 등을 거쳐 고창현감, 성환찰방, 고성현령 등 지방관을 역임하였다. 1711년 부사 서기로 일본에 다녀왔다. 돌아온 후 상운찰방 등을 역임하고 군직에 부쳐졌다.

종사관 서기 남성중(南聖重, 1666~?)의 본관은 의령(宜寧), 자는 중용(仲容), 호는 범수(泛叟)이다. 1655년 조선통신사의 종사관으로 일본에 다녀온 호곡(壺谷) 남용익(南龍翼)의 서자이다. 1711년 종사관 서기로 일본에 다녀왔다. 그 외 생애는 자세하지 않다.

그 외 양의 기두문(奇斗文)과 역관 정창주(鄭昌周, 1652~?)가 있다. 기두문의 생애는 알려져 있는 바가 없고, 정창주는 본관이 온양(溫陽)이고, 1675년 역과에 급제한 사실이 알려져 있다.

『계림창화집』에 등장하는 일본인은 102명이다.

쓰시마인으로 아메노모리 호슈[雨森芳洲, 1668~1755], 마쓰우라 가쇼[松浦霞沼, 1676~1728], 시오카와 슌슈[鹽川春洲], 아지키 호슈[味木鳳洲]이다.

아메노모리 호슈의 이름은 준량(俊良)·성청(誠淸), 자는 백양(伯陽), 통칭은 동오랑(東五郎), 호는 방주(芳洲)·상경당(尙絅堂)·귤창(橘窓)이다. 조선에서는 우삼동(雨森東)이라는 이름으로 알려져 있다. 오우미국[近江國, 현재의 시가현] 출신. 일설에는 의사인 아버지가 개업하고 있던 교토[京都]라고도 한다. 18세경에 에도에서 기노시타 준안[木下順庵]의 문하에 들어갔으며, 아라이 하쿠세키[新井白石]·무로 규소[室鳩巢] 등과 함께 목문(木門)의 5선생이라는 존칭을 받게 되었다. 1689년 22세 때 스승의 추천으로 쓰시마[對馬]에서 일하기 시작했다. 직무상 조선 관계의 제반 일에 관여하였기 때문에 중국어와 조선어를 습득하였고, 통신사가 일본에 올 때 신몬야쿠[眞文役, 외교문서의 해독 및 기초]이 되어 에도[江戶]에 수행 또는 참판사(參判使)나 재판역(裁判役) 등 외교사절로서 조선에 가는 조일외교(朝日外交)의 실무에 정통하는 등 다른 유자(儒者)에게 볼 수 없는 이채를 발하였다. 막부와의 절충에도 진력하여 도쿠가와 이에노부[德川家宣]의 정치고문이 된 하쿠세키[白石]와 통신사의 대우나 국왕 호(號)의 개변(改變)을 둘러싸고 의론을 격렬하게 벌였고(1711), 무역입번(貿易立藩)인 쓰시마의 입장에서부터 은 수출에 관계되는 경제논쟁을 전개하였다. 향보(享保) 6년(1721) 번내(藩內)에 조선 역관에 의한 밀무역사건이 발생하자 조용하고 원만히 처리해서 유착을 도모하는 번 당국에 대해, 마쓰우라 가쇼와 함께 이후의 밀무역 근절을 위해 엄벌주의를 내용으로 한 『잠상의론(潛商議論)』으로 반론하였다. 이때 자기의 의견이 용인되지 않자 사임하고 은거를 도모하는 등의 방식으로 당국에 저항하였으며, 번정(藩政)에 대해서도 엄격한 태도로 임하였다. 이러한 체험을 통해 참된 교류가 무엇인가를 항상 묻기를 계속하여 이윽고 『교린제성(交隣提醒)』(1728)에 "서로 속이지 않고[不欺], 다투지 않으며[不爭], 진실로 교제함을 성신 (誠信)이라고 말합니다."라고 하는 성신외교(誠信外交)의 도를 설명했다. 이 지론에 공감한 역관 현덕윤(玄德潤)은 왜관(倭館)의 역관옥(譯官屋) 개축 시 '성신당(誠信堂)'이라고 명명하였으며, 그 뜻에 대해 호슈가 『성신당기(誠信堂記)』(1730)를 지은 일화(逸話)는 유명하다. 또한 교류의 장에서 중요한 역할을 다하는 통역을 조명해서 그 대우개선을 도모하는 한편, 향보 12년(1727) 후진교육을 위해 번(藩)을 설득해서 조선어통사양성소(朝鮮語通詞養成所)를 쓰시마 후추[對馬府中]에 창설했다. 메이지 시대까지 많은 통사를 배출시킨 이 학교에서는 재지(才智)·독실(篤實)·학문(學問)을 겸비한 통사 육성을 이상(理想)으로, 자신의 교과서인 『교린수지(交隣須知)』나 당시 경시되고 있던 한글로 쓰인 소설을 교재로 사용하는 등, 호슈의 독자적인 교육이념과 방법을 펼쳤다. 80세가 넘어서도 여전히 향학심이 쇠퇴하지 않아 『고금화가집(古今和歌集)』1천 편을 소리내어 읽었고, 1만 수(首)를 목표로 와카(和歌)를 짓기도 하였다. 저서로 『방주영초(芳洲詠草)』·『다파례구좌(多波禮具佐)』·『치요관견(治要管見)』·『인교시말물어(隣交始末物語)』·『전일도인(全一道人)』·『조선풍속고(朝鮮風俗考)』·『천룡원공실록(天龍院公實錄)』·『조선천호연혁지(朝鮮踐好沿革志)』·『귤창다화(橘窓茶話)』 등이 있다.

마쓰우라 가쇼의 이름은 의(儀)·윤임(允任), 자는 정경(禎卿), 호는 가쇼(霞沼), 통칭은 의우위문(儀右衛門). 하리마[播磨] 출신이다. 어려서 난부 소주[南部草壽]로부터 학재(學才)를 격찬 받았고, 13세에 쓰시마에서 일하기 시작했다. 기노시타 준안에게 배웠으며, 시문에 뛰어나 목문십철(木門十哲)의 한 사람으로 꼽혔다. 동문인 아메노모리 호슈의 사위가 되었고, 그와 함께 조선통신사의 응접을 담당하였고, 조선시대 한일관계 외교자료집인 『조선통교대기(朝鮮通交大紀)』를 편찬하기도 했다. 기타 저서로는 『하소시집(霞沼詩集)』이 있다.

시오카와 슌슈, 아지키 호슈 역시 쓰시마에 고용된 유학자인 것으로 추정되나 생애는 미상이다.

에도에서 만난 막부 소속의 유신(儒臣)으로, 하야시 호코[林鳳岡, 1645~1732], 하야시 류코[林榴岡, 1681~1758], 하야시 다이쇼[林退省], 하야시 가쓰로[林葛廬], 히토미 도겐[人見桃原, 1670~1732], 히토미 고산[人見香山, 1669~?], 히토미 셋코[人見雪江], 쇼료 겟센[庄良月川], 와다 기안[和田幾菴], 야스미 단안[安見湛菴], 후카오 진테이[深尾訒亭, 1640~1715], 후카오 쇼사이[深尾省齋, 1671~1719], 가쓰라야마 가쿠테이[桂山鶴汀, 1679~1749], 도쿠리키 교켄[德力恭軒, 1662~1738], 아키야마 다쿠카[秋山卓窩], 쓰다 니스이[津田二水], 사사키 치안[佐佐木池菴, 1650~1722]이 있다. 이 가운데 생애가 알려진 인물은 다음과 같다.

하야시 호코의 이름은 당(戇)·신독(信篤), 자는 직민(直民), 통칭은 춘상(春常), 별호는 정우(整宇)이다. 막부 최초의 유신인 하야시 라잔[林羅山]의 손자로 가학을 이었다. 도쿠가와 쓰나요시[德川綱吉]의 명으로 가미노시노부가오카[上野忍岡]의 저택 내의 공자 사당을 유시마[湯島]

쇼헤이자카[昌平坂]으로 옮겼다. 또한 다이가쿠노카미[大學頭]에 임명되었다. 저작으로는 『사서강의(四書講義)』, 편저로는 『무덕대성기(武德大成記)』 등이 있다.

하야시 류코의 이름은 부(怤)·신충(信充), 자는 사후(士厚), 통칭은 칠삼랑(七三郞), 별호는 복헌(復軒)·쾌당(快堂)이다. 하야시 호코[林鳳岡]의 아들로, 1723년 다이가쿠노카미[大學頭]가 되어 다음 해 하야시가[林家] 4대째를 이었다. 1743년 도쿠가와 이에하루[德川家治]의 시강(侍講)가 되었다. 저작으로는 『시법여측(詩法蠡測)』, 『본조세설(本朝世說)』이 있다.

히토미 도겐의 이름은 기(沂)이다. 하야시 가 외에 최초로 막부의 유신이 된 히토미 지쿠도[人見竹洞]의 아들이다. 아버지의 뒤를 이어 막부에서 일하였다.

후카오 진테이 이름은 직(直)·영상(永常), 자는 자방(子方)이다. 하야시 라잔[林羅山]의 문하에서 배워 효조쇼[評定所]의 유관으로 일하였다.

후카오 세이사이의 이름은 겸(謙)·영상(永相), 자는 치공(致恭)이다. 후카오 진테이[深尾訒亭]의 아들로, 아버지를 이어 효조쇼 의 유관으로 일하였다.

가츠라야마 가쿠테이의 이름은 의수(義樹), 자는 군화(君華), 통칭은 삼랑좌위문(三郞左衛門), 별호는 천수(天水)이다. 하야시 호코의 제자로 막부의 유관이 되었다. 1734년 쇼모츠부교[書物奉行]으로 임명되어 막부 문서의 교정을 담당하였다.

도쿠리키 교켄의 이름은 양현(良顯), 자는 자원(子原), 통칭은 십지승(十之丞)이다. 사누키[讃岐 : 현재의 가가와현]출신으로, 에도에서 하야시 호코에게 배웠다. 막부에서 일하였고 1718년 효조쇼의 유관이 되었다.

사사키 치안의 이름은 현룡(玄龍), 자는 환보(煥甫), 통칭은 만차랑(萬次郎)이다. 서예에 뛰어났다. 막부에서 일하였고 아우 분잔[文山]과 함께 중국풍, 조선풍의 서체를 구사한 것으로 알려져 있다.

나머지는 생애가 정확히 알려져 있지 않으나, 하야시 가[林家]의 일원이거나 이들의 문인으로서 막부의 유신으로 활동하던 인물들이다.

에도에서 만난 일본인으로, 이다 도케이[飯田東溪, 1660~1738], 우에시마 네이사이[上島寧齋], 히구치 셋코[樋口雪江], 아쓰미 바이우[渥美梅嶋], 고미야마 란엔[小見山蘭畹], 구마가이 치쿠도[熊谷竹堂, 1677~1748], 요다 다이켄[依田耐軒], 사토 가인[佐藤華陰], 고타니 류쇼[小谷龍沼], 오구라 쇼사이[小倉尙齋, 1677~1737], 오카지마 메이케이[岡島明敬, 1674~1728], 오카 린치쿠[岡林竹], 오카 슈치쿠[岡秀竹], 아라세 긴치쿠[荒瀨吟竹], 간류[貫隆]이다. 이 가운데 생애가 알려져 있는 사람은 다음과 같다.

이다 도케이의 이름은 융흥(隆興), 자는 유연(裕然), 통칭은 좌중(左仲)이다. 에도 출신이다.

구마가이 치쿠도의 이름은 직평(直平)·유(維)이고, 자는 사문(斯文), 자유(子孺), 통칭은 전병위(傳兵衛), 별호는 남전(藍田)이다. 교토출신으로, 에도에서 하야시 호코[林鳳岡]에게 배웠고 히고 쿠마모토[肥後熊本] 번주 호소가와가[細川家]를 섬겼다.

오구라 쇼사이의 이름은 정(貞), 자는 실조(實操), 통칭은 언병위(彦兵衛)이다. 교토에서 이토 단안[伊藤坦庵]에게 배워, 나가토[長門 :현재 야마구치현]의 하기번[萩藩]에서 일하였다. 후에 에도에서 하야시 호코의 문하로 들어가 조강(助講)이 되었다. 1719년 번교인 메이린칸[明倫館]

이 창건되자 초대 가쿠노카미[學頭]가 되었다. 저작으로는『팔강기문(八江紀聞)』등이 있다.

오카지마 메이케이의 이름은 박(璞), 자는 원지(援之)·옥성(玉成), 통칭은 장좌위문(長左衛門), 호는 관산(冠山)이다. 나가사키(長崎)출신으로, 처음에는 당통사(唐通事 : 중국어 통역관)이 되어 하기번(萩藩)에서 일하였다. 퇴임 후에는 나가사키로 돌아가 당통사회소(唐通事會所)의 하급 통사가 되었으나 생활이 어려워 그만 두었다. 그 후 교토, 에도, 오사카를 돌아다니다가 1711년 조선통신사가 왔을 때, 하야시 호코에 의해 그의 제자가 되었다. 또한 같은 시기 오규 소라이[荻生徂徠]가 주재했던 역사(譯社)의 강사가 되어 중국어를 지도하였고 그 학문 방면에 큰 영향을 끼쳤다. 오늘날 남아있는『당화찬요(唐話纂要)』등의 어학서는 당시 교재 역할을 했던 책이다.

나머지는 생몰년조차 미상이나, 이상의 인물들로 미루어보아 당시 에도에 머물고 있던 여타 번 소속의 유학자이거나 하야시 가의 문인들이었던 것으로 추정된다.

교토와 오사카에서 만난 일본인으로, 마쓰자키 간파쿠[松崎甘白, 1674~1735], 마쓰모토 슈쿠사이[松本肅齋], 도 자쿠스이[稲若水, 1655~1715], 아오치 슌신[青地浚新, 1675~1744], 오마치 돈소[大町敦素], 도이 도쿠시[土井篤志], 다나카 도센[田中東泉], 기소 릿켄[喜早立軒, 1682~1736], 무카이 깃슈[向井橘洲], 나카무라 게이테이[中村敬亭], 에무라 치쿠톤[江村竹墩], 마쓰시타 신잔[松下眞山, 1667~1746], 이토 바이우[伊藤梅宇, 1683~1745], 이토 가이테이[伊藤介亭, 1686~1772], 이토 치쿠리[伊藤竹里, 1692~1756], 쓰쿠다 네이칸[佃寧幹], 다케베 쇼안[武部省菴], 마쓰이 도안[松井東菴],

마쓰이 고바이엔[松井古梅園, 1689~1743], 로 분스이[蘆文水], 후타 벤사이[布田勉齋], 신세키 고켄[神石恒軒], 이노우에 고도시[井上梧桐子], 아리마 도코[有馬東皐], 나가오카 단안[長岡丹菴], 소신[僧辰], 슈인[周恩], 지몬[智門], 마에다 요안[前田葉庵, 1677~1752], 세오 고레타카, 벳슈 소엔[別宗祖緣, 1658~1714], 이토 신야[伊藤莘野, 1681~1736], 마에다 기쿠소[前田菊叢], 기타무라 도쿠쇼[北村篤所, 1647~1718], 후쿠시마 가쿠케이[福島鶴溪], 가와시마 난로[河島南樓], 와카스기 고산[若杉恒山], 이리에 자쿠스이[入江若水, 1671~1729], 오카니시 잇시켄[岡西一時軒], 가라카네 바이쇼[唐金梅所, 1675~1739], 겐신[彦岑], 이마니시 세이릿사이[今西正立軒]가 있다. 이 가운데 생애가 알려진 사람은 다음과 같다.

마쓰자키 간파쿠의 이름은 우지(祐之), 자는 자경(子慶), 통칭은 다조(多助), 호는 난곡(蘭谷)이다. 이토 진사이에게 배웠고 그의 추천으로 단바[丹波] 사사야마번[丹波篠山藩 : 현재 효고현]에서 일하였다. 본초학(本草學)에 조예가 깊어 특히 초서(草書), 예서(隸書)를 잘했다. 저작으로는 『감백잡록(甘白雜錄)』이 있다.

도 자쿠스이의 이름은 선의(宣義), 자는 창신(彰信), 통칭은 정조(正助)이다. 유학을 기노시타 준안에게, 의학을 아버지와 후쿠야마 토쿠준[福山德潤]에게 배웠다. 1693년 가가[加賀] 가나자와[金澤] 번주 마에다 쓰나노리[前田綱紀]를 섬겼고, 도[稻]라고 성씨를 개명하였다. 일본 최대의 유서(類書)인 『서물유찬(庶物類纂)』의 편집을 시작하여, 362권까지 완성시켰다. 저서로 『시경소식(詩經小識)』 등이 있다.

아오이 슌신의 자는 정숙(貞叔), 통칭은 등태부(藤太夫), 호는 여택(麗澤)·예간(禮幹)·인지루(仁智樓) 등이다. 하구로 요센[羽黑養潛], 무로 규

소에게 배웠다. 가가 가나자와 번주 마에다 쓰나노리를 섬겨, 신반노카미[新番頭], 고쇼쿠미가시라[小將組頭] 등을 역임했다. 저서로 『준신문집(浚新文集)』, 『가관소설(可觀小說)』 등이 있다.

기소 릿켄의 본성은 와타라이[度會], 통칭은 인번(因幡)·평마(平馬), 호는 눌재(訥齋)·입헌(立軒)이다. 이세신사[伊勢神社] 외궁의 신관으로 일했다. 신궁학(神宮學)을 와타라이 노부쓰네[度會延經], 와타라이 마스히로[度會益弘]에게 배웠고, 한학(漢學)을 이토 고안[伊藤固庵]에게 배웠다. 저서로 『매사문[每事問]』, 『양복기연의(陽復記衍義)』 등이 있다.

마츠시타 신잔의 본성은 사카우에[坂上], 이름은 경적(慶績), 자는 자절(子節), 통칭은 견력(見櫟)이다. 에치젠[越前 : 현재 후쿠이현] 출신으로, 교토에서 마츠시타 켄린[松下見林]에게 배웠고 그의 딸과 결혼하여 뒤를 이었다. 저서로 『진산시집(眞山詩集)』이 있다.

이토 바이우의 이름은 처음엔 장돈(長敦), 후엔 장영(長英)이라고 하였다. 자는 중장(重藏), 호는 매우(梅宇), 시호는 강헌선생(康獻先生)이다. 교토출신으로, 이토 진사이의 차남이다. 아버지에게 고의학(古義學)을 배웠다. 1706년부터 이토 진사이를 존경하던 스오노쿠니[周防國]의 도쿠야마[德山] 번주 모리 모토쓰구[毛利元次]로부터 가쿠분[客分]으로서 봉록을 받았다. 1718년 빈고노쿠니[備後國] 후쿠야마[福山 : 현재의 히로시마현 후쿠야마시] 번의 유학자으로 고용되어 후쿠야마으로 옮겨 고의학을 전하였다. 저서로 『견문담총(見聞談叢)』이 있다.

이토 가이테이의 이름은 장형(長衡), 자는 정장(正藏), 별호는 겸겸재(謙謙齋)이다. 이토 진사이의 셋째아들로, 아버지와 이복형의 이토 도가이[伊藤東涯]에게 수학하였으며, 숙부 이토 신사이[伊藤進齋]의 가문을 이었다. 1726년 셋츠 타카츠키번[攝津高槻藩 : 현재 오사카부]의 번주 나가이 나오자네[永井直期]에게 유관으로 고용되었다. 서예에도 뛰어났다. 저작으로는 『개정시고(介亭詩稿)』 등이 있다.

이토 치쿠리의 이름은 장준(長準), 자는 평장(平藏)이다. 이토 진사이의 넷째 아들로, 이복형인 이토 도가이에게 수학하였다. 1723년 치쿠고[筑後 : 현재 후쿠오카현] 구루메[久留米] 번주 아리마 노리후사[有馬則維]에게 고용되었다. 후에 후계자 요리유키[賴徸]의 시독을 맡아 에도의 번저(藩邸)에서 가르쳤다. 저서로 『적우만필(赤羽漫筆)』 등이 있다.

마쓰이 고마이엔의 자는 정문(貞文), 통칭은 오랑조(五郎助), 호는 현현재(玄玄齋)·장강(長江)이다. 대대로 제묵업(製墨業)의 고바이엔[古梅園]을 이어 1713년 이즈미노조[和泉掾]의 관위를 받았다. 나가사키[長崎]에 가서 청(淸)나라의 제묵법을 연구하여 『약묵담(略墨譚)』, 『고매원묵보(古梅園墨譜)』 등의 저서를 남겼다.

마에다 요안은 교토 출신으로, 야마자키 안사이[山崎闇齋]의 영향 아래 주자학을 익혔다. 1715년 마쓰오카[松岡] 번주 마쓰다이라 마사히라[松平昌平]에게 발탁되어 유관이 되었다. 1721년에 후쿠이번[福井藩]으로 옮겨 유관으로 일하였으며 이후 자손이 유관직을 세습하였다.

세오 고레타카는 교토 서사의 주인으로, 이 책을 편집한 인물이다.

벳슈소엔은 임제종(臨濟宗) 승려로, 교토에 있는 쇼코쿠지[相國寺] 지쇼인[慈照院]의 제104대 주지이다. 1700년 5월부터 1702년 6월까지 이테이안[以酊菴]의 윤번승 제41번으로서 대조선 외교업무를 수행하였다. 1711년 통신사행 때에는 접반승(接伴僧)으로서 쓰시마에서부터 에도까지 사행단을 호행(護行)하였다. 이때 정사 조태억과 주고받은 서간이 지쇼인에 남아 있다.

이토 신야의 이름은 우지(祐之), 자는 순경(順卿)이다. 본래 교토 출신이나 숙부 이토 만넨[伊藤萬年]의 양자로 들어가 뒤를 이으면서 가가번의 가네자와에서 살았다. 1711년에 번주의 명을 받아 통신사를 만났다. 이후 가네자와에서 학당[塾]을 열어 죽을 때까지 관직생활을 하지 않았다. 저서로 『백설루집(白雪樓集)』 등이 있다.

기타무라 도쿠쇼의 이름은 가창(可昌), 자는 반평(伴平), 통칭은 이병위(伊兵衛)이다. 오우미 출신으로, 이토 진사이에게 수학하였다. 1696년 야마토[大和 : 현재 나라현] 가이주번[戒重藩]에 초빙되어 번교 센쿄칸[遷喬館]의 교수가 되었다. 번주 오다 나가즈미[織田長清]의 시강으로도 일했다. 저서로 『독소시집(篤所詩集)』 등이 있다.

이리에 자쿠스이[入江若水]의 이름은 겸통(兼通), 자는 자철(子徹), 별호는 역곡산인(櫟谷山人)이다. 셋츠 후쿠다[攝津富田 : 현재 오사카부]의 주조가(酒造家)의 집안에서 태어났는데, 재산을 탕진한 후 발분하여 공부했다고 전해진다. 도리야마 시켄[鳥山芝軒]에게 한시를 배웠고, 각지를 방문하여 시명(詩名)을 높였다. 만년에는 교토 니시야마[西山]에 은거하였다. 저서로 『서산초창(西山樵唱)』 등이 있다.

가라카네 바이쇼의 본성(本姓)은 메시노[食野], 이름은 흥륭(興隆), 자는 맹희(孟喜), 통칭은 희우위문(喜右衛門)이다. 이즈미[和泉 : 현재 오사카부]출신으로, 쌀을 무역하는 거상이었다. 저서로는 『매소시고(梅所詩稿)』 등이 있다.

연로에서 만난 일본인으로, 산현주남[山縣周南, 1687~1752], 사사키 신야[佐佐木眞雅], 사사키 슈쿠오[佐佐木縮往, 1649~1734], 구사바 교케이

[草場居敬, 1679~1737], 우쓰노미야 게이사이[宇都宮圭齋, 1677~1724], 기무라 간코쿠[木村甘谷], 하쿠잔[柏山], 가와노 구즈시[河野空圖子], 가지카와 기쿠인[梶川菊隱], 오카다 즈이게쓰[岡田隨月], 도리이 곤벤사이[鳥居困勉齋], 기타오 슌치쿠[北尾春竹], 요시다 도센[吉田道仙], 고지마 도준[兒玉道順], 쓰지 슈쿠산[辻叔山, 1653~1738], 나카노 기켄[中野撝謙], 오미 세이스[尾見正數], 시간[芝岸], 후지에 유요[藤江熊陽, 1683－1751], 노나카 단켄[野中坦軒], 마쓰노 소호[松野操甫], 다케다 유코[武田又古], 다카노 요준[高野養順], 기타오 슌포[北尾春圃], 기타오 도바이[北尾東梅], 다이겐[泰源], 니시무라 다이코도[西村帶湖堂], 라이호[雷峰], 쓰루미 규코[鶴見九皐], 뎃소[鐵相], 가미야 쇼도[神屋松堂], 다케다 슌안[竹田春菴, 1661~745], 쇼도[松堂], 후지와라 기친[藤原基珍], 슈쿠운[叔雲], 기노시타 손켄[木下巽軒], 고산[興山], 야마와키 류로[山脇柳浪], 사카이 도케이[坂井桃溪]가 있다. 이 가운데 생애가 알려진 사람은 다음과 같다.

야마가타 슈난의 이름은 효유(孝孺), 자는 차공(次公), 통칭은 소조(少助)이다. 오규 소라이[荻生徂徠] 초기의 문인이다. 1717년 나가토[長門] 하기[萩] 번주 모리 요시모토[毛利吉元]의 시강이 되었다. 번교 메이린칸[明倫館]의 창설에 힘써 2대(代) 가쿠노카미[學頭]에 취임하여, 소라이학[徂徠學]을 보급했다. 저서로 『작문초문(作文初問)』, 『위학초문(爲學初問)』 등이 있다.

사사키 슈쿠오의 자는 물진(勿眞), 통칭은 평태부(平太夫)이다. 나가토 하기번 의사의 아들로 태어났다. 2대 번주 모리 쓰나히로[毛利綱廣]의 서자 겐모츠[監物]의 시강으로 일하다가 후에 번주 모리 요시히로[毛利吉廣]의 가야쿠[伽役]으로 일하였다. 오구라 쇼사이[小倉尙齋]와 함께 시집 『양관창화(兩關唱和)』를 간행하였다. 중국 명나라의 화법을 배워 그림으로도 알려졌다.

구사바 교케이의 이름은 중장(中章), 자는 표장(豹藏), 통칭은 병장(兵藏)이다. 비젠[肥前] 마쓰라[松浦] 출신으로, 하야시 도에이[林道榮], 기타지마 셋산[北島雪山]에게 수학하였다. 나가토 하기 번주 모리 요시히로를 섬겼다. 1711년, 1719년 번주의 명을 받아 통신사 일행을 접대하였다.

우츠노미야 게이사이의 이름은 삼적(三的), 자는 문보(文甫), 통칭은 일각(一角)이다. 우츠노미야 도안[宇都宮遯庵]의 아들로, 교토에서 이토 진사이 에게 수학하였다. 스오 이와쿠니[岩國] 번주 기카와 히로미치[吉川廣逵]의 문학사범 (文學師範)으로 일하였으며, 이와쿠니의 학문 기초를 닦은 인물로 알려져 있다.

기타오 슌포는 대대로 의사가 가업이었던 기타오가[北尾家]에 태어나 오가키[大垣]에서 의원을 개업하였다. 1711년 통신사의 양의 기두문과 젠쇼지[全昌寺]에서 문답을 하고 이것을 『상한의담(桑韓醫談)』이라는 제목으로 간행하였다.

기타오 슌린은 기타노 슌포의 차남으로, 교토에서 이토 슈케이[伊藤周敬]에게 의학을 배웠다. 료가에쵸[兩替町]에 개업하였다. 아버지와 함께 통신사를 만나 문답을 나누었다.

쓰지 슈쿠산의 이름은 수삼(守參), 호는 학옹(鶴翁), 통칭은 십육랑좌위문(辻六郎左衛門)이다. 사무라이 출신으로, 미노[美濃]의 군다이[郡代]를 거쳐 오랫동안 간죠 기미야쿠[勘定吟味役]으로 일했다.

후지에 유요의 이름은 충렴(忠廉), 자는 평개(平介), 통칭은 직장(直

藏)이다. 교토에서 이토 진사이[伊藤仁齋] 부자에게 수학하였다. 하리마 다쓰노번[龍野藩]의 유관이 되어, 번의 문교 발전의 기초를 닦았다. 저서로는 『아코군지[赤穗郡志]』가 있다.

다케다 슌안의 이름은 정직(定直), 자는 자경(子敬), 통칭은 칠지조(七之助), 조태부(助太夫)이다. 치쿠젠 후쿠오카 번사(藩士)로, 가이바라 에키켄[貝原益軒]에게 사사 받고 그의 추천으로 번의 유관이 되었다. 구로다 미쓰유키[黑田光之], 쓰나마사[綱政], 노부마사[宣政], 쓰구타카[繼高]의 4명의 번주를 섬겼다. 여러 번 조선통신사의 접대하는 일도 맡았다. 저서로는 『효경석의편몽(孝經釋義便蒙)』 등이 있다.

3. 구성 및 내용

『계림창화집』은 15권 8책으로 이루어져 있다. 1책에는 마쓰자키 간파쿠가 쓴 서문, 정사 이하 통신사 사행원의 직책 및 성명, 쓰시마 서기(書記)의 명단을 기재한 「韓使官職姓名」, 각 권에 등장하는 일본인을 차례를 기록한 「雞林唱和集編目」, 권1이 실려 있다. 2책에는 권2와 권3, 3책에는 권4와 권5, 4책에는 권6과 권7, 5책에는 권8, 권9와 권10, 6책에는 권11, 7책에는 권12와 권13, 8책에는 권14와 권15권이 실려 있다. 각권에는 "卷一東武", "卷二東武", "卷三東武", "卷四京師前篇", "卷五京師後篇", "卷六京師後篇", "卷七浪華前篇", "卷八浪華前篇", "卷九浪華後篇", "卷十浪華後篇", "卷十一諸州前篇", "卷十二諸州後篇", "卷十三諸州後篇", "卷十五補遺"의 제목이 달려 있다.

『계림창화집』은 통신사가 지나는 연로에서 일본 문인들과 주고받은 시문과 편지, 필담을 모아서, 지역별로 편집한 것이다. 통신사의 종착지인 에도에서의 기록이 제일 먼저 나오고, 그 다음 큰 지역인 교토, 오사카, 나머지 지역으로 편집하였다. 에도 이외 지역은 통신사가 에도로 향할 때와 돌아올 때의 기록을 전편과 후편으로 나누어 기록하였고, 편집 후 수습하여 보충한 것은 15권에 따로 추가하였다.

편집자인 세오 고레타카가 구할 수 있는 모든 기록을 구하여 간행한 것이기 때문에 전체적인 내용에 일관성이 있는 것은 아니다. 다만 당시 조선인이 만난 거의 모든 일본 문사를 망라하고 있기 때문에, 1711년 양국 교류의 전모를 파악할 수 있다. 특히 한학통사 정창주와 오카지마 메이케이가 중국어로 나눈 기록과 기타오 슌포의 의학 관련 필담, 『서물유찬』 편찬자인 도 자쿠스이의 필담 등은 양국인 사이에 얼마나 다양한 이야기가 오갔는지 보여주는 흥미로운 기록이다.

4. 서지적 특징 및 자료적 가치

『계림창화집』은 일본 목판본 7책으로, 사주단변으로, 행과 글자 수가 일정하고, 주(註)는 소자(小字)이며 두 줄로 된 주쌍행(註雙行)이다. 흑구(黑口)이며 어미는 없다. 판심제는 없고 판심 상단에 권수가 표시되어 있고 하단에 장수가 표기되어 있다.

『계림창화집』은 속집으로 기획되어 "七家唱和集"은 木下順庵의 『班荊集』 上下, 高玄岱의 『正德和韓集』 上下, 三宅觀瀾의 『支機閒談』, 室鳩巢의 『朝鮮客館詩文稿』, 服部寬齋의 『桑韓唱酬集』, 土肥霞洲의 『桑韓唱和集』, 祇園南海의 『賓館縞紵集』 上下의 총 10권으로 된 『칠

가창화집(七家唱和集)』이 곧바로 간행되어 나왔기 때문에, 당시 일본 문단의 대표적인 인물들의 필담창화는 빠져있다. 현재 일본공문서관에 3종의 이본이 남아있는데, 『계림창화집』과 『칠가창화집』이 합책되어 26권으로 구성된 이본이 가장 거질이나 결권이 있으므로, 분책되어 있는 『七家唱和集』과 함께 본다면 국립중앙도서관 소장본이 현전하는 가장 완전한 본이라 할 수 있다.

문헌 중간중간 표기된 "松田甲"이라는 글자를 통하여, 이 책이 본래 마쓰다 고(松田甲, 1864~1945)의 소장이었음을 알 수 있다. 마쓰다 고는 토지측량기술자로서 1911년 조선총독부에서 근무하기 시작하였다. 조선에 체류하는 동안 조선과 일본의 교류에 관한 자료를 고찰하여 『일선사화(日善史話)』라는 책으로 남겼는데, 한일관계사의 최초 연구로 평가받고 있다. 국립중앙도서관 소장의 『계림창화집』이 초기 한일관계사 연구의 사료로 활용되었다는 사실을 알 수 있다.

계림창화집 서
雞林唱和集 序

계림창화집 서문

옛날 외국에서 황조(皇朝)에 예를 닦은 종족이 하나가 아니었으나 혹 통교하기도 하고 혹 그만두기도 하여 조정에 오는 것이 일정하지 않았다. 오직 삼한과 빙문하는 경우에 이르면 가장 오랫동안 끊어지지 않았다. 그러므로 사장(詞章)과 문자 사이에 여유를 풀었던 것이 비록 간혹 빠지고 잘린 책에 남은 것이 있으나 일이 모두 벼슬아치에서 나오고 선비와 서인에게 미치지 않았다. 세월이 흘러 변하여 지금 찾아보기 쉽지 않으니 어찌 풍화의 아름다움이 사물에 두루 미친 것을 살필 수 있으랴. 신묘년 조선 빙사 조태억 등이 문무관원을 데리고 들어와 국가의 우호를 돈독히 하였다. 길은 대마주(對馬州)를 경유하여 바다를 따라 동쪽으로 난파(難波 : 현재의 오사카)에 도착했고 경사(京師 : 현재의 교토)에 이르러 역을 거쳐서 강호(江戶 : 현재의 도쿄)에 이르렀으니, 왕래하는 데 이미 십여 개월이 걸렸다. 지나는 도(都), 부(府), 주(州), 군(郡)마다 공적으로 대접하고 사적으로 대접하였다. 뛰어난 선비 천만 명이 별처럼 늘어서고 구름처럼 모여들어, 조선의 문인과 함께 필묵이 빛나고 시가가 웅장하였으니, 아아 역시 성대하였도다. 여항에 전파된 수백편의 시를 호사가들이 규문관 서포에 보내 출간하기를 도모하였고 나중에 또 얻은 약간 편은 그 편에 이었다. 아아! 천하가 크니 인재가 천만 뿐이랴만 이 모임에 함께 한 자는 겨우 십분의 일이요, 모임에 반드시 수창을 하였으나 간행하는 손에 들어온 것 역시 십분의 일이건만 오히려 이와 같이 훌륭하니 이루 다 칭송할 수 있으랴. 이제 육복(六服)[1]에서 덕을 받드는 날에 묘당에서 문을 숭상할 뿐 아니라 책을 만드는 집에 이르기까지 기운에 따라 상응하여 남은 감화가 해외에 미친다면 두루 미친 성교와 성대한 아송(雅頌)이 찬연하여 지금을 살필 수 있고 엄연하여 후세을 징험할 수 있으니 비록 선대인들 어찌 더할 것이 있으랴. 이것이 함께 즐겁게 손뼉치며 춤을 추고 태평성대 교화의 아름다움을 즐겁게 말하는 까닭이다.

때는 정덕(正德) 세차(歲次) 임진(1712)년 5월 1일 송기우지(松崎祐之)[2] 쓰다.

1 육복(六服) : 주(周)나라 때 왕기(王畿)의 바깥에 있는 제후들의 방국(邦國)을 복(服)이라고 한다. 복에는 여섯 가지 종류가 있는데, 후복(侯服), 전복(甸服), 남복(男服), 채복(采服), 위복(衛服), 만복(蠻服)이다.

2 송기우지(松崎祐之) : 송기난곡[松崎蘭谷, 마쓰자키 란코쿠, 1674-1735]로, 에도시대 유학자이자 서예가. 이름은 우지(祐之), 자는 자경(子慶)이다. 伊藤仁齋에게 배웠고 그의 추천으로 丹波篠山藩에서 일하였다. 본초학에 조예가 깊었고, 초서와 예서에 능했다. 저서로 『甘白雜錄』 등이 있다.

한사관직성명(韓使官職姓名)

통신삼사신

○ 정사(正使)

통정대부(通政大夫) 이조참의(吏曹參議) 지제교(知製教) 조태억(趙泰億). 자(字)는 대년(大年), 호(號)는 평천(平泉), 또는 겸재(謙齋)이다. 조선국(朝鮮國) 양주(楊州) 사람이고, 을묘(乙卯)년생이다. 별업(別業)은 남계(藍溪)에 있다.

○ 부사(副使)

통훈대부(通訓大夫) 행(行) 홍문관(弘文館) 전한(典翰), 지제교(知製教) 겸(兼) 경연(經筵) 시강관(侍講官), 춘추관(春秋館) 편수관(編修官) 임수간(任守幹). 자는 용예(容譽), 호는 정암(靖菴) 또는 서평(書坪)이다. 조선국 서하(西河) 사람이고, 을사(乙巳)년 생이다.

○ 종사관(從事官)

통훈대부(通訓大夫), 행(行) 홍문관 교리(校理), 지제교 겸 경연 시강관, 춘추관 기주(記注) 이방언(李邦彦). 자는 미백(美伯), 호는 남강(南岡)이다. 조선국 완산(完山) 사람이고 을묘(乙卯, 1675)년 생이다.

원역(員役)

○ 상상관(上上官)

동지(同知) 이석린(李碩麟), 자 성서(聖瑞)

첨지(僉知) 이송년(李松年), 자 구숙(久叔)

첨지(僉知) 김시남(金始南), 자 중숙(重叔)

○ 제술관(製述官)

전(前) 좌랑(佐郞) 이현(李礥), 자 중숙(重叔), 호 동곽(東郭). 갑오(甲午, 1654)년에 태어나 을묘(乙卯, 1675)년에 진사(進士)가 되고, 계유(癸酉, 1693)년 문과(文科)에 장원(狀元) 급제하였으며, 정축(丁丑, 1697)년 중시(重試)에 급제(及第)하였다. 일찍이 안릉(安陵) 태수(太守)를 지냈다. 이목은(李牧隱) 선생은 고려(高麗)의 유명한 정승이었는데, 중국으로 건너가 (원나라 과거에) 장원 급제하여 한림(翰林)이 되었으며, 고려로 돌아온 뒤 관직이 영의정(領議政)에 이르렀다. 이 분이 바로 공의 외가(外家) 선세(先世)인데, 그 뒤 대대로 벼슬하여 30여세에 이르렀다. (목은) 선생의 후손인 아계(鵝溪) 선생은 바로 선조(宣祖) 때 영의정이었는데, 공의 외고조(外高祖)가 된다. 공은 자식이 없어서 종제(從弟)의 아들을 양자로 삼았는데, 이름은 윤조(胤祚)이고 나이는 20세이다.

○ 상판사(上判事)

전(前) 판관(判官) 홍순명(洪舜明), 자 수경(水鏡).

부사용(副司勇) 용(勇)은 맹(猛)으로도 쓴다. 현덕윤(玄德潤), 자 도이(道以).

전(前) 판관(判官) 정창주(鄭昌周)

○ 차상판사(次上判事)

전 주부(主簿) 김시조(金是操), 자 양보(楊甫)

전 첨정(僉正) 최한진(崔漢鎭).

○ 압물판사(押物判事)

전 첨정(僉正) 김현문(金顯門), 자 대재(大材)

전 직장(直長) 박태신(朴泰信), 자 신재(信哉)

전 봉사(奉事) 김시박(金時璞)

전 직장(直長) 조득현(趙得賢)

○ 양의(良醫)

전 직장(直長) 기두문(奇斗文), 호 상백헌(嘗百軒), 조산대부(朝散大夫) 전연사(典涓司) 직장(直長), 장의동(壯義洞)에 거주한다.

○ 의원(醫員)

전 주부(主簿) 현만규(玄万奎)

전 사용(司勇) 이위(李渭)

○ 사자관(寫字官) 李三錫

상호군(上護軍) 이수장(李壽長), 자 인수(仁). 호 정곡(貞谷), 완산(完山) 사람, 설월당(雪月堂)의 아들 설월당(雪月堂)의 이름은 삼석(三錫)이고, 임술(壬戌, 1682)년에 사자관으로 왔었다.

상호군 이이방(李爾芳), 자 형원(馨遠), 호 화암(花菴), 또는 정양주인(養靜主人), 천안(天安) 사람.

○ 정사(正使) 군관(軍官)

첨지(僉知) 이액(李詻)

첨지(僉知) 김일영(金鎰英)

전 군수(郡守) 이행검(李行儉)

경력(經歷) 조건(趙健)

첨정(僉正) 한범석(韓範錫)

주부(主簿) 유준(柳濬)

초관(哨官) 김세진(金世珍)

전 참봉(參奉) 한윤기(韓潤基)

○ 서기(書記)

판관(判官) 홍순연(洪舜衍), 자 명구(命九), 호 경호(鏡湖), 계사(癸巳, 1653)년 생, 정사(丁巳)년 진사(進士), 을유(乙酉, 1705)년 급제(及第), 바야흐로 대상판관(大常判官)이 되어 정사(正使)의 기실(記室)이 되었다.

○ 부사(副使) 군관(軍官)

전 감찰(監察) 민제장(閔濟章)

선전관(宣傳官) 정수송(鄭壽松)

도사(都事) 조빈(趙儐)

선전관 정찬술(鄭纘述), 자 술보(述甫), 호 구암(龜岩), 포은(圃隱) 선생 11대손.

호군(護軍) 신진소(申震熽)

전 별장(別將) 유정좌(劉廷佐)

부사맹(副司猛) 장구한(張久翰)

한량(閑良) 임도승(任道升)

○ 서기(書記)

전 현감(縣監) 엄한중(嚴漢重), 자 자정(子鼎), 호 용호(龍湖), 갑진(甲辰, 1664)년생, 경오(庚午, 1690)년 진사(進士), 병술(丙戌, 1706)년 문과 급제(及第), 비서감(秘書監)·고창(高敞) 군수(郡守)를 거쳐서 지금은 부

사(副使)의 서기(書記)로서 왔다.

○ 종사관(從事官) 군관

부사용(副司勇) 변경화(卞景和)

○ 서기(書記)

부사과(副司果) 남성중(南聖重), 자 중용(仲容), 호 범수(泛叟), 병오(丙午, 1666)년생, 종사관 서기로서 왔다. 호곡(壺谷)의 아들이다. 호곡(壺谷)의 이름은 용익(龍翼)이고, 명(明) 영력(永曆) 을미(乙未, 1655)년에 종사관이었다.

○ 별파진(別破陳) 겸 군관(軍官)

김두명(金斗明)

엄한좌(嚴漢佐)

○ 마상재(馬上才)

지기택(池起澤)

이두흥(李斗興)

○ 이마(理馬)

안영민(安英敏)

○ 전악(典樂)

김석겸(金碩謙)

김세경(金世璟)

그 외[際]

중관(中官) 170명

하관(下官) 274명

합하여 총 497명

○ 대마도[對州] 서기(書記)

방주(芳洲) 우삼동오랑(雨森東五郎)

하소(霞沼) 송포의우위문(松浦儀右衛門)

춘주(春洲) 염천이우위문(鹽川伊右衛門)

봉주(鳳洲) 미목금장(味木金藏)

雞林唱和集 序

古昔外國脩禮皇朝者, 其種非一, 而或通或歇, 來廷不常. 唯至三韓交聘, 寂爲久遠不絶, 故其發舒餘裕於詞章文字之間, 雖間亦有存於缺簡折冊之遺, 而事皆出搢紳, 不及士庶, 世序遷革, 不易徵於今, 則何以得觀風化之美徧物耶? 在歲辛卯朝鮮聘使趙泰億等, 率文武員官入, 敦國家之好, 道由對馬州, 沿海而東抵難波, 逮京師, 驛傳以達江戶, 往來已涉十餘月. 其所經都、府、州、郡, 公而待, 私而遇, 才俊髦士, 星列雲集, 與彼文人, 筆墨相爀, 詩歌相雄, 吁亦盛矣!其傳播閭巷者, 凡數百篇, 好事者, 請人奎文書鋪, 旁求書梓, 後又得若干篇, 以續其篇. 嗚呼! 天下之大, 人才不翅千萬, 而與斯會者, 僅十之一, 會必有唱酬, 而落梓人之手者, 亦十之一, 其濟濟尙如此, 可勝稱哉? 方今六服承德之日, 不唯廟堂崇文, 乃至編籍之家, 無不順氣相應, 而餘感延曁海外, 則聲敎之徧, 雅頌之盛, 燦然可觀於今, 儼然可徵於後者, 雖上世又何加焉乎? 是所以相共歡抃鼓舞, 而樂言昭代道化之懿也.

時正德歲次壬辰五月 朔松崎祐之書

韓使官職姓名

通信三使臣

○ 正使

通政大夫, 吏曹參議, 知製敎, 趙泰億. 字, 大年. 號, 平泉, 又號謙齋. 朝鮮國楊州人 生乙卯 別業在藍溪.

○ 副使

通訓大夫, 行弘文館典翰, 知製敎 兼經筵侍講, 春秋館編修 任守幹. 字, 用譽, 號, 靖菴, 又號 書坪. 朝鮮國 西河人 生乙巳.

○ 從事

通訓大夫, 行弘文館校理, 知製敎, 兼經筵侍讀, 春秋館記注, 李邦彦. 字, 美伯, 號, 南岡. 朝鮮國, 完山人, 生乙卯.

員役

○ 上上官

同知, 李碩麟, 字, 聖瑞.

僉知, 李松年, 字, 久叔.

僉知, 金始南, 字, 重叔.

○ 製述官

前佐郎, 李礥, 字, 重叔, 號, 東郭, 生甲午, 乙卯進士, 癸酉文科狀元, 丁丑重試及第. 曾爲安陵大守. 李牧隱先生 以高麗大相 入中朝 登狀元 第官翰林. 還歸之後 官至領台 卽公外家先世 奕世冠冕 已至三十餘世 先生之後孫 鵝溪先生 卽宣廟朝領相 公之外高祖也. 公無子 取從弟子爲已子 名胤祚 年二十歲矣.

○ 上判事

前判官 洪舜明, 字, 永鏡.

副司勇勇一作猛 玄德潤, 字, 道以.[1]
前判官, 鄭昌周.

○ 次上判事
前主簿, 金是操, 字, 楊甫.
前僉正, 崔漢鎭.

○ 押物判事
前僉正, 金顯門, 字, 大材.
前直長, 朴泰信, 字, 信哉.
前奉事, 金時璞.
前直長, 趙得賢.

○ 良醫
前直長, 奇斗文, 號, 嘗百軒, 朝散大夫, 典涓司 直長, 住壯義洞.

○ 醫員
前主簿, 玄万奎.
副司勇, 李渭.

○ 寫字官
上護軍, 李壽長, 字, 仁叟, 號, 貞谷,[2] 完山人, 雪月堂子雪月堂, 名三

1 본문은 '道似'이나 '道以'가 옳다.

2 본문의 '字, 馨遠, 號, 花菴'은 아래 이이방(李爾芳)의 그것과 뒤바뀐 것으로 보아 바로 잡았다.

錫, 壬戌年, 以寫字官來.

上[3]護軍 李爾芳, 字, 馨遠, 號, 花菴,[4] 或號, 養靜主人, 天安人.

○ 正使軍官

僉知 李詻

僉知 金鎰英

前郡守 李行儉

經歷 趙健

僉正 韓範錫

主簿 柳濬

哨官 金世珍

前參奉 韓潤基

○ 書記

判官, 洪舜衍, 字, 命九, 號, 鏡湖, 生癸巳, 丁巳進士, 乙酉及第, 方爲大常判官, 見差正使記室

○ 副使軍官

前監察 閔濟章

宣傳官 鄭壽松

都事 趙儐

宣傳官 鄭纘述, 字, 述甫, 號, 龜岩, 圃隱先生, 十一代孫.

3 본문은 '止'이나 '上'의 잘못이다.

4 본문의 '字, 仁叟, 號, 貞谷'은 위의 이수장(李壽長)의 것이다.

護軍 申震熽

前別將 劉廷佐

副司猛 張久翰

閑良 任道升

○書記

前縣監 嚴漢重, 字 子鼎, 號 龍湖, 生甲辰, 庚午 進士, 丙戌 及第, 歷職 秘書監·高敞郡太守, 今以副使書館來.

○從事官軍官

副司勇 卞景和

○書記

副司果 南聖重, 字 仲容, 號 泛叟, 生丙午, 以從事書記來. 壺谷 子 壺谷名龍翼明曆乙未從事官.

○別破陳 兼 軍官

金斗明

嚴漢佐

○馬上才

池起澤

李斗興

○ 理馬
安英敏

○ 典樂
金碩謙
金世璟

際
中官 百漆拾人
下官 貳百漆拾肆人
合支肆百玖拾漆員

○ 對州書記
芳洲 雨森東五郎
霞沼 松浦儀右衛門
春洲 鹽川伊右衛門
鳳洲 味木金藏

계림창화집 권지육

雞林唱和集 卷之六

계림창화집 권지육

경사(京師) 후편

○ 삼가 동곽 이공[1]께 드리다 진산(眞山)[2]

서쪽 매곡(昧谷)[3] 동쪽 양곡(暘谷)[4] 구역이 나뉘나　西昧東暘區域分
신선 배가 바다 나라 구름에서 노니네　仙舟容與海天雲
강산은 멋진 시구 남기길 기다리고　江山有待留佳句
만나고 싶던 모습 소문보다 훌륭하네　領袖所望過素聞
아름다운 관소에서 다시 사행 맞이하니　華舘再迎文旆返
감원(紺園)[5]에 홀연히 흰 매화 향기 뿜네　紺園忽吐白梅芬

1 동곽 이공 : 이현(李礥, 1654-?)으로, 자는 중숙(重叔), 호는 동곽(東郭). 호조정랑(戶曹正郎)을 역임하였다. 1711년 제술관으로 일본에 다녀왔다.

2 진산(眞山) : 송하진산(松下眞山, 1667-1746)으로, 본성은 坂上, 이름은 慶績, 자는 子節, 통칭은 見櫟이다. 越前 출신으로 高松藩의 유관을 역임했다. 京都에서 松下見林에게 배웠고, 그의 딸과 결혼하여 집안을 이었다. 松下見林은 1682년 통신사 일행을 만난 기록이 있다.

3 매곡(昧谷) : 전설상 해가 져서 내려가는 골짜기. 여기에서는 일본이 서쪽에 위치한 조선을 가리킴.

4 양곡(暘谷) : 전설상 해가 돋아 오르는 골짜기. 여기에서는 조선의 동쪽에 위치한 일본을 가리킴.

이름값 올리려 몇 명이나 폭주했나?	幾人輻溱求名價
한 세대의 등용문은 바로 그대로구나	一世龍門正是君

○ 삼가 경호 홍공[6]께 드리다 같은 이

상성과 삼성처럼 만 리 멀다 하지 마오	莫言萬里隔商參
태양에 맹서하고 찾고 또 찾아오네	皦日有盟尋復尋
천년의 오랜 기약 과연 이루어져	千載夙期端的合
한 바탕 즐거움이 깊기도 하구나	一場衎樂只且深
덕과 문장의 광채에 멀고 가까움이 없으며	德輝文焰無遐邇
취흥과 시정에 어찌 고금이 있으랴?	醉趣詩情豈古今
다만 뒤따라오는 문장이 빠진 것이 한스러워	但恨追飛欠脩翰
꿈속의 혼은 지금 강가를 따라가고 있다오	夢魂定在從江潯

○ 삼가 용호 엄공[7]께 드리다 같은 이

봉래산 동쪽 나라 끝까지 다 구경하니	觀盡蓬壺東極天
유유히 물과 육지 삼천리라네	悠悠川陸路三千
한나라 위의에 의상 모임[8] 생각했고	漢儀尙想衣裳會

5 감원(紺園) : 절을 가리키는 말. 통신사의 숙소로 보통 절이 사용되었다.

6 경호 홍공 : 홍순연(洪舜衍, 1653-?)으로, 자는 명구(命九), 호는 경호(鏡湖). 흥덕군수(興德郡守)를 역임하였다. 1711년 정사서기로 일본에 다녀왔다.

7 용호 엄공 : 엄한중(嚴漢重, 1665-?)으로, 자는 자정(子鼎), 호는 용호(龍湖). 첨정(僉正)·현감을 역임하였다. 1711년 부사서기로 일본에 다녀왔다.

당나라 율조에 금석 시편 펼치노라　唐調今披金石編
초라한 나그네 성명 통할 길 없으니　鄙客無因通姓字
이국에서 현재를 만날 줄 생각했으랴　殊方豈料接才賢
며칠쯤 돌아갈 길 체류해도 괜찮으니　不妨數日滯歸駿
깊은 눈에 어찌 비단 안장 빠뜨리겠는가?　深雪何曾沒錦韉

○ 삼가 범수 남공[9]께 드리다 같은 이

귀국이 어찌 산천만 훌륭하겠는가?　貴邦奚翅山河美
많은 인재가 다 빼어나기 짝이 없네　籍籍人才皆絶倫
이름난 땅 웅대한 계획은 8도를 열었고　名壤雄圖開八道
유풍과 선정은 삼인[10]에서 비롯되었네　流風善政自三仁
파도는 교린 닦는 일을 막지 못하여　波濤不隔敦修使
고관이 비로소 외국 손님 접대를 알게 되었네　冠佩初知專對賓
돌아갈 날 세밑을 향하는 것이 무슨 걱정이랴?　何患歸期向窮臘
사신 수레 가는 곳마다 봄이 생겨나려는데　軺車到處欲生春

---

8 의상 모임 : 덕망 있는 선비들의 모임으로, 보통 나라와 나라 예로써 친교를 맺는 모임을 가리킨다.

9 범수 남공 : 남성중(南聖重, 1666-?)으로, 자는 중용(仲容), 호는 범수(泛叟)이다. 1655년 종사관으로 일본에 다녀온 남용익(南龍翼)의 서자이다. 1711년 종사관 서기로 일본에 다녀왔다.

10 삼인 : 三仁. 은나라 말기의 세 충신인 미자(微子), 기자(箕子), 비간(比干)을 가리킴. 여기에서는 기자가 조선으로 왔던 일을 말하는 것이다.

○ 진산이 주신 운을 받들다 용호

문풍이 크게 일어난 일동의 나라에　文風丕振日東天
천 명 대적할 만한 그대 시의 칼날이 부럽구나　羡子詞鋒可敵千
누더기 옷으로 와 이 잡으며 얘기하니[11]　弊褐騁來捫虱語
남겨진 경서 한 수레를 읽으셨네　遺經讀盡汗牛編
우연히 만난 접대 자리에서 좋은 만남을 이루고　賓筵邂逅成良晤
나랏일에 내달리며 홀로 어짐[12]을 한탄하네　王事驅馳歎獨賢
내일 떠나니 이별의 한 감당하랴?　明發可堪分手恨
역정의 지는 해가 돌아가는 말안장 비추네　驛亭斜日照歸韉

○ 동곽 이공께 드리다 매우(梅宇)[13]

이웃 땅이 교빙을 돈독히 하여　隣壤敦交聘
뗏목 따라 마대[14]에 도착했네　隨槎到馬臺
사림에서 뛰어난 재주를 풀어놓고　士林縱獨步

11 이 잡으며 얘기하니 : 前秦(전진)의 왕맹(王猛)이 박학다식하였는데, 은거하며 때를 기다리고 있다가 동진(東晉)의 대장군 환온(桓溫)을 찾아가 천하 대사를 의논하면서 누더기 옷에서 이를 잡아 죽이면서 기탄없이 얘기를 하였다.

12 홀로 어짐 : 『詩經·小雅』의 〈北山〉에, "땅을 빙 두른 바다 안에 왕의 신하 아님이 없건만 대부가 고르지 못하여 나 홀로 어질어 일을 하는구나(王事靡盬 憂我父母 溥天之下 莫非王土 率土之濱 莫非王臣 大夫不均 我從事獨賢)"라고 하였다.

13 매우(梅宇) : 이등매우(伊藤梅宇, 1684~1745)로, 자는 重臓·十藏, 이름은 長英, 사시(私諡)는 康獻先生이다. 伊藤仁齋의 둘째 아들로, 德山藩과 福山藩의 유관을 역임했다.

14 마대 : 馬臺. 野馬臺를 가리킨다. 『三國志·魏志·東夷傳』에 일본 땅을 지칭하는 말로 나온다. 야마토를 음역한 말이다.

예원에서 높은 재주를 만나네 藝苑遇高才
고상한 흥취에 아침에 눈을 읊고 逸興朝吟雪
호기로운 노래에 서로 술잔을 든다 豪歌相擧盃
주머니 속 시구 가득 차 있으니 囊中詩句滿
바다와 산 경치 묘사해 돌아가는 것이리 應寫海山回

○ 개정의 시에 차운하다 동곽

그대의 고상함을 아끼노니 무엇과 비슷한가? 愛子淸標何所似
눈 속 외딴 나무에 구슬이 솟은 듯하네 雪中孤翠聳琅玕
아득한 바다가 절로 동쪽과 남쪽 경계 지으니 滄溟自作東南限
인간 세상 이런 모임 어려움을 알겠노라 方識人間此會難

○ 동곽 이학사께서 화운시를 주신 것에 감사하다 개정(介亭)[15]

파곡[16]을 멀리 삼도[17]에 보냈다가 巴曲遙處三島上
다시 몇 글자 구슬 같은 글을 기뻐하네 更欣數字報琅玕
내일 아침 여기를 떠나면 수천리 길이니 明朝此去道千里

15 개정(介亭) : 이등개정(伊藤介亭, 1685~1772)으로, 이름은 長衡, 자는 正藏. 伊藤仁齋의 셋째 아들이자 伊藤梅宇의 아우이다. 攝津州 高槻藩의 유관을 역임했다.

16 파곡 : 巴曲. 파 지방의 속된 노래인 파리(巴俚)를 가리킴. 보통 자기 시문에 대한 겸사로 사용한다.

17 삼도 : 三島. 현재 靜岡縣에 속해있는 도시로 富士山이 보이는 곳으로 유명하다. 東海道 53次 宿場의 하나로, 막부의 직할지였다. 통신사가 지나가며 묵는 곳 중 하나였다.

맑은 밤 꿈에도 도달하기 어려겠지 有夢淸宵到也難

지난번 벗을 통해 제 글을 보내 정정해주시길 청하였는데, 속히 화운시를 받게 되었습니다. 三島에서 보내주시니 매우 감사합니다. 펼쳐 감상한 끝에 시 한 수를 부치니 매우 두렵고 부끄럽습니다.

○ 동곽 이학사께 드리다 죽리(竹里)[18]

기자의 봉역 문헌을 예부터 듣다가 箕封文獻古來聞
이제야 해후하여 이군께 나아가네 邂逅方今御李君
다른 날 그리움을 어디에 기탁하랴 他日相思何所託
하늘 남쪽 기러기 한 마리 구름 헤치고 지나가네 天南一鴈度開雲

○ 죽리의 시에 차운하다 동곽

바다 밖 경치가 들은 대로 흡족하더니 海外烟霞愜素聞
문채를 듣고 다시 그대를 만났도다 就聞文彩更逢君
내일 아침 또 기로에서 작별하면 明朝又作臨岐別
고개 돌려도 아득한 바다에 흰구름뿐이리 回首滄溟但白雲

18 죽리(竹里) : 이등죽리(伊藤竹里, 1692~1756)로, 이름은 長準이다. 伊藤仁齋의 넷째 아들로, 위 세 형과는 이복형제간이다. 久留米藩의 유관을 역임하여 江戶의 藩邸에서 교육에 종사하였다.

○ 율시 3수를 삼가 조선 학사 이 선생께 부치다 영간(寧幹)

신선이 탄 뗏목이 만 리에 시를 싣고 오면서 僊槎萬里載詩來
양쪽 항구 풍랑 이는 여울을 몇 번이나 돌아보았나 兩港風灘幾候回
나라의 사신이 호시(弧矢)의 뜻[19]을 다시 펴시니 國使更伸弧矢志
사한 담당 신하에 우선 별 같은 재주를 선발하였네 詞臣先拔兎星才
서쪽 바다 고대하며 가을 석 달 지나니 望高西海三秋月
마음은 강남의 한 송이 매화가 간절하네 心切江南一朶梅
원래 건곤이 이 기운을 함께하는 줄 알고 있으니 元識乾坤同此氣
등용문에 어느 시대 가죽나무 재주 있었으랴? 龍門何世有樗材

한 시대 재주가 유신에 걸맞고 一世才望稱儒臣
지조와 절개는 사신 받들기 충분하네 志節能堪奉使身
고아한 예절은 오나라 계찰[20]과 같을 테니 古禮應同吳季札
먼 사행길 어찌 초나라 영균[21]을 사모하랴? 遠遊何慕楚靈均
산하를 눈 씻고 보니 문장이 특히 장대해지고 山河拭目文殊壯
서리 이슬 소매를 쓰니 시구가 자연 신령스러우리니 霜雪磨襟句自神
천한 몸 면식을 통할 길이 없음이 한스럽더니 賤陋恨無由識面
사신 접대하는 이 날 이런 분이 계셨구려 鴻臚此日有斯人

---

19 호시(弧矢)의 뜻 : 고대에 세자가 태어나면 뽕나무 활에 화살을 메워 천지 사방에 쏘아 원대한 뜻을 품기를 기원하였다.

20 오나라 계찰 : 춘추 시대 오(吳)의 공자(公子) 계찰(季札)이 주나라와 여러 제후국에 사신으로 나가거나 빈객을 접대하였는데, 외교능력이 매우 뛰어났다고 한다.

21 초나라 영균 : 초나라 굴원을 가리킨다. 쫓겨나기 전 여러 나라의 사신으로 가 정세를 살펴 왕에게 옳은 충언을 하였다.

백 리의 장안을 목을 빼고 자주 바라보았으나	百里長安引領頻
어쩌랴, 명함 통할 길이 없는 걸	奈何剌字竟無因
훌륭한 위의에 함께 삼한을 우러러 바라보니	羽儀共仰三韓望
윗분께서 한 시대 인물이라 들었네	冠冕元聞一代人
입으로 나오는 평가는 월단평[22]이요	口出權衡月旦評
소리는 금석 같아 양춘의 곡[23]일세	聲成金石曲陽春
관소 앞 한 자 남짓 땅 아깝지 않으니	館前不惜地盈尺
이제부터 푸른 하늘 위의 몸이라오	自是青冥以上身

○ 재빨리 영간 사백의 운에 차운하여 부다 동곽

동쪽 나라 손님이 시를 부쳐와	東津有客寄詩來
손에 화려한 편지 잡고 몇 번이 읊었는지	手把華牋詠幾回
상서로운 규성에 태평 운세 곧 돌아오니	奎瑞卽今回泰運
일본에 자고로 기이한 재주가 있었구나	日邦終古有奇才
맑은 모습 한스럽게 구슬나무 못 오르니	清標恨未攀瓊樹
이별의 뜻 공연히 생각하며 역정의 매화 보내네	別意空思贈驛梅
장석[24]을 만나지 못했는데 시간은 쉽게 멀어지니	匠石未逢時易邁
동량의 재주 헛되이 늙음이 가련하네	可憐虛老棟梁材

22 월단평 : 月旦評. 후한의 허소(許劭)가 매달 초하룻날 그 지방의 인물을 평가하였다고 한다.

23 양춘의 곡 : 초나라의 고아한 옛 노래. 여기에서는 훌륭한 시작품을 의미한다.

24 장석 : 匠石. 고대의 뛰어난 장인의 이름. 상대방의 코끝에 하얀 흙을 발라놓고 바람소리가 나게 자귀를 휘둘러 사람은 다치지 않고 흙만 깨끗이 긁어냈다고 한다.

흰 머리로 하늘 끝에 온 얼음물 마시는 신하[25]가 白頭天末飮氷臣
글 한다는 헛된 이름에 이 몸이 부끄럽네 翰墨虛名媿此身
바다 밖 시간 흘러 더위, 추위가 바뀌었고 海外流光寒暑變
나그네 시름은 취하나 깨나 똑같구나 客間憂緖醉醒均
한갓 병만 더해 오랫동안 약으로 다스려야 하고 徒添疾病長須藥
고생을 실컷 겪어 이미 정신은 쇠약했네 飽閱艱難已損神
오히려 부럽구나, 두메나 물가 시골 땅에서 還羨洞津雲水地
백 년 농사 짓는 한가한 사람이 百年耕鑿一閑人

새로운 시 높이 읊조리며 자주 무릎을 쳤지만 高詠新詩擊節頻
한 자리 단란한 모임 어찌 다시 갖겠는가? 一床團會更何因
어룡 굴 위에 오랫동안 나그네 되었다가 魚龍屈上長爲客
문장의 자리에 비로소 사람이 있게 되었네 翰墨場中始有人
줄풀 우거진 포구에서 한가로이 삼도의 달을 읊고 菰浦閑吟三島月
대나무 숲에서 사계절 푸름 속에 편히 누웠네 竹林高臥四時靑
기이한 재주 끝내 헛되이 늙지 않으리니 奇才不必終虛老
자고로 문장은 실로 몸을 드러낸다오 自古文章實效身

○ 산과 바다 만 리에 명을 띠고 멀리 사신으로 와 산을 넘고 바다를 건너고 계절을 거치셨습니다. 동쪽에서 서쪽으로 돌

25 얼음물 마시는 신하 : 『莊子·人間世』에 “내가 오늘 아침에 사신의 명을 받고서 저녁에 얼음물을 찾기 시작했다.[今吾朝受命而夕飮氷]”라는 구절이 나온다.

아가심에 움직임에 아름다움이 널리 퍼졌으니 몸을 진중히 하시기 바랍니다. 저는 성이 武部, 이름은 敏, 자는 好古, 호는 省菴입니다. 큰 행운을 만나 훌륭한 전범을 접하였으니 경사와 행운이 매우 많습니다. 길에서 올려다보면서 항상 위의에 감탄하였는데 공들과 더욱이 일산을 기울여가며 얘기를 나누는 아름다움을 갖게 됨에겠습니까? 천한 몸을 돌아보지 않고 함부로 시 한 편을 동곽 선생의 서안에 받드니 정정해 주시길 바랍니다. 성암

하룻밤 문곡성[26]이 푸른 허공을 비추니　一夜文星照碧空
홀연 사절이 강동에서 온다 들었네　忽聞使節自江東
화려한 당에 계림의 손님을 만나니　華堂相遇雞林客
재주와 자태가 세상에서 으뜸임을 기쁘게 보노라　喜見才姿冠世雄

○ 성암의 운에 차운하여 동곽

만 리 외딴 돛이 푸른 허공에 어리니　萬里孤帆映碧空
고향 동산 멀리 바라보니 동서로 아득하네　故園遙望杳西東
그대의 아름다운 시구를 읊고 세 번 감탄하니　詠君佳句仍三歎
시의 골격이 정말로 부사산처럼 빼어나구려　詩骨眞同富嶽雄

26 문곡성 : 文曲星. 문운을 주관하는 별. 출중한 문장가를 비유하는 말로 쓰이기도 한다.

이공 학사께 풍산향묵시를 올린 필어 고매원(古梅園)[27]

예전부터 제가 평소 먹을 만드는 방법을 가지고 있는 것이 있습니다. 옛날 우리나라 홍법대사[28]께서 당나라에 건너갔다가 돌아오신 후 제 고향의 이체방(二諦坊)[29]에서 마을 사람들에게 먹 만드는 법을 가르쳐 세상에서 '이체방묵'이라 일컬었습니다. 제가 가지고 있는 것은 그 남겨진 방법입니다. 감독과 제조를 두루 살피고 색과 향은 옛것을 본떴습니다. 그러므로 명가의 진상이 되는 은혜를 입었고 '풍산향'이라 명명을 받게 되었습니다. 기실지(紀貫之)[30]가 풍산의 매화를 읊으면서 옛날의 향기가 있다고 한 뜻에서 취한 것입니다. 삼가 생각하옵건대, 각하께서는 한림의 구양수, 소식이요, 시단의 이백과 두보이십니다. 일찍이 제술관이 되어서 지금 해동으로 오는 배를 따라 오셨습니다. 그 한 마디 말이라도 얻는다면 두 손을 감쌀 정도로 큰 옥을 품는 것 같을 뿐만이겠습니까? 엎드려 바라옵건대 여연지필[31]로 풍산향묵에

27 고매원(古梅園) : 古梅園은 본래 1577년 창업한 奈良에서 먹을 만들어 팔던 상점의 이름으로, 여기에서는 그 6대 주인인 松井元泰를 가리킨다. 그는 나가사키를 통해 청나라 먹 제조법을 들여와 먹을 개량시킨 인물로 평가받고 있으며, 『古梅園墨譜』를 짓기도 하였다. 현재 15대 주인이 회사를 이어가고 있으며, 옛 가게는 일본의 유형문화재로 등록되어 있다.

28 홍법대사 : 空海(774~835)를 가리킴. 弘法大師는 921년 추증된 시호이다. 일본 眞言宗의 開祖이다.

29 이체방(二諦坊) : 奈良 興福寺 二諦坊을 가리킨다. 홍법대사가 이곳에서 油煙墨 제조법을 지도했다는 설이 있다.

30 기실지(紀貫之) : 866~945. 和歌의 명인 36인 중 한 명이자, 『古今和歌集』의 편찬자 중 한 사람이다.

31 여연지필 : 如椽之筆. 진무제 때 왕순(王珣)이라는 사람이 꿈속에 신선에게서 서까래

관한 시를 지어주십시오. 비록 제가 만든 먹이 연석[32] 같아 비웃음을 받을까 부끄럽습니다만 이제 나라 밖의 사람과의 기이한 만남을 두 번 얻기 어렵습니다. 그래서 고루함을 생각지 않고 끊임없이 위의에 누를 끼칩니다. 만일 허락하셔서 길이 덕택에 목욕함을 아끼지 않으신다면 매우 다행이겠습니다.

○ 남경[33]의 松井和泉이 만든 풍산향묵에 대해 쓰다 동곽

풍산의 묘한 제조법은 가장 기이하다 일컬어지니	豊山妙製最稱奇
남겨진 방법은 당시 대사에게서 비롯되었네	遺法當時自大師
농후한 광택 잡고 몇 구 쓰자	挹取濃光題數句
붓 끝에 혼연히 느껴지니 맑은 향기 따라오네	筆頭渾覺晴香隨

○ 이학사가 주신 운에 차운하여 고매원

남경에 예로부터 진기한 물건을 진상하니	南京從古貢珍奇
가업의 전래는 묵사(墨師)에게서라고 일컬어지네	遺業傳來稱墨師
종정에 새길 한 말씀을 사람들이 다퉈 외울 테니	鐘鼎一言人競誦
내 성명이 함께 따를 것에 기뻐하네	喜吾名姓共相隨

처럼 큰 붓을 받았는데, 나중에 큰 문장가가 되었다고 한다.

32 연석 : 연산(燕山)에서 나는 돌로, 옥 비슷하게 생겼으나 가치가 없다. 송나라때 어리석은 사람이 이 돌을 주워 보석처럼 잘 간직하고 사람들에게 자랑했다가 비웃음을 샀다고 한다.

33 남경 : 南京. 일본 남쪽에 있는 옛날 수도인 奈良을 가리킨다.

못난 삶에 기이한 일 일어날 줄 알았으랴? 誰料鄙生遇最奇
시편 가득 자애로움이 어버이와 스승과 비슷하네 滿篇慈愛就親師
이공의 문하는 지금이나 옛날이나 같아서 李公門下今猶古
모는 수레 잠시 따르기도 어려워라 難得御車暫爲隨

○ 홍경호, 엄용호 두 분께 드리며 동암(東菴)

비단 돛 멀리 어리는 바다 하늘 아득하니 錦帆遠映海天賒
아름다운 위의 사모하여 손님의 뗏목을 묻노라 爲慕丰儀問客槎
이별 후 응당 역관 만날 일 드물테니 別後應稀逢驛使
누구 시켜 밭두둑 가 매화를 부치랴 倩誰隴上寄梅花

○ 동암의 시에 차운하다 용호

수천 산 눈 가득하고 고향 소식 멀지만 雪滿千山鄉信賒
엄한 여정에 오히려 돌아갈 배 재촉 못하네 嚴程猶未促歸槎
나그네 시름 어찌 술잔 기다려 풀겠는가? 客愁何待酒盃解
글자마다 꽃처럼 찬란히 보이는 것을 字字看來燦似花

○ 송정동암의 운에 차운하다 경호

고향 산천 막혀 있어 꿈속 혼도 멀기만 하고 鄉山相隔夢魂賒
돌아갈 기약 정하지 못한 채 뗏목에 있도다 未卜歸期在海槎
그대 멋진 시편 지니고 온 것 더 기쁘니 更喜君携佳什至

아름다운 경치 빛을 다투어 붓 끝에 꽃이 피네　　烟霞爭彩筆頭花

○ 이공 학사께 동암

두 나라 막혀 있지 않아도 만 리로 멀지만　　不隔雙邦萬里賖
교린의 사신이 대대로 왔었네　　交鄰專使世相加
반 년 봉래섬에 머물다가　　半年留在蓬萊島
이날 영광되게 박망후[34]의 뗏목 돌아가네　　此日榮歸博望槎
깊은 부중이라 말씀 들을 인연이 없고　　潭府無緣聽謦咳
비단깃발에 언제나 광채를 우러러 보았네　　錦旌恒自仰光華
어찌하면 가볍게 등용문에 오르는 기쁨을 이루랴　　如何輕致登龍喜
다만 구슬 나무에 한 떨기 꽃이 필요할 뿐이네　　只要瓊林一朶花

아룁니다.

제 성은 송평(松平), 이름은 원규(元規), 자는 호운(胡云), 호는 동암(東菴)입니다. 남도 삼립산(三笠山)[35] 아래 살고 있습니다. 어릴 때부터 시를 읊조리기 좋아하였으나 몸이 궁벽한 곳에 있다 보니 평소 스승께 배움이 없어 다만 나무꾼 노래나 목동의 소리를 흉내 낼 뿐입니다. 비록 뇌문의 북을 친다 한들[36] 실로 부끄러운 점이 있습니다. 보잘 것

34 박망후 : 博望侯. 장건(張騫)을 가리킴. 한무제의 명을 받고 대하(大夏)에 사신으로 갔다가 뗏목을 타고 황하의 근원을 찾아 은하수까지 거슬러 올라갔다는 전설이 있다.

35 삼립산(三笠山) : 현재 奈良市 奈良國立公園의 동쪽 끝에 있는 산으로, 1935년 이후 若草山[와카쿠사야마]로 개칭되었다.

36 뇌문의 북을 친다 한들 : 뇌문(雷門)은 회계 성문의 이름으로 큰 북이 걸려 있는데 소리

없는 시 한 질을 가지고 와 드립니다. 엎드려 바라옵건대, 한 번 번개처럼 훑어보아 주십시오. 정정해주시는 말을 내려주신다면 무엇을 주신들 더 하겠습니까? 행여 가르침을 아끼지 말아주십시오. 삼가 아룁니다.

『동암시집(東菴詩集)』 서문 동곽

예전에 주부자께서 도정절[37]을 매우 사랑하신 것이 어찌 그 시격과 흥취, 운율과 여운이 양당[38]의 고수들 위로 훨씬 뛰어났기 때문이었겠는가? 특별히 그의 한아(閒雅)함과 충담(沖澹)함에 적막하고 처연한 맛이 있어 꼭 고아해지려 하지 않아도 절로 고아하고 기이함을 일삼지 않아도 절로 기이해짐을 취한 것이다. 참으로 시를 살핀다는 것은 그대로 성정을 쏟아내는 것을 가장 잘 된 것으로 여길 뿐이다. 하필 성률과 색택(色澤)의 사이에서 구하겠는가? 꽃의 색이 농후하고 아름다운 것, 구름의 기운이 맑고 고운 것, 강물이 울부짖으며 내달리는 것, 산악이 높이 솟았다가 낮아지는 것. 그 형상들이 본래 하나가 아니지만 각기 그 진정한 경지에 나아 바라보면 모두 마음을 즐겁게 하고 흥을 부치기에 충분하다. 시 역시 이와 같다.

내가 동암 송정씨가 쓴 시고를 살펴보니 뜻이 높으면서도 담박하고

가 백 리까지 들렸다 한다.

37 도정절 : 동진 때 시인 도잠(陶潛, 365~427)을 가리킴. 정절(靖節)은 그의 시호이다.

38 양당 : 兩唐. 초당(初唐)과 성당(盛唐)을 가리킨다.

음향이 밝으면서도 맑았다. 넉넉히 노닐면서 급박하지 않고 대범하면서도 속되지 않았다. 내가 본디 그 사람이 속세의 밖에서 자유롭게 노니는 줄 이미 알았었다. 이어 서발문 청함을 받게 되어 그의 평생의 흔적을 더듬어보니, 의기는 굳고 높으며 뜻은 엄하고 깨끗하여 세속의 도량 좁은 무리들과 함께 이지러진 세계에서 올려 보고 내려 보며 뒤쫓아 달리고 싶어 하지 않았다. 삼립산 아래로 가서 마침내 초가집을 짓고 살면서 세상사 버려두고 마음 내키는 대로 행동하며 구름과 달을 손님으로 삼고 소나무와 대나무를 반려로 삼아 흥이 나면 마주하고 시를 읊고 소님이 오면 차를 달일 뿐이다. 그러니 그의 고아한 인품과 밝은 취향은 이에 나가면 저절로 볼 수 있다. 읊조리는 사이에 나오는 것이 어찌 이와 같지 않을 수 있겠는가? 단, 사람됨이 도잠이 아니면서 절조가 도잠 같고 취향이 도잠 같은 것이 걱정스러운 것이지 그 시가 도잠에 미치지 못함을 어찌 걱정하겠는가? 만약 주부자처럼 시를 아는 사람이 있다면 그대가 반드시 시상[39]의 풍치를 얻은 것이 아니라고는 하지 못할 것이다. 아! 일컬을 만한 것이 어찌 유독 그에 따라오는 시율뿐이겠는가?

나 같은 사람도 한아함을 즐기는 병이 있어 한 구역 자리를 잡고 메마른 땅이나 두어서 늙어죽을 때까지 지낼 계획으로 삼으려 하였다. 그러나 세상과 어그러지는 일을 하는 것이 세상의 허물이 됨을 면치 못하였다. 과거 급제를 정하고 벼슬아치의 일을 좇아다니며 시간이 흘러가 버려니, 홀연 반평생이 지나버리게 되었다. 끝내 문장을 한다

39 시상 : 柴桑. 도잠이 「歸去來辭」를 짓고 은거한 곳이다.

는 헛된 명성 때문에 또 이번 사행의 일이 있게 되었다. 비록 조정의 명령에 다그쳐져 왔으나 그럴 생각이 아니었다. 내가 그래서 특히 부러움과 사모함을 이기지 못하고 부끄러운 마음을 삼가 몇 글자로 써서 돌려보낸다.

임진년(1712) 1월 ○일 삼한 동곽 쓰다

○ 동암 사백이 부친 운에 차운하다 같은 이

삼립산 그윽한 거소가 먼 지 느끼지 못하니 三笠幽居未覺賒
멀리서도 소식을 갑자기 보내오기 때문이네 遞中音問忽相加
청신한 빼어난 시구는 당인의 운율이라 淸新秀句唐人韻
호탕하게 마음이 나그네 뗏목 따르는구나 浩蕩歸心從客槎
참대 우거진 속 나머지는 섣달 눈이건만 苦竹叢深餘臘雪
어린 매화 향기 나니 봄꽃이라 알리는구나 小梅香動報春華
흰머리 늙은이의 문장이라 재주 온전히 쇠하였으니 白頭鉛槧才全退
누가 말하랴, 붓 끝에서 꽃이 나오길 꿈꾸었다고[40] 誰道尖毫夢吐花

귀국 경계에 들어와 여러 명승지를 노닐 수 있었고 새로운 사람을 아는 즐거움을 다 누렸습니다만 오직 족하와 함께 하지 못하였습니다. 벗과의 만남은 인생의 일면이니 역시 운수가 있는 것이겠지요. 실진(室津)에 도착해 족하의 시와 아름다운 시고를 받들게 되었습니다. 손

40 붓 ~ 꿈꾸었다고 : 이백이 젊은 시절 붓끝에서 꽃이 피어나는 꿈을 꾸었는데, 이후 천재적인 문재를 펼쳤다는 고사가 있다.

을 씻고 펼쳐 읊조리며 감상하니 입가에서 상쾌함이 생겨나 매우 감사드리기에 충분하였습니다. 다만 족하께서 세속 밖에 다니며 오직 인간 세상의 좋은 복을 오롯이 누리는 것을 살피니 사람으로 하여금 모르는 사이 부러움을 느끼게 만듭니다. 온 시에 삼가 차운하여 드리고 대략 보잘 것 없는 서문을 철해서 귀한 시고에 덧붙여 드리니 받아주시면 매우 다행이겠습니다. 저는 이미 바다 위에 떠 있고 족하 역시 구름 낀 숲에 편안히 누워 계십니다. 소식을 받들려 해도 인편이 없을 테니 종이 앞에서 슬퍼할 뿐입니다.

○ 삼가 삼한에 돌아가는 동곽, 용호, 범수, 경호 네 공을 전송하다 2수 노문수(蘆文水)

학을 타고 구름 위 가볍게 나는 듯한 만 리의 여정에 鶴背雲輕萬里程
사신의 수레 일 마치고 봉래와 영주 나서는구나 星軺事畢出蓬瀛
이곳 사람 이것저것 가르침을 물으니 鄉人委曲詢聲敎
바다 끝 산 끝까지 태평이라네 極海窮山屬太平

부평초처럼 우연히 만나는 일 어찌 항상 있으랴 萍水相逢豈有常
슬픈 이별에 말에 시름겨운 마음 어쩌겠나 黯然話別奈愁腸
머리 돌려니 구름과 달 끝이 없으나 回頭雲月無涯際
이제부터 각자 한 쪽 끝에 있을 거라 말하지 마오 莫道從今各一方

○ 노문수 사백의 시에 차운하다 동곽

나그네 여정이야 정해진 일정이 있으니　客子行程也有常
위험한 길 양 창자 같다고 근심하지 않는다오　不愁危機似羊腸
반형[41]의 이 모임을 그대는 기뻐해야 하리니　斑荊此會君應悅
천 리 멀다 않고 내가 지금 먼 곳으로부터 왔다오　千里吾今自遠方

○ 다시 동곽공의 시에 차운하다 노문수

한국과 부상의 수창은 실로 항상 하기 어려워　韓桑酬唱實難常
금수비단 잘라서 금수 창자 만들었네　錦繡裁成錦繡腸
위수의 나무와 강동의 구름[42]이 바로 내일이니　渭樹江雲明日是
다만 남은 문채 우리나라에서 빛나리　只餘文焰燦吾方

○ 노문수의 시에 차운하다 용호

넓디 넓은 겹겹 바다 아득한 여정　浩淼重溟杳去程
외딴 배 내일 신선의 영주를 떠나네　孤舟明日發仙瀛
평생 충심과 신의로 험난함을 함께 했기에　一生忠信同夷險

41 반형 : 班荊. 싸리를 꺾어 펴고 앉아 얘기를 나누며 친구와의 정을 나눔을 의미한다. 원문의 斑은 班의 오기로 보인다.

42 위수의 ~ 구름 : 두보가 이백에게 지어준 시에 "위수 북쪽 봄날 나무요 강동의 해 저물 때 구름이라네.[渭北春天樹 江東日暮雲]"라는 구절이 있다. 위수 북쪽은 두보가 있는 곳이고 강동은 이백이 있는 곳으로, 서로 멀리 떨어져 그리워함을 드러낸 구절이다.

집채만한 흰 파도도 눈아래 평탄하네 銀屋嵯峨眼底平

○ 용호공의 시에 다시 화운하다 노문수

사신의 배 예를 마치고 귀로에 올라 使星畢禮向歸程
닻 풀고 비단 돛에 푸른 바다 떠가네 解纜錦帆浮翠瀛
우연히 만났다가 이별해 떠나가니 邂逅相逢相別去
내 마음 어느 날 화평을 얻으려나? 心頭何日得和平

○ 노수문 사백의 운에 차운하다 범수

돌아갈 생각하는 나그네 귀향길 늦어지니 思歸客子滯歸程
언제나 누선을 큰 바다에 띄우려나 幾日樓船泛大瀛
노수는 내가 낚시하며 놀기에 충분하니 蘆水足吾釣遊處
그대를 마주한 마음 다스리기 어려워라 對君心事自難平
제 고향에 노수가 있기 때문에 쓴 것입니다

○ 범수공 시에 다시 화운하다 노문수

학문의 마다 망망하여 거리 헤아리기 어렵건만 學海茫茫不料程
달 속 계수 으뜸 올라 영주에 함께 왔네 魁攀蟾桂共登瀛
귀국의 이름난 강이 내 성과 같으니 貴邦名水同吾性
달 마주해 낚시질 하면 봄물결 잔잔하리 對月釣遊春浪平

○ 노수문 사백의 시에 차운하다 경호

물길 뭍길 아득한 돌아가는 나그네 길	川陸悠悠返客程
돛 걸고 어느 날이나 부상의 바다 건너려나	掛帆何日渡桑瀛
이국땅에서 또 하수 다리에서 작별을 하니	殊方又作河橋別
취한 후 떠나는 마음 절로 편안치 않네	醉後離情自不平

○ 경호공의 시에 다시 화운하다 노문수

멀리 부산 향해 며칠 일정인가?	遙指釜山幾日程
영광스럽게 돌아가는 채익선 넓은 바다 달리리	榮旋彩鷁馳滄瀛
천고의 후지산 눈을 기약하노니	爲期千古士峯雪
교린우호 돈독함은 세상이 평안함에 따른다네	鄰好敦依寰宇平

○ 삼가 이동곽, 홍경호, 엄용호, 남범수 네 선생께 면재(勉齋)

제 성은 포전(布田), 이름은 직(直), 자는 정백(正伯), 호는 면재(勉齋), 사도주(佐渡州)[43] 출신입니다. 근래 이 도읍에 와 유학을 하고 있는데, 다행히 선린우호를 맺는 때를 맞이하였습니다. 이미 한 형주가 알아줌[44]을 이미 입었습니다. 사신의 임무가 끝나 사행이 서쪽을 향하여

43 사도주(佐渡州) : 현재 新瀉縣[니이가타 현]에 속한 섬. 에도시대 금산이 발견되어 막부가 봉행소를 설치하고 지배하였다.

44 한 형주가 알아줌 : 荊識. 형주(荊州)는 당나라 때 형주자사였던 한조종(韓朝宗)을 가리킨다. 이백이 『與韓荊州書』에 "평생에 만호후에 봉해질 필요 없고 오직 한번 한 형주를

다시 훌륭한 위의를 다시 만나게 되었으니 어떤 행운이 이와 같겠습니까? 제 재주는 버선 꿰맨 실[45]이나 마음은 도덕의 남은 광채에 취해 함부로 천한 말을 지어서 높은 분의 귀를 더럽히니, 붕새와 고니가 날개를 치며 날아오르니 제비와 참새가 따라 날뛰는 것이라 말할 만 합니다. 엎드려 바라옵건대 거절하지 않음을 입어 비단주머니에 넣고 남은 것을 아끼지 않으셔서 제 목마른 듯한 그리움을 치료해주시기 바랍니다. 한 마디 말씀이 구정(九鼎)보다 중요하고 한 글자가 천금보다 귀하니 열 번 감싸 귀하게 간직하여 다른 날 고향으로 가지고 돌아갈 자본으로 삼아 사립문에 광채가 나도록 하겠습니다. 널리 사랑하시는 군자께 살펴주시기를 청합니다.

바다 만 리 돌아가는 노를 재촉하니　　海瀛萬里促歸橈
헤어지는 광경은 제5교[46]로다　　分手風烟第五橋
사귐의 정은 옻칠처럼 굳건해졌으니　　但得交情堅似漆
양쪽 땅 먼 노정을 뭐 하러 논하랴?　　何論兩地路程遙

○ 면재의 시에 차운하다 동곽

옛 고을에 다시 목란배 띄워　　古鄉重泛木蘭橈

만나기를 원하노라[生不用萬戶侯, 但願一識韓荊州。]"라고 하였다.

45 버선 꿰맨 실 : 촉의 한소(韓昭)가 여러 가지 분야를 두루 섭렵하였는데, 이태하(李台瑕)가 '한씨의 재주는 풀어놓은 버선 꿰맨 실오라기 같아서 긴 것이 하나도 없다'고 평가하였다 한다.

46 제5교 : 장안 남쪽 위곡(韋曲) 근처에 있는 명승지로, 두보의 시에 종종 등장한다.

몇 곳이나 긴 무지개 채색 다리 건넜던가? 幾處長虹渡彩橋
서쪽 적간관(赤間關)[47] 향해 넓은 바다 펼쳐지니 西指赤關滄海濶
무도(武都)[48]의 풍월은 꿈속에서도 멀구나 武都風月夢中遙

○ 면재께서 주신 시에 차운하다 경호

낭화성[49] 밖 목란배 정돈하여 浪華城外整蘭橈
내일 떠나러 대판교에 오르리 明發將登大坂橋
오늘 낙양[50]에서 이별한 후에 今日洛陽相別後
남북으로 두성과 기성처럼 멀어질 것이 가련하다 可憐南北斗箕遙

○ 면재의 시에 차운하다 용호

동쪽 한나라 나그네 목란배 대고 東韓客子艤蘭橈
낭속[51]에서 다시 다리 건너는 것이 더 가련하네 浪速偏憐再渡橋
귀로에 아득히 바다가 광활하지만 歸路迢迢滄海濶
꿈속 혼이 때때로 고향 멀리 간다네 夢魂時到故園遙

47 적간관(赤間關) : 현재 山口縣[야마구치 현]의 下關[시모노세키]를 가리킨다. 일본 本州의 첫 기착지였다.

48 무도(武都) : 東武, 즉 막부의 도읍인 江戶[에도]를 가리킨다.

49 낭화성 : 浪華城. 大坂城을 가리킨다. 浪華[나니와]는 大坂의 옛이름이다.

50 낙양 : 洛陽. 京都[교토]를 비유하여 한 말이다.

51 낭속 : 浪速. 浪華와 같은 말이다.

○ 삼가 범수 남공 서안에 드려 화운시를 구하다 면재

등용문 천 척 올라 훌륭한 모습 접하고	龍門千尺接高標
붕새 타고 구중 하늘 날아 은하수를 범하였네	鵬背九重凌漢霄
오늘 시단에 함부로 시구를 지었으니	今日騷壇漫裁句
몽당붓으로 쏟아내어 동요를 배우노라	禿毫寫出學童謠

○ 삼가 면재의 운에 차운하다 범수

시단에서 이 날 훌륭한 모습 접하니	騷壇此日接清標
의기는 자리에서 구중천을 닿는구나	意氣當筵凌九霄
귀국의 문화가 가는 곳마다 있었으니	貴國文華隨處在
헤어진 후 가는 길에 민요를 채집할 만 하리라	分行可以采風謠

○ 삼가 동곽 선생께 전송하다 항헌(恒軒)

사절이 멀리 동도[52]에 도달하셨으니 먼 길 겪는 풍상이 따르는 자의 근심이 되지는 못할 것입니다. 이 도읍에 돌아오셔서 제가 스승을 따라 빈관에서 뵈시고 다시 모범이 되는 모습을 배알하였으니 위로와 행운이 지극하여 쉽게 말로 펼 수가 없습니다. 공손히 짧은 시를 지어 선생을 번잡스럽게 합니다. 엎드려 바다 같은 은혜를 바라옵니다. 제 성은 신호(神戶), 이름은 동(棟), 자는 경륭(景隆), 호는 항헌(恒軒)입니다.

52 동도 : 東都. 京都와 대비하여 동쪽에 있는 막부의 도읍인 江戶[에도]를 가리킨다.

시인이 채찍 휘둘러 동쪽에서 돌아오니 騷客揚鞭回自東
풍류 즐기는 이 날 기운이 무지개 같네 風流此日氣如虹
내일 아침 그대 떠나면 도성문에서 깨달으리니 明朝君去都門曉
만 리에 어찌 소식이 통하겠는가? 萬里奚爲音信通

○ 항헌의 시에 차운하다 동곽

소년의 명성이 하늘 동쪽에 떠들썩하고 少年聲譽噪天東
호기는 만 길 무지개 보는 듯하구나 豪氣看如萬丈虹
잠시 만남이 바로 서로 마음을 아는 줄 알았으니 傾蓋卽知肝膽照
말로 번거롭지 않아도 뜻이 먼저 통하네 不煩言語意先通

○ 삼가 용호 엄선생께 드려 화운시를 요청하다 항헌

만 리 붕새의 노님에 모습을 우러러보고 萬里鵬遊仰下風
용문에 오른 영광된 명망에 명공을 배알했네 登龍榮望謁名公
문곡성과 규성이 모인 기상[53]의 모임에 文奎星聚箕桑會
맑은 시절 끝이 없음을 보고 기뻐하노라 喜見淸時無有窮

○ 항헌의 시에 차운하다 용호

그대의 시를 보니 당풍(唐風)이 있고 看君詩律有唐風

53 기상 : 箕桑. 기자의 나라인 조선과 부상의 나라인 일본을 가리킨다.

이름난 도읍에 스승과 벗 큰 인물 많네　師友名都多鉅公
좋은 옥은 갈고 닦아야 쓸 수가 있으니　良玉琢磨才應用
배움을 포기하며 길 궁하다 탄식 말라　莫須抛學歎途窮

○ 처음 삼한의 이공을 뵙고 삼가 제 시 한 편을 철해서 객관의 서안에 보내니 엎드려 수정을 청하다 오동자(梧桐子)

한국과 부상의 군주는 모두 호걸이자 영웅이라　韓君桑主共豪英
평화를 돈독히 해 비로소 사해가 맑음을 알았네　淳和初知四海清
풍월이 삼천이라 물결처럼 시 읊게 되고　風月三千吟浪起
모래알 같은 사람 백 억이라 구름처럼 모여드네　塵沙百億筭烟生
귀현이 나라 빛내 귀한 현인 줄지어 있고　貴賢昭國貴賢列
장덕의 평안한 세상[54] 바른 덕이 밝도다　正德平天正德明
못난 내가 다행히 기린 봉황 만났으나　踈懶幸交麟鳳席
시의 맹약 맺을 힘이 없음이 부끄러울 뿐이네　只慚無力結詩盟

○ 오동자의 시에 차운하다 동곽

겨울 매화 이미 지고 눈꽃이 피니　寒梅已折雪中英
사원 경치 더욱 깨끗해짐을 깨닫네　寶界風烟更覺清
조용히 포단에 앉아 작은 모임을 이루니　穩坐蒲團成小集
바다 세상 적막한데 차가운 구름 생기네　海天寥落冷雲生

54 장덕의 평안한 세상 : 당시 연호가 正德이었으므로, 중의적인 표현을 사용한 것이다.

쌓인 눈 때문에 시린 추위 여윈 뼛속 파고들어	積雪寒威侵瘦骨
문 닫고 깊이 들어앉아도 온 처마가 밝구나	閉門深坐一檐明
아침 되자 여러 젊은이와 모여	朝來雍與諸郎會
글 쓰는 모임 중에 함께 시맹을 맺었노라	翰墨場中共托盟

동곽 이선생께 동천(東泉)

지난번 글을 드렸으나 가르침을 받지 못해 갈망하는 마음이 가득한 채 손을 맞잡고 명을 기다렸습니다. 선생께서 바라던 바를 허락해주시니 감사하는 마음을 감당할 수가 없습니다. 제가 우연히 좌석에 뫼시고 삼가 주신 것을 읽었습니다. 그대들의 옥 같은 운율은 천상의 말이 많아 인간세상을 따라 온 것 같지 않으니 진실로 문단의 날랜 장수요, 시단의 오래된 장인이십니다. 태사공 사마천의 족적이 천하의 반을 돌았기 때문에 학문이 날로 넓어지고 밝아졌다고 들은 적이 있습니다. 선생께서 오늘날 동쪽으로 오셨으니 어찌 사마공의 족적과 같지 않겠습니까? 그러니 선생의 필력은 마땅히 하늘과 땅의 추축을 흔들고 돌리실 것이니 굴원과 송옥을 몰고 양웅과 사마상여를 채찍질하는 것이 분명합니다. 제가 평생 현자의 말몰이꾼이[55] 되고 싶었으나 해륙 만 리 길을 넘어갈 방도가 없어 슬퍼하며 바라볼 뿐이었습니다. 고인이 일자사[56]를 존경하였으니 선생께서 몽매함을 깨우쳐 주셔서

55 현자의 말몰이꾼이 : 후한(後漢)의 순상(荀爽)이 이응(李膺)을 사모하여 그의 말몰이꾼이 되자 매우 기뻐하였다.

56 일자사 : 一字師. 한 글자를 고쳐준 스승. 조매(早梅)의 "前村深雪裏 昨夜數枝開"라는

글자 없는 제 비문에 한 글자 새기게 해주신다면 그 은혜와 도량을 죽어도 잊지 못할 것입니다. 그러니 깊은 바람을 선생께서 돌아보시고 생각을 드리워 존귀한 글을 주신다면 큰 행운을 감당하지 못할 것입니다.

다시 동곽 이선생께 같은 이

얼마 전 방주공[57]을 통해 선생의 학문의 풍부함과 덕의 깊음에 대해 듣고 놀라서 감복하고 내두른 혀를 거두어들일 수 없었습니다. 날마다 발돋움하며 간절히 강을 바라보았습니다. 예전 명나라 학자는 쇠털같이 많았으나 학문을 이룬 자는 기린 뿔과 같았다고 합니다. 믿을 만한 말일 것입니다. 제 읍의 학자는 책상자를 지고 책을 안은 자가 쇠털 같습니다만 아직 이룬 자가 없습니다. 저 역시 책상자를 짊어지고 책을 안고 다니면서 읍에 이룬 자가 있으면 나아가 제자의 예를 취합니다만 지극한 도를 물으면 당 안에 들어 온 정도를 말할 뿐 깊은 방에 들어간 정도를 말하지 않으니 어찌 한음(翰音)이 하늘에 오른 것이[58] 없다고 할 수 있겠습니까? 저는 구차히 통하지 않았습니다. 그렇기 때문에 명함에 보풀이 일어나지만 이에 무릎을 꿇지 않은 지 오래

시에서 정곡(鄭谷)이 '數'를 '一'로 고쳐주자 그를 '일자사'라고 불렀다고 한다.

57 방주공 : 雨森芳洲를 가리킴. 쓰시마의 서기로 사행을 호행하였다.

58 한음(翰音)이 하늘에 오른 것이 : 『周易·中孚卦』에 "한음이 하늘에 오른다.[翰音登于天]"라고 하였다. "한(翰)은 높이 날아가는 것이니 날아가는 소리는 소리만 날아갈 뿐이지 실상은 따라 가지 않는 것을 의미한다."고 설명되어 있다.

되었습니다. 제가 사적으로 기린의 발에 절을 드리고 처음 기린의 뿔을 만나자 홀연 그 덕에 취하여 모르는 사이 무릎을 꿇었습니다. 오직 선생을 위해 말채찍을 들고 싶을 뿐입니다. 어찌 사람으로 하여금 이렇게까지 경모하게 만드십니까? 엎드려 바라옵건대, 구야자[59]의 묘한 솜씨로 만들어주심을 받들게 되면 다행이겠습니다. 저는 기린의 뿔이 되기를 바라는 것이 아니라 오직 쇠털의 무리를 면하고자 하는 것입니다. 자꾸 위의를 더럽혀 황공하기 그지없습니다.

다시 동천께 동곽

얼마 전 대판에서 왕림해 주심을 입고 두 번째 이르니 어찌 반만리 밖 사람이 기대했던 것이겠습니까? 마음에 새긴 감사가 적지 않습니다. 다만 왕명을 띤 여정이 기한이 있어 즉시 배를 띄워 동쪽을 향하니 이별하는 마음이 더욱 섭섭하기 그지없습니다. 곧바로 편지를 받들고 작별하고 돌아가는 길에 움직이고 멈출 때마다 아름다운 경치가 있음을 알고 매우 위로가 되었습니다. 근래 방주공을 통해 족하께서 평소 의기가 높고 상투적이고 세속적인 데 국한되지 않으며 경문에 힘을 드러내고 문장에 노니니 분명 사귐에 있어 두 가지를 잘 하시라는 것을 알았습니다. 애서 부지런히 하심에 다른 날 성취가 있으리라는 것을 생각할 수 있으니 어찌 첫 번째 자리의 군자를 대하지 않겠습니까? 이미 이러한 뜻이 있고 이러한 역량이 있으니 쌓은 바를 한

59 구야자 : 歐冶子. 명검을 만든 사람. 월왕 구천을 위해 검을 만든 것으로 유명하다.

번 펼쳐 부귀에 이르지 못하는 것은 걱정하지 않아도 될 것입니다. 보내온 시는 실로 바르고 아름다워 더욱 귀하게 여길 만합니다. 삼가 차운하고 또 두 편으로 벗을 그리워하는 구구한 마음을 펴니 아울러 헤아려주십시오. 사행이 돌아가는 일정이 섣달 전후 낙양에 도착하기 쉽습니다. 글을 받들 인편이 있겠습니까? 애타게 기다리고 있습니다.

절에서의 이별 꿈속에 여전하나	招提一別夢依依
물의 고장 가을 깊어도 기러기 그림자 드물구나	水國秋深雁影稀
섣달 후 겨울 매화 응당 모두 필 테니	臘後寒梅應盡發
낙중에서 채색 깃발 돌아오길 기다리리	洛中須待彩旌皈

근래 방주자를 통해	近因芳洲子
그대의 뜻과 학업 넉넉함을 들었네	聞君志業優
시편은 성대한 모범을 따르고	詩篇追盛軌
경술은 전대의 현인을 사모하네	徑術慕前修
말로에 반가워하는 눈이 없고	末路無青眼
궁하여 머리가 하얗게 세려 하네	窮然欲白頭
예나 제나 모두 이와 같으니	古今皆如此
마땅히 교유에 감사해야 하리	端合謝交遊

○ 동천 사백의 시에 수창하다 같은 이

태선[60]은 인간 소유 살피지 않으니	胎仙不省人間有
상서로운 빛깔이 속된 눈을 놀라게 하네	瑞彩能令俗眼驚

못된 새 다투어 울고 닭은 곡식 쪼아대니　　惡鳥爭鳴雞啄粟
깊이 감추고 구고성[61] 내지 마오　　深藏休作九皐聲

○ 동곽 이공의 운에 다시 화운하다 동천

제 누린내 나는 입으로 어찌 귀를 더럽히겠습니까? 선생께서 바란 바를 허락하셔서 가르침을 내리시고 또 잘못 칭찬까지 해주셨습니다. 고인이 말하기를 '천 명이 순종하는 것이 선비 하나가 바른 말 하는 것만 못하다'라고 하였습니다. 선생의 바른 말을 제 문에 들인다면 아홉 마리 소가 끌어내도 나오지 않을 것입니다. 이것이 제가 영광이 늘고 성가가 고쳐지는 까닭이면서 또 부끄러워 땀이 흘러내는 까닭입니다. 또 저를 아끼셔서 아름다운 시 두 편을 주시니 수주[62]를 얻은 것 같으니 광영을 어찌 감당하겠습니까? 삼가 훌륭한 시운에 차운하여 선생의 서안에 바치니 엎드려 정정해 주시기를 바랍니다.

고금의 사귀는 정은 의지하는 바를 아껴　　今古交情愛所倚
책 읽으며 세상 잊어 손님 오는 일 드물구나　　目耕忘世客來稀
구름 속 우는 학을 어찌 우러러보지 않으랴　　雲中鳴鶴豈無仰
발돋움해 군자가 돌아오길 날마다 바란다오　　翹企日望君子歸

---

60 태선 : 胎仙. 학을 가리킨다. 태생(胎生)을 한다는 전설이 있어서 생긴 별칭이다.

61 구고성 : 九皐聲. 깊은 늪에서 우는 소리. 『詩經·小雅』의 「鶴鳴」에 "학이 깊은 늪에서 우니 그 소리가 하늘에 들리네.[鶴鳴于九皐, 聲聞于天.]"라고 하였다. 현자가 깊숙한 곳에 은거하여도 남들이 그의 덕행을 다 알게 됨을 가리킨다.

62 수주 : 隋珠. 수후의 구슬로, 큰 뱀이 그의 은덕을 갚기 위해 바쳤다는 보물이다.

태산북두처럼 짝이 없는 선비는　泰斗無雙士
풍모와 자태에 예의가 가장 넉넉하네　風姿禮最優
널리 아는 지식은 유찬(柳粲)을 압도하고　博知倒柳粲
명철함은 양수(楊修)를 압도하네　明徹壓楊修
홀로 바람에 날개를 떨치니　獨垂風振翼
누군들 자라처럼 움츠리는 목이 불쌍하지 않으랴만　誰憐鼈縮頭
선생의 덕은 바다와 같아　先生德如海
어짊과 사랑으로 시를 지어 노니네　仁愛賦詩遊

○ 경호 사백께 드리다 동천

지난달 외람되이 제 글을 드려 옥 같은 시를 받았습니다. 게다가 잘못 칭찬까지 해주시니 감사하는 마음을 어찌 감당하겠습니까? 엎드려 영광되게 돌아가시는 만 리 바다와 뭍길에 별 탈 없이 귀국에 도착하시기 바랍니다. 그래서 촌스러운 시 한 수 받들어 경호 사백께서 서쪽으로 돌아가심을 전송합니다. 정정해주시기를 엎드려 바랍니다.

산과 바다가 이별의 소리 띠고 있으니　山林海水帶離聲
재회를 기약하기 어려워도 정은 끝이 없네　再會難期無限情
내게 주신 아름다운 글 영원히 보존하여　賜我瓊詞永存世
그대의 이름 천고에 전하려 하네　因君千古欲傳名

○ 동천 사백의 시에 차운하다 경호

근심스럽고 힘든 노래 한 곡조 愁聽勞歌一曲聲
이국땅 해질 때 이별의 마음이네 殊方落日別離情
늙은 나이 비단 글을 받으나 재주가 다 쇠하여 老年受錦才全退
새로 안 분께 성명 말하기 부끄러워라 羞向新知道姓名

○ 동곽 이공께 시와 아울러 아뢰다 동고

두 나라의 예가 성대하여 부절을 안고 만 리에 오셨으니 천세의 큰 아름다움입니다. 쌍어[63]로 맹약을 맺으니 글을 쓰고 꾸미는 데 각기 맞는 사람을 얻어서 옥으로 만든 함에 넣고 금으로 봉하여 일찍이 예를 마쳤습니다. 아! 또한 훌륭하지 않습니까? 공손히 생각하면, 그대께서는 크고 무거운 덕망을 지니셨습니다. 모범으로 선비들을 깨우칠 수 있고 본보기로 다른 이를 권면하기 충분하십니다. 진실로 원귀[64]가 신탁을 한 바요, 지남거[65]가 의지하는 바이십니다. 그리고 손으로는 용봉의 문채를 만들어 내시고 가슴에는 호표의 찬란함을 지니셨습니다. 주고은반[66]을 본받아 익혀 반좌[67]를 앞지르고 조사[68]를 뛰어넘으

63 쌍어 : 雙魚. 서신을 뜻함. 멀리에서 보내온 물고기 두 마리 뱃속에 뜻밖에 편지가 들어 있었던 고사에서 유래하였다.

64 원귀 : 元龜. 큰 거북 껍질로, 종묘에 간직하였다가 나라의 큰 일이 있으면 점을 쳐 물어보는 데 사용하였다.

65 지남거 : 指南車. 수레 위에 신선이 목상을 세우고 손가락이 항상 남쪽을 가리키게 장치하여 방향을 찾는 데 사용하였던 수레.

66 주고은반 : 周誥殷盤. 주고(周誥)는 『書經·周書』의 「大誥」, 「康誥」, 「酒誥」, 「召誥」,

시니 실로 세상에 보기 드문 높은 재주이십니다. 앞서 무주(武州)에 가시던 날 사행이 이곳에 관소를 정하셨을 때 도성의 선비들이 풍모를 그리워하고 위의를 사모하였습니다. 종종걸음으로 달려오고 가마를 곤두박질치며 다투어 시와 문장을 바치고 살펴주실 것을 바랐습니다. 그대께서는 한결같이 거둬들이며 감히 가리지 않으셨고 손님과 같이 하며 감히 거절하지 않으셨습니다. 이에 그대가 넓고 큰 도량을 가진 어르신임을 갑절로 믿게 되었습니다. 저 역시 정신과 혼백이 움직이고 달려 일찍부터 현인의 말몰이꾼이 되기를 간절히 바랐습니다만 우연히 사무에 막혀서 훌륭하신 말씀을 받들 수가 없었기에 바라고 기다리는 마음이 거의 날마다 쌓였습니다. 오늘 돌아가시는 행차가 다시 오셨습니다. 올해 먼 길을 달려오셨으나 움직임에 만복이 깃드셨으니 기쁨을 감당할 수 없습니다. 저는 궁벽한 시골의 말학으로 글이나 익히는 천한 유생이니 어찌 좌우에 계신 분께 성명을 통하기 충분하겠습니까? 그러나 목을 늘이고 뒷꿈치를 들며 그리움과 풍모와 위의를 사모하는 뜻이 음식에 굶주리고 목마름 같을 뿐만이 아니라 흠모함이 이에 다하였습니다. 다행이 하늘이 좋은 인연을 빌려주어 한국을 사모하는 정을 통하게 되었으니 어찌 뛸 듯한 기쁨을 이기겠습니까? 만일 돌아봐주시는 은혜를 입어 다른 날 청운에 오르는 영광이

「洛誥」의 5편을 가리키고, 은반(殷盤)은 『書經·盤庚』의 상·중·하 3편을 가리킨다.

67 반좌 : 반악(潘岳, 247~300)과 좌구명(左丘明, ?~?). 반악은 서진 때 시인으로 애상시에 뛰어났으며, 좌구명은 춘추 노나라 때 학자로 『左氏傳』과 『國語』를 지었다.

68 조사 : 조식(曹植, 192~232)과 사령운(謝靈運, 385~433). 조식은 위나라 시인으로 건안문학의 대표시인이며 사령운은 남북조시대의 산수시인이다.

있게 된다면 이는 제가 감히 바라기 때문에 된 것이 아니라 흙을 포용하여 사양하지 않음이 태산이 크게 된 까닭이요, 작은 물줄기를 끌어들여 가리지 않음이 하수와 바다가 넓게 된 까닭이요, 지극한 어리석음을 가련히 여겨 버리지 않음이 군자가 대중을 구하는 까닭이라 할 것입니다. 구구한 정성을 말하지 않고 그만 둘 수가 없습니다. 그래서 외람되게 제 마음을 펴고 아울러 촌스러운 시 한 편을 지어 좌우에 바칩니다. 그대께서 '각자 뜻을 말해 보라'고 했던 공자의 생각을 취하여 잠깐 봐주신다면 이것이 바로 천재일우의 행운일 것입니다. 밝게 살펴주시기를 부디 바라옵니다.

나는 원래 궁벽한 곳 썩은 유생이건만	我元蓬蓽腐儒生
좋은 인연 얻었더니 세속 마음 아니네	偶獲良緣不世情
이국인과 금석 같은 벗이 되기 어려우나	異地難爲金石友
같은 마음으로 잠시 계단의 맹약을 맺었노라	同懷暫結雞壇盟
고향 그리는 마음 다한 곳에 달은 천 리 뻗었고	鄕心窮處月千里
고향 꿈 깨어날 때 기러기 한 번 우네	歸夢覺時雁一聲
높은 관직 영광스러운 상 받을 날 있으리니	朱紫榮賞知有日
대궐에 문명이 있다고 예전부터 들었다오	曾聞魏闕是文明

○ 동고 사백의 편지를 받들고 삼가 보내준 시에 차운하다

동곽

제가 귀국의 국경에 들어와 이러저러한 손님들을 이어서 접하고 시와 필담을 더했습니다. 읊을 틈도 없고 생각할 틈도 없이 붓가는 대로 창화를 하였으니 감히 보기에 충분하겠습니까? 족하께서 자신을 배척하기를 매우 지나치게 하시면서 저를 받들기를 어찌 넘치게 하십니까? 저는 너무 부끄럽습니다. 어제 다행히 좋은 인연을 얻어 서로 즐겁게 얘기를 나누었으니 진실로 부평초처럼 떠돌다 우연히 한 번 만난 인연입니다. 땅이 비록 떨어져 있고 말이 비록 달라도 천리마의 재주로 늙은 나귀를 깨우쳐 채찍질 해주시니 무슨 말인들 통하지 않고 무슨 마음인들 다 말하지 않겠으며 무슨 멀다 할 것이 있겠습니까? 다만 한스러운 것은 사행이 돌아갈 날이 임박하였으나 족하와 풍월을 읊는 사이에 손바닥을 칠 길이 없는 것입니다. 한 번 이별하면 다시 만날 수 없으니 물러나 더욱 수건에 눈물을 적십니다. 그래서 뜻을 말해 어제 주신 것에 답하여 드립니다.

그대가 미친 늙은이인 나를 아낌을 알기에	知子愛吾狂老生
서로 만나 문경교[69] 정을 다스리지 않았네	相逢不繕刎頸情
붓 잡자 언어가 다름을 잊어 버렸고	把毫忘却語言異
이별 닥쳐 오히려 송백 같은 맹약을 기약하노라	臨別猶期松柏盟
돛 달 때 눈 조각 부딪치고	帆席縣時衝雪片
말발굽 가는 곳에 원숭이 소리 들리네	高蹄贏處聽猿聲
온천에 시를 바치고 은하수 거슬러 올라가니	溫泉獻賦攀霄漢
멀리 고인을 위해 성인의 덕을 노래하네	遙爲故人歌聖明

69 문경교 : 刎頸交. 우의가 깊어 생사를 같이할 만한 사귐을 가리킴.

○ 갑자기 경호공께 드리다 동고

한 번 보고 난초방의 향기 사양하기 어려우니 一見難辭蘭室薰
슬프게도 두 사람 이별하려 하는구나 相悲兩袂欲相分
구름 속 관문과 한 데의 역사라도 밥을 더 드시오 雲關露驛加餐飯
궁궐의 벼슬 제수하는 글이 그대를 기다릴 테니 魏闕除書應待君

○ 동고의 시에 화운하여 경호

던져준 좋은 글에 입안이 향기롭고 擲地好辭牙齒薰
서로 만난 두 사람 다시 헤어지기 어렵구나 相逢雙袂更難分
훌륭한 모습은 땅 위의 것이 아니니 風標非是地中物
다른 날 청운은 이 분께 있으리라 異日青雲在此君

○ 갑자기 용호공에게 드리다 동고

높은 명성 일찍 듣고 꿈에 자주 뵙더니 早聞高聲入夢頻
문채를 함께 하니 옥 같은 자태 새롭구나 乍陪文采玉姿新
풍류에 백년의 벗을 삼고 싶었으나 風流欲作百年友
그대는 만 리 떨어진 이방의 사람이네 君是異邦萬里人

○ 동고의 시에 화운하다 용호

양춘곡 한 곡조 자주 음미하다가 一曲陽春吟翫頻

서로 기뻐하며 새로 안 친구임을 깨닫지 못했네	相歡不覺相知新
천 리 길 이별한 후	去程千里別離後
달 밝고 바람 맑아도 양쪽 땅 사람이리	明月淸風兩地人

○ 또 위성의 한 말 술[70]과 바꾸다 동고

여관에서 만난 곳	旅館相逢處
산천에 눈이 쌓여 맑구나	山川積雪淸
잠시 얘기를 나누며 우호를 맺으니	暫時傾蓋好
천 년 문경교의 마음이네	千歲刎頸情
지붕 위 달 똑같이 비추지만	同照屋梁月
수륙 멀리 떨어진 길이네	遙隔水陸程
이제부터 뵈올 일 끊길 테니	從此音容絶
어찌 이별이 가벼울 수 있으랴?	何得別離輕

○ 동고의 시에 차운하다 용호

이역 한 해 저무는 때	異域年光暮
사원의 저녁 이내 맑구나	禪樓夕靄淸
상을 나란히 하고 훌륭한 모임 이어받고	連床拚勝會
술 잔 기울이며 기쁜 정을 보였네	傾盃罄歡情

70 위성의 한 말 술 : 이백의 「送別」에 “한 말 술 위성 주변에서 마시니 주막에서 취해도 잠이 오지 않는구나.[斗酒渭城邊, 壚頭醉不眠。]”라는 구절이 나온다.

여관에 나그네 자취 머물다가 旅館淹羇迹
외딴 배 멀리 떠나게 되었네 孤舟杳去程
내일 아침 사행이 출발하면 明朝應征旆
흡사 빠른 오리처럼 가볍게 떠가리 渾似快鳧輕

○ 동곽 이공께 드리다 단암

훌륭한 손님 오늘 경성에 들어와 嘉賓今日入京城
온 도성이 기뻐하며 귀를 기울이려 하네 闔國相歡耳欲傾
동쪽에 가 국서 전달하고 떠난 것을 축하하니 爲祝東遊傳命去
서쪽으로 돌아가는 길 별 탈 없이 물결이 잔잔하리 西歸無恙海潮平

○ 단암의 시에 차운하다 동곽

오래된 절 고요하여 바닷가 성에 오르니 古寺蕭條上海城
지는 햇살 구름 사이 비치며 서쪽으로 기울려 하네 漏雲殘日欲西傾
별을 인 행색[71] 어디로 향하는가? 戴星行色爲何向
푸른 포구 안개 낀 물결은 손바닥처럼 평평하네 澱浦烟波掌樣平

71 별을 인 행색 : 관리가 부지런히 힘쓰느라 아침 일찍, 밤늦게 별을 머리에 이고 돌아다니는 모습을 뜻한다.

○ 양의 기공[72]에게 드리다 단암

명의의 보배로운 거울이 부상을 비추어 名醫寶鏡照扶桑
약 달이는 비결과 진귀한 치료로 처방을 세웠으나 炒訣珍治立驗方
한스럽구나, 헌원씨, 신농씨 대대로 전한 의술을 還恨軒農世傳術
한 번 베풀기도 전에 행장을 재촉함이 未施一匕促嚴裝

○ 단암에게 감사하다 상백헌(嘗百軒)

뗏목 타고 만 리 부상을 향해 乘槎萬里向扶桑
멀리 단사 굽는 처방을 찾아왔네 遙覓丹砂天外方
시원한 당에 앉아 고상한 손님 질문 드물고 稀坐凉堂高客問
따뜻한 대화 자주 끊기더니 행장만 남았구나 溫談稠折留行裝

○ 동곽 학사의 시 읊는 서안에 드리다 승진(僧辰)

고려의 손님을 우연히 만나니 邂逅高麗客
예의 있는 모습 가는 곳마다 정성스럽네 禮容隨處虔
사람들이 계수나무에 오를 선비라 말하고 人言攀桂士
나는 뗏목 타고 은하수 오를 신선이라 여기네 我識駕槎仙
뛰어난 문채 모두 부러워할 만해 俊彩皆應羨
시의 맹약에 인연을 맺었네 騷盟偶結緣

72 양의 기공 : 기두문(奇斗文, ?-?)으로, 호는 상백헌(嘗百軒)이다. 직장(直長)을 역임하였다. 1711년 양의로 일본에 다녀왔다.

그대 고향 생각 간절함을 생각하면　想君鄕思切
돌아가는 꿈 웅천을 감돌 테지　歸夢遶態川

○ 진 상인의 시에 차운하다 동곽

예원의 시정은 분방하나　藝苑詩情放
선가의 예모는 정성스럽네　禪家禮貌虔
일정함이 있으면 모두 고뇌의 바다지만　有常皆苦海
일이 없으면 바로 진짜 신선일세　無事是眞仙
아름다운 세계에 새로운 흥이 넉넉하여　勝界饒新興
기이한 노닒이 묵은 인연을 다했네　奇遊了宿緣
속세 초월한 군자가 많아　多君超世臼
좋은 산천을 영유하고 있다네　管領好山川

○ 삼가 세 영공께 드리다 주은(周恩)

벼슬 세계 노니는 세 사람　三個宦遊人
위의와 모습이 한결같이 새롭구나　儀標一樣新
지금 같이 천년에 한 번 있을 만남은　如今千載遇
나로 하여금 전세의 인연을 느끼게 하네　使我感前因

○ 동자 스님 주은의 시에 차운하다 동곽

사람이 사람임을 알고 싶다면　欲識人爲人

배움의 기운을 새롭게 해야 하리　要須學氣新
심신을 검속하지 않는다면　心身如不檢
성취가 다시 무엇을 통해 이루어지랴?　成就更何因

○ 주은 사미[73]의 시에 차운하다 범수

나이 겨우 열둘에 검은 승복 입은 이가　年纔十二披緇人
손님에 써 준 시의 시어가 새롭구나　對客題詩詩語新
그대 만나니 진나라 동자를 본 듯 황홀하니　逢渠恍見秦童子
약을 캐는 신선의 산에 인연이 있음을 기뻐하네　採藥仙山喜有因

○ 전운을 써서 이동곽, 남범수 두 분이 화운시를 준 것에 감사하다 주은

만나니 오래 알던 이 같은데　相逢如故人
더욱이 화운시를 새롭게 받았음에랴　況荷和章新
하나하나 모두 감사할 것 생각하지만　箇箇思皆謝
힘이 약해 해낼 방법이 없네　力微未有因

73 사미 : 沙彌. 범어 Sramanera의 음역으로, 불문에 처음 들어가 십계를 받은 남자 중을 가리킨다.

○ 지문 선사에게 주다 묵재(默齋)

지난날 고승의 오묘한 말씀 듣고서 闍梨昔日聽談玄
기성과 두성처럼[74] 그리워하며 한 해를 넘겼네 箕斗相思已隔年
원래부터 산승의 자취 찾아보기 어려우니 自是山僧難訪跡
두 번이나 비석[75]을 만난 것 역시 전생의 인연이리 再逢飛錫亦前緣

○ 묵재 최공이 부쳐준 시에 차운하다 지문(智門)

우연한 만남을 어찌 오묘하다 말하랴만 萍水相逢豈曰玄
시를 받고 도리어 기뻐 읽느라 세월 잊었노라 獲詩却喜讀忘年
이번 생에 비록 얼굴을 보지 못하더라도 此生縱使欠看面
마음과 마음 다 맺었으니 인연은 끝 없으리 結盡心心未了緣

○ 이동곽 선생께 드리다 엽암(葉菴)[76]

한림의 맑은 풍골 우러러 보고 仰見翰林風骨清
성균관 재덕으로 영주에 오름이 부럽구나 成均才德羨登瀛
생각치 않게 다행히 훌륭한 모습 접하고 떠났더니 不圖幸接芝眉去
오늘 역시 옥 같은 분에 기대는 영광을 누리네 今日亦看倚玉榮

74 기성과 두성처럼 : 기성은 남쪽에 있는 별이고 두성은 북쪽에 있는 별이다.

75 비석 : 飛錫. 석장을 날린다는 뜻으로, 여기에서는 승려가 방문한 것을 가리킨다.

76 엽암(葉菴) : 전전엽암(前田葉庵, 1677~1752)으로 이름은 時敏, 자는 道通. 京都 출신의 儒醫로, 福井藩의 유관을 역임하였다.

○ 엽암 사종의 시에 차운하다 동곽

정신이 빙호처럼 철저히 맑으니	神似氷壺徹底淸
그대의 집은 절로 봉래 영주 위에 있네	君家自是上蓬瀛
먼 사행길 고생 많다 말하지 마오.	休言遠役多辛苦
오늘 용문에 오르니 역시 하나의 영광일세	今日登龍亦一榮

동곽 이공께 드리는 편지 용졸재(用拙齋)[77]

지난번 관소를 찾아뵙고 아름다운 풍채를 엿보았습니다. 성대히 돌보아주시고 관심을 기울여주시니 감사하는 마음을 어찌 이기겠습니까? 저는 약관 전에 이미 책을 읽을 줄 알았습니다만 십년을 연마하여도 게으르고 성겨 효과가 없었습니다. 그리고 많은 병에 시달렸기에 시와 술로 도망쳤습니다. 도성의 시인과 명사 중 함께 하지 않은 사람이 없습니다. 성질이 멀리 노니는 것을 좋아하여 호수와 산의 명승지는 대략 이미 다 돌아보았습니다. 한스러운 것은 시에 솜씨가 없고 생각이 기이하지 못한 것입니다. 지금 다행히 고상한 풍모를 뵈오니 평소 바람이 위로가 됩니다. 돌아갈 날이 닥쳐오니 무정할 수 없어 삼가 도목과 남호의 시화집 2책을 드리고 아울러 제 율시 2수를 좌우에 드립니다. 봐 주시면 다행이겠습니다. 매우 황송합니다.

77 용졸재(用拙齋) : 뇌미용졸재(瀨尾用拙齋, 1691－1728)로, 이름은 維賢, 자는 俊夫, 별호는 奎文官이다. 가업인 京都의 서점을 이었다. 伊藤仁齋와 入江若水에게 수학하였다. 『雞林唱和集』의 편저자이다.

일본 정덕 원년 신묘년 납월 瀨尾維賢가 머리를 조아립니다.

○ 전에 사람이 훌륭한 시를 전해주었는데, 일본의 여러 공께 드린다고 쓰여 있었습니다. 졸렬함을 돌아보지 않고 함부로 시운을 밟아 동곽 이학사의 서안에 드립니다. 행여 일 만들기 좋아한다고 의심하지 말아 주십시오. 앞 사람

옛날 장경[78]은 기이한 재주를 감발하여	從古長庚感異才
한 말 술에 시를 짓고 귀밑털 희끗해졌네	詩成一斗鬢皚皚
성명은 기린각에 빛나고	姓名赫奕麒麟閣
기상은 앵무배[79]에 우뚝하네	氣象崢嶸鸚鵡盃
이제 흰 눈 세 번 내린 상서로움[80] 아뢰자	雪落今呈三白瑞
매화가 피어 이미 온갖 꽃의 우두머리 차지했네	梅開已占百花魁
송경을 얼굴 삼고 모생을 혀로 삼으니[81]	松卿爲面毛生舌
이별 후 마음으로 맺은 사귐 의심하지 않으리	別後心交俱不猜

78 장경 : 長庚. 당나라 시인 이백을 가리킨다. 이백의 어머니가 이백을 낳을 때에 꿈에 장경성(長庚星)을 삼켜서, 이백이 세상에 있는 동안에는 천상의 태백성이 광채가 없었다 한다.

79 앵무배 : 이백의 「襄陽歌」에 "노자표여 앵무배여, 백 년 삼만육천 일 하루에 삼백 배씩 기울여야지.[鸕鶿杓鸚鵡杯 百年三萬六千日 一日須傾三百杯]"라고 하였다.

80 세 번 흰 눈 내린 상서로움 : 동지 이후 세 번째 술일(戌日)에 지내는 납제 이전까지 세 차례 눈이 내리면 풍년(豐年)이 든다고 한다.

81 송경을 ~ 삼으니 : 송경(松卿)은 종이, 모생(毛生) 붓으로 가리킨다. 필담 나눔을 의미한다.

○ 삼가 동곽 이공이 조선에 돌아감을 전별하다 같은 이

멀리 국서를 받들고 옛 맹약을 찾아와서	遠奉國書尋舊盟
풍류를 즐기는 학사가 시로 울리는구나	風流學士以詩鳴
서로 만나 내게 준 것은 구슬 같은 시구건만	相逢投我珠璣句
이별할 때 수창한 시 기와 깨는 소리로다	欲別酬君瓦缶聲
채익선 올 때 가을이 적막했으나	彩鷁來時秋寞索
수놓은 안장 떠나는 날 혹독한 추위로다	繡鞍去日歲峥嶸
장안의 술 손님 얼마나 다행인가?	長安酒客何多幸
멋대로 귀국에 이름을 전하게 되었으니	漫向貴邦傳姓名

경호 홍공께 드리는 편지 용졸재

전에 빈관을 찾아뵙고 함부로 명함을 통하고 촌스러운 율시 한 수를 드렸습니다. 병이 아직 회복되지 않은 중 두 번 세 번 화운해주시니 감탄스러움을 어찌 감당하겠습니까? 이번 행사에 예를 마치고 돌아갈 길을 재촉하실 테니 슬픔과 섭섭함을 헤아릴 수가 없습니다. 그래서 구종길[82]의 영물시를 새로 펴낸 시집 1책을 드려 이별 선물로 삼습니다. 웃으며 간직해주시면 다행이겠습니다. 뇌미유현(瀨尾維賢)이 절을 드립니다.

82 구종길 : 구우(瞿佑, 1347~1427)를 가리킴. 종길(宗吉)은 그의 자. 호는 존재(存齋). 浙江省 錢塘 출신. 명나라 초기의 시인으로 많은 아름다운 시작품을 남겼다. 문어소설 『전등신화(剪燈新話)』의 작가로도 유명하다.

○ 용졸재 사백께서 고인의 시집을 주신 것에 감사하며 경호

한권 산양[83]의 시편을	一卷山陽篇
그 누가 이별 글을 대신하였나?	伊誰替別牋
정성스럽게 내온 마음의 선물에	慇懃出心貺
아름다운 경치가 아침 채찍에 감기리	絶勝繞朝鞭

○ 삼가 경호 사종께서 구종길의 영물시집에 감사하는 시에 화운하다 용졸재

묵은 시편 부쳐 이별하려 하였더니	欲別寄陳篇
오채전[84]으로 보답해 오셨네	報來五綵牋
돌아가실 날 무양하시리니	還期無恙日
봄빛이 금채찍 비추리라	春色照金鞭

용호 엄공께 드리는 편지 같은 이

제 성은 瀨尾, 이름은 維賢, 자는 源三郎, 호는 用拙齋로 낙양 사람입니다.

전에 낭화성의 공관에 가서 명함을 드리며 뵙기를 구하고 광풍제

83 산양 : 山陽. 춘추 시대의 고사(高士)인 진중자(陳仲子)가 벼슬을 마다하고 아내와 함께 산양(山陽)으로 피해 가서 남의 집 전원(田園)을 가꿔 주며 살았다 한다. 여기에서는 은거하며 자연을 읊은 시를 가리킨다.

84 오채전 : 五綵牋. 무늬 있는 비단 종이. 시를 쓰는 종이로 사용한다.

월[85]에 한 번 읍하기를 기대하였습니다. 어찌 공사가 어지러워 구름을 헤치고 뵈올 길이 없었음을 생각하였겠습니까? 율시 한 수를 지어 방주, 소하 두 사람에게 부탁해야 했으니 섭섭할 따름입니다. 좌우에 전달되었는지 모르겠습니다. 이제 동도에서의 일이 끝나 서쪽으로 돌아가시게 되니 기쁘고 다행스럽습니다. 그리고 공께서 제 벗 여러 명과 수창한 시편을 보니 청신하고 정련되어 옛날 작가의 풍모가 많았습니다. 전에 드린 제 시구에 화답시를 끝내 주지 않으시니 제 시가 취하기에 부족하다고 여기시기 때문이겠지요. 공께서 출발하실 날이 가깝다 들었습니다. 그래서 구종길의 영물시 백 편 1권을 길 떠나는 선물로 드립니다. 답장과 화운시를 주시면 다행이겠습니다. 간절히 기다리고 기다리겠습니다. 뇌미유현이 절을 드립니다.

답하다 용호

이번에 맑은 시를 받고 또 구종길의 시고를 주셨으니 매우 감사드립니다. 전에 주신 시는 지금까지 한 번도 보지 못했으니 중간에 어떻게 된 것이 아니겠습니까? 괴이합니다. 족하께서 의심하시는 것도 당연합니다.

85 광풍제월 : 光風霽月. 비가 갠 뒤의 시원한 바람과 밝은 달. 사람의 인품이 고결하고 흉금이 탁 트임을 비유한 말이다.

○ 삼가 용호 엄공에게 드리다 용졸재

삼한의 선비 마주 대하니	相値三韓士
정이 깊고 예의는 더하는구나	情深禮更加
붕새의 여정에 깊은 바다 광활하고	鵬程滄海闊
기러기 나는 길 흰 구름 멀구나	雁路白雲賖
금고의 서적 천 권을 독파하여	今古破千卷
문장에서 스스로 일가를 이루니	詞章自一家
재주가 뛰어난 군자의 자리는	彬彬君子席
중화에 들어가기 충분한 듯하네	疑足入中華

○ 용졸재의 운에 차운하다 용호

세밑 이역에서 지체하니	終歲淹殊域
하늘 끝까지 나그네 설움 더하는구나	天涯旅恨加
아름다운 경치 선계에 가까워	風烟仙界近
구름과 물은 고향까지 아득하네	雲水故園賖
매화 핀 오솔길 찾기에 딱 좋고	正好尋梅徑
부질없이 술집 찾을 일 생각하네	空思謀酒家
사행의 괴로운 감당하기 어려운 지	不堪征役苦
살쩍에 핀 꽃을 새삼 깨닫네	偏覺鬢毛華

구종길의 시고를 주신 것은 실로 마음에서 나온 선물이니 매우 감사드립니다.

범수 남공께 드리는 편지 용졸재

전날 훌륭한 위의를 뵙고 함부로 파곡 1장을 드렸습니다. 마침내 화운시를 주시니 주옥같이 아름다워 광채를 사람에게 쏘입니다. 동경의 예가 끝나 귀국으로 돌아가시려 하십니다. 얘기를 나눈 지 얼마 안 되었는데 갑자기 삼성과 상성처럼 떨어지게 되니 어떤 한스러움이 이와 같겠습니까? 그래서 존재(存齋)[86]의 영물시 1책을 드려 전별하는 마음을 대신합니다. 웃으며 받아주시면 감사하겠습니다. 뇌미유현이 절을 드립니다.

답하다 범수

책자를 주시니 이는 마음에서 나온 선물이라 감사하는 마음 헤아릴 길이 없습니다. 더욱이 이 구우의 시집은 보지 못한 것이겠습니까? 가지고 돌아가면 진귀하게 감상할 자료로 삼을 만 할 것입니다.

○ 석상에서 준신재의 운을 사용해 용호 엄공, 범수 남공 두 서기에게 드리다 용졸재

용절[87]이 멀리 해 뜨는 나라에 와	龍節遙來日東天
인간 세상에 시선을 만났으니 얼마다 다행이랴	人間何幸遇詩仙

86 존재(存齋) : 구우를 가리킴. 존재는 그의 호이다.

87 용절 : 龍節. 용모양의 부절. 사신이 지니는 부절을 의미한다.

낭화의 빈관에서 한 바탕 다 하기 어려워 一場難盡浪華館
재회는 맑은 낙수의 앞에서 인연이 있었네 再會有緣淸洛前
치자나무 숲속에 총명한 이들 모여 薝蔔林中群哲集
부상 나무 밖에 오성이 이어졌네[88] 扶桑樹外五星連
스스로 알고 있네, 분방하여 백방으로 쓸모없어 自知踈放百無用
구름 산 누워 산수 함께 하기 적당한 줄 合臥雲山與水烟

○ 전운에 차운하여 용졸재가 책자를 준 것에 감사드리다

범수

나그넷길 해 뜨는 남쪽 귀퉁이에 체류하니 客行留滯日南隈
이역 땅 절기 바뀜에 자주 놀라네 異域頻驚節序來
사신 수레 비로소 하구 길로 돌아가면서 使蓋始回河口路
시단에서 낙양의 재주 거듭 보는구나 騷壇重見洛陽才
긴 노래 짧은 시 수창하며 읊는 서안에서 長歌短作酬吟榻
알던 이 새로 안 이 이별 술잔 함께 하네 舊識新交共別盃
옛 시집 소중히 하니 마음 있는 선물이라 珍重古編心貺在
때때로 펼쳐 보며 나그네 심정 펴리라 時時披覽旅懷開
이 시는 출발하는 날 다른 사람에게 부탁한 것을 받은 것이다.

88 오성이 이어졌네. : 금(金), 목(木), 수(水), 화(火), 토(土)의 오성이 한 방향으로 동시에 출현하면 문운이 일어나 현인들이 한꺼번에 나왔다고 한다.

○ 대판에 계신 범수 남공에게 부치다 용졸재

전에 빈관으로 찾아뵙고 아름다운 모습을 뵈었습니다. 거듭 화운시를 주시니 감사하고 감사합니다. 이제 주신 시에 거듭 화운하여 낭화의 빈관에 드립니다. 창졸간이라 감히 화운시를 요구하지 못하고 성의에 감사드릴 뿐입니다. 이공께서 아직 회답과 화운시를 주시지 않아 날마다 간절히 고대하고 있습니다. 원컨대 뜻을 전해주시면 다행이겠습니다.

열흘의 반을 경도의 물가 귀퉁이에 체류하여	留滯半旬京水隈
관소 문 눈 들이닥칠 때 그대를 방문하였네	館門衝雪訪君來
두 번 만나 사귀는 의리 모두 잠깐 만난 것이지만	再逢交義俱傾蓋
일곱 글자 호방한 읊조림에 누가 대적할 재주이랴?	七字豪吟誰敵才
지금 전당의 옛 시집을 가지고	今把錢塘舊詩卷
함부로 대판의 이별 술잔에 수작하노라	漫酬大坂別離盃
돌아가는 배 남은 날 많지 않다 들었으나	回帆聞說無多日
보잘 것 없는 시편 부쳐 회포를 푸노라	猶寄巴篇懷抱開

전날 드린 전당의 구우가 쓴 시집을 증정하였기 때문에 말한 것이다.

○ 동곽 이공이 풍산향묵을 읊어 고매원 주인에게 부친 시 운을 쓰다 같은 이

그대의 집안 향묵이 맑고 기이함이 토하니	君家香墨吐淸奇
기묘한 제조법은 공해대사 전한 거네	奇法遙傳自海師

이국 땅 오신 손님이 옥 같이 아껴 殊域來賓愛如玉
수건에 열 번 싸서 특별히 지니고 갔다오 褆巾十襲特相隨

덧붙임

물음. 범수 : 몇 살쯤 되었습니까?
답함. 주은 : 12살입니다.
물음. 범수 : 신분이 승려인데도 가사를 입지 않은 것은 어째서입니까?
답함. 주은 : 저희 불문에서 사미승은 가사를 입지 않습니다.
물음. 범수 : 갑자기 꾸며낸 말 같아 편치 않습니다.
답함. 주은 : 사미승이 계를 받은 것은 아직 승랍[89]에 올리지 않습니다. 그래서 가사를 입는 것을 허락하지 않습니다. 고금이 다 그러하니 의심을 두지 마십시오.

계림창화집 6권

89 승랍 : 僧臘. 승려가 계를 받은 후 지난 햇수.

雞林唱和集 卷之六

京師後編

○謹呈東郭李公案下 眞山

西昧東暘區域分 仙舟容與海天雲 江山有待留佳句 領袖所望過素聞 華舘再迎文旆返 紺園忽吐白梅芬 幾人輻湊求名價 一世龍門正是君

○謹呈鏡湖洪公案下 仝

莫言萬里隔商參 皦日有盟尋復尋 千載風期端的合 一場衎樂只且深 德輝文焰無遐邇 醉趣詩情豈古今 但恨追飛欠翛翰 夢魂定在從江潯

○謹呈龍湖嚴公案下 仝

觀盡蓬壺東極天 悠悠川陸路三千 漢儀尙想衣裳會 唐調今披金石編 鄙客無因通姓字 殊方豈料接才賢 不妨數日滯歸駿 深雪何曾沒錦韉

○謹呈泛叟南公案下 仝

貴邦奚翅山河美 籍籍人才皆絶倫 名壤雄圖開八道 流風善政自三仁 波濤不隔敦修使 冠佩初知專對賓 何患歸期向窮臘 軺車到處欲生春

○ 奉次眞山惠韻 龍湖

文風丕振日東天 羨子詞鋒可敵千 弊褐騁來捫虱語 遺經讀盡汗牛編 賓筵邂逅成良晤 王事驅馳歎獨賢 明發可堪分手恨 驛亭斜日照歸韉

○ 呈東郭李公 梅宇

隣壤敦交聘 隨槎到馬臺 士林縱獨步 藝苑遇高才 逸興朝吟雪 豪歌相擧盃 囊中詩句滿 應寫海山回

○ 次奉介亭 東郭

愛子淸標何所似 雪中孤翠聳琅玕 滄溟自作東南限 方識人間此會難

○ 奉謝東郭李學士見和拙韻 介亭

巴曲遙處三島上 更欣數字報琅玕 明朝此去道千里 有夢淸宵到也難

向因一友人, 呈鄙詞請郢正, 速辱見和, 自三島來, 感荷感荷, 展玩之餘, 附以一詞, 悚愧悚愧.

○ 呈東郭李學士 竹里

箕封文獻古來聞 邂逅方今御李君 他日相思何所託 天南一鴈度閑雲

○ 次奉竹里 東郭

海外烟霞愜素聞 就聞文彩更逢君 明朝又作臨岐別 回首滄溟但白雲

○ 鄙律三章謹奉簡朝鮮學士李先生案下 寧幹

僊槎萬里載詩來 兩港風灘幾候回 國使更伸弧矢志 詞臣先拔兎星才 望高西海三秋月 心切江南一朶梅 元識乾坤同此氣 龍門何世有樗材

一世才望稱儒臣 志節能堪奉使身 古禮應同吳季札 遠遊何慕楚靈均
山河拭目文殊壯 霜雪磨襟句自神 賤陋恨無由識面 鴻臚此日有斯人

百里長安引領頻 奈何刺字竟無因 羽儀共仰三韓望 冠冕元聞一代人
口出權衡月旦評 聲成金石曲陽春 館前不惜地盈尺 自是青冥以上身

○走次寧幹詞伯韻却寄 東郭

東津有客寄詩來 手把華牋詠幾回 奎瑞卽今回泰運 日邦終古有奇才
清標恨未攀瓊樹 別意空思贈驛梅 匠石未逢時易邁 可憐虛老棟梁材

白頭天末飲氷臣 翰墨虛名媿此身 海外流光寒暑變 客間憂緖醉醒均
徒添疾病長須藥 飽閱艱難已損神 還羨泂津雲水地 百年耕鑿一閑人

高詠新詩擊節頻 一床團會更何因 魚龍屈上長爲客 翰墨場中始有人
菰浦閑吟三島月 竹林高臥四時青 奇才不必終虛老 自古文章實效身

○山海万里御命 遠使跋涉歷時 自東歸西 動定休暢 珍重万万 不佞姓武部名敏 字好古 一號省菴 京師產也 幸遇昌運 辱接道範 慶幸多多 道路瞻視 尙歎威儀 況與公有傾蓋之雅乎 不顧俚淺 漫以卑詩一篇 奉呈東郭李先生梧右 冀加潤色 省菴

一夜文星照碧空 忽聞使節自江東 華堂相遇雞林客 喜見才姿冠世雄

○次奉省菴 東郭

萬里孤帆映碧空 故園遙望杳西東 詠君佳句仍三歎 詩骨眞同富嶽雄

上李公學士求豊山香墨詩筆語 古梅園

陳者僕素蓄一墨方 囊本朝弘法大師渡唐 歸舶之後 在千弊里二諦坊 教里人造墨 世稱之二諦坊墨 僕之所蓄者, 迺其遺方也, 監製覃思色香倣古, 故蒙爲名家珍賞, 命名以豊山香, 蓋取紀貫之, 嘗咏豐山梅花, 有往昔香芬之意也. 恭惟閣下, 翰林歐蘇, 詩壇李杜, 夙爲製述之官, 今從海東之槎, 凡獲其片言隻字者, 奚啻若護拱璧哉. 伏望閣下, 以如椽筆, 題豊山香墨詩, 雖拙製之墨, 愧燕石見笑. 方今域外奇遇, 不易再得之, 是故不揣固陋, 縷縷以瀆威尊, 倘賜允容, 永沐德澤無吝, 幸甚.

○題南京松井和泉製豊山香墨 東郭

豊山妙製最稱奇 遺法當時自大師 挹取濃光題數向 筆頭渾覺香隨

○奉次李學士辱贈韻 古梅園

南京從古貢珍奇 遺業傳來稱墨師 鐘鼎一言人競誦 喜吾名姓共相隨
誰料鄙生遇最奇 滿篇慈愛就親師 李公門下今猶古 難得御車暫爲隨

○奉呈嚴洪兩詞案 東菴

錦帆遠映海天賖 爲慕丰儀問客槎 別後應稀逢驛使 倩誰隴上寄梅花

○次答東菴 龍湖

雪滿千山鄕信賖 嚴程猶未促歸槎 客愁何待酒盃解 字字看來燦似花

○次松井東菴韻 鏡湖

鄕山相隔夢魂賖 未卜歸期在海槎 更喜君携佳什至 烟霞爭彩筆頭花

○奉呈李公學士 東菴

不隔雙邦萬里賖 交鄰專使世相加 半年留在蓬萊島 此日榮歸博望槎

潭府無緣聽謦咳 錦旌恒自仰光華 如何輕致登龍喜 只要瓊林一朶花

啓

僕姓松井, 名元規, 字胡云, 號東菴, 居于南都三笠山下. 自早歲而頗嗜吟咏, 然身在窮僻, 素乏師承, 只傚樵歌牧唱耳. 雖雷門布鼓, 而實有所愧, 拙稿一帙, 携來呈上, 伏希一經電覽耳. 賜以鼎言, 何賜似之. 幸莫靳教, 謹啓.

東菴詩集序 東郭

昔朱夫子, 酷愛陶靖節, 詩者豈以其格趣韻響, 敻出兩唐諸高手之上哉. 特取其閑雅冲澹, 有蕭然黯然之趣, 不期高而自高, 不事奇而自奇也, 信乎. 觀詩者, 以直寫性情, 爲上乘而已, 何必求之於聲律色澤之間哉. 花之色濃而麗, 雲之氣淸而絢, 江河吼怒而奔放, 山岳騰踔而偃蹇, 其形固不一, 而各就其眞境, 而寓目則皆足以怡情而寓興, 詩亦如是也. 夫余觀東菴松井氏所著詩稿, 意高而冲, 響亮而淸, 優游而不迫, 踈宕而不俗, 余固已知其人, 自放於塵臼之外矣, 繼而見請賢序跋而跡其生平, 則氣亢且傲, 志厲且潔, 不欲與流谷齷齪之輩, 俯仰馳逐於缺陷之界, 就三笠山下, 遂結茅而居, 遺落世事, 曼衍肆志, 以雲月爲賓主, 以松竹爲伴侶, 興對則哦詩, 客至則烹茶而已, 則其人品之古雅, 志趣之爽朗, 卽此而自可見矣. 其發於吟咏之間者, 安得不如是乎. 但患人不陶潛, 其節操如陶潛, 氣味如陶潛, 則夫何患其詩之不及陶潛也哉. 若有知詩如朱夫子者, 則亦未必不以君詩爲得柴桑之風致也, 吁所可稱者, 豈獨緖餘之詩律也哉. 若余者亦嘗有嗜閑之癖, 卜一區置薄業, 欲以爲終老計, 而未免爲俗累所打乖, 決科第趍吏役, 汨汨悠悠焂焉.已 度半生而卒以文字間虛聲, 又有是役, 雖迫於朝命, 非其志也. 余於是殊不勝羨慕, 慚恧之懷, 謹題數語而歸之 .歲壬辰元月日三韓東郭題.

○ 奉次東菴詞伯寄眎韻 仝

三笠幽居未覺賒 遞中音問忽相加 清新秀句唐人韻 浩蕩歸心從客槎
苦竹叢深餘臘雪 小梅香動報春華 白頭鉛槧才全退 誰道尖毫夢吐花

入貴邦之境, 得與諸名勝遊, 頗盡新知之樂, 而獨未得與足下, 盍簪人生一面, 亦有數耶. 到室津獲奉足下惠詩及華稿, 盥手展玩, 牙頰生爽, 已足感荷, 而但審足下, 放於塵臼之外, 獨專人世間淸福, 令人不覺健羨, 來韻謹此步呈, 略綴小序, 並貴稿附呈, 領納幸甚. 僕已浮海, 足下亦高臥雲林, 奉袂無便, 臨紙悵恨.

○ 欽奉送東郭龍湖泛叟鏡湖四公還三韓二首 蘆文水

鶴背雲輕萬里程 星軺事畢出蓬瀛 鄉人委曲詢聲教 極海窮山屬太平
萍水相逢豈有常 黯然話別奈愁腸 回頭雲月無涯際 莫道從今各一方

○ 次奉蘆文水詞伯 東郭

客子行程也有常 不愁危機似羊腸 斑荊此會君應悅 千里吾今自遠方

○ 再和奉東郭公詞案 蘆文水

韓桑酬唱實難常 錦繡裁成錦繡腸 渭樹江雲明日是 只餘文焰燦吾方

○ 次奉蘆文水詞案 龍湖

浩淼重溟杳去程 孤舟明日發仙瀛 一生忠信同夷險 銀屋嵯峨眼底平

○再和奉龍湖公詞案 蘆文水

使星畢禮向歸程 解纜錦帆浮翠瀛 邂逅相逢相別去 心頭何日得和平

○奉次蘆文水詞伯韻 泛叟

思歸客子滯歸程 幾日樓船泛大瀛 蘆水足吾釣遊處 對君心事自難平 僕之故鄕有水名蘆故云.

○再和奉泛叟公詞案 蘆文水

學海茫茫不料程 魁攀蟾桂共登瀛 貴邦名水同吾性 對日釣遊春浪平

○奉次蘆文水詞伯 鏡湖

川陸悠悠返客程 掛帆何日渡桑瀛 殊方又作河橋別 醉後離情自不平

○再和奉鏡湖公詞案 蘆文水

遙指釜山幾日程 榮旋彩鷁馳滄瀛 爲期千古士峯雪 鄰好敦依寰宇平

○謹奉呈李洪嚴南四先生之案下 勉齋

僕姓布田, 名直字正伯, 號勉齊, 佐渡州產也. 近歲遊學于是都, 幸當善隣結好之時, 旣得蒙荊識, 專對正畢, 星軺指西, 再接丰儀, 何幸如之. 僕材襪線, 心醉於道德末光, 漫裁芻語, 以瀆于尊聽 ,可謂鵬鵠搏擊, 而燕雀跗躍者也. 伏冀蒙不拒, 無靳錦襄貯餘, 而醫僕渴慕, 一言重於九鼎, 隻字貴于千金, 十襲珍藏, 欲他日爲歸鄕之資, 以生荊華之光輝也. 博愛君子請諒察.

海瀛万里促歸橈 分手風烟第五橋 但得交情堅似添 何論兩地路程遙

○ 次奉勉齋 東郭

古鄕重泛木蘭橈 幾處長虹渡彩橋 西指赤關滄海濶 武都風月夢中遙

○ 奉次勉齋惠韻 鏡湖

浪華城外整蘭橈 明發將登大坂橋 今日洛陽相別後 可憐南北斗箕遙

○ 次奉勉齋詞案 龍湖

東韓客子艤蘭橈 浪速偏憐再渡橋 歸路迢迢滄海濶 夢魂時到故園遙

○ 謹奉呈泛叟南公案下以要高和 勉齋

龍門千尺接高標 鵬背九重凌漢霄 今日騷壇漫裁句 禿毫寫出學童謠

○ 敬次勉齋示韻 泛叟

騷壇此日接淸標 意氣當筵凌九霄 貴國文華隨處在 分行可以采風謠

○ 謹奉呈東郭先生案下 恒軒

使節遠達東都, 脩途風霜, 不爲從者之患, 回來此都, 僕從師辱陪儐舘中, 奉復拜規範, 慰幸之極, 未易言敍, 恭賦短章, 以浼於執事, 伏冀海涵, 僕姓神戶, 名棟字景隆, 號恒軒.

騷客揚鞭回自東 風流此日氣如虹 明朝君去都門曉 萬里奚爲音信通

○ 次奉恒軒詞案 東郭

少年聲譽噪天東 豪氣看如萬丈虹 傾蓋卽知肝膽照 不煩言語意先通

○ 謹呈龍湖嚴先生案下以要高和 恒軒

萬里鵬遊仰下風 登龍榮望謁名公 文奎星聚箕桑會 喜見淸時無有窮

○次奉恒軒詞案 龍湖

看君詩律有唐風 師友名都多鉅公 良玉琢磨才應用 莫須抛學歎途窮

○初見三韓李公 謹綴俚語一章 以奉呈旅窓之案下 伏乞慈斤 梧桐子

韓君桑土共豪英 淳和初知四海清 風月三千吟浪起 塵沙百億筭烟生
貴賢昭國貴賢列 正德平天正德明 踈瀨幸交麟鳳席 只慚無力結詩盟

○次奉梧桐子 東郭

寒梅已折雪中英 寶界風烟更覺清 穩坐蒲團成小集 海天寥落冷雲生
積雪寒威侵瘦骨 閉門深一檐明 朝來雍與諸郎會 翰墨場中共托盟

奉東郭李先生書 東泉

往日呈書, 未蒙教誨, 渴心万斛, 拱立竢命, 先生許所乞, 不堪感戢. 僕偶陪玉座, 謹讀所賜, 諸君瓊韻, 多成天上語, 不似從人間來者, 眞詞場之飛將, 詩壇之宿匠也. 嘗聞司馬太史足跡半天下, 故學日閎明, 先生今日東遊, 豈得不似司馬之足跡耶. 從是先生之筆力, 當旋坤軸撼乾樞, 馳驅屈宋鞭撻楊馬也必矣. 僕終身欲得御李, 海陸萬里, 無奈途超, 徒悵望焉耳. 古人以一字師爲尊, 先生許賜發蒙, 使僕無字碑得鏤一字, 則其恩量, 死不忘焉, 所以深願也, 先生看顧垂意賜尊論, 不堪幸甚.

復奉東郭李先生書 仝

頃因芳洲公, 聞先生學府德淵, 驚歎畏服, 舌吐而不得收矣. 日相翹跂, 惟切望河, 嘗明學者如牛毛, 成者如麟角, 信哉言乎. 僕弊邑學者,負笈抱冊者如牛毛, 未有成者, 僕亦負笈抱冊, 邑有成者, 就執弟子之禮, 問之至道, 語堂而不語室, 豈得不有翰音登千天者乎. 僕爲之不苟通, 故名紙生毛, 玆膝久不屈, 僕竊拜玉趾, 初見麟角, 忽醉其德, 不覺膝之屈, 惟欲爲先生執鞭而已, 何使人景慕一至此耶. 伏乞以歐冶妙手, 幸蒙陶鑄, 僕非欲爲麟角, 惟欲免牛毛之徒, 數瀆冒威尊, 皇懼無已.

復東泉書 東郭

頃在大坂蒙臨枉至再是, 豈半万里外之人所嘗期哉. 感篆殆不淺淺, 第王程有限, 卽泛舟而東, 別意殊悧怏不已, 卽拏辱存書, 以認作別將還, 動止嘉勝良慰慰, 近因芳洲公, 悉足下平生, 志氣高遠, 不局於常套凡囮, 著力於經文, 游意於詞翰 ,必欲交隣而兩能之, 其辛勤可想, 他日所成就, 豈不對於第一地頭君子, 旣有如此志願如此力量, 不患不一闡發其底蘊, 而拉致富貴也耳. 來詩實雅亮, 尤可貴也. 敬次之餘, 又以兩篇, 伸區區慕朋之誠, 並諒之. 旋旆之期, 易在臘前後, 到洛陽有奉展之便耶. 翹企.

招提一別夢依依 水國秋深雁影稀 臘後寒梅應盡發 洛中須待彩旋皈

近因芳洲子 聞君志業優 詩篇追盛軌 徑術慕前修 末路無靑眼 窮然欲白頭 古今皆如此 端合謝交遊

○ 奉酬東泉詞伯韻 仝

胎仙不省人間有 瑞彩能令俗眼驚 惡鳥爭鳴雞啄粟 深藏休作九皐聲

○ 再和東郭李公韻 東泉

僕忘羶口, 安瀆嚴聽, 先生許所乞, 以賜敎誨, 且誤賜褒奬, 古人曰, 千人之諾諾, 不如一士之諤諤, 先生之諤諤, 入私門九牛拔不出, 是僕之所以增榮改價, 而又所以赧然汗下也. 又愛僕以賜嘉藻兩篇, 實如得隋珠, 榮華何堪. 謹次瓊韻, 奉呈先生案下, 伏乞郢政.

今古交情愛所倚 目耕忘世客來稀 雲中鳴鶴豈無仰 翹企日望君子歸

泰斗無雙士 風姿禮最優 博知倒柳粲 明徹壓楊修 獨垂風振翼 誰憐鼈縮頭 先生德如海 仁愛賦詩遊

○ 奉呈鏡湖詞伯案下 東泉

往月叨呈鄙語, 辱賜玉韻, 且誤賜褒稱, 感荷何堪. 伏乞榮旋万里, 海陸無恙, 解驂貴國 ,因賦野詩一章奉送, 鏡湖詞伯西皈, 伏乞郢斤.

山林海水帶離聲 再會難期無限情 賜我瓊詞永存世 因君千古欲傳名

○ 奉次東泉詞伯玉韻 鏡湖

愁聽勞歌一曲聲 殊方落日別離情 老年受錦才全退 羞向新知道姓名

○ 呈東郭李公啓并詩 東皐

兩邦之盛禮, 擁節于萬里, 千歲之鴻休, 結盟於雙魚, 草創修飾, 各得其人, 而玉函金封, 夙竟其禮焉, 烏呼不亦懿哉, 恭惟執事, 碩德重望, 模範能啓士, 儀表足勉人, 眞是元龜之所託, 指南之所寄, 且夫手龍鳳之藻繪, 胸虎豹之炳蔚, 祖於周誥, 憲於殷盤, 韜軼潘左, 跨躐曹謝, 實曠代之高才也. 先赴武州日, 征旆舘于此, 都下之士, 思其風慕其義, 趨走倒駕, 爭呈詩章, 以祈監照, 執事一收不敢擇焉, 共客不敢拒焉, 於是倍信執事寬洪之度, 而長者之人也, 而僕亦神趨魄蕩, 早切御李, 遇爲事所沮, 不獲承謦,咳 懸企之私, 殆與日俱積矣. 今日返旆再臨, 此載驅脩塗, 執事動止, 萬福莫任欣悚. 僕蓬蒿末學, 鉛槧竪儒, 惡足以通姓名於左右哉. 然延頸擧踵之思, 嚮風慕義之志, 不啻饑渴之於食飮也. 傾注斯窮矣, 幸天假良緣, 以獲通慕韓之情, 曷勝雀躍哉. 倘夫荷回者之恩, 而異日有靑雲之榮, 則是非僕所敢冀焉. 蓋謂容土壤而不讓, 太山之所以爲大也, 引細流而不擇, 河海之所以爲廣也, 憐至愚而不棄, 君子之所以濟衆也, 區區之誠, 不能默而息, 故猥陳鄙悰, 幷裁野詩一章, 以呈於左右, 執事取各言爾志之義, 誤賜電矚, 是乃千歲之一遇也已, 萬冀炳照,

我元蓬蓽腐儒生 偶獲良緣不世情 異地難爲金石友 同懷暫結雞壇盟
鄕心窮處月千里 歸夢覺時雁一聲 朱紫榮賞知有日 曾聞魏闕是文明

○ 奉復東皐詞伯見寄書謹和惠示韻 東郭

僕自入貴境, 相續接雜賓, 加以詩章應答, 不暇乎吟, 不暇乎思, 忽忽任筆和酬, 何足敢觀哉. 足下擯己之大過, 推吾之何溢. 僕多增慙愧, 昨日幸獲良緣, 相歡晤言, 眞萍水之一遇爾, 土地雖隔, 語言雖異, 以驥足之才, 警策於老驢 何語不通, 何情不悉. 夫何遠之有. 唯恨征旆之日迫. 無緣與足下, 抵掌於風月之間, 一別不可再見, 退增巾淚, 因聊言志以答作日之所惠云.

知子愛吾狂老生 相逢不繕刎頸情 把毫忘却語言異 臨別猶期松柏盟
帆席懸時衝雪片 高蹄瀛處聽猿聲 溫泉獻賦攀霄漢 遙爲故人歌聖明

○ 卒呈鏡湖公 東皐

一見難辭蘭室薰 相悲兩袂欲相分 雲關露驛加餐飯 魏闕除書應待君

○ 奉和東皐示韻 鏡湖

擲地好辭牙齒薰 相逢雙袂更難分 風標非是地中物 異日靑雲在此君

○卒呈龍湖公 東皐

早聞高聲入夢頻 乍陪文采玉姿新 風流欲作百年友 君是異邦萬里人

○奉和東皐芳韻 龍湖

一曲陽春吟翫頻 相歡不覺相知新 去程千里別離後 明月淸風兩地人

○又呈以換渭城斗酒 東皐

旅館相逢處 山川積雪淸 暫時傾蓋好 千歲刎頸情 同照屋梁月 遙隔水陸程 從此音容絶 何得別離輕

○奉次東皐芳韻 龍湖

異域年光暮 禪樓夕靄淸 連床拚勝會 傾盃罄歡情 旅館淹羈迹 孤舟杳去程 明朝應征旆 渾似快鳧輕

○奉呈東郭李公案下 丹菴

嘉賓今日入京城 闔國相歡耳欲傾 爲祝東遊傳命去 西歸無恙海潮平

○次奉丹菴 東郭

古寺蕭條上海城 漏雲殘日欲西傾 戴星行色爲何向 澱浦烟波掌樣平

○奉呈良醫奇公丹鼎下 丹菴

名醫寶鏡照扶桑 炒訣珍治立驗方 還恨軒農世傳術 未施一匕促嚴裝

○奉謝丹菴 嘗百軒

乘槎萬里向扶桑 遙覔丹砂天外方 稀坐凉堂高客問 溫談稠折留行裝

○ 呈東郭學士吟案下 僧辰

邂逅高麗客 禮容隨處虔 人言攀桂士 我識駕槎仙 俊彩皆應羨 騷盟偶結緣 想君鄕思切 歸夢遶態川

○ 次辰上人寄來韻 東郭

藝苑詩情放 禪家禮貌虔 有常皆苦海 無事是眞仙 勝界饒新興 奇遊了宿緣 多君超世臼 管領好山川

○ 謹呈三令公詞案下 周恩

三個窅遊人 儀標一樣新 如今千載遇 使我感前因

○ 次童闍梨周恩 東郭

欲識人爲人 要須學氣新 心身如不檢 成就更何因

○ 次贈周恩沙彌 泛叟

年纔十二披緇人 對客題詩詩語新 逢渠恍見秦童子 採藥仙山喜有因

○ 用前韻謝李南二公賜和章 周恩

相逢如故人 況荷和章新 箇箇思皆謝 力微未有因

○ 贈智門禪師 默齋

闍梨昔日聽談玄 箕斗相思已隔年 自是山僧難訪跡 再逢飛錫亦前緣

○ 次韻默齋崔公見寄 智門

萍水相逢豈曰玄 獲詩却喜讀忘年 此生縱使欠看面 結盡心心未了緣

○奉呈李東郭先生 葉菴

仰見翰林風骨清 成均才德羨登瀛 不圖幸接芝眉去 今日亦看倚玉榮

○次韻葉菴詞宗見示 東郭

神似氷壺徹底清 君家自是上蓬瀛 休言遠役多辛苦 今日登龍亦一榮

呈東郭李公書 用拙齋

曩者扣攝之寓館窺丰采, 盛眷相傾, 銘感曷勝. 僕弱冠之前, 已知讀書, 而丹鉛十霜, 踈慵無效, 且困於多病, 逃於詩酒, 都下詩門勝流, 無不陪接, 性好遠游, 湖山勝槩, 略已搜窮, 所恨者詩不工思不奇耳. 今幸謁高風, 欣慰素望, 歸鷁日迫, 不能無情, 謹奉都穆南濠詩話二冊, 并拙詩二律, 呈左右焉, 幸賜披覽, 惶悚惶悚.

日本正德初元辛卯臘月瀨尾維賢頓首.

○向有人傳高韻題云呈日本諸公不顧謭劣漫步韻礎呈東郭李學士案下幸勿訝好事也 前人

從古長庚感異才 詩成一斗鬢皚皚 姓名赫奕麒麟閣 氣象崢嶸鸚鵡盃
雪落今呈三白瑞 梅開已占百花魁 松卿爲面毛生舌 別後心交俱不猜

○謹餞東郭李公還朝鮮 同人

遠奉國書尋舊盟 風流學士以詩鳴 相逢投我珠璣句 欲別酬君瓦缶聲
彩鷁來時秋寞索 繡鞍去日歲崢嶸 長安酒客何多幸 漫向貴邦傳姓名

呈鏡湖洪公書 用拙齋

前者扣攝之賓館 漫通名刺 呈野詩一律 貴恙未復之中 再三疊和

感嘆何堪 今般行事禮畢 而將促歸橈 悵恨無量 因呈瞿宗吉詠物新題詩集一冊爲別 莞存是幸 瀨尾維賢拜

○ 奉謝用拙齋詞伯贈古人詩卷 鏡湖

一卷山陽篇 伊誰替別牋 慇懃出心貺 絶勝繞朝鞭

○ 謹和鏡湖詞宗見謝贈瞿宗吉詠物詩集 用拙齋

欲別寄陳篇 報來五綵牋 還期無恙日 春色照金鞭

呈龍湖嚴公書 仝

僕姓瀨尾, 名維賢, 字源三郎 ,號用拙齋, 洛陽人.

向公館於浪華之城地, 齎剌求見, 冀一把光霽, 詎意官事繽紛無由披雲, 宜裁拙律一首, 託芳洲霞沼二君, 徒悵悵耳, 未知達左右否. 今東都事畢將歸西, 欣幸欣幸. 且看公與吾友數輩, 唱酬佳什, 淸新精鍊, 太有古作者之風, 前所呈鄙句, 竟不賜瓊報, 爲吾詩不足取與. 聞公發軔在近, 因呈瞿宗吉詠物百篇一卷爲贐, 幸賜回翰及高和, 顒俟顒俟. 瀨尾維賢拜.

答 龍湖

今蒙辱賜淸詩, 且爲瞿生詩稿之惠, 感謝萬萬. 前惠詩尙今不得一見, 無乃中間浮沈耶. 可怪. 足下致訝固矣.

○ 謹呈龍湖嚴公 用拙齋

相値三韓士 情深禮更加 鵬程滄海闊 雁路白雲賖 今古破千卷 詞章自一家 彬彬君子席 疑足入中華

○次奉用拙齋詞案 龍湖

終歲淹殊域 天涯旅恨加 風烟仙界近 雲水故園賒 正好尋梅徑 空思謀酒家 不堪征役苦 偏覺鬢毛華

瞿生詩稿之惠, 實出心貺, 多謝多謝.

呈泛叟南公書 用拙齋

前日接淸儀, 漫呈巴調一章, 卒賜高和, 翩翩珠玉, 光輝逼人, 東京禮畢, 將還貴境, 談論未幾, 頓成參商, 何恨如之. 因呈存齋詠物新題一冊, 寓餞別之意, 笑納幸甚. 瀨尾維賢拜.

答 泛叟

冊子之惠, 寔出情貺, 感謝沒量, 況此瞿集, 曾所未見者乎. 持歸可作珍玩之資耳.

○席上用浚新齋韻 呈龍湖嚴公泛叟南公兩書記 用拙齋

龍節遙來日東天 人間何幸遇詩仙 一場難盡浪華館 再會有緣淸洛前 薝蔔林中群哲集 扶桑樹外五星連 自知踈放百無用 合臥雲山與水烟

○次前韻奉謝用拙齋贈冊子 泛叟

客行留滯日南隈 異域頻驚節序來 使蓋始回河口路 騷壇重見洛陽才 長歌短作酬吟榻 舊識新交共別盃 珍重古編心貺在 時時披覽旅懷開

是詩發軔之日託人見惠.

○奉寄泛叟南公大坂詞席 用拙齋

前扣賓館幸接丰采, 辱賜疊和, 感感荷荷, 今重和高韻, 呈浪華館下, 悤卒之中, 不敢要高和, 聊謝盛意也. 李公未賜回翰及高和, 日日切顒企, 願致意是幸.

留滯半旬京水隈 館門衝雪訪君來 再逢交義俱傾蓋 七字豪吟誰敵才 今把錢塘舊詩卷 漫酬大坂別離盃 回帆聞說無多日 猶寄巴篇懷抱開 前日贈錢塘, 瞿佑所著詩卷故云.

○ 用東郭李公韻詠豐山香墨寄古梅園主人 仝

君家香墨吐淸奇 奇法遙傳自海師 殊域來賓愛如玉 褆巾十襲特相隨

附問 泛叟

年幾許乎.

答 周恩

某年十二.

問 泛叟

身爲僧不著袈裟何也.

答 周恩

我禪門沙彌, 不著袈裟.

問 泛叟

倉卒飾辭未安.

答 周恩

沙彌戒者, 未登僧臘, 故不許著袈裟, 古今皆爾, 莫容疑議.

雞林唱和集卷之六

계림창화집 권지팔

雞林唱和集 卷之八

계림창화집 권지팔

낭화(浪華) 전편(前編)

○ 학사 동곽 이공께 받들어 올리다 학계(鶴溪)

접때 깃발이 동쪽을 향하여 사신의 수레가 잠시 머문다는 말을 듣고는 경성(景星)[1]과 경운(慶雲)[2]을 우러르듯 하고 태산(泰山)[3]과 북두(北斗)[4]를 바라보듯 하여 먼저 이곳에 와 멀리 발돋움하여 서쪽을 바라보았는데 오늘 비로소 객관에서 뵐 수 있었으니 오랫동안 쌓였던 마음이 얼음 녹듯 사라져 기쁨을 주체할 수 없었습니다. 외람되이 거친 시를 지어서 좌우에 올립니다. 큰 은혜로 법 삼을 만한 말씀을 힘껏 내려주시길 엎드려 바랍니다.

봉황이 은하수 가로 높이 날갯짓을 하여 鳳鳥高翔霄漢邊

---

1 경성(景星) : 상서로운 별이다.

2 경운(慶雲) : 경사스러운 조짐의 구름이다.

3 태산(泰山) : 중국 제일의 명산으로, 남에게 존경받는 뛰어난 존재의 비유로 사용된다.

4 북두(北斗) : 북두성(北斗星)으로, 여러 사람이 우러르듯 남에게 존경받는 뛰어난 존재의 비유로 사용된다.

다섯 채색의 깃으로 더욱 훨훨 나는구나　羽毛五彩更翩翩
하늘이 좋은 운 열고 상서로움 드러내니　天開嘉運呈祥瑞
봉래산의 제일 꼭대기에서 날개를 쉬네　憇翼蓬萊第一巓

○ 학계의 맑은 시에 공경스럽게 차운하다 동곽(東郭)[5]

오래된 항구 주변의 기수(祇樹)[6]라는 뜰에서는　祇樹園中古港邊
시선(詩仙)들 갈마들며 연이어 시첩을 꺼내네　詞仙出牒迭聯翩
땅의 영기(靈氣) 예로부터 인걸들을 낳았으니　地靈從古生人傑
경치 빼어난 부사산(富士山)[7] 꼭대기를 봐야 하리　秀色須看富岳巓

○ 학사 동곽 이공께 받들어 사례하다 학계

재주 없는 제가 외람되이 근엄한 분을 뵙고 특별히 고상한 화답을 받으니 보잘 것 없는 모과를 드렸는데 귀한 구슬을 주신[8] 격으로, 실

5 동곽(東郭) : 이현(李礥, 1654~?)의 호다. 자는 중숙(重叔), 본관은 안악(安岳)으로, 1675년에 진사가 되었다. 1697년 중시(重試) 병과(丙科)에 합격하여 좌랑(佐郎)을 역임하였고 1711년 통신사의 제술관(製述官)으로 도일하였다.

6 기수(祇樹) : 중인도(中印度)에 있던 기타태자(祇陀太子) 소유의 수림(樹林)을 이르는데 후에 여기에다 정사(精舍)를 지었기에 전하여 사찰의 뜻으로 쓰인다.

7 부사산(富士山) : 예로부터 '일본의 영산(靈山)'인 후지산으로, 중세 이후 '일본인의 국가의식(國家意識)의 구상(具象)'이 되었다. 산의 높이는 3,776m이고 준하(駿河), 이두(伊豆), 상모(相模)의 세 주에 걸쳐 있는데 조선과 일본의 문사들에 의해 시로 많이 읊어졌다.

8 모과를~구슬을 주신 : 『시경(詩經)』「목과편(木瓜篇)」에 "나에게 모과를 던져주기에 귀한 구슬로 보답한다.[投我以木瓜, 報之以瓊琚.]"라 하였다.

로 의외였습니다. 엄숙하게 여러 번 읽어보니 커다란 기미가 트여 바닷물이 눈을 뿌리는 듯하고 웅장한 운이 쟁쟁히 울려 하늘의 북이 우레 소리를 내는 것과 같았습니다. 다만 욕되게도 과찬을 받아 쑥스럽게 부끄러움을 더할 뿐입니다. 재주 없음을 헤아리지 않고 거듭 앞의 운을 사용해서 공경스럽게 높은 가르침에 사례하니 용궁에서 개구리 울음을 연주하는 꼴이라 할 수 있습니다.

멀리 거친 바다를 건너 일본에 도착하니	遙涉鯨洋到日邊
옥 생황 소리 맑고 무지개 깃발 펄럭이네	玉笙瀏亮霓旌翩
가을 산도 스스로 나그네를 맞이하려고	秋山亦自爲迎客
서리 맞은 단풍이 온 꼭대기에 이어졌네	楓樹飽霜連滿巓

○ 경호(鏡湖)[9] 홍공께 받들어 올리다 학계

교린우호(交隣友好) 하자니 산하가 멀고	隣好山河遠
바다 건너 놀려니 세월이 기네	泛遊日月長
가슴에는 태고(太古)의 시운(詩韻) 감추고	胸韜大古韻
붓으로 천기(天機)[10]의 비밀 드러내네	筆發天機藏
시문(詩文)으로 사귄지 일천(日淺)하지만	翰墨交雖淺
타국에서 이름 정녕 향기롭네	殊方名正芳

9 경호(鏡湖) : 홍순연(洪舜衍, 1653~?)의 호다. 자는 명구(命九), 본관은 남양(南陽)으로, 1705년 증광시 병과에 합격하였고 1711년 통신사의 정사서기(正使書記)로 도일하였다.

10 천기(天機) : 영성(靈性)이나 하늘의 기밀(機密)이다.

도가 있음을 눈으로 본 곳에서　道存目擊處
마주한 채 세속의 생각을 잊네　相對塵懷忘

○ 학계의 고상한 시에 받들어 화운하다 경호

나뭇잎 져서 가을 빛 저무는데　搖落秋光暮
아득히 바닷길이 길기도 하네　蒼茫海路長
성과 연못 제압함이 웅장하고　城池雄控扼
물산(物產)이 보물 창고를 차지하네　物產擅珍藏
언덕이 높이 서서 누대가 멀고　岸起樓臺逈
뜰이 깊어 귤과 유자 향기롭네　園深橘柚芳
타국에서 우연히 만난 곳에서　殊方傾蓋處
범과 초[11]라는 걸 둘 다 서로 잊네　凡楚兩相忘

○ 다시 앞의 시에 첩운하여 경호 홍공께 받들어 사례하다 학계

문연(文筵)에서 이야기 무르익은 곳　文筵談熟處
앉은 지 오래된 줄 알지 못하네　不覺坐來長
도 귀해 과거에서 높이 뽑혔고　道貴科高擢
시대 맑아 그대 어찌 은거하랴　時清君曷藏
가을 내내 멀리 바다에 떠있어　三秋遙泛海

11 범과 초 : 춘추 시대 강대국인 초(楚)나라와 그의 속국인 범(凡)나라를 가리킨다.

만 리 길에 아득히 향기 흐르네 萬里遠流芳
〈양춘(陽春)〉[12]과 같은 한 가락의 노래를 一曲陽春調
헤어진들 어느 날에 잊으리오 相離何日忘

○ 다시 학계의 고아한 시에 답하다 경호

떠도느라 가을이 저물려는데 客日秋將暮
나그네 시름이 물과 함께 기네 羈愁與水長
황금빛 모래밭이 삼계(三界)[13]에 맑고 金沙三界淨
향긋한 귤이 온 뜰에 숨어있네 香橘萬園藏
술자리에는 새 기쁨 넉넉하고 酒席新歡洽
흰 종이엔 고운 시구 향기롭네 雲牋麗句芳
아마 이별하고 난 뒤라 하여도 也應分手後
고상한 의 길이 잊기 어려우리 高義永難忘

○ 범수(泛叟)[14] 남공께 받들어 올리다 학계

오늘 다행히 시문의 자리에서 모셨는데 今日幸陪翰墨場

12 양춘(陽春) : 양춘곡(陽春曲)으로, 초(楚)나라의 고상한 가곡 이름이다. 백설곡(白雪曲)과 함께 화답키 어려운 노래로 꼽힌다.

13 삼계(三界) : 불가에서 말하는 인간세상으로, 욕계(欲界), 색계(色界), 무색계(無色界)를 말한다.

14 범수(泛叟) : 남성중(南聖重, 1666~?)의 호다. 자는 중용(仲容)으로, 1655년 통신사 종사관(從事官)이었던 남용익(南龍翼, 1628~1692)의 아들이다. 1711년 통신사의 종사서기(從事書記)로 도일하였다.

계림의 호걸로서 기상이 서릿발과 같네 雞林豪傑氣如霜
이렇게 풍류 있음을 천년 뒤에 누가 알랴 風流誰識千年後
덕성(德星)이 이 당에 모여드는 것을 보셨으면 請看德星聚此堂

○ 학계가 욕되이 보인 시에 받들어 차운하다 범수

시와 술, 맑은 얘기로 또 한 자리 벌였는데 詩酒淸談又一場
가을 서리에 물든 단풍잎을 함께 보노라 共看丹葉染秋霜
화려하게 그대들이 문채를 이루어내니 斐然諸子成文彩
노인을 높이는 당[15]에 함께 오른다 말하네 云是同升尊老堂

이 때 단풍을 띄운 술동이를 보내준 자가 있었는데 마주하여 함께 감상하였기 때문에 말하였다.

○ 다시 앞의 운을 따라서 범수 남공께 올려 두터운 보살핌에 받들어 사례하다 학계

늘그막의 시 예봉(銳鋒) 풍아(風雅)의 자리 독차지해 老年詞鋒擅雅場
흥겨워 채색 붓으로 맑은 서리 쓸어내네 興來綵筆掃淸霜
몇 가지 단풍잎을 술동이 속에 옮겼는데 數枝楓葉移壺裏

15 노인을 높이는 당 : 일반적으로 지위가 높고 나이가 많은 사람들이 머무는 당을 가리키는데 여기에서는 문학적인 재주가 노성한 사람을 비유적으로 표현한 것이다.

타국 당에서 감상할 줄 어찌 생각했으랴　　豈想殊邦賞一堂

○ 용호(龍湖)[16] 엄공께 받들어 올리다 같은 이

채익선(彩鷁船)이 물결 가르며 가는 만 리 여정에　彩鷁衝波萬里程
처음으로 낭화성(浪華城)에 비단 닻줄을 매었네　初維錦纜浪華城
조선의 빙의(聘儀) 성대함을 기뻐서 보노라니　喜看檀國聘儀盛
우리들 인상여(藺相如)를 사모하는[17] 정 더해지네　吾輩倍加慕藺情

용호가 이 때 삼사(三使)의 앞에 있었기 때문에 화답이 없었다.

○ 학사 동곽 이공께 받들어 올리다 입헌(立軒)[18]

하늘이 천년의 기이한 인연을 내려서 큰 나라의 군자를 뵙게 되어

16 용호(龍湖) : 엄한중(嚴漢重, 1665~?)의 호다. 자는 자정(子鼎), 본관은 영월(寧越)로, 1706년 정시(庭試) 병과에 합격하여 현감, 비서성(秘書省) 박사(博士), 고창군(高敞郡) 태수를 지냈다. 1711년 통신사의 부사서기(副使書記)로 도일하였다.

17 인상여(藺相如)를 사모하는 : 『사기(史記)』「사마상여전(司馬相如傳)」에 따르면, 한(漢) 나라 사람 사마상여(司馬相如)가 전국 시대 조(趙) 나라 사람 인상여(藺相如)의 사람됨을 사모하여 자기 이름을 상여(相如)라 하였다고 한다. 여기에서는 빙문(聘問)의 위의(威儀)가 성대한 조선 사행단의 일원인 엄한중(嚴漢重)의 사람됨을 인상여에 견주어 사모한 것이다.

18 입헌(立軒) : 아지키 릿켄(味木立軒, 1650~1725)으로, 이름은 호(虎), 자는 윤명(允明), 호는 입헌(立軒)·복재(覆載)다. 나와 모쿠안(那波木庵)에게 주자학을 배우고 에도(江戶)에서 야마가 소코(山鹿素行)에게 고학을 사사했으며 히로시마(廣島)에 초빙되어 30여 년간 제자들에게 경서를 가르쳤다.

안회(顔回)를 바라고 인상여(藺相如)를 사모하던 평소의 바람이 갑자기 이뤄졌으니 만호후(萬戶侯)에 봉해지는 것과 견줄 수 있는 게 아닙니다. 어리(御李)[19]하거나 식형(識荊)[20]하고 은사(恩私)를 새로 입으며 천금을 하사받는 것도 실로 견주기에 부족합니다. 이에 고루함을 헤아리지 않고 마침내 서툰 시 한 장을 올려 삼가 폐백으로 삼아 아룁니다. 큰 은혜로 용문을 크게 열어 잠시 용의 배를 살피게 해주시길 엎드려 비노니 지극히 두려워하는 마음을 견딜 수 없습니다.

거친 바다 이내 물결 잦아드니	鯨海烟波穩
사신의 배 일본으로 내려왔네	星槎下日東
돈독한 수교로 성한 예를 보고	敦修觀禮盛
덕화(德化)로 넉넉한 풍속에 절하네	德化拜風豐
말하는 건 두 나라가 다르지만	言語兩邦異
쓰는 문서는 온 세상이 같구나	文書萬世同
더러움을 잊고 볼품없는 시로	蕪辭忘醜穢
인상여 숭모하는 정을 통하네	慕藺仰情通

19 어리(御李) : 현자(賢者)를 경모(敬慕)하는 일로, 후한(後漢)의 순상(荀爽)이 이응(李膺)의 어자(御者)가 된 것을 기뻐하였다는 고사에서 비롯되었다.

20 식형(識荊) : 한형주(韓荊州)를 안다는 말로, 이백(李白)의 「여한형주서(與韓荊州書)」에 "이 세상에 태어나서 만호후에 봉해질 필요 없이 그저 한형주를 한 번 알기만을 바랄 뿐이다.[生不用封萬戶侯, 但願一識韓荊州.]"라는 말이 나온다.

○ 희입헌이 준 시에 받들어 차운하다 동곽

기이한 그 이름 북두(北斗) 아니지만	奇名非斗北
시율은 조선의 것과 비슷하네	詞律似遼東
풍류 다함이 스스로 부끄럽고	自媿風流盡
덕스런 모습 넉넉함 기뻐 보네	欣看德宇豊
사귐은 성긴 데서 친밀해지고	交從疎處密
말은 다른 가운데 같음이 있네	言有異中同
바빠 만났다가 곧 헤어지는데	怱怱逢仍別
평평한 곳이라 역로가 통하네	平方驛路通

○ 동곽 이공께 받들어 올리다 입헌

보잘 것 없는 시구를 아무렇게나 올렸는데 욕되게도 영음(郢音)[21]을 내려주시니 감사한 마음을 가눌 길 없어 마침내 앞의 운에 따라 삼가 좌우에 보내 사례하는 정성을 폅니다. 대인을 친압한 죄는 그 죄상에 지극히 자복하니 성풍(成風)[22]의 솜씨를 힘껏 내려주시길 바랍니다.

---

21 영음(郢音) : 고아한 소리라는 뜻으로, 타인의 시문에 대한 미칭(美稱)이다.

22 성풍(成風) : 운근성풍(運斤成風)으로, 『장자(莊子)』「서무귀(徐無鬼)」에 "옛날 초(楚)나라 도읍 영(郢)의 어떤 사람이 코끝에다 파리 날개만한 백토(白土)를 발라놓고 석공(石工)으로 하여금 그것을 깎아내게 하자, 그 석공이 바람소리 나도록 재빨리 자귀를 휘둘러[運斤成風] 백토를 깎아냈는데 이때 백토만 깨끗이 다 깎이고 코는 아무렇지도 않았다."고 하였다. 여기에서는 자귀를 바람소리 나도록 휘둘러 코끝의 백토를 제거한다는 뜻으로, 착오를 지적하여 바로잡음을 비유하였다.

이름은 푸른 하늘 위로 나가고 名出蒼天上
글은 푸른 바다 동쪽에 빛나네 文輝碧海東
천편의 시 운수(雲水)[23]처럼 시원하고 千詩雲水爽
만권의 책 고금(古今)에 넉넉하구나 萬卷古今豐
형극(荊棘)[24]에서 막힌 가슴을 여는데 荊棘開胸塞
향초 악초 한 그릇에서 욕되네 薰蕕辱器同
내일 아침 헤어지고 난 뒤에는 明朝分袂後
다만 꿈속의 넋으로 통하겠지 唯有夢魂通

○ 붓을 달려 용호 엄공께 받들어 올리다 같은 이

구름 돛이 만 리 붕새의 여정[25]을 건너와서 雲帆萬里涉鵬程
이날 사신의 수레가 대판성(大坂城)에 이르렀네 此日星轎躔坂城
얼핏 기자 나라 문물의 성대함을 보고서 乍視箕邦文物盛
비루한 시 아무렇게 올려 거친 정 드리네 漫呈鄙句致蕪情

용호는 일이 있어 갔기 때문에 화답이 없었다.

---

23 운수(雲水) : 행운유수(行雲流水)로, 떠가는 구름과 흘러가는 물처럼 자연스럽게 막힘이 없음을 뜻한다.

24 형극(荊棘) : 가시나무를 뜻하나 여기에서는 가시나무를 깔고 앉아 벗을 만나는 반형(班荊)을 가리키는 듯하다.

25 붕새의 여정 : 붕정구만리(鵬程九萬里)의 준말로, 전설상의 가장 큰 새인 붕(鵬)이 남명(南冥)으로 갈 때 물길 3천 리를 치고 바람을 타고 오르기를 9만 리나 한다는 데서 온 말이다. 붕새가 날아가는 먼 길이란 뜻으로, 남아의 원대한 포부를 의미한다. 『장자(莊子)』「소요유(逍遙遊)」.

○ 범수 남공께 받들어 올리다 같은 이

두 나라의 사귀는 맹약 두터워　　兩國交盟敦
오고감에 예로써 즐기는구나　　往來以禮娛
비단 돛이 북쪽 바다를 지나서　　錦帆過北海
옥 부절 동쪽 도읍에서 빛나네　　玉節耀東都
천 리 길에 임금 명을 완수하여　　千里全君命
사방에서 사호(使乎)[26]라고 감탄하네　　四方嘆使乎
높은 덕을 갈망한지 오래되어　　高德望霓久
이른 곳에 외물들 다 소생하네　　到處物皆蘇

○ 희입헌이 보인 시에 받들어 차운하다 범수

나그네 회포 아무리 싫다지만　　旅抱雖云惡
맑은 유람은 또한 즐길 만하네　　淸遊亦可娛
부상은 본디부터 외진 곳이나　　扶桑元絶域
대판이야 웅대한 도읍지라네　　大坂是雄都
나는 강과 산을 아끼는 자인데　　我愛江山者
그대는 물과 달이란 걸 아는가　　君知水月乎
가을바람에 다른 곳으로 가니　　秋風行異處

26 사호(使乎) : 『논어(論語)』「헌문(憲問)」에 "거백옥(蘧伯玉)이 공자(孔子)에게 사람을 심부름 보냈는데 심부름 온 사람의 말이 낮으면서도 간략하여 심부름 보낸 사람의 현명함을 더욱 드러내자, 공자가 '사호(使乎). 사호(使乎).'라 하며 거듭 찬미하였다."라는 내용이 나온다. 이것은 본디 사자(使者)를 찬탄한 말이었으나 후에 사자(使者)나 사신을 가리키게 되었다.

차츰 병에서 소생함을 깨닫네　　漸覺病全蘇

○ 다시 앞의 시에 차운하여 범수 남공께 받들어 올리다

입헌

옛날에 이르기를, "구슬로 모과를 갚고[27] 물고기 눈으로 야광주(夜光珠)와 바꾼다.[28]" 하였는데 지금 제 시구로 그대의 시를 얻었으니 아마도 이를 두고 말한 것이겠지요. 자주 그대의 귀를 더럽힌다고 허물하지 마시길 바랍니다.

볼품없는 외진 골목의 선비가　　區區窮巷士
무슨 행운으로 기쁨 함께 했나　　何幸共歡娛
웅대한 모습 따뜻하고 바르며　　雄貌溫兼正
덕스런 소리 깨끗하고 곱구나　　德音淸且都
시 말하는 건 자공(子貢)이 떠오르고　　語詩懷賜也
도 체득하는 건 증삼(曾參)이로구나[29]　　體道是參乎
짧은 모임에서 앉아 마주하니　　坐對單時會
사람의 의기를 소생하게 하네　　使人意氣蘇

27 구슬로 모과를 갚고 : 앞의 주 8 참조.

28 물고기~바꾼다 : 물고기 눈이 겉모양은 구슬 같지만 사실은 구슬이 아닌데 물고기 눈을 구슬이라고 여겨 바꾼다는 의미로, 보잘 것 없거나 가짜인 것을 보냈는데 귀하거나 진짜인 것으로 보답 받게 되었을 때 비유적으로 사용하는 표현이다. 『문선(文選)』「도대사마기실전(到大司馬記室牋)」.

29 도~증삼(曾參)이로구나 : 『근사록(近思錄)』「위학(爲學)」에 "증삼은 마침내 노둔함으로 도를 얻었다.[參也竟以魯得之.]"는 정명도(程明道)의 말이 나온다.

○ 경호 홍공께 받들어 올리다 입헌

팔월 즈음 만 리 바닷길에 배를 띄웠으니　萬里海瀛八月槎
사신의 별 이곳에서 문화(文華)를 빛내는구나　使星此地耀文華
미천한 몸 무슨 행운으로 군자를 뵈었나　微軀何幸見君子
봉인(封人)[30]이 뽐내는 것 같다고 비웃지 마시오　莫哂封人似自誇

○ 희입헌(喜立軒)께 받들어 답하다 경호

풍랑으로 몇 군데서 가던 배가 막히었나　風濤幾處滯征槎
오늘에야 힘든 관문인 낭화(浪華)에 이르렀네　今日艱關到浪華
사람과 물건 몹시 많고 성곽이 굳건하니　人物甚繁城郭壯
예로부터 전해온 말 전부 과장은 아니네　向來傳說未全誇

○ 다시 차운하여 경호공께 받들어 사례하다 입헌

볼품없는 시 본디 까치 우는 소리 같은데　蕪辭固似鵲槎槎
언뜻 그대의 시를 얻어 채화(彩華)를 입었구나　乍得君詩被彩華
조만간 남쪽의 세주(勢州)[31]로 돌아가는 날에는　前後南歸勢州日
큰 은혜야말로 남에게 말하며 뽐내야지　鴻恩只是說人誇

30 봉인(封人) : 변경(邊境)을 지키던 벼슬아치다.

31 세주(勢州) : 이세노쿠니(伊勢國)로, 미에현(三重縣) 동부에 해당하는 지역의 옛 이름이다.

○ 다시 입헌께 화답하다 경호

낭화성 서쪽 언덕에 가을 배를 매었는데	浪城西岸繫秋槎
한 줄기의 맑은 강에 밝은 햇살 일렁이네	一帶澄江動日華
우습게도 전당(錢塘)[32] 지역의 호수 언저리에서	可笑錢塘湖水上
집집마다 뽐내기를 늘어서서 기다리리	萬家羅待競相誇

글자를 써준 동곽 이공께 사례하다 입헌

쓰기를, "제 숙부인 웅재(雄齋)께서는 어려서부터 배우기를 좋아했으나 병이 많아서 벼슬하지 못하여 지금 강촌에 은거하고 계신데 그곳을 사가당(死可堂)[33]이라 하셨습니다. 원컨대 훌륭한 솜씨의 붓을 수고롭게 하여 처마의 편액으로 걸게 해주신다면 영광스러움이 화곤(華袞)[34]을 받는 것보다 나으니 써주시기를 바랍니다."라고 하였습니다. 학사께서 문득 '사가당(死可堂)'이란 세 개의 큰 글자를 쓰셨기에 제가 절하여 사례합니다.

32 전당(錢塘) : 항주(杭州)를 뜻한다.

33 사가당(死可堂) : '사가(死可)'라는 당호(堂號)는 『논어(論語)』「이인편(里仁篇)」의 "아침에 도를 들으면 저녁에 죽어도 좋다.[朝聞道, 夕死可矣.]"라는 말에서 따온 것인 듯하다.

34 화곤(華袞) : 고대 왕이나 귀족의 예복을 가리킨다.

과자를 준 동곽 선생과 시구를 쓴 방주 우공께 아울러 사례한 시 병서 입헌

창화를 두세 번 하는 동안 짧은 해가 지려 하여 이미 하직하고 떠나려 하였다. 소동이 당고(糖糕)[35] 몇 종류를 가져와 동곽이 좌중의 손님들께 나눠주었다. 우리들이 특별히 더 주기를 청하여 말하기를, "제게 노모가 계시니 학사께서 내려주신 것이라며 드리고자 합니다." 하니 종이에 싸서 주셨다. 우방주(雨芳洲)가 옆에 있다가 붓을 당겨 한 연을 쓰기를,

보배 같은 떡으로 육적(陸績)의 귤[36]을 대신하니　　珍糕聊代陸家橘
남쪽 언덕 효자 마음을 공경할 만하구려　　可敬南陔孝子心

라 하였습니다.

무슨 행운으로 이 아름답게 내려주시는 것을 얻게 되었는지 기뻐 손뼉 침을 이길 수 없어서 하나의 절구로 두 공께 받들어 사례하다 학계(鶴溪)

고명하신 분의 후의로 은혜 입음 깊은데　　高明厚賜洽恩深
게다가 다시 귀한 한 연 만금에 해당하네　　況復瓊聯當萬金

35 당고(糖糕) : 경단과 비슷한 떡이다.

36 육적(陸績)의 귤 : 삼국(三國) 때 오(吳) 나라 사람 육적(陸績)이 6살 때 원술(袁術)의 좌상(座上)에서 귤을 품어 가져다가 어머니께 드리니 사람들이 효자라 일컬었다.

이제부터 게으른 사내 뼈에 새기고 가서　　從此懦夫銘骨去
혼정신성(昏定晨省)[37]의 마음 부지런하게 해야겠네　須勤定省夕晨心

제 성은 하도(河島), 이름은 정향(正鄕), 자는 여삼(與三), 호는 남루(南樓)로, 하주(賀州)[38] 사람입니다. 하주와 섭주가 7백 리 길이나 떨어져 중하(仲夏)[39]에 사신의 수레가 동으로 향해 맹추(孟秋)[40]에 서경(西京)에 이른다는 말을 듣고 별종화상(別宗和尙)[41]을 따라서 낭화(浪華)의 강가에 와 기다린 지 여러 날입니다. 바닷길 만 리에 비단 돛대가 무사하니 매우 기쁘고 다행입니다.

○ 가을밤에 삼가 볼품없는 시 두 편을 지어서 조선국의 이, 남 두 공께 받들어 올리고 고상한 화답을 내려주시길 바라다

남루

계림(雞林)의 호걸스러운 나그네가　　雞林豪傑客

37 혼정신성(昏定晨省) : 어버이를 정성껏 모시는 것을 말한다. 『예기(禮記)』「곡례상(曲禮上)」에 "자식이 된 자는 어버이께 겨울에는 따뜻하게 해드리고 여름에는 시원하게 해드리며 저녁에는 잠자리를 보살펴 드리고 아침에는 잘 주무셨는지 살펴야 한다.[冬溫而夏凊, 昏定而晨省.]"라는 말이 나온다.

38 하주(賀州) : 이가쿠니(伊賀國)의 딴 이름으로, 현재 미에현(三重縣) 서부에 해당한다.

39 중하(仲夏) : 음력(陰曆) 5월을 달리 이르는 말이다.

40 맹추(孟秋) : 음력(陰曆) 7월을 달리 이르는 말이다.

41 별종화상(別宗和尙) : 1711년 통신사가 도일했을 때 상국사(相國寺)에서 파견된 벳슈 소엔(別宗祖緣, 1658~1714)으로, 건인사(建仁寺)에서 파견된 운학영집(雲壑永集)과 함께 접반승(接伴僧)의 임무를 맡았다.

사명 받들어 사신 배를 띄웠네	奉使泛星槎
고향은 구름 산으로 막혀 있고	鄉園雲山隔
하늘가에 바닷길이 아득하네	天涯海路賖
한 쌍의 구슬이 밤을 비추는데	一雙珠照夜
두 개의 묘한 붓이 꽃을 피우네	二妙筆生花
잠깐 만나 진기하게 놀았으니	傾蓋眞奇遊
새로 안 사람 중에 백아(伯牙)가 있네	新知有伯牙

○ **또** 같은 이

만 리 길에 채익선(彩鷁船)이 날듯이 바다 건너서	萬里鷁飛渡海瀛
비단 돛이 별고 없이 황성(皇城)으로 향해 가네	錦帆無恙向皇城
서로 만나 말 다르다 어찌 한스러워 하랴	相逢何恨語言異
다행히도 문장 있어 양쪽 정을 통하는데	幸有文章通兩情

○ 남루가 욕되이 준 시에 받들어 차운하다 동곽

바다 위로 삼신산 가는 길 열려	海上三山路
하늘 동쪽에 팔월의 배 띄웠네	天東八月槎
세월은 시름 속에 다해 가는데	年光愁裡盡
고향은 꿈결 속에 아득하구나	鄉園夢中賖
보배스러운 달은 기수(祇樹)[42]에 밝고	寶月明祇樹

42 기수(祇樹) : 앞의 주 6 참조.

맑은 서리는 국화에 펼쳐졌네 淸霜殿菊花
늘그막에도 막부(幕府)[43]에 있으면서 白頭猶幕府
구슬 신 신고 높은 깃발 따르네 珠履逐高牙

○ **또** 같은 이

가벼운 배 타고 봉영(蓬瀛)[44]이 어디인지 찾다가 輕舟何處訪蓬瀛
지척에 있는 선구(仙區)에서 적성(赤城)[45]을 바라보네
咫尺仙區望赤城
원룡(元龍) 같은 호해(湖海)의 기(氣)[46]에 너무나도 고마워
多謝元龍湖海氣
아름다운 시로 나그네 정 위로하려 하네 爲將佳什慰羈情

43 막부(幕府) : 막료(幕僚), 막빈(幕賓)이라고도 한다.

44 봉영(蓬瀛) : 봉래(蓬萊)와 영주(瀛洲)로, 방장(方丈)과 함께 바다 가운데 있다고 전하는 삼신산(三神山)을 가리킨다.

45 적성(赤城) : 중국 절강성(浙江省) 천태현(天台縣)에 있는 산으로, 땅이 붉고 형상이 마치 운하(雲霞)나 성첩(城堞)과 같아 예로부터 신선이 산다는 산으로 알려져 있다. 손작(孫綽)의 『천태산부(天台山賦)』에서 "적성에 놀이 일어 표지를 세웠다.[赤城霞擧而建標.]"고 하였다.

46 원룡(元龍)~기(氣) : 원룡(元龍)은 삼국 시대 위(魏)나라 진등(陳登)의 자다. 국사(國士)의 이름을 지니고 있던 허사(許汜)가 유비(劉備)와 이야기를 나누던 중에 "진원룡(陳元龍)은 호해지사(湖海之士)로서 아직도 호기가 없어지지 않았더라. 나를 손님으로 대하려는 뜻도 없이 오랫동안 아무 말도 하지 않더니 자기는 큰 침상 위에 드러눕고 나는 그 아래 침상에 눕게 하더라."라고 불평을 하자, 유비가 "구전문사(求田問舍)나 하는 당신에게는 그 정도라도 대접을 잘해 준 것이다."라고 진등을 옹호하면서 "만약 소인 대접을 했더라면 자기는 백척루(百尺樓) 위에 올라가 눕고 당신은 땅바닥에 눕도록 했을 것이다. 어찌 위아래 침상의 차이만 두었겠는가."라고 대답한 고사가 있다. 『삼국지(三國志)』 권7 『위서(魏書)』「진등전(陳登傳)」.

○ 남루가 욕되이 보인 시에 받들어 차운하다 범수

신선의 경계 두루 가보고 나서 遍踏仙人境
비로소 사신의 배를 멈추었네 初停使客槎
해협에는 가을 이미 완연한데 海門秋已老
강호(江戶)에는 길 오히려 아득하네 江戶路猶賒
누런 귤 알을 맛있다고 말하고 味說黃柑實
흰 국화의 향긋함을 사랑하네 香憐白菊花
그대의 맑은 절구를 읊조리니 吟君淸絶句
시원한 느낌 이에서 생겨나네 使覺爽生牙

○ 또 같은 이

사신의 배 며칠간 동쪽 바다에 떠 있었나 星槎幾日泛東瀛
가을 다 지나고 나서 대판성(大坂城)에 이르렀네 閱盡三秋到坂城
강가의 객관에서 처음 국화 핀 것 보고서 江館始看黃菊爛
고개 돌리니 고향 바라보는 정 배로 이네 回頭倍惹望鄕情

○ 다시 앞의 운을 사용하여 이, 남 두 사백이 준 맑은 화답에 받들어 사례하고 아울러 용호 사백께 올리다 남루

접역(鰈域)[47]의 이내 물결이 이는 길에 鰈域烟波路

47 접역(鰈域) : 조선의 다른 이름으로, 동해에서 가자미가 많이 나기 때문에 붙여졌다.

나부끼는 듯 한 점의 배 떠 있네　　飄然一點槎
타국에도 사람 생각은 같은데　　殊方人意等
고향에 나그네 마음 아득하네　　故園客心賖
태령(台嶺)[48] 서리 맞은 나무 어여쁘고　　台嶺憐霜樹
부사산(富士山) 봉우리의 눈꽃을 보네　　士峯見雪花
좋은 날 밤 채색 붓을 휘두르니　　良宵揮彩筆
기울어가는 달이 처마 비추네　　斜月照簷牙

○ **또** 같은 이

조선과 일본이 푸른 바다로 막혀 있는데　　朝鮮日域隔蒼瀛
화려한 깃발이 유유히 섭성(攝城)[49]에 이르렀네　　文旆悠悠到攝城
구슬 같은 새로운 시 내게 던져 보답하여　　投我新詩瓊玉報
은근하게 읊고 나니 사귀는 정 느껴지네　　慇懃吟罷感交情

○ 남루가 보인 시에 받들어 차운하다 용호

우리 국서로 먼 나라와 통하여　　弊書通遠國
깃발을 외로운 배에 싣고 왔네　　旌節載孤槎
선계는 삼신산과 가까이 있고　　仙界三山近

---

48 태령(台嶺) : 예로부터 신선이 산다고 알려진 천태산(天台山)을 가리킨다.

49 섭성(攝城) : 오기(五畿)에 속하는 셋쓰(攝津)로, 셋슈(攝州)라고도 한다. 지금의 오사카부(大坂府) 북서부와 효고현(兵庫縣) 남동부에 해당하는 지역의 옛 이름이다.

고향은 만 리 길이나 아득하네	鄉園萬里賒
비녀에 가득한 흰 머리를 긁고	盈簪搔白髮
술잔에 띄우려고 국화를 꺾네	泛觶折黃花
시에 능한 나그네와 만났기에	賴遇能詩客
맑은 시가 뺨을 시원하게 하네	淸詞爽頰牙

○ 또 같은 이

삼한의 먼 나그네가 큰 바다를 건너와서	三韓遠客涉寰瀛
채색 배가 처음으로 대판성(大坂城)에 머무르네	彩舶初停大坂城
고명한 분 가마 드느라 애쓰는 것 고마워	多荷高明勤扛駕
문득 시율에 의지하여 깊은 정을 말하네	却憑詩律道深情

○ 자리에서 붓을 달려 용호 사백께 받들어 올리다 남루

돛과 돛대로 백 리 길에 가을바람을 타고	帆檣百里駕秋風
물결 가르며 멀리 일본의 동쪽으로 왔네	破浪遠來日本東
이역에서 새로 안 사람 옛 친구와 같아서	異域新知如舊識
객관에서 모셨는데 뜻이 먼저 통하였네	一陪館下意先通

○ 남루가 보인 시에 받들어 차운하다 용호

기림(祇林)[50]의 서리 맞은 잎에 밤바람 일어나니	祇林霜葉夜生風
앉아서 바다 동쪽에 달뜨기를 기다리네	坐待滄溟月出東

사귀는 우의 문득 시구에 의지해 말하니	交誼却憑詩句道
어찌 통역을 통하여 말할 필요 있겠는가	語言何必象胥通

쓰기를(용호), "귀한 손님이 영광스럽게도 왕림하셨는데 마침 우울증이 있어 화답할 겨를을 내지 못한 것이 매우 한스럽습니다."라 하였다.

답하기를(남루), "가르침이 정중하시니 귀한 분의 병에 더욱 스스로를 지키고 아끼십시오. 자리에 다행히 붓으로 쓴 글이 있어 보고서 나그네의 정을 달랩니다."라 하였다.

○ 삼가 거친 시 한 장을 지어 이, 엄, 남 세 공의 탑하에 올리고 고상한 화답을 내려주시길 바라다 항산(恒山)

명 받들어 멀리 푸른 바다 동쪽으로 오니	奉命遠來碧海東
이생에 무슨 행운으로 호걸을 보게 되나	此生何幸見豪雄
말이야 다를지언정 정 다르지 아니하고	語言雖異情非異
문자가 서로 같아서 도 본디부터 같구나	文字相同道本同
예악을 지금까지 지켜 성화(聖化)를 보존하고	禮樂至今存聖化
의관을 예로부터 차려 유풍(儒風)을 숭상하네	衣冠從古尙儒風
태평한 시절에 예전의 우호를 다지려고	昇平時節修前好
사신의 배가 다니는 것을 기뻐하며 보네	喜見使星舟楫通

50 기림(祇林) : 기수(祇樹)와 같은 뜻이다. 앞의 주 6 참조.

○ 항산 사백의 시에 받들어 차운하다 동곽

호걸의 아름다운 명성 일동을 독차지해　鄆子聲華擅日東
맑은 시가 바다와 웅장함을 다툴 만하네　淸詩堪與海爭雄
회포는 절로 새 것과 옛 것의 구분 없는데　襟期自是無新舊
말은 어찌 반드시 다르고 같음 비교하랴　言語何須較異同
진한 때에 신선 찾아 그 옛 자취 남아있고　秦漢求仙餘故跡
당우(唐虞)[51] 시대 학문 일으켜 그 유풍(遺風) 사모하네　唐虞興學慕遺風
사신 행차 삼십 일 간 먼 곳을 건넜는데도　三旬涉遠猶星駕
도성까지 아득하게 하나의 길이 나있네　京國迢迢一路通

○ 항산이 준 시에 받들어 차운하다 용호

규문(奎文)[52]이 광채 날리며 하늘 동쪽에 내려와　奎文散彩降天東
여러분들 하나하나가 문단의 웅걸이네　箇箇諸君墨陣雄
만 리 길에 지나온 산천 지역이 다르지만　萬里山川疆域異
한 자리에서 술 마시며 담소하는 건 같네　一堂樽酒笑談同
고상한 의표 다행히 신선의 표상 만났고　高標幸接眞仙表
걸출한 시구 모두 대아의 시풍 쫓는구나　傑句皆追大雅風

51 당우(唐虞) : 중국(中國)의 도당씨(陶唐氏)와 유우씨(有虞氏)로, 태평성대인 요순(堯舜)시대를 가리킨다.

52 규문(奎文) : 문학(文學)·문물(文物)·문교(文敎)를 이른다. '奎'는 별의 이름으로, 문운(文運)을 맡아 보는 문성(文星)이다.

문득 새로 안 사람과 정이 막히지 않아서　　却喜新知情不隔
영서(靈犀)[53]처럼 절로 기가 서로 통함 기뻐하네　　靈犀自是氣相通

○ 항산이 욕되이 준 시에 받들어 차운하다 범수

부상(扶桑) 지역 바다 끝 하늘의 동쪽에 있는데　　扶桑域在海天東
한 나라의 성황(城隍)[54] 중에 대판성(大坂城)이 으뜸이네
　　一國城隍大坂雄
백 리나 뻗은 강가엔 갈대 핀 언덕이 멀고　　百里江干蘆岸遠
집집마다 뜰 안에는 귤나무 수풀이 같네　　千家園裏橘林同
누각은 늙은 조개 입 주변의 기운 삼키고　　樓呑老蜃噓邊氣
땅은 나는 붕새 등 위의 바람에 떠있구나　　地泛摶鵬背上風
석양 무렵 그림 그릴만한 가장 좋은 곳에　　最是夕陽堪畫處
열 겹 다리 아래로 수많은 배들이 다니네　　十重橋下萬帆通

○ 자리에서 앞의 운을 사용하여 이, 엄, 남 세 공이 준 향긋한 화답에 받들어 사례하다 항산

꿈틀거린 용이 날아 바다 동쪽에 있는데　　活龍飛處海之東
변해 문장의 꽃 토해내니 재주 뛰어나네　　化吐文英才力雄

53 영서(靈犀) : 영력(靈力)이 있는 무소의 뿔은 하나의 구멍이 있어서 뿌리부터 끝까지 통한다. 그러므로 두 사람의 마음이 잘 통함을 비유할 때 사용한다.

54 성황(城隍) : 성과 물 없는 해자를 가리킨다.

마음속으로 사귀는 정은 물과 비슷하고	心裡交情和水似
좌중의 시를 짓는 나그네는 신선과 같네	坐間詩客與仙同
귀국에선 예로부터 왕도(王道) 정치 행하여서	貴邦自古行王道
우리 땅에서 지금까지 덕풍(德風)을 우러르네	弊地于今仰德風
등불 그림자 희미해져 제가 떠나려 하니	燈火影微吾欲去
헤어진 후에 꿈속의 넋으로만 통하겠네	別來唯有夢魂通

○ 조선의 신사(信使)를 보고 한 편을 지어 대마도의 유신인 우삼(雨森) 무재(茂才)께 올리고 아울러 이동곽 선생께 회포를 부치다 약수(若水)[55]

바로 용이 날아오른 신묘년을 맞이하여	正當龍飛辛卯年
신령한 배로 사명 받들어 조선에서 왔네	靈槎奉使自朝鮮
바다를 건너는 동안 구모(颶母)[56]가 많이 있어서	洋海之間多颶母
동에 떠돌다가 서에 배댄 길이 삼천리네	東漂西泊路三千
구월 십육일 되어서야 하구로 들어오니	九月既望入河口
피로하여 접대하는 예가 더욱 경건하네	錦勞接待禮尤虔
푸른 발을 친 흰 배가 앞 항구로 거슬러와	靑簾白舫遡前港
어기영차 소리 맞추며 닻줄 끌어당기네	欸乃聲和郊纜牽

55 약수(若水) : 이리에 쟈쿠스이(入江若水, 1671~1729)로, 에도(江戶) 중기의 한시인(漢詩人)이다. 셋쓰(攝津) 출생으로, 이름은 겸통(兼通), 자는 자철(子徹)이다. 도리야마 시켄(鳥山芝軒)의 문하로, 쿄토(京都)의 서산(西山)에 암자를 짓고 역곡산인(櫟谷山人)이라 자처하였다. 저서에 『서산초창(西山樵唱)』이 있다.

56 구모(颶母) : 폭풍이 일어나려는 징조의 무지개 같은 구름 무리를 말한다.

낭화(浪華)의 다리 가에 목란 상앗대를 멈추고　浪華橋畔停蘭槳
하나의 별 같은 대포가 중천에서 울리네　一星砲火響中天
청도 깃발[57] 나부끼고 용 그려진 부절 들며　清道旗飄擎龍節
편종 편경 소리에다 북마저 둥둥 울리네　金聲玉振鼓闐闐
사신 수레가 국서 실은 가마를 호송하고　使軺護送國書轎
재주 있는 문무 관원들 몇 명인지 알겠네　文武材官知幾員
관모와 수레는 한의 제도에서 유래했고　冠蓋由來漢制度
푸른 옷에 붉은 인끈 차고 꽃 안장 타넘네　青衿朱紱跨花韉
강남 지역 본디 가려(佳麗)한 곳이라 불리는데　江南本是稱佳麗
물 좋고 산도 맑으며 만정(萬井)[58]에서 연기 나네　水秀山明萬井烟
아홉 군데 시장[59] 열어 온갖 물건 유통하고　九市場開通百貨
비단 같은 거리에는 악기 소리 끓는구나　繡巷錦街沸管絃
금으로 칠한 병풍[60]에다 비단으로 된 장막　泥金屛障綾羅幕
붉게 물들인 양탄자와 대모 돗자리 있네　染血氍毹玳瑁筵
집의 남쪽과 북쪽엔 사람들이 개미처럼　舍南舍北人如蟻
아이 끌고 노인 부축하며 각자 앞 다투네　携童扶老各爭先
모두 다들 한림학사 이동곽을 말하는데　悉道翰林李東郭
관복에 어대(魚帒)[61]를 차 누가 어깨 나란히 하랴　宮袍魚帒孰齊肩

57 청도 깃발 : 조선 시대 군기(軍旗)의 하나로, 남색 바탕에 가장자리와 화염은 적색이고 청도(淸道)라 적혀 있다. 행군할 때에 앞에서 길을 치우는 데 사용한다.

58 만정(萬井) : 천가만호(千家萬戶)다.

59 아홉 군데 시장 : 한나라 때 장안(長安)에 있던 아홉 군데의 시장이다.

60 금으로 칠한 병풍 : 금가루를 이겨서 그린 병풍이다.

61 관복에 어대(魚帒) : 관복의 띠에 어대(魚帒)를 수식한 것이다. 어대(魚帒)는 금은으로

강희(康熙)[62] 연간에 장원을 차지한 나그네로서 康熙年裡狀元客
외직으로 안릉(安陵)[63] 다스려 어질다 칭송됐네 出鎭安陵最稱賢
배에 품은 국서는 이유(二酉)[64]를 가벼이 여기고 腹中國書輕二酉
고아한 풍류는 귀양 온 신선이라 불리네 高雅風流呼謫仙
어찌 하늘 밖 사신 기 따를 줄 생각했으랴 何料天外隨大纛
많고 많은 선비들이 기뻐 넘어지려 하네 濟濟多士喜欲顚
하루 동안 창수하는 시가 만 수에 이르니 一日唱酬詩萬首
시재(詩才) 독차지한 백일장(白日場)[65]에 붓 서까래 같네
擅場白戰筆如椽
천재일 뿐만 아니라 유난히도 민첩하여 非啻天才偏敏捷
격조 높은 영 땅 나그네의 양춘편(陽春篇)[66]과 같네
調高郢客陽春篇
이로부터 종이 값이 갑작스레 비싸져서 從斯紙價驟騰貴
오기(五畿)[67]에서 다퉈 쓰느라 오(烏)와 언(焉) 잘못 적네
五畿爭寫誤烏焉

만든 물고기 모양의 장식으로, 관복의 허리띠에 매어 귀천을 표시한다.

62 강희(康熙) : 청나라 4대 황제 성조(聖祖)의 연호(1662~1722)다.

63 안릉(安陵) : 평안남도 안주군(安州郡)이나 황해도 재령군(載寧郡)의 옛 이름인데 어느 곳인지는 확실하지 않다.

64 이유(二酉) : 대유산(大酉山)과 소유산(小酉山)으로, 지금의 중국 호남성 완릉현(浣陵縣) 서북에 있다. 전해오는 말에 소유산 골짜기에 천 권의 서적이 있는데 일찍이 진인(秦人)이 은거하여 공부하던 곳이라 한다. 그러므로 이유는 많은 장서(藏書)를 가리킨다.

65 백일장(白日場) : 백전(白戰)으로, 시인(詩人)들이 글재주를 다투는 싸움을 뜻한다.

66 양춘편(陽春篇) : 양춘곡(陽春曲)으로, 앞의 주 12 참조.

67 오기(五畿) : 옛날 경도(京都) 주변에 있던 산성(山城), 대화(大和), 하내(河內), 화천(和泉), 섭진(攝津)을 가리키는데 기내(畿內)라고도 한다.

우리들이 이 성대한 일을 멀리서 듣고는　吾儕遙聞此盛事
대지팡이에 짚신으로 부전(富田)[68]을 떠나왔네　竹杖芒鞋發富田
강호에서 뜻을 잃은 어느 가난한 선비는　江湖落魄一寒士
민머리에 이 빠지고 주머니에 돈도 없네　頭童齒豁囊無錢
학사들의 객관 앞에 이름 쓴 종이 넣어와　學士館前袖名紙
이른 새벽 문을 쓸고 날 저물면 돌아가네　早曉掃門日暮還
근체시 한 장을 작은 아전에게 맡겼는데　近體一章托小吏
닷새 넘도록 대답하는 소리 전함이 없네　半旬已無答音傳
제가 조선의 지각 있는 손님 뵙기 어려워　貧生難見韓知客
사람들에게 나쁜 인연이라 말할 뿐이네　向人只說惡因緣
접역 시단의 장수에게 한 마디 말 부치니　寄言鰈域騷壇將
저승길에 깊은 이치 얘기하면 좋으련만　九重泉路好談玄

○ 이동곽 선생께 받들어 부치다 약수

어느 때에 부산에서 떠났는지 모르지만　不識何時發釜山
사신 배가 구월에야 인간 세상 이르렀네　星槎九月到人間
몇 날 아침이나 남도(藍島)[69]에서 비에 막혔는가　幾朝阻雨青藍島
날을 이어 적마관(赤馬關)[70]에서 바람을 살피었네　連日占風赤馬關

68 부전(富田) : 오사카(大坂)의 동남부에 위치한 지역이다.

69 남도(藍島) : 현재 후쿠오카현(福岡縣) 신구쵸(新宮町)의 아이노시마(相島)에 해당한다. 현해탄에 있는 작은 섬으로, 1607년 제1차 회답겸쇄환사 방일 때부터 경유지가 되었다. 당시 후쿠오카번(福岡藩)의 영지로서 복강번의 적극적인 접대가 이루어졌다.

70 적마관(赤馬關) : 아카마가세키(赤間關)라고도 하는데 지금의 시모노세키(下關)로, 혼

생선 채소 시장 열려 가는 곳마다 머물고　魚菜市開行處泊
농어 순채[71] 고향 멀어 꿈속에서 돌아가네　鱸蓴鄉遠夢中還
제가 용 되려고 오르는 길을 얻기 어려워　野生難得登龍路
볼품없는 시 바쳐 웃는 얼굴 바랄 뿐이네　只獻蕪詞要笑顏

○ 약수 사백께 받들어 사례하고 구슬 같은 운을 사용하여 문득 부치다 동곽

사신 일행 예전에 동래 부산을 떠났는데　行人前日發萊山
구월에 돌아갈 배가 남두성(南斗星)[72] 사이에 있네　九月歸舟南斗間
땅 칠 듯 선 마을 문으로 큰 고을을 지나고　撲地村閭經大府
구름 닿을 듯 누선의 노로 겹 관문 지나네　接雲樓櫓歷重關
차 끓이는 옛 절에서 아침나절 취했다가　烹茶古寺終朝醉
배 고치는 연파에서 해질 무렵 돌아오네　理楫烟波入夜還
지척이 신선 거처나 좋은 만남 어긋나니　咫尺仙居違勝覿
어느 때에 걸상 마주한 채 한번 웃어보나　何時對榻一開顏

슈(本州)로 들어가는 첫 기착지다.

71 농어 순채 : 순채국과 농어회인 순갱노회(蓴羹鱸膾)를 뜻하는데 고향을 잊지 못하고 생각하는 정을 비유한다. 진(晉)의 장한(張翰)이 고향의 순채국과 농어회가 그리워서 벼슬을 그만두고 고향으로 돌아갔다는 일화가 있다. 『진서(晉書)』「장한전(張翰傳)」.

72 남두성(南斗星) : 여섯 개의 별이 북두성 남쪽에 있고 모양이 국자와 비슷하므로 그 이름을 얻게 되었다. 남방 또는 남쪽 지역을 가리키기도 한다.

○ 다시 앞의 운을 사용하여 동곽 이 선생께 받들어 답하다

약수

선비의 명망 당당하여 대산(岱山)[73]에 견주는데 士望堂堂比岱山
유자 호걸로 문단 사이에서 독차지하네 儒豪獨占藝林間
계창(雞牕)[74]에서 고금의 역사서를 두루 읽었고 雞牕遍讀古今史
오금(鰲禁)[75]에서 명리의 빗장을 일찍이 뽑았네 鰲禁早抽名利關
섬돌 아래 꽃 벽돌에 해 높을 때 들어갔다 階下花磚日高入
궁궐 안 연꽃 촛불에 밤 깊으면 돌아오네 宮中蓮燭夜深還
객정에서 제게 부친 새로 지은 시가 좋아 客亭寄我新詩好
이어서 답하려니 얼굴에 땀이 날 뿐이네 試欲賡酬只汗顔

○ 홍경호 선생께 받들어 부치다 같은 이

아득한 이내 물결이 고향 산을 가로막아 微茫煙浪隔家山
몇 달 동안이나 바다 건너거나 떠다니네 過海漂洋數月間
번쩍거리는 문성이 외진 지역에 빛나고 燦燦文星輝絶域
반짝이는 붉은 기가 겹 관문에 넘쳐나네 熒熒紫氣溢重關
굳센 마음으로 명주 버림[76] 어찌 거리끼고 壯心豈碍棄繻去

73 대산(岱山) : 태산(泰山)으로, 앞의 주 3 참조.

74 계창(鷄牕) : 진(晉)의 송처종(宋處宗)이 잘 우는 닭을 서재 창가에 두고 길렀는데 나중에 그 닭과 현묘한 도리를 논한 일화가 있다.

75 오금(鰲禁) : 한림원(翰林院)의 별칭이다.

76 명주 버림 : 투수(投繻)로, 부신(符信)을 버린다는 뜻이다. 수(繻)는 관(關)을 통과할 때 부신으로 사용하는 명주 조각을 가리킨다. 한(漢) 나라 종군(終軍)이 미천했을 때 도보

웅변으로 벽옥 온전히 함[77] 무어 어려우랴 雄辯何難完璧還
좋은 구로 사람 놀라게 하는 지금의 사걸 佳句驚人今四傑
왕발 양형 노조린 낙빈왕[78]을 무색케 하네 王楊盧駱欲無顔

○ 약수 사안에 화답하여 받들다 경호

경치 좋은 이름난 도성 바다 산 베고 누워 形勝名都枕海山
집마다 이내 낀 나무 물과 구름 사이 있네 萬家烟樹水雲間
아득하게 고향 뜰은 하늘과 이어져 멀고 蒼茫鄕園連天遠
쓸쓸하게 절의 문은 하루 내내 닫혀 있네 寥落禪扉盡日關
좋은 벗이 있어 따르는 곳마다 만나기에 賴有良朋隨處會
나그네가 어느 때에 돌아갈지 모르겠네 不知游子幾時還
어찌 그리 보내온 시구에 새 울림 많은지 何來詩句多新響

로 관문을 지나는데 관리가 그에게 부신인 명주 조각을 주었다. 종군이 무엇이냐고 물으니 관리가 통부(通符)로 되돌려 받기 위해서라고 하였다. 이에 종군이 "대장부가 서쪽으로 노닐려 하니 끝내 통부를 되돌려 주고 돌아오지 않을 것이다.[大丈夫西遊, 終不復傳還.]"라 하고 그 명주 조각을 버리고 떠났다. 그 후 마침내 높은 관리가 되어 군국(郡國)을 순행차 부절(符節)을 갖고 다시 동쪽으로 관문을 나서려는 순간, 관리가 종군을 알아보고 말하기를 "이 사자가 바로 전에 부신을 버린 사람이다.[此使者乃前棄繻生也.]"라고 하였다. 『한서(漢書)』「종군전(終軍傳)」. 이후 기수(棄繻)는 젊어서 큰 뜻을 세운다는 의미로 쓰이게 되었다.

77 웅변으로 벽옥 온전히 함 : 중국 전국 시대 조나라의 인상여(藺相如)가 진(秦)나라의 소양왕이 열다섯 성(城)과 화씨(和氏)의 벽(璧)을 바꾸자고 하여 진나라에 갔으나 소양왕이 거짓말을 하고 있다는 것을 알고 목숨을 걸고 그 벽을 지켜 온전히 하였다는 고사를 말한다.

78 왕발 양형 노조린 낙빈왕 : 왕발(王勃), 양형(楊炯), 노조린(盧照鄰), 낙빈왕(駱賓王)을 일컫는 말로, 초당(初唐) 사걸(四傑)이라 한다.

손 씻고 높이 읊으니 나그네 얼굴 씻기네　　盥手高吟洗旅顔

○ 엄용호 선생께 받들어 부치다 약수

고국은 아득하여 산 위에 또 산이 있는데　　故國迢迢山上山
사신이 되어 먼저 부상 사이로 들어가네　　使星先入搏桑間
바다 서쪽에서 노를 친 게 삼천리 길이고　　海西擊楫三千里
강의 왼쪽에서 수레 탄 것 백둘 관문이네　　江左乘軺百二關
가을 후에야 화려한 깃발 이름을 만났고　　秋後方逢文旆至
섣달 전에 비단옷 입고 돌아감을 보겠네　　臘前要看錦衣還
모르겠지만 내일 물가에서 이별할 때에　　不知明日河邊別
누가 여가(驪歌)[79]를 불러 나그네 얼굴 풀어줄지　　誰唱驪歌解旅顔

○ 부전(富田)이 부쳐 보인 시에 화운하다 용호

청구(青丘)[80] 땅의 고향 산이 만 리 길에 가로막혀　青丘萬里隔鄕山
구름 물결 아득한 사이로 줄곧 바라보네　　極目雲濤浩淼間
이미 외로운 배 보내 바다 언덕에 매었고　　已遣孤舟維海岸
문득 가는 깃발 따라 강관(江關)으로 향해 가네　　却隨征旆向江關
이국의 계절은 맑은 가을이 다 지났는데　　殊方節序淸秋盡
먼 길 나그네의 행장 어느 날에 돌아가나　　遠客行裝幾日還

79 여가(驪歌) : 이별가, 고별가를 뜻한다.
80 청구(青丘) : 조선을 지칭하는 말로, 청구(靑邱)라고도 한다.

그대의 시가 저를 흥기시켜 줄 만하기에　賴爲君詩能起我
밝게 읊으니 좋은 얼굴 마주하는 듯하네　朗吟如對好容顔

○ 남범수 선생께 받들어 부치다 약수

두 나라의 친목함은 무겁기가 산과 같아　兩邦親睦重如山
멀리 한수 사이에다 누선을 대어 놓았네　遠艤樓舟漢水間
칠월과 팔월 사이에 바다 섬을 떠돌다가　七八月中漂海島
오천 리 길 너머 있는 경관(京關)으로 향해 가네　五千里外向京關
관정(官亭)서 차마 옷 끌며 헤어지지 못했는데　官亭不忍牽衣別
역로서 부절 갖고 돌아오기를 기약할 뿐　驛路只期持節還
만약 검은 구슬로 물고기 눈을 갚는다면[81]　如把驪珠報魚目
다른 때에 문득 얼굴로 삼기가 좋으련만　他時更好作容顔

○ 약수 사백이 던져준 고운 시에 받들어 차운하다 범수

나그네 길이 바다 가운데 산에 머무는데　客行留滯海中山
현포(玄圃)[82]와 창주(滄洲)[83]가 지척 거리의 사이에 있네　玄圃滄洲咫尺間
밤비 쓸쓸하여 북과 호각 소리 들리건만　夜雨凄凄聞鼓角

81 검은 구슬로~갚는다면 : 앞의 주 28 참조.
82 현포(玄圃) : 전설상 중국 곤륜산 위의 신선이 산다는 곳이다.
83 창주(滄洲) : 은자(隱者)가 살만한 그윽한 물가다.

구름 하늘 아득하여 고향과 가로막혔네　雲天杳杳隔鄕關
별은 북극과 멀어서 바라보길 시름하고　星遙北極愁瞻望
길은 동쪽 성과 멀어 왕복하길 따져보네　路濶東城計往還
누가 구슬을 나그네의 걸상에 던졌는지　誰把瓊琚投旅榻
읊자 황홀하여 맑은 얼굴 마주한 듯하네　吟來恍若對淸顔

○ 거친 시 한 장으로 조선의 네 선생께 받들어 사례하다

약수

몇 갈래 수놓은 골목 담 동쪽을 가로막아　幾條繡巷隔墻東
시통을 이때에 통할 줄 어찌 생각했으랴　何料詩筒此際通
내 읊는 창자 많이 썩은 걸 부끄러워하고　愧我吟腸多朽腐
그대 시상 더욱 뛰어난 것을 부러워하네　羨卿文思更豪雄
주머니 든 이하(李賀)[84]와는 같은 절조 아닌데다　携囊李賀非同調
창 비껴 잡은[85] 조만(曹瞞)[86]조차 아랫자리[87] 서겠네
橫槊曹瞞立下風

84 주머니 든 이하(李賀) : 당(唐)나라 때의 시인 이하(李賀)가 명승지를 구경하면서 시를 지을 때마다 해노(奚奴)를 시켜 비단 주머니에 넣게 한 데서 나온 말이다. 『당서(唐書)』「이하전(李賀傳)」.

85 창 비껴 잡은 : 조조(曹操)의 부자(父子)가 전쟁터에서도 창을 비껴 잡고[橫槊] 시를 읊었다는 데에서 나온 것으로, 보통 문무(文武)를 겸비한 호탕한 기상의 소유자를 일컫는 말로 쓰인다. 『구당서(舊唐書)』「문원열전(文苑列傳)」.

86 조만(曹瞞) : 삼국 시대 조조(曹操)로, 어릴 때 그의 자(字)가 아만(阿瞞)이었기 때문에 이렇게 부른 것이다.

87 아랫자리 : 하풍(下風)은 아래 지위나 낮은 지위에 있는 것을 비유할 때 사용한다.

조선 사신 머물며 쓴 시가 몇 수인지 아니 韓使留題知幾首
정몽주(鄭夢周)[88]가 다녀간 이후에 공들을 만났네 夢周以後遇諸公

○ 금사연을 동곽 선생께 부쳐드리다 같은 이

잎 끝이 노란 것을 따서 줄기를 없앤 후에 採得頭黃已去筋
잘라 금실을 만드니 어찌 그리 향긋한가 剪成金縷一何芬
얼굴 앞엔 언뜻 어지러이 안개 일어나고 面前乍起紛紛霧
혀 틈엔 천천히 뭉게뭉게 구름 피어나네 舌罅徐生曳曳雲
술 아니나 시 짓는 나그네의 한을 녹이고 非酒能消詩客恨
차 대신해 졸음의 군대를 물리치기 좋네 代茶好敗睡魔軍
다정히도 누가 상사초라는 담배를 불러 多情誰喚相思草
사신에게 부쳐 담뱃대로 향기 나게 하나 寄與征人把管薰

○ 진남(津南)이 남초를 준 것에 차운하여 사례하다 동곽

흐르는 진액 취할 뿐 줄기 없애기 싫은데 只取流津忌迸筋
잘라온 가벼운 실에서 문득 향기가 나네 剉來輕縷却生芬
태우는 땐 날리는 안개 뱉음을 사랑하고 燃時愛吐霏霏霧
피우는 덴 하늘대는 구름 삼키는 듯하네 吸處如呑裊裊雲
타향에서 잠 못 드는 길손에게 꽤나 맞고 偏合異鄉無夢客

88 정몽주(鄭夢周) : 고려 우왕(禑王) 3년 (1377년) 9월에 일본에 사신으로 갔다가 다음해 7월에 돌아온 일이 있다.

추운 밤에 천경(踐更)[89]하는 군사에게 가장 좋네 最宜寒夜踐更軍
정성스레 준 선물을 무엇으로 보답할지 慇懃盛貺將何報
향긋한 지란지교(芝蘭之交) 같은 정 엄습함 느끼네 蘭室交情感襲薰

○ 하동역(河東驛)에서 동도(東都)로 가는 이, 홍, 엄, 남 네 선생께 시를 부쳐 헤어지며 거듭 앞의 운을 사용하다 약수

강 너머 이내 낀 나무 바로 제 고향 산인데 隔江煙樹是吾山
역로 사이에서 가는 깃발 멀리 바라보네 遠望征旗驛路間
몇 개의 연을 적어 전수(奠水)[90]에 띄우려 하지만 爲寫數聯浮奠水
삼첩(三疊)[91]을 하는 〈양관곡(陽關曲)〉[92]을 노래할 길이 없네
無由三疊唱陽關
쓸쓸하게 옛 절에서 밤을 이어 머무르니 蕭條古寺連宵宿

89 천경(踐更) : 고대 요역(徭役)의 일종으로, 돈을 받고 다른 사람을 대신하여 복역하는 것을 뜻한다.

90 전수(奠水) : 전하(淀河)로, 비파호(琵琶湖)의 남단에서 시작하는 뇌전천(瀨田川)이 경도(京都)에 들어가 우치천(宇治川)이라 불리고 대판(大坂)과의 경계에서 계천(桂川), 목진천(木津川)과 합류하여 대판만(大坂灣)으로 이어지는 강이다.

91 삼첩(三疊) : 위성곡(渭城曲), 양관곡(陽關曲), 삼첩곡(三疊曲), 양관삼첩(陽關三疊)이라고도 한다. 흔히 이별가를 말하는데 왕유(王維)의 「송원이사안서(送元二使安西)」에 "위성에 아침 비가 가벼운 먼지를 적시니 객사엔 푸르고 푸른 버들 빛이 새롭구나. 그대에게 한 잔 술 더 마시라고 권하는 건 서쪽으로 양관 나서면 친구 없어서라오.[渭城朝雨浥輕塵, 客舍青青柳色新. 勸君更進一杯酒, 西出陽關無故人.]"라고 한 데서 위성곡(渭城曲), 양관곡(陽關曲)이란 명칭이 유래하였고 이 시의 둘째 구부터 넷째 구까지 세 구를 두 번 반복하였으므로 삼첩(三疊), 삼첩곡(三疊曲), 양관삼첩(陽關三疊)이라 불리게 되었다.

92 양관곡(陽關曲) : 앞의 주 91 참조.

아스라이 먼 길에서 어느 날에 돌아올까　迢遞脩途何日還
동도(東都)에 이르러서 말의 안장을 푸는 곳에　行到東都解鞍處
창 마주한 산의 눈이 옥빛 야윈 얼굴이리 전수(奠水)는 곧 전하(淀河)다.
當牕嶽雪玉孱顏奠水乃淀河也

○ 동곽 이공 음단에 삼가 받들어 올리다 귤주(橘洲)

사신의 이번 길이 산과 바다를 지나는 동안 험난함을 꺼리지 않아 다행히 바람과 파도를 면하였으니 보잘 것 없는 정으로 어찌 산 넘고 바다 건넌 노고를 달래지 않겠습니까. 하늘이 기이한 인연을 내려 직접 얼굴을 뵙게 되어 오랜 바람이 갑자기 이루어졌으니 감사하는 마음 이기지 못해 삼가 짧은 시를 지어 질정하는 화답을 바랍니다.

두 나라의 시문 모임 예로부터 어려운데　兩邦雅會古來難
게다가 벗 욕되게 하고 또 기쁨 다함에랴　況復忝知且罄歡
새로 사귀는 정 미흡하다 한하지 말지니　莫恨新交情未洽
그 때부터 이미 금란지교(金蘭之交) 맺으려 하였네　一時已擬結金蘭

○ 귤주 사백께 차운하여 받들다 동곽

얼굴과 마음 아는 것 익숙하기 어려운데　知面知心較熟難
만난 곳에서 또한 사귀는 기쁨 다하였네　逢場且可盡交歡
시 보고 하늘 향기 퍼짐을 넉넉히 느끼니　看詩剩覺天香動
그대 높은 정 혜초 난초 맺은 것을 알겠네　知子高情紉蕙蘭

○ 동곽 이공 문단에 받들어 사례하다 귤주

마침내 물고기 눈을 바쳤는데 욕되이 용의 구슬을 주시니[93] 가난한 아이가 갑자기 부유해진 것과 같아 뜻밖의 영광이라 삼가 앞의 운을 따라서 성대한 은혜에 사례하다.

용문(龍門)[94]에 올라가기 어렵다 말하지 말지니	莫謂龍門登去難
지금 고삐 잡은 채 잠시 머물며 기뻐하네	卽今執御暫留歡
가을바람 불 때 문단에서 마주하였는데	秋風相對藝園裏
맑은 덕의 향긋한 사람 향기가 난초 같네	淸德薰人臭若蘭

○ 붓을 달려 동곽 선생 사단에 받들어 올리고 엎드려 자상한 질정을 구하다 귤주

문원에 붓꽃의 떨기 기뻐하여 보노라니	喜看文苑筆花叢
밝기가 물속에서 피어난 예쁜 연꽃 같네	灼若美蓉出水中
마주한 채 통역을 번거롭게 할 필요 없이	相對不須煩譯語
〈양춘곡〉 사이에서 뜻이 먼저 통하는구나	陽春曲裏意先通

93 물고기 눈~용의 구슬을 주시니 : 앞의 주 28 참조.

94 용문(龍門) : 원래는 과거에 합격하는 것을 가리키나 여기에서는 조선의 통신사 일행을 만나는 것을 비유적으로 표현한 것이다.

○ 귤주 사백께 차운하여 받들다 동곽

강과 바다의 가을빛이 피운 국화 몇 떨기　　江海秋光菊數叢
나그네의 시름을 한 잔 속에 다 쏟아냈네　　羈愁瀉盡一盃中
맑은 얘기 거만한 농에 마음 먼저 맞으니　　淸譚傲謔神先契
방언이라서 통할 수 없다고 말하지 마오　　休道方言不可通

○ 경호 홍공 사단에 삼가 받들어 올리다 귤주

긴 바람이 물결을 갈라 사신의 배가 하늘에 올랐다가 이에 우리나라에 이르러 처음으로 고상한 풍모를 뵙고 속내를 열어보였는데 마음이 맞아 기뻐 손뼉 침을 견딜 수 없었습니다. 파조(巴調)[95] 한 장을 올려 제 회포를 펴고 엎드려 법 삼을 만한 말씀을 내려주시길 바라니 영광이 화곤(華袞)[96]보다 더할 것입니다.

비단 닻줄 상아 돛대로 하늘에 올랐는데　　錦纜牙檣駕碧空
큰 바다에서 다행히 석우풍(石尤風)[97]을 면하였네　　大洋幸免石尤風

95 파조(巴調) : 파장(巴章), 파인(巴人), 파기(巴記), 파곡(巴曲), 파구(巴謳)라고도 한다. 초(楚)나라의 속된 가요의 이름으로, 자신의 시를 낮추어 이른 말이다. 초나라 때 대중적 노래인 '하리(下里)'와 '파인(巴人)'은 수천 명이 따라 부르지만 고상한 '백설(白雪)'과 '양춘(陽春)'의 노래는 너무 어려워서 겨우 수십 명밖에 따라 부르지 못하더라는 이야기가 송옥(宋玉)의 「대초왕문(對楚王問)」에 나온다.

96 화곤(華袞) : 앞의 주 34 참조.

97 석우풍(石尤風) : 거세게 부는 역풍(逆風)을 말한다. 옛날에 석씨(石氏)의 딸이 우랑(尤郎)에게 시집갔는데 우랑이 다른 곳으로 장사를 가겠다고 하여 아내가 한사코 말렸으나 듣지 않고서 배를 타고 가다가 폭풍을 만나 물에 빠져 죽었다. 아내가 몹시 애통해하다가

정성스레 황화(皇華) 사신 마주하고 있으려니 慇懃相對皇華使
일동(日東)에 빛나는 고상한 위의(威儀) 우러러 보네 仰見高儀煥日東

○ 귤주의 시에 공경스럽게 화운하다 경호

아득하게 바닷물이 먼 하늘에 닿았는데 茫茫積水接遙空
사신 일행 돛에 부는 바람 타고 돌아오네 使節歸來一帆風
아름다운 손님 만난 곳에서 친구 같으니 佳客逢場如舊識
바다의 서와 동에 떨어져 있다 하지 마오 莫言分在海西東

○ 경호공 소단에 공경스럽게 받들어 사례하다 귤주

외람되이 비루함을 잊고 영중(郢中)[98]에 파구(巴謳)[99]를 드렸는데 욕되이 고아한 화답을 내려주셔서 감사한 마음 끝이 없어 받들어 몇 번 외우니 참새처럼 뛰는 기쁨을 어찌 이길 수 있겠습니까. 비록 현자를

병을 얻어 죽게 되었는데 임종할 때 "내가 죽은 뒤에 멀리 항해하는 사람이 있으면 큰 바람을 일으켜 배가 떠나지 못하게 해 천하의 부인네들이 화를 당하지 않게 하겠다."고 하였다. 이후 배가 떠나려 할 때 거센 역풍이 불면 이를 석우풍이라 하여 출항하지 않았다고 한다. 『강호기문(江湖紀聞)』.

98 영중(郢中) : 『장자(莊子)』「서무귀(徐無鬼)」에 "옛날 초(楚)나라 도읍 영(郢) 안에 어떤 사람이 코끝에다 파리 날개만한 백토(白土)를 발라놓고 석공(石工)으로 하여금 그것을 깎아내게 하자, 그 석공이 바람소리 나도록 재빨리 자귀를 휘둘러[運斤成風] 백토를 깎아냈는데 이때 백토만 깨끗이 다 깎이고 코는 아무렇지도 않았다."고 하였다. 여기에서는 착오를 지적하여 바로잡아주는 사람을 가리킨다.

99 파구(巴謳) : 앞의 주 95 참조.

업신여긴 죄에서 면하지 못하더라도 다시 원래 시에 차운하여 감히 사례의 정성을 폅니다.

제학(鯷壑)[100]의 문신이란 이름이 헛되지 않으니 鯷壑詞臣名不空
시편들이 성대하여 맑은 풍모 우러르네 詩篇郁郁仰淸風
자리 가득 시문의 불꽃이 두우성(斗牛星)[101]을 쏘니 滿堂文焰射牛斗
마치 바다 동쪽에 나타난 신기루와 같네 宛若蜃樓現海東

○ 다시 귤주께 답하다 경호

그대 재주 세상 사람들의 눈을 멀게 하니 君才一世眼方空
나머지는 어지러이 다 아랫자리에 있네 餘子紛紛盡下風
다른 때에 성취한 후를 아련히 생각하니 遙想他時成就後
전해지는 좋은 시구 하늘 동쪽 가득하리 流傳佳句滿天東

100 제학(鯷壑) : 조선을 가리킨다. 제(鯷)는 고대 동해(東海) 바다 가운데에 있던 종족의 이름으로, 『한서(漢書)』「지리지(地理志)」에 "회계(會稽)의 바다 바깥에 동제인(東鯷人)이 살고 있는데 20여 개의 나라로 나누어져 있다."고 하였다.

101 두우성(斗牛星) : 북두(北斗)와 견우(牽牛) 두 별을 가리킨다. 진(晉)나라 때 문장가로 천문(天文), 방기(方技) 등의 글에도 정통했던 장화(張華)가 일찍이 북두와 견우 사이에 '자줏빛 기[紫氣]'가 쏘아 비추는 것을 보고 그 자줏빛 기의 출처인 예장(豫章)의 풍성현(豐城縣)으로 친구인 뇌환(雷煥)을 보내어 그로 하여금 풍성의 옛 옥사(獄舍) 터를 발굴해서 마침내 춘추 시대 간장과 막야 부부가 제작했다는 용천(龍泉), 태아(太阿) 두 보검을 찾아내게 한 데에서 나오는 말이다. 『진서(晉書)』「장화열전(張華列傳)」.

○ 마침내 하나의 절구를 지어 용호 엄공 음탑에 받들어 올리고 엎드려 질정을 빌다 귤주

계림의 영걸(英傑)이라 일찍이 이름 알았는데　雞林英傑早知名
옥 같은 풍골 위엄 넘치고 얼굴도 맑구나　玉骨稜稜眉宇清
우연히 잠시 만나 말을 해도 친구 같으니　傾蓋晤言如舊識
시를 지어 멀리 노닌 정을 달래려고 하네　賦詩欲慰遠遊情

○ 귤주가 보인 시에 화운하여 드리다 용호

명도(名都)의 시객(詩客)이라 예전에 이름 들었는데 名都詞客舊聞名
마음속은 빙호(氷壺)[102]처럼 바닥까지 훤히 맑네　襟抱氷壺徹底清
동과 서로 강역(疆域)[103] 다르다고 말하지 말지니　莫道東西疆域異
한 자리에서 담소하며 깊은 정 찾는다오　一床談笑討深情

○ 용호공 문단에 공경스럽게 받들어 사례하다 귤주

시 근원 흘러 시 잘 짓는단 이름 우러르니　詞源滾滾仰詩名
반가운 눈에 비친 사람 그 풍채가 맑구나　青眼照人風采清
연국(燕國)의 문재[104]처럼 봉루(鳳樓)[105]를 맡을 솜씨라서

---

102 빙호(氷壺) : 얼음을 넣은 항아리로, 아주 깨끗하고 맑은 마음을 비유하여 이르는 말이다.

103 강역(疆域) : 한 나라의 통치권(統治權)이 미치는 지역을 말한다.

104 연국(燕國)의 문재 : 연국공(燕國公)에 봉해진 당(唐) 나라의 문장가인 장열(張說)을

	燕國文才鳳樓手
붓끝에서 문득 귀신같은 정이 움직이네	毫端更動鬼神情

○ 볼품없는 율시 한 수를 아무렇게나 지어 경호, 용호 두 공 안하에 받들어 올리고 엎드려 질정을 바라다 같은 이

말을 듣자하니 계림의 땅에는	聞說雞林地
동방의 빼어난 기 모였다 하네	東方秀氣鍾
온 손님 춤추는 봉황인 듯 보고	來賓望儀鳳
돌아보며 오르는 용 우러르네	顧盻仰登龍
부평초와 물 천년의 만남이고	萍水千年會
문장 백대토록 높이는 것이네	文章百代宗
시 짓는 곳에서 서로 만났으니	詞場相遇處
조용하지 못한 게 한스러울 뿐	惟恨不從容

○ 범수 남공 음탑에 공경스럽게 받들어 올리다 같은 이

일찍이 사신 깃발이 동쪽으로 향한다는 말을 듣고 발돋움하여 서쪽을 바라보고는 경성(景星)[106]과 서운(瑞雲)을 먼저 보는 것을 기쁨으로

말한다.

105 봉루(鳳樓) : 아마도 당나라의 문장가인 장열(張說)이 맡았다던 봉각사인(鳳閣舍人)이란 직책을 두고 말한 것인 듯하다.

106 경성(景星) : 앞의 주 1 참조.

삼는 것처럼 하였다가 이미 반가운 눈을 뵙고 매우 기뻐하였으니 실로 일생의 행운입니다. 외람되이 볼품없는 절구 한 수를 지어 좌우에 올리고 엎드려 질정을 빕니다.

사신 깃발 잠시 쓸쓸한 절 안에 머무르니　玉節暫留蕭寺中
시연(詩筵)에서 풍모를 뵐 줄 어찌 생각했으랴　詞場何料挹高風
다행히도 온 천하에 일없는 때를 만나서　幸逢四海無爲日
선린우호(善隣友好) 통하는 걸 기뻐하며 축하하네　喜賀善隣舊好通

○ 귤주 대사(大士)의 시에 받들어 차운하다 범수

흰 머리가 희끗희끗 거울 속에 비치는데　霜髮星星照鏡中
객관의 창으로 지금 또 가을바람 보내네　旅窓今又送秋風
나그네 시름 날로 생겨 시 짓는 재주 줄어　羈愁日至詩才退
손님 마주해 성명 통하는 것이 부끄럽네　對客還羞姓字通

○ 동곽 이공 사안에 삼가 올리다 일시헌(一時軒)[107]

국화가 가을빛을 머금고 계수나무가 많은 향을 내보내는 때입니다. 어진 사신이 이번 길에 푸른 물결에다 채익선을 띄우고 아득한 길에

107 일시헌(一時軒) : 오카니시 이츄(岡西惟中, 1639~1711)의 호다. 에도(江戸)시대 전기의 배인(俳人)으로, 이나바쿠니(因幡國) 돗토리현(鳥取縣) 가노(鹿野) 출신이다. 훗날 오카야마(岡山)에서 유학을 직업으로 삼고 화가(和歌), 서예 등에도 능통하였으며 오사카(大坂)의 니시야마 소인(西山宗因)에게 배해(俳諧)를 배웠다.

다 깃발을 펄럭이며 바다에서 무사히 부상의 나라로 건너오셨으니 매우 축하드립니다. 사신 배의 노를 고치느라 북당의 객관에서 쉬는 동안 패옥이 양곡(暘谷)[108]에 빛나고 명성이 관동에 떨쳐졌다고 엎드려 들었습니다. 제 성은 강서(岡西), 이름은 단(旦), 자는 유중(惟中), 호는 일시헌(一時軒), 북수낭사(北水浪士)로, 벽지(僻地)인 인번국(因幡國) 북쪽 태생입니다. 이곳 섭양(攝陽)에 머물러 산지 어언 삼십 년쯤입니다. 예로부터 문서에 뜻을 두었지만 천성이 졸렬하고 자질이 어눌하여 도의(道義)의 계단에 오르지 못하고 부질없이 일흔 셋의 노년에 이르렀습니다. 또 지난 가을부터 두 무릎이 쑤셔서 흡사 자라처럼 절뚝거리게 되었습니다. 이 때문에 고루함을 잊고 서툰 시구를 드려 근엄하신 귀를 받들어 더럽히게 되었으니 질정을 내려주시길 우러러 바랍니다. 길이 집안의 보배로 삼아 멀리 자손들에게 전할 수 있기를 바랄 뿐입니다.

조선 사신 백 년 전에 포구 가로 들어와서	韓使百年入浦頭
태평 시대 풍물들이 옛 황주(皇州)에 전해졌네	太平風物古皇州
배 매고 집으로 돌아갈 꿈을 꾸지 말지니	維舸莫作還家夢
섭강(攝江)의 가을에 갈대꽃이 희게 피었다오	花白攝江蘆荻秋

좋은 시 강 가에 떨어졌다 멀리 들었는데	遠聞玉唾落江頭
그 명성 육십주(六十州)를 우레처럼 놀라게 하네	聲譽驚雷六十州

108 양곡(暘谷) : 해가 뜨는 곳을 가리킨다.

채익선 바다 날아감이 한스러울 뿐이니 只恨鷁舟飛海去
달 밝은 가을에 재회를 기약하기 어렵네 難期再會月明秋

○ 일시헌 노사백이 욕되이 보인 시에 받들어 차운하다 동곽

제가 청구(靑丘)[109]에 있을 때, 일역(日域)[110]에 강산이 많고 인물이 성하다는 말을 이미 듣고 한번 보기를 원했던 것은 저의 끝나지 않은 바람이었기 때문입니다. 바다에 배를 띄워 여러 군자들과 노닐 때에 이르러 문장을 꾸미는 화려함과 채색에 맞는 아름다움이 제 마음의 눈을 날로 더욱 크게 할 만 하였습니다. 제게 진실로 행운이 열려 나그네 길의 산 넘고 물 건너는 수고로움을 까맣게 잊었습니다. 스스로 생각하지도 못했는데 족하께서 또 소원하고 먼 사람을 예전부터 마음 맞는 친구처럼 여겨 술을 마시며 정성스레 대접할 수 없는데도 먼저 맑은 시를 던져주어 얼굴을 대신하게 하였습니다. 제가 이에 손을 씻고 받들어 음미하니 빛나기가 가득 움켜쥔 검은 구슬 같고 시원하기가 손에 뜬 고운 이슬 같았습니다. 제가 낯선 사람으로서 어떻게 족하에게 이것을 얻게 되었는지 알지 못하겠습니다. 더구나 여러 가지 진귀한 선물은 진실로 마음에서 나온 것이라 느껴 절하여 사례하니 물건이 귀할 뿐만 아닙니다. 이름 없는 선물은 감히 남겨둘 수 없는데 거듭 정성스러운 뜻을 말씀하기에 받들어 돌려드리지 못하고 한번 맛

109 청구(靑丘) : 앞의 주 80 참조.
110 일역(日域) : 일본을 가리킨다.

보고 한번 사례하여 뭐라 말씀드릴지 알지 못하겠습니다. 드디어 고운 시에 차운하여 족하의 말씀 너머에 담긴 정을 힘쓰고 또한 스스로 권면하겠습니다.

듣자하니 그대의 집 큰 강가에 있다던데	聞君家在大江頭
이내와 노을 도맡는 제일의 고을이라지	管領烟霞第一州
생각하면 깊은 거처에 시 재료 넉넉하여	想得幽居詩料富
푸른 등자 누런 국화 뜰 가득한 가을이리	綠橙黃菊滿園秋

아 그대 뜻을 잃어 눈이 머리에 가득한데	嗟君落拓雪盈頭
이내 노을 곁에 둔 채 좋은 고을에 누웠네	傍此烟霞臥勝州
만 리 학이 나는 하늘 삼신산의 달빛 아래	萬里鶴天三島月
어부의 피리 소리 들리는 강의 가을이리	數聲漁篴一江秋

○ 또 다른 운을 사용하여 귀한 선물에 사례하다

뛰어난 재주 일찍 지녔고 기도 호방하니	絶藝曾將氣共豪
맑고 여윈 학의 풍골 또한 신선의 무리네	淸癯鶴骨亦仙曹
경전을 궁구하는 옛 일 삼여(三餘)[111]가 넉넉하고	窮經舊業三餘足
노년에 이르러 지은 새 시 격조가 드높네	到老新詩一格高
해와 달이 머무는 긴 강에 병으로 누웠고	病臥長江淹日月

111 삼여(三餘) : 학문을 하는 데 가장 좋은 세 가지 여가(餘暇)로, 해의 나머지인 겨울, 날의 나머지인 밤, 때의 나머지인 비 내리는 동안을 뜻한다.

쑥으로 덮인 깊은 형산(衡山)에 쓸쓸히 살았네 索居深衡掩蓬蒿
갑자기 정성스런 마음의 선물[112]을 받으니 慇懃忽荷中心貺
먼 길에 외람되이 성대한 예우 부끄럽네 遠跡還慚盛禮叨

○ 학사 동곽 이공께 올리는 시 병서 용졸재(用拙齋)[113]

조선국 학사 동곽 이공이 지금 이에 빙사(聘使)를 따라 우리 일동(日東)으로 와 바다와 육지 만 겹을 지나는 동안 하늘이 도와 무사하여 어제 이미 낭화(浪花)의 객관에 이르렀습니다. 저는 성품이 시를 좋아하여 슬픔이나 기쁨, 근심이나 즐거움을 하나같이 시에 부쳤습니다. 지금 깃발이 동쪽으로 향한다는 말을 듣고 북두와 태산처럼 바라보며 주리고 목마른 듯이 하였습니다. 인하여 율시 한 수를 지어 큰 나라의 군자께 받드니 큰 은혜를 베풀어 질정을 내려주시길 빕니다.

만나 푸른 물결에 막혔다 한하지 말지니 相逢莫恨蒼波隔
만고토록 유학의 기맥이야 통해왔다오 萬古斯文氣脈通
온 나라가 정덕(正德)[114]의 해 기뻐하여 맞이하고 闔國歡迎正德歲

112 마음의 선물 : 『시경(詩經)』「동궁(彤弓)」에 "내게 좋은 손님이 있으니 마음으로 선물을 주네.[我有嘉賓, 中心貺之.]"라 하였다.

113 용졸재(用拙齋) : 세오 고레타카(瀨尾維賢, 1691~1728)의 호다. 에도(江戶)시대 중기의 유자(儒者)이자 한시인(漢詩人)으로, 교토(京都)의 책가게인 마루야(丸屋)를 가업(家業)으로 하였다. 이토 진사이(伊藤仁齋)에게 수학하고 이리에 쟈쿠스이(入江若水) 등과 교류하였다. 편저(編著)에 『계림창화집(鷄林唱和集)』과 『팔거제영(八居題詠)』 등이 있다.

114 정덕(正德) : 에도(江戶)시대 중기 나카미카도(中御門) 천황 때의 연호(年號)로, 1711

선린 위해 태평의 풍속으로 빙례를 닦네 善隣修聘承平風
높이 솟은 돛 뛰어오른 말 지금 무사하니 峭帆躍馬今無恙
강 같은 경계 산 같은 맹약 어찌 끝 있으랴 江警山盟何有窮
대아(大雅) 천년동안 오래 떨쳐지지 못했는데 大雅千年不振久
그대 인해 이제 내를 막아 동류(東流)하게 하리[115] 因君自此障川東

○ 용졸재가 준 시에 받들어 차운하다 동곽

겹겹 바다 내상(萊桑)[116]을 막았다 한하지 말지니 層溟莫恨萊桑隔
절로 돛과 돛대 있어 만 리 길이 통한다오 自有帆檣萬里通
사귀는 의리로 두 나라가 옛 예를 닦느라 交義兩邦修舊禮
사신이 팔월에 남에서 부는 바람 살피네 行人八月候南風
신선이란 허탄한 말 애초 믿기 어렵더니 神仙誕說初難信
봉래 섬의 기이한 경관 절로 다함이 없네 蓬島奇觀自不窮
세모에 돌아갈 마음은 달리는 말 같은데 歲暮歸心如走馬
긴 물결 끝없이 이어져 또 동으로 흐르네 長波袞袞亦流東

년 4월 25일~1716년 6월 22일에 해당한다.

115 내를~하리 : 당나라 한유(韓愈)의 「진학해(進學解)」에 "온갖 내를 막아 동으로 흐르게 하고 이미 엎어진 데서 세찬 물결을 회복시켰네.[障百川而東之, 廻狂瀾於既倒.]"라 하였다. 여기에서는 오랫동안 떨쳐지지 못한 대아(大雅)가 동곽 이공으로 인해 전기를 맞게 되었다는 의미로 사용한 것이다.

116 내상(萊桑) : 봉래(蓬萊)와 부상(扶桑)으로, 일본을 가리킨다.

○ 또 서툰 절구 한 편을 지어 동곽 이공의 고상한 화답에 받들어 사례하다 용졸재

문성(文星)이 어젯밤에 먼 하늘로 빛을 쏘기에	文星昨夜射遙空
이름나고 명석한 무리 중 이공(李公)을 만났네	名哲群中逢李公
짧은 시간에 주옥같은 시구를 지어내니	頃刻裁成珠玉句
그대 가슴속에 운몽(雲夢)[117]이 몇 개인지 알겠네	知君胸裏幾雲夢

○ 용졸재의 고상한 시에 차운하다 동곽

깎아지른 부사산이 갠 하늘에 솟았는데	岧嶢富嶽聳晴空
해국(海國)에는 시를 잘 짓는 공이 얼마나 있나	海國能詩有幾公
늙은이 재주와 힘 줄어 스스로 우스우니	自笑老夫才力退
대가의 풍격일랑 어찌 그리도 아득한지	大家風格奈夢夢

○ 범수 남공께 받들어 올리다 용졸재

사신의 배 갑자기 섭성(攝城) 굽이로 들어오니	仙槎忽入攝城隈
붉은 기운 자욱하게 바다 너머에서 오네	紫氣騰騰海外來
그대 지금 유학의 태평성대를 만났는데	聖學君今逢聖代
사람 문득 높은 풍모 인재에게 엎드리네	高風人更伏高才
제가 살면서 좋아한 거라곤 시구뿐이고	我生所嗜唯詩句

117 운몽(雲夢) : 초(楚) 나라 대택(大澤)의 이름으로, 사방이 9백 리나 된다고 한다.

세상살이에 항상 함께 한 건 한잔 술이네　世路尋常一酒盃
다행히도 자리의 우활한 길손 받아들여　客榻幸容踈放客
높이 솟은 객관을 저를 위해 열어놓았네　巍巍賓館爲吾開

○ 용졸재가 보인 시에 받들어 차운하다 범수

부상(扶桑) 지역이 해의 남쪽 모퉁이에 있는데　扶桑域在日南隈
태평성대의 교린(交隣)을 위한 사절단이 왔네　盛世交鄰使節來
길이 봉래산(蓬萊山) 지나 빼어난 경치 넉넉하고　路過蓬山饒勝賞
몸은 연막(蓮幕)[118]을 따라 하찮은 재주 부끄럽네　身隨蓮幕愧微才
아무렇게나 옥액(玉液)[119]의 금단(金丹)[120] 방술 찾느라고　謾求玉液金丹術
부질없이 맑은 국화주 담은 잔 져버렸네　虛負黃花白酒盃
다행하게도 타국의 문사가 있는 덕분에　幸賴殊方文士在
때때로 나그네 자리에서 좋은 회포 펴네　時時旅榻好懷開

○ 다시 앞의 시에 화운하여 고상한 화답에 받들어 사례하다 용졸재

거친 물결과 험난한 굽이를 따지지 않고　不問狂波與險隈

---

118 연막(蓮幕) : 막부(幕府)로, 남제(南齊) 때 왕검(王儉)의 막부를 연화지(蓮花池)라고 일컬은 데에서 비롯된 것이다. 『남사(南史)』「유고지전(庾杲之傳)」. 앞의 주 43 참조.

119 옥액(玉液) : 도가(道家)의 선약(仙藥)을 가리킨다.

120 금단(金丹) : 도사가 제조하는 불로불사약이다.

사신의 수레가 편안히 일동을 향해 왔네　星軺穩向日東來
기와 돌[121]을 재사(才士)에게 던진 것 부끄러운데　可羞瓦礫投髦士
구슬로 작은 재주 갚을 줄 어찌 알았으랴　豈料瓊琚酬小才
성대한 모임 어찌 하루 모임뿐이랴마는　盛會何唯終日會
한 잔을 만년의 잔으로 비겨야 하겠구나　一盃須擬萬年盃
낙랑(樂浪)[122]에는 예로부터 문장이 넉넉했으니　樂浪自古文章富
지금에야 그대 만나 눈썹 비로소 펴지네　今也逢君眉始開

○ 경호 홍공께 받들어 올리다 같은 이

계림(雞林) 지역과 일본이란 지역은　雞林兼日本
서로 막혀 있어서 길 아득하네　阻隔路蒼茫
마주 보니 그 풍채가 우뚝하고　相見風標特
만나기 전에 이름 향기로웠네　先期名姓香
문은 지금 팔대(八代)[123]로 되돌아갔고　文今廻八代
시는 이미 삼당(三唐)[124]을 회복하였네　詩已復三唐
혀를 대신할 수 있는 붓 있으니　代舌有毛穎
소리 달라도 또한 개의치 않네　異音亦不妨

121 기와 돌 : 하찮은 것을 비유하여 이르는 말이다.

122 낙랑(樂浪) : 청천강(淸川江) 이남 황해도 자비령(慈悲嶺) 이북 일대에 두었던 한사군(漢四郡)의 하나로, 여기에서는 조선을 가리킨다.

123 팔대(八代) : 동한(東漢), 위(魏), 진(晉), 송(宋), 제(齊), 양(梁), 진(陳), 수(隋)를 가리킨다.

124 삼당(三唐) : 초당(初唐), 성당(盛唐), 만당(晩唐)을 뜻한다.

○ 용졸재의 고운 시에 받들어 화운하다 경호

언덕과 이어져 성이 우뚝하고 岸連城突兀
하늘에 닿을 듯 바다 아득하네 天接海微茫
저물녘에 이내와 먼지 모이고 薄暮烟塵合
깊은 가을 귤과 유자 향기롭네 深秋橘柚香
돛과 돛대로 한나라와 통하고 帆檣通大漢
운우(雲雨)의 정[125] 고당부(高唐賦)[126]에 넉넉하네 雲雨足高唐
가는 곳마다 시문 모임 성대해 隨處盛文會
사귀는 기쁨을 방해하지 않네 交歡也不妨

○ 서툰 절구 한 장을 올려 고상한 화답에 사례하다 용졸재

기자 나라의 시객이 우리나라에 이르니 箕邦詞客到吾邦
채색 붓 서까래 같아 무쇠 솥을 들 만[127]하네 彩筆如椽鼎可扛
이날 단아한 얼굴을 마주 뵙게 된 곳에서 此日芝眉相接處
그대 절로 둘도 없는 국사(國士)인 줄 알아챘네 知君國士自無雙

---

125 운우(雲雨)의 정 : 초나라 회왕(懷王)이 꿈속에서 무산(巫山)의 신녀(神女)와 동침하였는데 신녀가 떠나면서 “아침엔 아침 구름이 되고 저녁엔 지나가는 비가 되리.[旦爲朝雲, 暮爲行雨.]”라 한 데서 남녀 간의 밀회를 뜻하게 되었다.

126 고당부(高唐賦) : 초나라 송옥(宋玉)이 양왕(襄王)과 운몽택(雲夢澤)에서 놀 때 양왕의 ‘운우(雲雨)’ 이야기를 듣고 지은 작품이다. 옛날 양왕의 부친인 회왕(懷王)이 고당에서 낮잠을 자다가 꿈속에서 무산(巫山)의 신녀(神女)와 동침한 것을 중심 내용으로 하고 있다.

127 무쇠 솥을 들 만 : 우(禹)가 구주(九州)의 쇠를 거두어 만든 아홉 개의 솥인 구정(九鼎)을 들 수 있을 만큼 필력이 강함을 이른다.

○ 용졸재 사안에 화답하여 올리다 경호

문사들이 지금처럼 일방(日邦) 땅에 성대한데 文士如今盛日邦
그를 따라 필력(筆力)들이 무쇠 솥을 들 만하네 從他筆力鼎能扛
객관에서 구슬 같은 시편 많이 얻었으니 客間剩得瓊琚什
후한 선물이 벽옥(璧玉) 한 쌍보다 더욱 낫구나 厚貺全勝璧一雙

○ 경호 홍공께 다시 화답하여 올리다 용졸재

아득하게 이내 물결이 고국을 가로막아 渺渺烟波隔故邦
붓 끝으로 구정(九鼎)[128] 들어 올릴 수 있을 뿐이네 唯能九鼎筆頭扛
드높은 가슴속을 제가 가져다가 읊으니 磊隗胸次吾吟取
부상(扶桑)에 대등한 짝이 없는 것을 알았다오 知是扶桑無等雙

○ 용졸재께 다시 답하다 경호

백 년 동안 선린우호로 화방(和邦)[129]을 빙문 와서 百年隣好聘和邦
필력을 어떻게 펼쳐야 하정(夏鼎)[130]을 들 수 있나 筆力何開夏鼎扛
새로 안 사람과 말계(末契)[131]를 나르게 되었기에 賴與新知輸末契

128 구정(九鼎) : 하정(夏鼎)이라고도 한다. 하(夏)나라 우(禹)임금이 구주(九州)의 쇠를 거두어 만든 아홉 개의 솥으로, 대단히 무겁다.

129 화방(和邦) : 대화(大和)의 나라로, 일본을 가리킨다.

130 하정(夏鼎) : 앞의 주 128 참조.

131 말계(末契) : 하교(下交)와 같은 말로, 나이 많은 사람이 나이 적은 사람과 사귐을 뜻하는데 서로 교제하는 사이에서 상대방을 높일 때 사용한다.

술 한 동이 마주한 채 두 눈으로 반긴다오　　一樽相對眼青雙

이날 엄용호가 우연히 삼사(三使)의 면전에 있었기 때문에 빌 수 없어 마침내 율시 한 수를 써 대마도(對馬島) 기실(記室) 방주(芳洲)[132]와 하소(霞沼)[133] 두 군에게 맡기고 물러났다.

계림창화집 팔권

132 방주(芳洲) : 아메노모리 호슈(雨森芳洲, 1668~1755)로, 에도(江戶)시대 일본의 의사이자 주자학 계열의 유학자다. 한문, 조선어, 중국어에 능통하였고 조선 무역의 중개 역할을 하던 대마도 도주의 서기(書記)로 마쓰우라 가쇼(松浦霞沼)와 함께 조선통신사의 응접을 담당하였다.

133 하소(霞沼) : 마쓰우라 가쇼(松浦霞沼, 1676~1728)로, 에도(江戶)시대 대마도의 유학자다. 기노시타 슌안(木下順庵) 문하에서 공부하면서 시문에 재능을 발휘하였고 아메노모리 호슈(雨森芳洲)와 친분이 두터웠다. 아메노모리 호슈의 추천으로 대마도 도주의 서기(書記)로 일하였고 아메노모리 호슈와 함께 조선통신사의 응접을 담당하였다.

雞林唱和集 卷之八

浪華 前編

○奉呈學士東郭李公 鶴溪

曩者, 聞文旆東指星軺暫駐, 仰如景星慶雲, 望似泰山北斗, 先到此地, 懸企西望, 今日始得執謁館下, 多日積懷, 嗒肰氷釋, 不堪惟懌. 猥裁鄙詞, 以呈左右. 伏祈鴻慈痛賜繩墨.

鳳鳥高翔霄漢邊 羽毛五彩更翩翩
天開嘉運呈祥瑞 憩翼蓬萊第一巓

○敬次鶴溪淸韻 東郭

祇樹園中古港邊 詞仙出牒迭聯翩
地靈從古生人傑 秀色須看富岳巓

○奉謝學士東郭李公 鶴溪

不才猥冒嚴謁, 殊蒙高和, 木瓜之瓊瑤, 實出于望外. 莊讀數回, 洪機廓落, 若海潮之灑雪, 雄韻錚鏗, 類天鼓之訇雷. 第辱承過譽, 赧然益愧恧耳. 不揣菲陋, 重用前韻, 恭謝高教, 可謂龍宮奏蛙鳴也.

遙涉鯨洋到日邊 玉笙瀏亮霓旌翩

秋山亦自爲迎客 楓樹飽霜連滿巓

○ 奉呈鏡湖洪公 鶴溪
隣好山河遠 泛遊日月長
胸韜大古韻 筆發天機藏
翰墨交雖淺 殊方名正芳
道存目擊處 相對塵懷忘

○ 奉和鶴溪高韻 鏡湖
搖落秋光暮 蒼茫海路長
城池雄控扼 物産擅珍藏
岸起樓臺逈 園深橘柚芳
殊方傾蓋處 凡楚兩相忘

○ 再疊芔韻奉謝鏡湖洪公 鶴溪
文筵談熟處 不覺坐來長
道貴科高擢 時淸君曷藏
三秋遙泛海 萬里遠流芳
一曲陽春調 相離何日忘

○ 再酬鶴溪雅韻 鏡湖
客日秋將暮 羈愁與水長
金沙三界淨 香橘萬園藏
酒席新歡洽 雲牋麗句芳
也應分手後 高義永難忘

○奉呈泛叟南公 鶴溪
今日幸陪翰墨場 雞林豪傑氣如霜
風流誰識千年後 請看德星聚此堂

○奉次鶴溪辱示韻 泛叟
詩酒淸談又一場 共看丹葉染秋霜
斐然諸子成文彩 云是同升尊老堂

時有以楓樽見貺者, 相對共賞, 故云.

○再步前韻, 呈泛叟南公, 奉謝厚眷 鶴溪
老年詞鋒擅雅場 興來綵筆掃淸霜
數枝楓葉移壺裏 豈想殊邦賞一堂

○奉呈龍湖嚴公 仝
彩鷁衝波萬里程 初維錦纜浪華城
喜看檀國聘儀盛 吾輩倍加慕藺情

龍湖, 時在三使前, 故無和.

○奉呈學士東郭李公 立軒
天賜千載之奇緣, 得見大邦之君子, 希顔慕藺, 素願頓足, 萬戶之封, 非所可比. 御李識荊, 恩私新荷, 千金之賜, 實不足比. 粤不揣固陋, 卒上拙詩一章, 謹當贄啓. 伏乞鴻慈大開龍門, 少察龍腹, 不堪氷兢之至.

鯨海烟波穩 星槎下日東

敦修觀禮盛 德化拜風豐
言語兩邦異 文書萬世同
蕪辭忘醜穢 慕闔仰情通

○ 奉次喜立軒惠韻 東郭
奇名非斗北 詞律似遼東
自媿風流盡 欣看德宇豊
交從踈處密 言有異中同
忽忽逢仍別 平方驛路通

○ 奉呈東郭李公 立軒
漫呈鄙句, 辱賜郢音, 不任感戢, 卒步前韻, 謹致左右, 以布謝悰. 狎大人之罪, 極服其狀, 冀痛賜成風之手.

名出蒼天上 文輝碧海東
千詩雲水爽 萬卷古今豐
荊棘開胸塞 薰蕕辱器同
明朝分袂後 唯有夢魂通

○ 走奉呈龍湖嚴公 仝
雲帆萬里涉鵬程 此日星軺躔坂城
乍視箕邦文物盛 漫呈鄙句致蕪情

龍湖, 有事去, 故無和.

○ 奉呈泛叟南公 仝
兩國交盟敦 往來以禮娛

錦帆過北海　玉節耀東都
千里全君命　四方嘆使乎
高德望霓久　到處物皆蘇

○ 奉次喜立軒示韻　泛叟
旅抱雖云惡　淸遊亦可娛
扶桑元絶域　大坂是雄都
我愛江山者　君知水月乎
秋風行異處　漸覺病全蘇

○ 再次前韻, 奉呈泛叟南公　立軒
古曰, 瓊琚報木瓜, 魚目易夜光, 今也將余句, 得君詩, 豈此之謂歟. 莫以屢汚嚴聽罪, 則幸幸.

區區窮巷士　何幸共歡娛
雄貌溫兼正　德音淸且都
語詩懷賜也　體道是參乎
坐對單時會　使人意氣蘇

○ 奉呈鏡湖洪公　立軒
萬里海瀛八月槎　使星此地耀文華
微軀何幸見君子　莫咲封人似自誇

○ 奉酬喜立軒　鏡湖
風濤幾處滯征槎　今日艱關到浪華
人物甚繁城郭壯　向來傳說未全誇

○ 再次韻，奉鏡湖公，以謝 立軒

蕪辭固似鵲槎槎 乍得君詩被彩華
前後南歸勢州日 鴻恩只是說人誇

○ 再和立軒 鏡湖

浪城西岸繫秋槎 一帶澄江動日華
可笑錢塘湖水上 萬家羅待競相誇

謝東郭李公寫字 立軒

書曰，愚叔雄齋者，自幼好學而多病，不仕見，今隱居于江村，號死可堂. 願勞大手筆，挑諸檐額，則榮踰華袞，見惠幸幸. 學士輒書死可三大字，余拜謝.

併謝東郭先生惠果芳洲雨公題句詩并序 立軒

簞篪再三，短日將斜，已欲辭去. 小童持糖糕數種來，東郭頒之坐客. 予輩特請益曰，僕有老母，欲以學士賜與之，包紙見惠. 雨芳洲在傍，援筆，題一聯曰，

珍糕聊代陸家橘 可敬南陔孝子心

何幸駢得此佳賜，不勝歡抃，一絕奉謝兩公 鶴溪

高明厚賜浴恩深 況復瓊聯當萬金
從此儒夫銘骨去 須勤定省夕晨心

不敏姓河島，名正鄕，字與三，號南樓，賀州人也. 賀攝相隔七百里程，仲夏既聞星軺東指孟秋到西京，從別宗和尙，來浪華江頭，相待多

日. 海路萬里, 錦帆無恙, 欣幸欣幸.

○秋夜, 謹賦蕪詞二篇, 奉呈朝鮮國李南二公棐下. 幸賜高和 南樓

雞林豪傑客 奉使泛星槎
鄕園雲山隔 天涯海路賒
一雙珠照夜 二妙筆生花
傾蓋眞奇遊 新知有伯牙

○又 仝

萬里鷁飛渡海瀛 錦帆無恙向皇城
相逢何恨語言異 幸有文章通兩情

○奉次南樓辱贈韻 東郭

海上三山路 天東八月槎
年光愁裡盡 鄕園夢中賒
寶月明祗樹 淸霜殿菊花
白頭猶幕府 珠履逐高牙

○又 仝

輕舟何處訪蓬瀛 咫尺仙區望赤城
多謝元龍湖海氣 爲將佳什慰羈情

○奉次南樓辱示韻 泛叟

遍踏仙人境 初停使客槎
海門秋已老 江戶路猶賒

味說黃柑實 香憐白菊花
吟君淸絶句 使覺爽生牙

○又 仝
星槎幾日泛東瀛 閱盡三秋到坂城
江館始看黃菊爛 回頭倍惹望鄕情

○再用前韻，奉謝李南二詞伯惠淸和，兼呈龍湖詞伯 南樓
鰈域烟波路 飄然一點槎
殊方人意等 故園客心賖
台嶺憐霜樹 士峯見雪花
良宵揮彩筆 斜月照簷牙

○又 仝
朝鮮日域隔蒼瀛 文旆悠悠到攝城
投我新詩瓊玉報 慇懃吟罷感交情

○奉次南樓示韻 龍湖
弊書通遠國 旌節載孤槎
仙界三山近 鄕園萬里賖
盈簪搔白髮 泛觶折黃花
賴遇能詩客 淸詞爽頰牙

○又 仝
三韓遠客涉寰瀛 彩舶初停大坂城

多荷高明勤拄駕 却憑詩律道深情

○席上走奉呈龍湖詞伯 南樓
帆檣百里駕秋風 破浪遠來日本東
異域新知如舊識 一陪館下意先通

○奉次南樓示韻 龍湖
祗林霜葉夜生風 坐待滄溟月出東
交誼却憑詩句道 語言何必象胥通

書云(龍湖) : 貴客榮臨而適有幽憂之病, 未暇相酬, 可恨可恨.

答云(南樓) : 敎諭鄭重, 貴恙能加保愛. 席上幸有筆陳, 相見慰客情.

○謹賦野詩一章, 上呈李嚴南三公之榻下, 幸賜高和 恒山
奉命遠來碧海東 此生何幸見豪雄
語言雖異情非異 文字相同道本同
禮樂至今存聖化 衣冠從古尙儒風
昇平時節修前好 喜見使星舟楫通

○奉次恒山詞伯韻 東郭
鄷子聲華擅日東 淸詩堪與海爭雄
襟期自是無新舊 言語何須較異同
秦漢求仙餘故跡 唐虞興學慕遺風
三旬涉遠猶星駕 京國迢迢一路通

○ 奉次恒山惠韻 龍湖

奎文散彩降天東 箇箇諸君墨陣雄
萬里山川疆域異 一堂樽酒笑談同
高標幸接眞仙表 傑句皆追大雅風
却喜新知情不隔 靈犀自是氣相通

○ 奉次恒山辱贈韻 泛叟

扶桑域在海天東 一國城隍大坂雄
百里江干蘆岸遠 千家園裏橘林同
樓呑老蜃嘘邊氣 地泛搏鵬背上風
最是夕陽堪畵處 十重橋下萬帆通

○ 席上用前韻, 奉謝李嚴南三公惠芳和 恒山

活龍飛處海之東 化吐文英才力雄
心裡交情和水似 坐間詩客與仙同
貴邦自古行王道 弊地于今仰德風
燈火影微吾欲去 別來唯有夢魂通

○ 觀朝鮮信使, 行一篇, 呈馬島儒臣雨森茂才, 兼寄懷李東郭先生 若水

正當龍飛辛卯年 靈槎奉使自朝鮮
洋海之間多颶母 東漂西泊路三千
九月旣望入河口 錦勞接待禮尤虔
青簾白舫遡前港 欸乃聲和郊纜牽
浪華橋畔停蘭槳 一星砲火響中天

清道旗飄擎龍節　金聲玉振鼓闐闐
使軺護送國書轎　文武材官知幾員
冠蓋由來漢制度　青衿朱紱跨花韉
江南本是稱佳麗　水秀山明萬井烟
九市場開通百貨　繡巷錦街沸管絃
泥金屛障綾羅幕　染血氍毹玳瑁筵
舍南舍北人如蟻　携童扶老各爭先
悉道翰林李東郭　宮袍魚岱孰齊肩
康熙年裡狀元客　出鎭安陵最稱賢
腹中國書輕二酉　高雅風流呼謫仙
何料天外隨大纛　濟濟多士喜欲顚
一日唱酬詩萬首　擅場白戰筆如椽
非啻天才偏敏捷　調高郢客陽春篇
從斯紙價驟騰貴　五畿爭寫誤烏焉
吾儕遙聞此盛事　竹杖芒鞋發富田
江湖落魄一寒土　頭童齒豁囊無錢
學士館前袖名紙　早曉掃門日暮還
近體一章托小吏　半旬已無答音傳
貧生難見韓知客　向人只說惡因緣
寄言鰈域騷壇將　九重泉路好談玄

○奉寄呈李東郭先生　若水
不識何時發釜山　星槎九月到人間
幾朝阻雨青藍島　連日占風赤馬關
魚菜市開行處泊　鱸蓴鄉遠夢中還

野生難得登龍路 只獻蕪詞要笑顔

○ 奉謝若水詞伯, 用瓊韻, 却寄 東郭
行人前日發萊山 九月歸舟南斗間
撲地村閭經大府 接雲樓櫓歷重關
烹茶古寺終朝醉 理楫烟波入夜還
咫尺仙居違勝覿 何時對榻一開顔

○ 再用前韻, 奉酬東郭李先生 若水
士望堂堂比岱山 儒豪獨占藝林間
雞牕遍讀古今史 鰲禁早抽名利關
階下花磚日高入 宮中蓮燭夜深還
客亭寄我新詩好 試欲賡酬只汗顔

○ 奉寄呈洪鏡湖先生 仝
微茫煙浪隔家山 過海漂洋數月間
燦燦文星輝絶域 熒熒紫氣溢重關
壯心豈碍棄繻去 雄辯何難完璧還
佳句驚人今四傑 王楊盧駱欲無顔

○ 和奉若水詞案 鏡湖
形勝名都枕海山 萬家烟樹水雲間
蒼茫鄉園連天遠 寥落禪扉盡日關
賴有良朋隨處會 不知游子幾時還
何來詩句多新響 盥手高吟洗旅顔

○奉寄呈嚴龍湖先生 若水

故國迢迢山上山 使星先入搏桑間
海西擊楫三千里 江左乘軺百二關
秋後方逢文旆至 臘前要看錦衣還
不知明日河邊別 誰唱驪歌解旅顏

○和富田寄示韻 龍湖

青丘萬里隔鄕山 極目雲濤浩淼間
已遣孤舟維海岸 却隨征旆向江關
殊方節序淸秋盡 遠客行裝幾日還
賴爲君詩能起我 朗吟如對好容顏

○奉寄呈南泛叟先生 若水

兩邦親睦重如山 遠艤樓舟漢水間
七八月中漂海島 五千里外向京關
官亭不忍牽衣別 驛路只期持節還
如把驪珠報魚目 他時更好作容顏

○奉次若水詞伯投惠瓊韻 泛叟

客行留滯海中山 玄圃滄洲咫尺間
夜雨凄凄聞鼓角 雲天杳杳隔鄕關
星遙北極愁瞻望 路濶東城計往還
誰把瓊琚投旅榻 吟來恍若對淸顏

○野詩一章, 奉謝朝鮮四先生 若水
幾條繡巷隔墻東 何料詩筒此際通
愧我吟腸多朽腐 羨卿文思更豪雄
携囊李賀非同調 横槊曹瞞立下風
韓使留題知幾首 夢周以後遇諸公

○以金絲烟, 寄贈東郭先生 仝
採得頭黃已去筋 剪成金縷一何芬
面前乍起紛紛霧 舌罅徐生曳曳雲
非酒能消詩客恨 代茶好敗睡魔軍
多情誰喚相思草 寄與征人把管薰

○次謝津南惠南艸 東郭
只取流津忌迸筋 剉來輕縷却生芬
燃時愛吐霏霏霧 吸處如呑裊裊雲
偏合異鄕無夢客 最宜寒夜踐更軍
慇懃盛貺將何報 蘭室交情感襲薰

○河東驛, 寄別李洪嚴南四先生之東都, 重用前韻 若水
隔江煙樹是吾山 遠望征旗驛路間
爲寫數聯浮奠水 無由三疊唱陽關
蕭條古寺連宵宿 迢遞脩途何日還
行到東都解鞍處 當牕嶽雪玉孱顔 奠水乃淀河也.

○謹奉呈東郭李公吟壇 橘洲

使君此行, 經歷山海, 不憚艱險, 幸免風濤, 區區之情, 豈不慰跋涉之勞乎. 天錫奇緣, 親獲覩眉宇, 宿志頓足, 不勝感佩, 欽賦短篇, 以要斤和.

兩邦雅會古來難 況復忝知且罄歡
莫恨新交情未洽 一時已擬結金蘭

○次奉橘洲詞伯 東郭

知面知心較熟難 逢場且可盡交歡
看詩剩覺天香動 知子高情紉蕙蘭

○奉謝東郭李公文壇 橘洲

卒獻魚目, 辱貺龍珠, 如貧兒暴富, 榮出于望外, 欽步前韻, 謝盛眷.

莫謂龍門登去難 卽今執御暫留歡
秋風相對藝園裏 淸德薰人臭若蘭

○走筆奉呈東郭先生詞壇, 伏乞慈斤 橘洲

喜看文苑筆花叢 灼若美蓉出水中
相對不須煩譯語 陽春曲裏意先通

○次奉橘洲詞伯 東郭

江海秋光菊數叢 羈愁瀉盡一盃中
淸譚傲謔神先契 休道方言不可通

○ 欽奉呈鏡湖洪公詞壇 橘洲

長風破浪，星查凌空，玆達敝邦，初挹高風，披衿領契，不堪欣抃. 呈巴調一章，攄鄙懷，伏冀錫繩墨，榮踰于華袞.

錦纜牙檣駕碧空 大洋幸免石尤風
慇懃相對皇華使 仰見高儀煥日東

○ 敬和橘洲韻 鏡湖

茫茫積水接遙空 使節歸來一帆風
佳客逢場如舊識 莫言分在海西東

○ 恭奉謝鏡湖公騷壇 橘洲

猥忘卑陋，獻巴謳於郢中，辱錫高和，感佩無止，捧誦數回，曷勝雀躍. 雖不免褻賢之罪，再次原韻，敢伸謝悰.

鯷壑詞臣名不空 詩篇郁郁仰淸風
滿堂文焰射牛斗 宛若蜃樓現海東

○ 再酬橘洲 鏡湖

君才一世眼方空 餘子紛紛盡下風
遙想他時成就後 流傳佳句滿天東

○ 卒賦一絕，奉呈龍湖嚴公吟榻，伏祈郢政 橘洲

雞林英傑早知名 玉骨稜稜眉宇淸
傾蓋晤言如舊識 賦詩欲慰遠遊情

○ 和贈橘洲示韻 龍湖

名都詞客舊聞名 襟抱氷壺徹底淸
莫道東西疆域異 一床談笑討深情

○ 敬奉謝龍湖公文壇 橘洲

詞源滾滾仰詩名 靑眼照人風采淸
燕國文才鳳樓手 毫端更動鬼神情

○ 漫賦蕪詩一律, 奉呈鏡湖龍湖二公案下, 伏冀斧斤 仝

聞說雞林地 東方秀氣鍾
來賓望儀鳳 顧盻仰登龍
萍水千年會 文章百代宗
詞場相遇處 惟恨不從容

○ 欽奉呈泛叟南公吟榻 仝

嘗聞玉節東嚮, 企足西望, 若景星瑞雲先覩爲快, 已接靑盻, 極增愉快, 實一生之幸也. 叨賦蕪詞一絶, 呈左右, 伏祈雌黃.

玉節暫留蕭寺中 詞場何料挹高風
幸逢四海無爲日 喜賀善隣舊好通

○ 奉次橘洲大士詩韻 泛叟

霜髮星星照鏡中 旅窓今又送秋風
羈愁日至詩才退 對客還羞姓字通

○ 謹呈上東郭李公詞案 一時軒

菊含三秋之色, 桂開萬斛之香, 時哉. 賢使君此行也, 泛龍鷁於蒼波, 飜旗節于杳路, 洋中無恙來過于桑國, 至祝至祝. 伏承錦帆理楫, 憩息北堂旅館, 瓊佩耀暘谷, 聲名奮關東. 僕姓岡西, 名旦, 字惟中, 號一時軒北水浪士, 僻地因北之產也. 寓止當邦攝陽, 卅載于此許. 從來雖志文書, 天質拙訥, 不能登道義階, 空促七十三頹暮矣. 且自去秋, 兩膝萎苶而恰若鼈跛. 是以忘固陋, 獻拙句, 奉瀆嚴聽, 仰冀下覗郢斤. 永爲家珍, 遠流子孫, 惟望.

韓使百年入浦頭 太平風物古皇州
維舸莫作還家夢 花白攝江蘆荻秋

遠聞玉唾落江頭 聲譽驚雷六十州
只恨鷁舟飛海去 難期再會月明秋

○ 奉次一時軒老詞伯辱眎韻 東郭

僕在青丘, 已嘗聞日域流峙之餘人物之殷而願一寄目, 以僕未了之倩矣. 及其舟于海也與諸君子遊, 潤藻之華, 符彩之美, 足令吾心眼日益大也. 僕誠闓幸, 頓忘羈旅跋涉之勞. 不自意, 足下又以疎逖之人, 如宿昔之契, 不能含杯酒接慇懃而先投淸製, 以替顏範. 僕於是盥手奉玩, 燦然若驪珠之盈握, 爽然若瓊露之挹手也. 不知僕以生面, 何以得此於足下哉. 況多種珍貺, 寔出中心, 感拜謝謝, 不但物爲貴也. 無名之餽, 宜不敢留之而重逑慇懃之意, 不能奉還, 一嘗一謝, 不知爲喩. 遂次玉韻, 以勗足下言外之情, 亦以自勉焉.

聞君家在大江頭 管領烟霞第一州
想得幽居詩料富 綠橙黃菊滿園秋

嗟君落拓雪盈頭 傍此烟霞臥勝州
萬里鶴天三島月 數聲漁篴一江秋

○ 又用別韻, 以謝珍餽
絶藝曾將氣共豪 清癯鶴骨亦仙曹
窮經舊業三餘足 到老新詩一格高
病臥長江淹日月 索居深衡掩蓬蒿
慇懃忽荷中心貺 遠跡還慚盛禮叨

○ 呈學士東郭李公詩并敍 用拙齋
朝鮮國學士東郭李公, 今玆從聘使, 來吾日東, 海陸萬重, 天祐無恙, 昨已達於浪花之館. 僕性好詩, 悲歡憂樂, 一寓于詩焉. 今聞旌旗向東而斗山之望, 如飢渴也. 因賦一律, 以奉大邦君子, 鴻慈附就, 乞賜郢削.
相逢莫恨蒼波隔 萬古斯文氣脈通
闔國歡迎正德歲 善隣修聘承平風
峭帆躍馬今無恙 江警山盟何有窮
大雅千年不振久 因君自此障川東

○ 奉次用拙齋惠韻 東郭
層溟莫恨萊桑隔 自有帆檣萬里通
交義兩邦修舊禮 行人八月候南風
神仙誕說初難信 蓬島奇觀自不窮
歲暮歸心如走馬 長波袞袞亦流東

○ 又賦拙絕一篇，奉謝東郭李公之高和 用拙齋

文星昨夜射遙空 名哲群中逢李公

頃刻裁成珠玉句 知君胸裏幾雲夢

○ 次用拙齋高韻 東郭

岹嶢富嶽聳晴空 海國能詩有幾公

自笑老夫才力退 大家風格奈夢夢

○ 奉呈泛叟南公 用拙齋

仙槎忽入攝城隈 紫氣騰騰海外來

聖學君今逢聖代 高風人更伏高才

我生所嗜唯詩句 世路尋常一酒盃

客榻幸容踈放客 巍巍賓館爲吾開

○ 奉次用拙齋示韻 泛叟

扶桑域在日南隈 盛世交鄰使節來

路過蓬山饒勝賞 身隨蓮幕愧微才

謾求玉液金丹術 虛負黃花白酒盃

幸賴殊方文士在 時時旅榻好懷開

○ 再和前韻，奉謝高和 用拙齋

不問狂波與險隈 星軺穩向日東來

可羞瓦礫投髦士 豈料瓊琚酬小才

盛會何唯終日會 一盃須擬萬年盃

樂浪自古文章富 今也逢君眉始開

○ 奉呈鏡湖洪公 仝
雞林兼日本 阻隔路蒼茫
相見風標特 先期名姓香
文今廻八代 詩已復三唐
代舌有毛穎 異音亦不妨

○ 奉和用拙坌瓊韻 鏡湖
岸連城突兀 天接海微茫
薄暮烟塵合 深秋橘柚香
帆檣通大漢 雲雨足高唐
隨處盛文會 交歡也不妨

○ 呈拙絕一章, 謝高和 用拙齋
箕邦詞客到吾邦 彩筆如椽鼎可扛
此日芝眉相接處 知君國士自無雙

○ 和呈用拙齋詞案 鏡湖
文士如今盛日邦 從他筆力鼎能扛
客間剩得瓊琚什 厚貺全勝璧一雙

○ 再和呈鏡湖洪公 用拙齋
渺渺烟波隔故邦 唯能九鼎筆頭扛
磊隗胸次吾吟取 知是扶桑無等雙

○ 再酬用拙齋 鏡湖

百年隣好聘和邦 筆力何開夏鼎扛

賴與新知輸末契 一樽相對眼青雙

是日, 嚴龍湖, 偶在三使面前, 故不得見, 卒題一律, 託馬州記室芳洲霞沼兩君而退.

雞林唱和集卷之八

계림창화집 권지십일

雞林唱和集 卷之十一

계림창화집 권지십일

여러 주[諸州] 전편(前編)

대주(對州)[1]

○ 자리에서 운학(雲壑) 장로의 시에 차운하여 사례하다

평천(平泉)[2]

태수(太守)의 잔치가 큰 바닷가에서 열렸는데　太守華筵大海濱
늙은 스님의 시어가 더욱 맑고 새롭구나　老師詩語更清新
예로부터 멀건 가깝건 모두가 형제라서　從來遠邇皆兄弟
한 번 만나보고는 기쁜 것이 친구와 같네　一見懽然似故人

1 대주(對州) : 대마도(對馬島)의 이칭이다.

2 평천(平泉) : 조태억(趙泰億, 1675~1728)의 호로, 조선 영조 때의 문신이다. 자는 대년(大年), 호는 태록당(胎祿堂)·겸재(謙齋)다. 1711년 통신정사(通信正使)로 도일하였다. 소론(少論)의 중진으로, 종형 태구(泰耈)와 함께 신임사화를 일으켰으며 글씨에 능하고 영모화를 잘 그렸다. 문집에 『겸재집』이 있다.

○ 대마도의 잔치 자리에서 함께 운학 장로의 시에 차운하다 정암(靖菴)[3]

그윽한 대마도의 잔치 바닷가에서 열려　潭潭府茵海之濱
집 가득한 종려와 삼에 가을 정취 새롭네　滿院棕杉秋意新
은빛 촛대 꽃무늬 평상에 맑은 밤이 긴데　銀燭花牀淸夜永
스님의 고운 시구 사람 머물게 할 줄 아네　道人佳句解留人

○ 대마도 태수의 자리에서 운학 장로의 시에 바삐 차운하다 남강(南岡)[4]

푸른 바닷가에 사신의 배 오래 머무르니　久滯仙槎碧海濱
가을빛이 이미 나그네살이 향해 새롭네　秋光已向客中新
화당(華堂)[5]에서 촛불 잡고[6] 좋은 모임 가지는데　華堂秉燭成良會
후의가 정성스러워 주인에게 사례하네　厚意慇懃謝主人

---

3 정암(靖菴) : 임수간(任守幹, 1665~1721)의 호로, 1694년 알성문과에 병과로 급제하여 정언(正言)·교리(校理) 등을 역임하였고 1711년 통신부사(通信副使)로 도일한 후 우부승지, 1721년 우승지가 되었다. 문장이 뛰어나고 경사(經史)에 밝았으며 음률(音律), 병법·지리에도 능통하였다. 사후에 이조참판으로 추증되었다. 문집에 『둔와유고(遯窩遺稿)』가 있다.

4 남강(南岡) : 이방언(李邦彦, 1675~1723)의 호로, 1711년 통신사행의 종사관으로 도일하였다.

5 화당(華堂) : 관원의 역소(役所)를 가리킨다.

6 촛불 잡고 : 촛불을 잡고 밤에 논다는 뜻으로, 이백(李白)의 「춘야연도리원서(春夜宴桃李園序)」에 "옛 사람이 촛불을 잡고 밤에 논 것은 진실로 까닭이 있다.[古人秉燭夜遊, 良有以也.]"라는 구절이 나온다.

○ 운학 대사가 준 시에 공경스럽게 차운하다 두 수 동곽(東郭)[7]

칠월이라 가을 하늘 큰 바닷가에 맑으니　七月秋晴大海濱
이름난 뜰의 경치 맑고 새로움을 깨닫네　名園物色覺淸新
남쪽으로 온 옥 부절이 오래 머문 곳에서　南來玉節淹留處
잔의 술 정성스러워 주인에게 감사하네　杯酒慇懃荷主人

구름 위 누각이 멀리 굽은 물가 누르는데　雲樓逈壓曲洲濱
온통 푸른 가을하늘에 갠 빛이 새롭구나　一碧秋天霽色新
소식(蘇軾)의 참된 가르침 스님 이미 얻었으니　蘇老眞筌師已得
의발을 받아 다른 사람에게 줄지를 묻네　問容衣鉢屬他人

○ 앞의 시에 중첩하여 차운하다 두 수 범수(泛叟)[8]

사신의 배가 한밤 은하수가에 머무르니　仙槎夜泊銀河濱
천손(天孫)이 베 짜기를 마쳐 온 경계가 새롭네　織罷天孫一界新
보배로운 돌다리가로 내가 내려왔는데　寶石磯頭吾自下
돌아와 어찌 세상 사람들에게 묻겠는가　歸來肯問世間人

---

7 동곽(東郭) : 이현(李礥, 1654~?)의 호로, 자는 중숙(重叔), 본관은 안악(安岳)이다. 1675년에 진사가 되었고 1697년 중시(重試) 병과(丙科)에 합격하였다. 좌랑(佐郞)을 거쳐 1711년 통신사 때 제술관으로 도일하였다.

8 범수(泛叟) : 남성중(南聖重, 1666~?)의 호로, 자는 중용(仲容)이다. 1655년 통신사 종사관(從事官)이었던 남용익(南龍翼, 1628~1692)의 아들이다. 1711년 통신사 종사서기(從事書記)로 도일하였다.

선친이 부상 바닷가에 사신 배 띄웠는데　先子泛槎桑海濱
시 속에 새로운 객수를 많이 기록하였네　詩中多記旅愁新
수원(壽院)이 지금 어디에 있는지 알지 못하니　未知壽院今何在
후손이 부질없이 남겨진 시를 보며 우네　謾閱遺篇泣後人

저의 선친인 호곡(壺谷)[9] 선생이 일찍이 을미년에 귀국으로 부절을 받들어 왕래하는 동안 바람에 막혀 대마도의 장수원(長壽院) 앞에서 묵으며 따른 것이 70여 일이었습니다. 지금 제가 여기에 와서 남겨진 발자취를 한번 찾으려 하였으나 아직 하지 못했기에 끝 편에서 말하였습니다.

장주(長州)[10] 적간관(赤間關)[11]

○ 용호 엄공께 받들어 올리다 주남(周南)[12]

적간관(赤間關) 서쪽 옥 같은 나무에 가을이 와서　赤目關西玉樹秋

---

9 호곡(壺谷) : 남용익(南龍翼, 1628~1692)의 호다. 조선 시대의 문신·학자로, 자는 운경(雲卿)이다. 대제학, 이조 판서를 지냈고 숙종 15년(1689) 기사환국 때 명천(明川)에서 유배 중에 죽었다. 저서에 『호곡집(壺谷集)』, 『부상록(扶桑錄)』 등이 있다.

10 장주(長州) : 나가토주(長門州)의 이칭이다.

11 적간관(赤間關) : 야마구치현(山口縣) 서부에 위치한 시모노세키(下關)의 옛 명칭이다. 적마관(赤馬關)이나 마관(馬關) 등으로 불리기도 하였다. 동쪽 나가시마(長島)의 가미노세키(上關)에 견주어 붙여진 이름이다.

12 주남(周南) : 야마가타 슈난(山縣周南, 1687~1752)의 호다. 에도 중기의 유자(儒者)로, 이름은 효유(孝孺), 자는 차공(次公)이다. 1687년 장주(長州) 번유(藩儒)인 장백(長白)의 아들로 태어나 1705년 에도에서 오규 소라이(荻生徂徠)의 문하에 들어가 고문사학(古文辭學)을 공부하였다. 3년 후 귀향하여 번유로 번학(藩學) 명륜관(明倫館) 창설에 힘썼다. 1737년에 그 수장인 좨주(祭酒)가 되었다. 저서에 『위학초문(爲學初問)』, 『작문초문(作文初問)』, 『주남선생문집(周南先生文集)』 등이 있다.

긴 바람이 목란주를 불어서 보내는구나　長風吹送木蘭舟
누가 알았으랴 바다 위 봉래산에 뜬 달이　誰知海上蓬壺月
시인의 비장(脾臟) 속에 모두 들어와 흐를 줄을　總入詩人脾裏流

적간(赤間)은 옛날에 적목(赤目)이라고도 하였다.

○ 주남이 보인 시에 받들어 화운하다 용호(龍湖)[13]

바닷가의 귤과 단풍나무에 가을이 와서　橘樹楓林海上秋
바다의 기운 해가 돌아가는 배에 머무네　滄洲斜日住歸舟
선계 이르는 곳마다 승지를 다 찾았는데　仙區到處窮探勝
놀란 물결 다 지나고 보니 평온한 물 같네　歷盡驚濤似穩流

○ 주남 사백께 받들어 드리다 동곽(東郭)

태사(太史)[14]와 같이 문장이 넉넉하고　太史文章富
기이한 재주 이전(二典)[15]에 참여했네　奇才二典參
그대가 매우 크게 숭앙하여서　知君深景仰
주남(周南)이라 부른 이유를 알겠네　所以號周南

13 용호(龍湖) : 엄한중(嚴漢重, 1665~?)의 호로, 자는 자정(子鼎), 본관은 영월(寧越)이다. 1706년 정시(庭試) 병과에 합격한 후 현감, 비서성(秘書省) 박사(博士), 고창군(高敞郡) 태수를 지냈다. 1711년 통신사 때 부사서기(副使書記)로 도일하였다.

14 태사(太史) : 태사공(太史公)인 사마천(司馬遷)을 가리킨다.

15 이전(二典) : 서경(書經)의 요전(堯典)과 순전(舜典)이다.

○ 동곽 이공이 준 시에 차운하여 받들다 주남(周南)

욕되이 고아한 시를 주셨는데 〈양춘곡〉과 〈백설가〉라서 쉬이 화답할 수 없었습니다. 그냥 제 마음을 펴 받들어 사례할 뿐입니다.

시의 맛이 참선의 법문과 같아 詩味如禪乘
못난 재주 끝내 참여치 못했네 庸才終未參
문성(文星)[16]은 그 빛이 북두와 같아서 文星光似斗
온밤 내내 하늘 남쪽을 비추네 一夜照天南

용호 엄공께 여쭈다 같은 이

예전에 우리나라 사람 가운데 산전희(山田熙)[17]라는 자가 있었는데 젊은 나이에 영민하고 꽤 필묵에 뛰어나 전조(前朝) 때 사명을 받들어 온 사신인 성(成)[18], 이(李)[19] 여러 사람을 따라서 노닐었습니다. 불행하게도

---

16 문성(文星) : 문운(文運)을 주관(主管)하는 별이다.

17 산전희(山田熙) : 야마다 라이키(山田賴熙, 1666~1693)로, 유학자다. 자는 원흠(原欽), 호(号)는 복헌(復軒)이다. 12세에 낙성해서 이토 단안(伊藤坦庵)에게 사사하고 14세에 모리 요시나리(毛利吉就)의 시강(侍講)이 되었다. 오구라 쇼사이(小倉尙齋) 등 많은 번사(藩士)를 가르쳐 유학을 발전시켰다. 1682년 통신사 도일시, 통신사행과 필담을 나눈 내용이 『조선인필담병증답시(朝鮮人筆談幷贈答詩)』에 전한다.

18 성완(成琬, 1639~?) : 본관은 창녕(昌寧), 자는 백규(伯圭), 호는 취허(翠虛), 1666년 식년시 진사로, 1682년 임술통신사 사행의 제술관으로 도일하였다. 『취허집(翠虛集)』4권 2책이 국립중앙도서관에 소장되어 있다.

19 이담령(李聃齡, 1652~?) : 본관은 경주(慶州), 자는 이노(耳老), 호는 붕명(鵬溟), 1679년 식년시 진사(進士)로, 1682년 임술통신사 사행의 서기로 도일하였다.

일찍 죽어서 이루지 못했는데 요즘 왕발(王勃)[20]이나 이하(李賀)[21]에 견주니 모르겠지만 귀국의 여러 문사들은 지금 어떠한가요? 다만 나이가 들면 들수록 덕이 더 높아져 더욱 현달(顯達)[22]하였겠지요.

답(용호) : 보인 뜻을 삼가 잘 알겠습니다. 산전(山田) 선생이 꽃을 피웠으나 열매 맺지 못한 것은 진실로 안타깝습니다. 어찌 하늘이 인재를 내고서도 도리어 일찍 죽게 하였단 말입니까. 그 이치를 실로 알기 어렵습니다. 성(成), 이(李) 두 사람은 지위가 높은 품계에 오르기도 전에 모두 이미 고인이 되었습니다. 슬픔이 큼을 무슨 말로 다 하겠습니까.

주남 : 영재가 낮은 벼슬에서 웅크리고 있으니 사람으로 하여금 슬퍼 남은 한이 있게 합니다.

20 왕발(王勃, 649~676) : 중국 당(唐)나라 초기(初期)의 시인(詩人)으로, 자(字)는 자안(字安)이다. 특히 5언 절구에 뛰어나 양형(楊炯), 노조린(盧照隣), 낙빈왕(駱賓王)과 더불어 초당 4걸로 불린다. 교지령(交趾令)에 좌천된 아버지를 찾아가는 도중(途中) 남창(南昌)에서 지은 『등왕각서(滕王閣序)』는 젊은 천재(天才)의 기량(器量)을 충분히 나타낸 것이다.

21 이하(李賀, 790~816) : 중국 당나라 때의 시인으로, 자는 장길(長吉)이다. 시 짓기 시작한 이후 15세에 그 이름을 알렸고 몽환적인 인상과 기이한 분위기의 시로 귀재(鬼才)라는 평을 받았다. 작품에 『이하가시편(李賀歌詩篇)』, 『창곡집(昌谷集)』 등이 있다.

22 현달(顯達) : 벼슬과 덕망이 높아서 이름이 세상에 드러남을 이른다.

○ 주남 사백께 받들어 올리다 방주(芳洲)[23]

제가 산전원흠(山田原欽)과 총각 때부터의 우호로 일찍이 그의 빼어난 재능이 뛰어나게 드러나 한 때의 명예를 독차지하는 것을 보고 '이후로 다시는 이러한 사람이 있을 수 없을 것이다.'고 생각하였습니다. 배로 가는 다급함 가운데 객관의 연회에서 귀한 얼굴을 만나보게 될 줄 어찌 알았겠습니까. 삼가 살펴보니 나는 듯 한 붓놀림과 샘솟는 듯 한 시상이 진정 원흠과 대등하고 학문의 연원과 문채의 정민함은 걸핏하면 흘러가는 구름이나 물과 같은 모습이 있어 실로 볼만한 뛰어남으로 여겼습니다. 무릇 천지의 청숙(淸淑)한 기운을 귀국에서 독차지하여 인재의 성대함이 아마도 끝없을 것이니 어찌 지극히 공경할만한 것이 아니겠습니까.

붓 휘둘러 그대 채색 무지개 뱉는 걸 보니	揮筆看君吐彩虹
젊은 기개가 호방과 웅혼함을 차지했네	妙年氣槪占豪雄
어느 때에 거듭 시단의 모임을 결성하여	幾時重結騷壇會
걸상 이은 채 대아(大雅)의 시풍 자세히 논하나	連榻細論大雅風

23 방주(芳洲) : 아메노모리 호슈(雨森芳洲, 1668~1755)로, 본명은 준량(俊良), 등오랑(藤五郎), 동오랑(東五郎), 성청(誠淸), 자는 백양(伯陽)이다. 흔히 우삼동(雨森東)으로 많이 알려져 있다. 중국어, 조선어에 능통하고 에도시대 중기 일본을 대표하는 유학자다. 대마번(對馬藩)을 섬겨 조선과의 우호를 위한 실무에 종사하였다. 1698년 조선담당부보좌역(朝鮮方佐役)에 임명되어 1702년 부산으로 와 1703년부터 1705년까지 부산의 왜관에 체재하였다. 이 기간 동안 조선 측의 일본어사전인 『왜어유해(倭語類解)』의 편집에 협력하고 조선어 입문서인 『교린수지(交隣須知)』를 제작하였다. 1711년에는 도쿠가와 이에노부(德川家宣)의 취임을 축하하는 조선통신사를 에도(江戶)까지 수행하였고 1719년 도쿠가와 요시무네(德川吉宗) 취임을 축하하기 위한 통신사를 에도까지 수행하였다.

시가 녹실(鹿室)[24]에서 왔기 때문에 즉석의 화답이 없었다. 詩則至自鹿室, 故無卽和.

○ 자리에서 여러 사백께 받들어 기록하여 화답을 구하다

범수(泛叟)

천지가 검은 모습 띤 게 새의 알과 같아서　天地玄形鳥卵同
하늘이 바다 밖을 싸고 땅은 가운데 있네　天包海外地居中
내가 땅을 다 가보고서야 바다에 떴으니　我行窮地仍浮海
바다 다하면 하늘 오르기 무어 어려우랴　海盡何難上碧空

○ 범수 사백께 받들어 화운하다 주남(周南)

뱉는 소리 같지 않을 줄 어찌 생각했으랴　何思音吐不相同
시문을 주고받는 가운데 의기투합하네　意氣交投翰墨中
문득 쨍그랑대며 흩어지는 금옥을 본 듯　忽見鏗鏘金玉散
세찬 바람소리가 푸른 하늘에 가득하네　風聲激烈滿蒼穹

○ 동곽 이공께 받들어 올리다 같은 이

관문의 붉은 기운 은하수에 닿을 듯한데　關門紫氣接銀河
돛 그림자 구름처럼 한 채 사신 지나가네　帆影如雲使者過
누가 섬나라에 가득 양춘곡을 연주하여　誰奏陽春充海國

24 녹실(鹿室) : 배에서 선원이 기거하는 방을 가리킨다.

가을바람 타고 뱃노래에 섞여들게 하나 秋風散入棹郎歌

○ 주남 사백의 시에 받들어 차운하다 동곽(東郭)

동쪽 바다 한 줄기 은하수에 닿을 듯한데 東溟一派接天河
선계 오늘 지난다고 누구도 말하지 않네 不道仙區此日過
외로운 객관 푸른 등 켜고 담소하는 곳에 孤館青燈談笑地
서늘한 대숲 소리가 어부 노래에 섞이네 竹林涼籟雜漁歌

○ 아무렇게나 지어 자리 가득한 시인들의 웃을 거리로 받들다 하소(霞沼)[25]

좌중의 그대들은 모두다 시인 호걸이니 諸君四坐總詩豪
말에 기대어 때로 채색 붓 휘두를 만하네 倚馬時堪揮彩毫
나의 뱃속에만 한 글자도 남아있지 않아 唯我肚中無一字
술 취하는 고을에서 날마다 취할 줄 알 뿐 醉鄉只解日酕醄

---

25 하소(霞沼) : 마쓰우라 가쇼(松浦霞沼, 1676~1728)로, 에도 중기 대마도(對馬島) 부중번(府中藩)의 유자다. 자는 정향(禎卿)이다. 하리마노쿠니(播磨國)에서 태어나 어릴 적부터 재능을 인정받아 13세에 대마도 부중번에 들어갔다. 기노시타 슌안(木下順庵) 문하에서 공부하면서 시문에 재능을 발휘하였고 아메노모리 호슈(雨森芳洲)와 특히 친분이 두터웠다. 편저 『조선통교대기(朝鮮通交大紀)』(1725)는 중세부터 1716년 사이의 대마도와 조선의 관계를 기술한 것으로, 임진왜란 이후의 부분이 특히 사료적 가치가 높다.

○ 하소(霞沼) 사백께 받들어 화답하다 주남(周南)

사방에서 빼어난 파양호(鄱陽湖)[26]의 물이야말로　鄱陽湖水四方豪
뛰어난 인재 채색 붓 적시기에 가장 좋네　尤好英才濡彩毫
시의 맛이 순수하여 끝내 같을 수 없는데　詩味醇醪終不若
한번 읊고 나니 이미 거나하게 취하였네　朗吟一過已酕醄

송포는 파주(播州)[27] 사람이다 松浦播州人

○ 자리의 사백들께 받들다 동곽(東郭)

일본에서 경치 빼어난 두 웅장한 관문은　日東形勝兩雄關
대마도(對馬島) 공중에 낀 흐린 기운과 대등하네　馬島風烟伯仲間
대숲 속 신선의 집이 푸른 바다 굽어보고　竹裏仙家臨碧海
언덕 가의 어촌은 푸른 산과 가까이 있네　岸邊漁戶近青山
백성은 나그네 공경하여 관대한 예 많고　居民敬客多寬禮
시 짓는 늙은이 사람 만나 좋은 얼굴 있네　詩老逢人有好顏
최고의 기쁨은 우리 사행 적막하지 않아　最喜吾行不落莫
고운 잔치 큰 촛불 켜고 청한하게 앉은 것　綺筵椽燭坐淸閑

관문에 상하가 있으므로 말하였다. 關有上下, 故云.

26 파양호(鄱陽湖) : 지금의 강서성(江西省)에 있는데 팽려택(彭蠡澤)이라고도 한다.
27 파주(播州) : 지금 효고현(兵庫縣)의 남서부 지역인 하리마(播磨)다.

○ 동곽 이공의 고상한 시에 받들어 화운하다 주남(周南)

네 마리의 말이 잠시 적간관(赤間關)에 머무는데　四牡暫留赤目關
만나 지필(紙筆) 주고받는 동안 마음 서로 맞네　一逢相適紙毫間
하늘 드리운 붕새 날개 가을 바다 지나고　垂天鵬翼經秋海
비를 띤 용의 비늘이 새벽 산에서 나오네　帶雨龍鱗出曙山
곡조 속 백설가(白雪歌) 같은 영(郢) 땅 노래[28] 들려오고　曲裏郢歌飛白雪
늙고 나서 붉은 얼굴의 신선 풍골을 보네　老來仙骨覩朱顔
두세 번 창수한다고 정을 어찌 다하랴만　二三酬唱情何盡
어느 때에 문득 한가할지 알지 못하겠네　不識幾時更得閑

○ 자리의 네 공께 받들어 올리다 같은 이

봉황의 저 다섯 가지 채색 문양　鳳凰五采文
깃털이 어찌 그리도 기이한지　毛羽一何奇
빛나는 붉은 산호 패옥(佩玉)을 찼고　燦燦赤珊瑚
머리 위엔 푸른 유리관(琉璃冠)을 썼네　頭上青瑠璃
아침에 단혈산(丹穴山)[29]으로 날아가서　朝飛丹穴山
약수(弱水)[30]물가에서 날개를 씻겠지　濯翼弱水湄

---

28 백설가(白雪歌) 같은 영(郢) 땅 노래 : 영(郢)은 전국시대 초(楚)나라의 도성인데 백설가 같은 고아한 노래가 유행하였다.

29 단혈산(丹穴山) : 『산해경(山海經)』에 나오는 산으로, 금과 옥이 널려 있고 오색의 무늬를 가진 봉황새가 산다고 한다.

큰 바다에 가을바람 일어나자	滄海秋風起
뜬 구름처럼 서북으로 달리네	浮雲西北馳
바다 언덕에 고운 나무 사는데	海岸生瓊樹
맺힌 열매 어찌 그리 무성한지	結實何離離
해가 동남의 구석에서 나와서	日出東南隅
빛이 부상(扶桑)[31]의 가지에서 빛나네	光輝扶桑枝
붉은 노을은 짙은 단사(丹砂)와 같고	紅霞若渥丹
넓은 물결은 아득하여 끝없네	浩波渺無涯
아름다운 구림(璆琳)[32]과 낭간(琅玕)[33] 같은 옥	璆琳與琅玕
높은 가지마다 들쑥날쑥하네	翹條各參差
하늘 길에서 한번 보고 돌아와	天衢一顧返
부채 떨치며 문득 와서 춤추네	奮翣忽來儀
자세히 살펴보고는 뜻에 맞아	眄睞以適意
아름답게 고운 눈썹 드날리네	鏘鏘揚采眉
소호(韶護)[34] 같은 작은 소리 나부끼고	小音翻韶護
함지(咸池)[35]와 같은 큰 소리 나는구나	大音飛咸池

30 약수(弱水) : 인간 세상에서 신선 세계로 가는 길목에 있다는 전설상의 물 이름이다. 길이가 3,000리인데 부력이 매우 약하여 기러기의 털도 가라앉는다고 한다. 『태평광기(太平廣記)』「신선(神仙)」.

31 부상(扶桑) : 동쪽 해가 뜨는 곳에 있다고 하는 나무를 일컫는다.

32 구림(璆琳) : 아름다운 옥(玉)의 이름이다.

33 낭간(琅玕) : 중국에서 나는 경옥(硬玉)의 한 가지로, 어두운 녹색(綠色)이나 청백색(青白色)의 아름다운 옥이다.

34 소호(韶護) : 은(殷) 나라 탕왕(湯王)의 음악 이름이다. 소(韶)는 우순(虞舜)의 음악이고 호(護)는 탕왕의 음악이라고도 한다.

회오리바람은 땅을 쓸며 오고 回風拂地來
구름 그림자는 또한 성대하네 雲影且祁祁
제비 참새 메추리 꾀꼬리 비둘기 燕雀鷃鶯鳩
날개를 접은 채 힘없이 있구나 斂翅以委靡
온갖 새들이 우는 소리 그치고 百禽啁哳歇
서로 따르며 또 무엇 하려는가 相率復何爲
좋은 때에 오래 머물지 못하고 良期不可淹
바람처럼 멀리 떠나가려 하네 飄飄遠將辭
서쪽 곤륜산(崑崙山)의 현포(玄圃)[36]로 날아가 西翔崑崙圃
몽사(濛汜)[37]의 물가에 내려서 마시리 降飮濛汜渚
아득한 곳을 어찌 부여잡으랴 窈冥何可攀
흘러 넘쳐 따를 대상이 아니네 汎濫靡所隨
성세(聖世)에 진실로 한 번 보았는데 聖世亮一見
아각(阿閣)[38]일랑은 생각도 못하였네 阿閣不可思
누가 해곡(嶰谷)의 대나무[39] 잘라다가 誰截嶰谷竹
너와 함께 다정하게 연주할까 與爾奏雄雌

위의 한 수로 그나마 봉황을 본 기쁨을 기록하였습니다. 다른 날 틈

35 함지(咸池) : 요(堯)의 음악 이름이다.

36 현포(玄圃) : 곤륜산(崑崙山) 정상에 있다는 신선의 거처를 가리킨다. 거기에는 금대(金臺), 옥루(玉樓)와 기화요초(琪花瑤草)가 있다고 한다.

37 몽사(濛汜) : 해가 지는 곳이다.

38 아각(阿閣) : 황제(黃帝) 때에 봉황이 둥지를 튼 곳이다.

39 해곡(嶰谷)의 대나무 : 황제(黃帝)가 신하인 영륜(伶倫)으로 하여금 해곡에서 나는 대나무로 황종관(黃鐘管)을 만들게 하였다고 한다.

이 있으면 화답하는 시장(詩章)을 내려주시기 바랍니다.

○ 동곽 이공께 받들어 올리다 네 수 같은 이

만 리의 긴 바람이 물결을 깨뜨리며 오니 萬里長風破浪來
의젓한 높은 흥취가 봉래산(蓬萊山)에 가득하네 儼然高興滿蓬萊
세상의 호련(瑚璉)[40]은 원래부터 귀한 그릇이고 世間瑚璉原尊器
천하의 편남 나무는 스스로 큰 재목이네 天下楩楠自大材
봄 깊은 위봉전(威鳳殿)에서 책문(策文)을 마주하였고 고려 때의 어시소(御試所) 策對春深威鳳殿高麗時御試所
가을 서늘한 관어대(觀魚臺)[41]에서 부(賦)를 지었겠지 고려의 이색(李穡)[42]이 부를 지음 賦成秋冷觀魚臺高麗李穡作賦
때를 타고 왕의 뜻으로 현준(賢俊)을 등용하여 乘時王旨登賢俊
운각(雲閣)[43]의 아름다운 단청 차례로 열렸으리 雲閣丹青次第開

아득한 길 네 마리 말이 힘차게 달리는데 四牡騑騑征路杳
가을 하늘에 낙양궁(洛陽宮)[44]에서 부절을 잡았네 秋天持節洛陽宮

---

40 호련(瑚璉) : 종묘(宗廟)에서 서직(黍稷)을 담는 제기(祭器)의 이름으로, 공자(孔子)가 자공(子貢)의 인물됨을 '호련'이라 평한 데서 고귀한 인재를 비유한다.

41 관어대(觀魚臺) : 경상북도 영해의 바닷가에 있는 대(臺) 이름이다.

42 이색(李穡, 1328~1396) : 고려 시대 문신(文臣)으로, 자는 영숙(穎叔), 호는 목은(牧隱), 시호(諡號)는 문정(文靖)이다. 저서에 『목은집(牧隱集)』이 있다.

43 운각(雲閣) : 조선(朝鮮) 시대 교서관(校書館)의 별칭이다.

44 낙양궁(洛陽宮) : 낙양에 있는 궁궐로, 도성의 궁궐을 뜻한다.

순간(珣玕)은 동방의 미 가운데 값이 나가는 것　珣玕價貴東方美
관현으로 남국의 풍속을 다스려 높이리　絃管治隆南國風
월영대(月詠臺)의 안에서는 최치원을 일으키고　月詠臺中起崔子
우신관(佑神館)의 아래에서 김부식을 보았으리　佑神館下見金公
문장은 본디부터 천년의 업이라 하는데　文章本謂千年業
하물며 타국에서 이름 홀로 뛰어남에랴　況是他邦名獨雄

귀국의 최문창(崔文昌)[45]이나 김문열(金文烈)[46]은 모두 문한의 소임으로 명을 받들어 중화(中華)에 사신을 가서 이름을 알린 인사인데 저의 시에서 가져다가 족하에 견주었습니다. 월영대(月詠臺)는 치원(致遠)이 놀며 완상하던 땅이고 우신관(佑神館)은 남송에서 번사(蕃使)를 머물게 한 곳으로, 부식(富軾)이 일찍이 여기에 머물렀습니다.

벼슬아치 멀리 큰 바다 땅까지 왕림하니　冠蓋遙臨滄海圻
기자(箕子) 나라에도 절로 주나라 문화 빛나네　箕邦猶自燿周文
풍경(豊京)[47]에서는 멀리 천황의 해를 조문하고　豐京遠弔天皇日
건도(乾島)[48]에서는 문득 신선의 구름 살펴보네　乾島忽觀仙侶雲
기가 남방에 가득하여 구슬 같은 꽃 피고　氣滿南方珠蕊秀
가을 북녘에 와 계수나무 가지 향긋하네　秋來北地桂枝芬
서생이 어진 신하를 칭찬하는 송(頌)을 지어　書生欲擬賢臣頌
어질고 밝은 대국의 임금에게 바쳤으면　請獻仁明大國君

본주(本州)의 지금 부(府)는 바로 옛 풍경(豊京)으로, 신공황후(神功皇后)가 이곳에

45 최문창(崔文昌) : 신라(新羅) 말의 학자인 최치원(崔致遠, 857~?)으로, 자는 고운(孤雲), 시호(諡號)는 문창(文昌)이다.

46 김문열(金文烈) : 고려(高麗) 인종(仁宗) 때의 문신이자 학자인 김부식(金富軾, 1075~1151)으로, 자(字)는 입지(立之), 호(號)는 뇌천(雷川), 시호(諡號)는 문열(文烈)이다.

47 풍경(豊京) : 신공황후(神功皇后)가 도읍한 곳이다.

48 건도(乾島) : 오가사와라제도(小笠原諸島) 중 하나다.

도읍을 세웠으니 곧 그 남쪽 교외다. 또 바다 가운데 건주(乾珠)와 만주(滿珠) 두 섬이 있다.

오랜 부산진에 상서로운 구름 무성한데　釜山鎭古瑞雲蒼
밤새 사신 수레가 아득한 곳을 가리키네　一夜星軺指渺茫
해가 부상(扶桑)을 에워싸 하늘의 빛이 예쁘고　日遶扶桑天色嫩
물이 큰 바다로 흘러와서 지유(地維)[49]가 길구나　水來滄海地維長
바람 부는 남국에서 관인(官人)의 자취 날리고　雄風南國飛官跡
달이 떨어지는 서쪽으로 고향을 향하네　落月西方向故鄕
남자가 평생 동안 원대한 뜻을 품었으니　男子平生懷遠志
가을볕에 쬐이는 그대의 채색 깃발 보네　看君文旆曝秋陽

○ 경호(鏡湖)[50] 홍공께 받들어 올리다 세 수 같은 이

사신이 명을 받아서 매우 서로 기뻐하니　使臣御命杳相嘉
영재를 크게 뽑아 나라의 정화 빛내서네　大拔英才燿國華
문득 알려진 명성이 원근에 떠들썩한데　還爲名聞轟遠邇
뵙고자 하는 명함 사신 수레에 가득하네　枉令謁刺滿征車

궁궐의 고관(高官)들 급하게 현사(賢士)를 구하여서　王門軒冕急求賢
많은 인재들 국사(國士) 앞에 날듯이 늘어섰네　諸子翩翩國士前

49 지유(地維) : 대지(大地)를 지탱한다는 상상의 밧줄이다.

50 경호(鏡湖) : 홍순연(洪舜衍, 1653~?)의 호다. 자는 명구(命九), 본관은 남양(南陽)으로, 1705년 증광시 병과에 합격한 후 1711년 통신사 때 정사서기(正使書記)로 도일하였다.

사방에 사명(使命) 받들 만하다 허락 받았으니　　爲許四方堪作命
그대의 훈업(勳業)이 능연각(凌烟閣)[51]에 비출 줄 알겠네　　知君勳業照凌烟

높이 올라 부(賦)를 지어 대부(大夫)가 될 만한 인재　　登高作賦大夫材
누선을 타고 바다 건너오는 것 문득 보네　　更覩樓船橫海來
천하의 아름다운 명성을 그 누가 겸하랴　　天下美名誰得兼
천추(千秋)에 전하는 사서(史書)를 그대 위해 펼치네　　千秋竹帛爲君開

○ **용호 엄공께 받들어 올리다** 두 수 같은 이

뛰어난 인재라 그대 막힘없어　　俊才君自在
서기로서 짐짓 나는 듯이 왔네　　書記故翩翩
붓을 놓고 도성을 떠나왔다가　　弭筆辭王國
홀을 잡고 해의 주변을 따르네　　執圭馴日邊
긴 치마 붉은 바다에서 빛나고　　長裙光紫海
웅대한 칼 푸른 하늘에 기대네　　雄劍倚青天
유난히 먼 길에 수고롭게 함은　　殊使勞征役
밝은 때 현사(賢士)로 받들려 해서네　　明時爲奉賢

51 능연각(凌烟閣) : 당나라 때 공신들의 화상(畫像)을 보관하던 곳으로, 이후 공신들의 화상을 보관해두는 곳의 대명사로 쓰이게 되었다.

오히려 시 분변하는 재상 있어 猶有辨詩相
계림(雞林)에 대아(大雅)가 아직 남아있네 雞林大雅存
높고 성대한 많은 인재들의 기 軒軒諸子氣
어느 왕의 문이건 간에 많으리 濟濟何王門
훌륭한 자취를 천추에 보는데 芳躅千秋覩
붉은 얼굴 구월에도 온화하네 朱顔九月溫
어찌 세월의 차례를 길게 하여 安應長歲序
담소하며 푸른 술통 마주할까 談笑對靑樽

계림의 재상이 백거이(白居易)의 시를 잘 분변하였다는 것은 『장경집(長慶集)』[52]에 나온다.

○ 범수 남공께 받들어 올리다 같은 이

그대 천하 누비며 장유하는 것 부러운데 羨君壯遊縱天下
큰 바다에서 고래 타고 일본을 바라보네 滄海騎鯨觀日本
봉래의 궁관에 상서로운 구름이 이는데 蓬萊宮闕瑞雲興
여섯 자라[53]가 고개 들고서 혼돈을 삼키네 六鼇翹首呑混沌
북두와 견우[54] 자리가 어찌 그리 아득한지 斗牛之墟何茫茫

52 『장경집(長慶集)』: 중국(中國) 당(唐)나라 때에 원진(元稹)이 엮은 백거이(白居易)의 시문집이다.

53 여섯 자라 : 전설에 따르면 발해(渤海)의 동쪽 바다에 대여(岱輿)·원교(員嶠)·방호(方壺)·영주(瀛洲)·봉래(蓬萊)의 다섯 선산(仙山)이 있는데 여섯 마리의 자라가 그 산을 떠받친 채 바다 위에 떠 있다 한다.

54 두우(斗牛) : 이십팔수(二十八宿) 중 북두성(北斗星)과 견우성(牽牛星)을 가리킨다.

배를 띄우고서 지금 하늘의 한 쪽에 있네　浮槎卽今天一方
발을 내딛어 아래로 악어의 소굴을 찾고　投足下探鼉鼉窟
손을 들어서 위로 태양을 받들고자 하네　擧手上欲捧大陽
호방한 기 가을에 빗겨 하늘로 치솟아서　豪氣橫秋凌霄漢
남쪽 바다와 북쪽 바다로 큰 날개를 치네　南溟北溟擊巨翰
지은 시는 표일(飄逸)하기가 귀양 온 신선 같아　作詩飄逸似謫仙
천리마처럼 천리를 내달려 묶을 수 없네　驥騏千里不可絆
바다 속의 산호가 수천 그루와 같이 많아　海中珊瑚百千樹
물결치면 비가 되고 거품 뿜어 안개 되네　鼓波成雨噴沫霧
귀신을 몰거나 부리고 도깨비를 묶으며　驅使鬼神縛魑魅
우주를 흘겨보고 구름 낀 하늘 길 달리네　睥睨宇宙雲衢騖
풍동군(豐東郡)의 성 안에는 오동잎이 떨어지고　豐東郡城梧桐落
임해관(臨海館) 앞에는 바닷물 하얗게 부서지네　臨海館前潮水堊

적간(赤間)은 풍동군(豐東郡)에 속하는데, 또 예로부터 임해관(臨海館)이 있었다. 赤間屬豊東郡, 又古有臨海館.

바다 보며 잠시 비파와 생황을 연주하다　臨海暫鼓瑟與笙
나를 반가운 눈으로 돌아보곤 기뻐하네　顧我青眼一歡謔
손아귀 속 명월(明月)이라 불리는 고운 구슬을　握中美珠稱明月
내게 던지니 그 빛이 백제(白帝)[55]의 궁궐 비추네　投我光射白帝闕
상쾌한 가을 구월에 하늘의 기운 맑은데　高秋九月天氣淸
가을 기운이 퍼져 머리카락에 불어오네　西顥沆碭吹毛髮
붓 휘둘러 뜻 붙임이 어찌 그리 꼼꼼한가　揮毫寄意何綢繆

55 백제(白帝) : 가을을 맡은 서쪽의 신(神)이다.

잡다한 패옥 있더라도 보답할 수가 없네 雖有雜珮不堪酬
사귀는 정이 새로워서 지란지교(芝蘭之交)[56]를 맺고 交情新可結芳蘭
천지의 풍운은 하루살이처럼 느껴지네 天地風雲感蜉蝣
저는 변방사람으로 산현(山縣)씨[57]의 아들인데 周南鄙人縣氏子
집은 본래 주주(周州)[58]의 남쪽 변방이다. 家本周州南鄙.
한 손가락에다 비유된 천지(天地)[59]에 입신했네 立身覆載喩一指
부친 위해 말 기르며 산언덕에서 자랐고 爲父牧馬長山阿
때때로 경서를 낀 채 대답하기를 삼갔네[60] 時時夾經謹諾唯
뜰 앞 종종거리며 걷다 시(詩)와 예(禮)에 분주해[61] 詩禮繽紛趨庭前
부친인 장백(長白)은 지금 본 번(藩)의 강관(講官)이 되었다. 家翁長白現爲本藩講官.
고달프고 부지런히 배운 지 십여 년이네 辛勤多少十餘年
날개 점차 생겨나면 바로 날아야 하듯이 羽翼稍成當翱翔
문득 활과 화살 잡고 온 세상을 유력(遊歷)하네 忽搦弧矢遊八埏
동쪽 도성의 진신(縉紳)[62]인 적생조래(荻生徂徠)[63] 선생에게

56 지란지교(芝蘭之交) : 지초(芝草)와 난초(蘭草)의 사귐이란 뜻으로, 벗 사이의 높고 맑은 교분을 이르는 말이다.

57 산현(山縣)씨 : 슈난(周南)의 성(姓)이 '야마가타(山縣)'이다.

58 주주(周州) : 스오주(周防州)로, 지금의 야마구치현(山口縣)의 동남부에 해당한다.

59 한 손가락에다 비유된 천지(天地) : 『장자(莊子)』「제물론(齊物論)」에 "천지는 한 손가락이다.(天地一指也.)"라는 말이 나온다.

60 대답하기를 삼갔네 : 『예기(禮記)』「곡례 상(曲禮 上)」에 "반드시 대답을 신중하게 해야 한다.(必愼唯諾.)"라는 말이 나온다.

61 뜰 앞 종종거리며 걷다 시(詩)와 예(禮)에 분주해 : 『논어(論語)』「계씨편(季氏篇)」에 "종종걸음으로 뜰을 지나가는 아들을 공자(孔子)가 불러 세워 시(詩)와 예(禮)를 배웠느냐고 물은 다음, 시를 배우지 않으면 말할 수 없고 예를 배우지 않으면 설 수 없다."고 대화하는 부분이 나온다.

東都縉紳荻先生

제 스승 적생무경은 동쪽 도성 사람이다. 敝師荻生茂卿, 東都人.

읍하고 정성스레 인재(人才)되기를 기약했네	一揖啍啍期玉成
부사산(富士山)의 쌓인 눈이 천추토록 새하야니	芙蓉積雪千秋白

부악(富岳)은 부용봉(芙蓉峯)이라고도 한다. 富岳一名芙蓉峯.

이로부터 명산이란 이름 의탁할 만하네	自是名山堪托名
누가 굳은 옥돌 가지고 야광주(夜光珠)를 바라[64]랴	誰持頑璞望夜光
홀로 소질이 있어서 문장을 지을 수 있네	獨有素質可成章
한갓 현청(縣廳)에서 오래 산 돼지나 개와 같아	徒是縣家舊豚犬
기나긴 세월동안 창고의 곡식 축내었네	歲月荏苒糜大倉
어찌 꾀했으랴 옥산 가에 몸을 의탁한 채	曷圖托身玉山側
갑자기 주선해 덕 있는 이 가까이 할 줄을	一朝周旋親懿德
나라 안의 훌륭한 선비 보지 못하였는데	鄉國善士不可見
천하의 훌륭한 선비는 더욱 얻기 어렵네	天下善士更難得
그대는 재주를 가진 삼한의 영걸(英傑)이라서	君自才子三韓英
태평성세 맞이하여 인끈 묶고 갓 털었네[65]	結綬彈冠當文明

62 진신(縉紳) : 지위가 높고 행동이 점잖은 사람을 가리킨다.

63 오규 소라이(荻生徂徠, 1666~1728) : 에도(江戶) 중기의 유학자로, 이름은 쌍송(雙松), 자는 무경(茂卿)이다. 물부(物部) 씨(氏)라서 물조래(物徂徠)라 자칭하였다. 주자학을 거쳐서 고문사학(古文辭學)을 주장하였고 제자로는 다자이 슌다이(太宰春台), 핫토리 난카쿠(服部南郭) 등이 있다.

64 굳은 옥돌 가지고 야광주(夜光珠)를 바라 : 보잘 것 없는 것으로 귀한 것을 바랄 때 비유적으로 사용하는 표현이다.

65 갓 털었네 : 갓의 먼지를 턴다는 뜻으로, 마음에 맞는 친구와 함께 벼슬길에 나가는 것을 말한다. 서한 왕길(王吉)이 관직에 임명되자, 친구 공우(貢禹)도 덩달아 갓의 먼지를 털고 벼슬길에 나설 준비를 하였다는 '왕양재위, 공공탄관(王陽在位, 貢公彈冠)'이란

높고 높은 고상한 의표 세상에 뛰어나고　　高標軒軒出人間
문장 짓는 예리한 붓끝 도성을 능가하네　　翰墨鋒穎淩東京
임금의 예지(叡智)와 생각이 운대(雲臺)[66]에 간절하니
君王叡思切雲臺
봉각(鳳閣)[67]에서 사륜(絲綸)[68]을 맡을 인재로 쓰려 하네
鳳閣將擧絲綸才
아름다운 운 잠시 우리들에게 빌려주어　　嘉運一時假吾輩
팔을 잡은 채 서로 마주한 것 몇 번이던가　　把臂相向知幾回
인정을 진정한 벗에게 베풀어야 하는데　　人情偏當伸知己
구름 모였다 흩어지듯 어찌 그리 빠른지　　浮雲聚散何甚駛
바라는 건 밝은 달과 함께 가을바람 타고　　願與明月乘秋風
서쪽으로 날아가 한수 가에 오래 사는 것　　西飛長住漢水湄

○ 아진(雅眞) 사백께 받들어 드리다 동곽(東郭)

문장이야 건아(健雅)하기를 바라고　　文章要健雅
학업은 순진(純眞)함을 귀히 여기네　　學業貴純眞
호를 내건 것 어찌 뜻이 없으랴　　揭號寧無意
일신우일신(日新又日新)[69]을 공부하려 하네　　工夫在日新

말이 『한서(漢書)』 권72 「왕길전(王吉傳)」에 나온다.

66 운대(雲臺) : 조선 시대 관상감(觀象監)의 별칭이다.

67 봉각(鳳閣) : 수(隋), 당(唐), 송(宋), 원(元)에서 일반 행정을 담당하던 중앙 관청인 중서성(中書省)을 가리킨다.

68 사륜(絲綸) : 임금의 조칙이다.

○ 동곽 선생께 받들어 화답하다 아진

학문의 연원 더욱 이를 만하고 學淵尤可到
시구로는 더욱 진정(眞情)을 통하네 詩句更通眞
헛된 칭찬이 문득 부끄러우니 虛譽還堪恥
이제 일신우일신(日新又日新) 생각하려네 從今思又新

○ 홍경호 선생께 받들어 올리다 같은 이

귀한 손님 일본 동쪽으로 멀리 오는 동안 貴客遠來日本東
모든 산에 막히지 않고 바닷물도 통하네 萬山不隔海潮通
바라건대 이제 맑은 패옥 소리 들으리니 自今幸尙聞淸佩
옛날 기자(箕子)의 풍모 높이 우러렀으면 하네 高仰昔時箕子風

○ 아진 사안에 답하여 올리다 경호

나는 하늘 서쪽에 있고 그대 동쪽에 있어 我在天西君在東
서로 시구를 가지고 마음을 통하는구나 相將詩句意因通
좋은 시 읊노라면 향기가 뺨에서 생기니 詠來佳什香生頰
바다 밖에서 대아(大雅)의 시풍(詩風) 온전히 하였네

69 일신우일신(日新又日新) : 『예기(禮記)』「대학(大學)」에 "진실로 날로 새로워지려거든 나날이 새로워지고 또 날로 새로워져라.(苟日新, 日日新, 又日新.)"라는 말이 나온다. 일신(日新)은 유가(儒家)의 중요한 철학적 관점으로, 우주에 있는 모든 사물이나 사람의 도덕(道德) 수양(修養)이 모두 변하여 더욱 새로워져야 한다는 의미를 가진다.

海外能全大雅風

○ 범수 선생께 받들어 올리다 아진

만 리 길의 물결과 만 리 길의 산을 지나서　萬里波濤萬里山
나그네 배가 점점 적간관(赤間關)에 이르러가네　客船漸到赤間關
적간관 너머로 길이 멀다고 말하지 마오　赤間關外莫言遠
천하가 일가라서 모두 공자(孔子)와 안회(顏回) 같네　四海一家皆孔顔

○ 아진 사백의 시에 받들어 차운하다 범수

나그네 길 전에 이미 남산(藍山)[70]을 떠나왔는데　客行前已發藍山
여기서부터 상관(上關)[71]으로 돌아가는 길 묻네　從此歸程問上關
가을 지나 나그네 시름 많이 일 것이기에　秋後羈愁千萬緒
그대를 위해 오늘 활짝 미소를 지어보네　爲君今日一開顔

○ 범수 선생의 시에 받들어 화운하다 본운은 앞에 나온다 아진

예로부터 시상(詩想)을 담아내는 정이 같으니　從來詩思兩情同
부족한 저의 시로 나그네 생활 달래시길　聊取鄙詞慰客中

---

70 남산(藍山) : 아이노시마(藍島)를 가리키는 것으로 보인다.

71 상관(上關) : 야마구치현(山口縣) 동쪽 지방이다.

헤어지면 동서로 천 리나 멀리 떨어져서　　別後西東千里遠
둥근 밝은 달이 푸른 하늘에 걸려 있으리　　一輪明月掛蒼穹

○ 우연히 절구(絕句) 한 수 짓고는 기록하여 좌중의 여러 군자에게 받들며 화답을 바라다 경호

사나이는 천지에서 지음(知音)[72]을 귀히 여기니　　男兒天地貴知音
초(楚)와 월(越)처럼 달라도 단금지교(斷金之交)[73] 될 수 있네
楚越雖殊可斷金
바다 건너 타국에서 잠깐 동안 만났는데　　滄海異邦傾郯蓋
등불 켠 가을밤에 세세히 마음 얘기하네　　一燈秋夜細論心

○ 경호 선생의 시에 받들어 화운하다 아진

이로 빚어내는 옥 같은 소리 맛이 있는데　　有味齒牙發玉音
문득 고운 금으로 새긴 비단 글자(錦字)[74]를 보네　　還看錦字顆精金

72 지음(知音) : 거문고 소리를 듣고 안다는 뜻으로, 자기(自己)의 속마음까지 알아주는 친구를 뜻한다. 춘추시대 초나라 사람 종자기(鍾子期)가 친구인 백아(伯牙)의 거문고 연주를 듣고 그 연주에 담긴 뜻을 잘 알아차렸다. 종자기가 죽자, 백아는 지음(知音)을 잃은 슬픔에 거문고 줄을 끊고 더 이상 연주하지 않았다고 한다.

73 단금지교(斷金之交) : 쇠붙이를 끊을 수 있을 만큼 단단한 교분을 가리킨다. 『주역(周易)』「계사전(繫辭傳)」상(上)에 "두 사람이 마음을 함께 하면 그 날카로움이 쇠붙이를 끊을 수 있다.[二人同心, 其利斷金.]"고 하였다.

74 비단 글자(錦字) : 전진(前秦) 때에 두도(竇滔)가 양양(襄陽)으로 부임하면서 총희(寵姬)인 조양대(趙陽臺)를 데리고 가자, 본처인 소혜(蘇蕙)가 슬퍼하여 오색 비단에 회문시(回文詩) 한 수를 새겨 그에게 보냈다. 비단에 새겨진 글자를 본 그는 그 절묘(絕妙)함에

세상에서 군수의 모임을 가장 좋아하니　世間最好君須會
다시 시를 짓는 데에 모두 마음을 다하네　更作詩篇共盡心

○ 좌중의 여러 사문께 보이며 화답을 구하다 용호

바다의 가을 빛 보니 중양절에 가까운데　滄洲秋色近重陽
기러기 찾아오고 국화 노랗게 피려 하네　鴻雁來賓菊欲黃
다행히도 그대들과 멋진 모임 하여선지　幸與諸君拚勝會
이내 몸이 타향에 와있는 줄을 잊게 되네　此身忘却在他鄉

○ 용호 선생의 시에 받들어 화운하다 아진

예로부터 관하(關下) 지역은 장양(長陽)[75]에 속하는데
從來關下屬長陽
이곳에서 다행히도 두황(杜黃)[76] 같은 이 만났네　此地幸猶遇杜黃
미루어 알겠으니 내일 서로 헤어진 후에　料知明日相離後
새벽 되어서야 이따금 꿈나라로 들 줄을　清曉時時入夢鄉

감동하여 수레를 보내어 본처를 맞이해갔다고 한다.

75 장양(長陽) : 나가토주(長門州)의 이칭인 듯하다.

76 두황(杜黃) : 두보(杜甫, 712~770)와 황정견(黃庭堅, 1045~1105)을 이른다.

○ 동곽 대위(大位)께 받들어 올리다 축왕(縮往)[77]

굳센 선비 집을 떠나 만 리 길에 올랐는데	壯士辭家萬里程
타향에선 갈매기와의 맹약(白鷗盟)[78] 있을 뿐이네	他鄕只有白鷗盟
사나이로 태어나서 쑥대 화살 날렸으니	男兒墮地飛蓬矢
과연 올해에 이르러 이 사행 하게 되었네	果到今年做是行

○ 축왕(縮往) 사백의 시에 받들어 차운하다 동곽

헛된 명성 잘못 받아 먼 길을 건넌 것이니	誤坐虛名涉遠程
소의 귀 잡고 문맹(文盟) 주관한다[79] 감히 말하랴	敢言牛耳主文盟
두 움큼 가득한 주옥같은 글에 문득 놀라	忽驚珠玉盈雙握
오늘 아침 여유 있는 길에 의지할 만하네	堪托今朝得意行

○ 축왕이 동곽에게 준 시에 받들어 차운하다 범수

바람 불고 물결 이는 수 천리 길 마다 않고	風波不憚數千程

77 축왕(縮往) : 사사키 슈쿠오(佐々木縮往, 1649~1734)로, 에도 시대의 유자다. 나가토(長門, 현재 야마구치현(山口縣)) 추(萩) 번의(藩醫)의 아들인데 오구라 쇼사이(小倉尙齋)와 함께 『양관창화집(兩關唱和集)』을 간행하였다.

78 갈매기와의 맹약(白鷗盟) : 갈매기와의 맹약으로, 자연에 은거하려는 마음을 뜻한다. 송나라 육유(陸游)의 「숙흥(夙興)」시에 "학의 원망 누구를 통해서 풀까? 갈매기와의 맹약 이미 식었네.[鶴怨憑誰解, 鷗盟恐已寒]"라 하였다.

79 소의 귀 잡고 문맹(文盟) 주관한다 : 문단(文壇)의 맹주(盟主) 역할을 한다는 뜻이다. 옛날 회맹(會盟)할 때에 이를 주관하는 영수(領袖)가 소의 귀를 잡고[執牛耳] 피를 내어 맹약을 한 데서 유래하였다. 『좌전(左傳)』「애공(哀公)」17年.

두 나라가 교린하여 예전 맹약을 다지네 兩國交隣尋舊盟
적간관(赤間關)을 지나서 하간관(下間關)에 이르렀는데 赤間關下間關到
동무(東武)[80]로는 지금부터 며칠을 더 가야하나 東武從今幾日行

○ 범수께 받들어 화답하다 축왕

그대 물결 가벼이 보고 왕정(王程)[81] 중하게 여겨 君輕白浪重王程
멀리 하늘 가로 들어와 예전 맹약을 잇네 遠入天涯續舊盟
여기부터 동방 산도(山島)로 접어드는 문이니 從是東方山島門
파도가 크게 일어도 가는 길 막지 못하리 滄波雖大不妨行

○ 용호 곤옥(崑玉)[82]께 받들어 올리다 같은 이

적간관이 겪은 세월은 몇 천 년이 되었나 赤間風月幾千秋
늘어선 산 빛 나뉘고 물 부질없이 흐르네 列嶽分光水空流
하늘이 시선(詩仙)에게 해 뜨는 곳 찾게 했는데 天使詩仙尋出日
잠시 물결로 인해 나그네 배를 매었구려 暫因波浪繫羈舟

80 동무(東武) : 에도(江戶)의 별칭으로, 무장국(武藏國)을 가리킨다.

81 왕정(王程) : 임금을 위한 일로 떠나는 여정을 뜻한다.

82 곤옥(崑玉) : 곤륜산에서 나는 아름다운 옥으로, 글재주가 뛰어난 자를 가리킬 때 사용한다.

○ 축왕이 보인 시에 받들어 차운하다 용호

시원한 회포 기우는 가을보다 상쾌한데　　洒落襟懷爽傾秋
맑은 밤 찾아온 이 모두 이름난 자들이네　　淸宵來訪總名流
두 나라 문단의 모임을 이루게 되었으니　　能成兩國文場會
큰 바다에 아득히 학해(學海)[83]의 배가 오고가네　　滄海遙通學海舟

○ 경호 곤옥께 받들어 올리다 축왕

배가 정처 없이 떠서 바다를 건너는 동안　　舟楫無根度海潮
물결 섬이 만 겹이나 아득함을 알았으리　　定知波島萬重遙
천년 만에 만난 것이 이렇듯 보잘 것 없어　　千年冥契菲如是
웃거나 얘기 나눌 시간 하룻밤뿐이라오　　歡笑淸談只一宵

○ 축왕 사안에 받들어 화답하다 경호

절의 문이 절강(浙江)[84]의 물결을 마주한 듯한데　　寺門如對浙江潮
파도치는 길로 돌아보니 고국 아득하네　　回首波程故國遙
적간관(赤間關) 아래에서 시 짓는 벗을 만났기에　　赤間關下逢詩侶
나와 그대 창수하며 기나긴 밤 보내보세　　我唱君酬度永宵

83 학해(學海) : 학문을 넓고 깊은 바다에 비유한 말이다.

84 절강(浙江) : 중국 절강성(浙江省)에서 항주(杭州) 쪽으로 흐르는 강인데 경치가 좋다고 한다.

○ 범수께 받들어 화답하다 본운은 앞에 나온다 축왕

남과 북이 비록 다르지만 마음은 같으니　南北雖殊情意同
도처에 함께 사는 형과 동생 사이와 같네　共居匝地弟兄中
동쪽 길에서 구름 끝 기러기를 만난다면　東途如遇雲頭雁
편지 한 통을 푸른 하늘에 전하게 할 텐데　須用一封達碧穹

○ 용호 곤옥께 받들어 올리다 축왕

바다 북쪽과 남쪽이 서로 교류하지 않아[85]　海北海南風馬牛
맑은 가을 마주앉을 줄 어찌 생각했으랴　豈料對榻坐清秋
꿈속 나비는 큰 바다에서 보이지 않으니　夢中胡蝶無滄海
정녕 고향 동산 작은 곳에 들어 노나 보네　定入故園蕞裏遊

○ 다시 축왕의 시에 차운하다 용호

은하수에 오른 신선 배 두우성(斗牛星)[86] 지나는데　溯漢仙査貫斗牛
바람 부는 천상의 전각이 높은 가을이네　金風玉宇正高秋
기자(箕子)의 봉지(封地) 부상(扶桑) 지역에 가까이 있으니
箕封近接桑溟域

85 서로 교류하지 않아 : 『좌전(左傳)』에 "바람난 말과 소조차 이르지 않는다."는 말이 있고 그 주석에 "피차 거리가 멀어 내왕이 없으므로 바람난 말과 소조차 이르지 않는다." 고 하였다. 서로 내왕이 없음을 가리킨다.

86 두우(斗牛) : 이십팔수(二十八宿)에 속하는 북두성(北斗星)과 견우성(牽牛星)이다.

오늘 밤 그대와 노는 것 기이해 하지 마오 莫怪今宵與子遊

○ 경호께 받들어 화답하다 본운은 앞에 나온다 축왕

함부로 작은 벌레소리 뱉는 것 부끄러워 慚羞妄吐小蟲音
천년 만에 나온 척지금성(擲地金聲)[87]에 견줄 수 없네 不比千年擲地金
흰 망아지를 학의 나이만큼 살게 한다면 若使白駒成鶴筭
문득 오늘 밤에 이 마음을 다하게 할 텐데 更教今夜竭斯心

○ 용호 선생의 시에 받들어 화운하다 본운은 앞에 나온다 축왕

만 리 길에 비단 돛이 석양을 가로막으니 萬里錦帆礙夕陽
발길 머문 객관에는 땅거미가 지려하네 行蹤寄館欲昏黃
주옥같은 글을 받아낸 백추지(白硾紙)[88] 아니라면 如非白硾受珠唾
천년 후에 이 고을에서 노닌 걸 어찌 알랴 千載爭知遊此鄉

---

87 척지금성(擲地金聲) : 진(晉)나라 손작(孫綽)이 천태산부(天台山賦)를 지은 후 벗인 범영기(范榮期)에게 "이 글을 땅에 던졌더니 금속 악기 소리가 나더라."고 하자, 범영기가 다 읽고 나서 과연 칭찬을 끝없이 하였다고 한다. 이후로 훌륭한 시문을 뜻하게 되었다. 『진서(晉書)』권56「손작전(孫綽傳)」.

88 백추지(白硾紙) : 신라 시대 이래로 한반도에서 만든 닥나무 종이가 희고도 단단하여 붙여진 이름이다.

○ 축왕 사백께 받들어 드리다 동곽

사내에게 의로운 기 있는 것을 男兒有義氣
누가 꺼리고 또 누가 싫어하랴 誰憚更誰嫌
내 움츠린 것 스스로 반성하니 自反吾能縮
앞으로는 죽음도 달가워하리 直前死亦甘

○ 동곽의 시에 받들어 화운하다 축왕

큰 바다의 물결이 누각만 한데 滄海波如閣
곧장 오는 것 끝내 꺼리지 않네 直來終不嫌
보고 들을 뿐인 공적인 길이라 公程唯見耳
고달픔도 달가워할 수 있으리 辛苦亦能甘

○ 네 군자께 받들어 올리다 같은 이

한성(漢城)이 아득히 멀다 들었는데 漢府聞遼遠
강호(江戶)까지 또한 만 리 여정이네 江城又萬程
중간에 다듬잇돌 갈포 변하고 中間碪葛變
돌아오는 길에 눈서리 생기리 歸路雪霜生
식견 높아도 노인 객으로 맞아 藻鑒客山叟
좌중 귀한 이 나라 명예 떨치네 席珍騁國名
언제 바람 부는 달빛 아래에서 何時風月下
맑게 읊조리며 여명(黎明) 마주하랴 淸嘯對天明

○ 축왕의 고아한 시에 받들어 화운하다 경호

구름 자욱한 산이 몇 만 겹인가	雲山幾萬疊
바닷길이 천 리나 떨어져 있네	海路隔千程
외진 곳이라 반기는 이 드물고	絶域靑眸罕
나그네 시름에 흰 머리 생기네	羈愁雪髮生
내 저녁 경치 마주해 가여운데	憐吾當暮景
그대 높은 명성 있는 것 부러워	羨子有高名
시를 짓고 술 마시는 모임인 듯	似爲詩樽會
가을 창이 밝아지려 하지 않네	秋窓不肯明

○ 축왕 사백의 시에 받들어 차운하다 동곽

사신이 남쪽 나라에 오고가니	使華通南國
언덕과 습지의 길 몇 천 리인가	原隰幾千程
해가 뜨는 곳 하늘가에 가깝고	日域天邊近
가을바람 바다 위에 일어나네	秋風海上生
나그네 차림 먼 길에 시름겹고	行裝愁遠役
문자로는 헛된 명성 부끄럽네	文字愧虛名
나의 마음속을 알려고 하거든	欲識吾心事
밝게 뜬 환한 달을 보아야 하리	須看皎月明

○ 경호 선생께 올리다 거경(居敬)[89]

고요한 맑은 용모 직접 배우고	親炙淸容靜
오롯한 높은 개결(介潔) 우러러보네	仰觀高介專
문사(文辭)는 여수(麗水)[90]에서 나는 금 같고	文辭生麗水
도덕은 남전(藍田)[91]에서 나는 옥 같네	道德産藍田
강은 관동을 향해서 끊어지고	江向關東斷
구름은 바다 북쪽에 이어지네	雲從海北連
알겠노라 풍채가 아름다워서	遙知風采美
달과 같이 옛 현자들 빛내는 걸	冰鑑耀前賢

○ 거경의 주옥같은 시에 받들어 화운하다 경호

자취는 부평초 만난 듯 모이고	蹟類萍逢合
정은 만나 말하면서 깊어지네	情因晤語專
구름 너머 붕새는 북해(北海)를 넘고	雲鵬超北海
선계(仙界) 사는 학은 청전(靑田)[92]에서 우네	仙鶴唳靑田
강의 나무는 가을바람에 지고	江樹秋風落
호수의 성엔 밤비가 이어지네	湖城夜雨連

89 거경(居敬) : 구사바 교케이(草場居敬, 1679~1737)로, 서예가이자 유자다. 이름은 중장(中章), 자는 병장(兵藏), 나가사키(長崎)에서 하야시 도에이(林道榮), 기타지마 셋산(北嶋雪山)에게 사사한 후, 추(萩)의 번주(藩主) 모리 요시히로(毛利吉廣)를 섬겼다.

90 여수(麗水) : 중국 운남성(雲南省)의 유명한 금 산지다.

91 남전(藍田) : 중국 섬서성(陝西省)에 있는 산으로, 유명한 옥 생산지다.

92 청전(靑田) : 신선이 사는 산 이름으로, 밭에서 청지(靑芝)가 나고 학이 산다고 한다.

모르겠네 남국의 나그네 중에 不知南國客
그대 같은 현자 몇이나 있는지 有幾似君賢

○ 용호 선생께 올리다 거경

붕새 푸른 구름 위로 높이 날아올랐다가 高鵬一搏層雲碧
용문(龍門)[93]으로 변하여 저마다 은총 나눠주네 化作龍門各寵頒
예원(藝苑)에서 광채 날리며 예전 가치 더했고 藝苑騰光增舊價
문단에서 윤색하며 참신(斬新)한 것 우러렀네 吟壇潤色仰新刪
칠언시(七言詩)를 뛰어난 차수(叉手)[94]에게 보내려 하니 七言將寄强叉手
천리 길에 처음 본 그 얼굴[95] 기약할 수 없네 千里不期初駐顔
비는 건 신선 배로 돌아가는 조선사행단 爲禱仙槎回漢節
모두 다 한가로운 객수 밝게 드러내기를 賸無不明客愁閑

○ 거경이 보인 시에 받들어 차운하다 용호

험난한 만 리 길의 겹겹 바다를 지났는데 重溟萬里歷危艱
손에 옥함(玉函)과 봉황 끈 받들고 와 나눠주네 手捧琅函鳳綍頒
행차가 패가대(覇家臺)[96]에 이르자 충절[97]을 본받고

93 용문(龍門) : 등용문(登龍門)으로, 명망 높은 조선의 문재들과 만나는 것을 용문에 오르는 것으로 표현하였다.

94 차수(叉手) : 시재(詩才)에 능통한 이를 이른다.

95 그 얼굴 : 얼굴이 늙지 않고 처음 본 그대로의 상태를 말한다.

	行到覇臺忠節挹
길이 자도(慈島)[98]를 지나가니 객수가 줄어드네	路經慈島客愁刪
타향에서 살쩍에 서리 늘었다 하지 마오	異鄕莫道霜添鬢
신령한 땅 얼굴 유지하는 약 어찌 없으랴	靈境那無藥駐顔
잠시 적간관(赤間關) 향해가는 나그네 배 멈추고	暫向赤關停客棹
하룻밤 즐거이 만나 청한(淸閑)함을 읊어보세	一宵良晤占淸閑

○ 범수 선생께 올리다 거경

상서로운 규성(奎星)[99] 백 리 흔들 줄 뉘 알았으랴	誰料瑞奎搖百里
문득 옥과 비단 가지고 가을에 들어왔네	却將玉帛入三秋
명망 높은 이 북쪽 도서 비부(祕府)로 모여들고	譽髦拱北圖書府
맑은 교화 동쪽 인의(仁義)의 갈고리[100]로 돌렸네	淸化回東仁義鉤
수많은 시문(詩文)들이 입술 가에서 생겨나고	千斛明珠生吻上
삼신산의 푸른 바다 가슴 앞에 다가서네	三山碧海逼胸頭
마침 훌륭한 분 따라 큰 자리에 나아가니	適因偉範臨雄席
진중한 채색 빛이 우리 고을에 가득하네	珍重彩光滿敝州

96 패가대(覇家臺) : 나진(那津), 탄진(灘津), 황진(荒津) 등으로 불린 지금의 하카타(博多) 지역을 가리킨다. 구주(九州) 통치의 중진(重鎭)이고 조선과 외교할 때의 요충지다.

97 충절 : 고려 우왕(禑王) 때에 정몽주(鄭夢周, 1337~1392)가 패가대(覇家臺)에 사신을 온 적이 있어서 그의 충절을 들먹인 것으로 보인다.

98 자도(慈島) : 적간관(赤間關) 가기 전에 있는 섬으로, 지도(地島)라고도 한다.

99 규성(奎星) : 문성(文星)으로, 문재가 뛰어난 사람을 비유한다.

100 인의(仁義)의 갈고리 : 교화가 무력으로 대표되는 실제 병기인 갈고리 대신에 인의라는 병기를 사용하도록 한다는 뜻이다.

○ 거경(居敬)의 주옥같은 시에 받들어 차운하다 범수

타지에서 만난 이들 모두가 다 명사(名士)인데 異地相逢總勝流
나그네 길에 명절에다 또 맑은 가을이네 客中佳節又淸秋
밝은 창가 붓에서 이는 구름 보기가 좋고 晴窓喜見雲生筆
바다 위 갈고리에 뜬 달 없는 것 싫어하네 滄海嫌無月印鉤
내 글 기러기에 보내기 어려운 것 가엾고 憐我書難憑雁足
그대 몸 절로 자라 머리[101]에 있는 것 부러워 羨君身自在鰲頭
동쪽으로 와 상호봉시(桑弧蓬矢)[102]의 뜻 이루게 되어
東來可遂蓬桑志
육십주(六十州)[103]를 장쾌하게 모두 다 보려고 하네 壯矚將窮六十州

○ 범수가 화답을 바란 시에 받들어 차운하다 본운은 앞에 나온다 거경

하늘가의 강산 보고 뜻과 취향 똑같아서 天末江山意趣同
곤륜산의 금 현포(玄圃)의 옥 자리에 떨어졌네 崑金圃玉落筵中
학과 용 같은 장화(張華)[104]의 자리 어찌 대적하랴 鶴龍何敵張華座

---

101 자라 머리 : 전설에 따르면 발해(渤海) 동쪽으로 삼신산(三神山)이 있는데 자라가 머리로 그 산을 떠받치고 있다 한다. 그러므로 자리 머리에 있다는 것은 삼신산에 있다는 의미다.

102 상호봉시(桑弧蓬矢) : 뽕나무 활과 쑥대 화살로, 남자가 사방 경략의 뜻 품는 것을 이른다.

103 육십주(六十州) : 일본을 가리킨다.

104 장화(張華, 232~300) : 중국 진대(晋代)의 학자로, 자는 무선(茂先), 범양(范陽) 방

하늘로 퍼지는 시 읊는 소리 보고 놀라네　　驚見韻聲逼碧穹

○ 경호 선생의 시에 받들어 이어 읊다 위와 같다 같은 이

휘하 관리의 마음 옥 같은 소리 마주하니　　麾下吏情對玉音
이역에서 소매 속의 금을 버릴 줄 몰랐네　　不圖異域袖遺金
붓 씻고 글자 운용해 화려한 글 내뱉는데　　吐華洒翰縱横字
고아한 마음에 갚을 말 없는 게 부끄럽네　　極愧無言報雅心

○ 용호 선생의 엄정한 압운에 받들어 화답하다 위와 같다 같은 이

구름길 의관을 갖추고 장양(長陽)에 머무는데　　雲途衣冕寓長陽
두황(杜黃)[105] 좇을 만한 고아한 소리 보고 놀라네　　驚見高聲追杜黃
가을 밤 객당(客堂)에서 자주 다가와서 앉으니　　夜屋秋堂頻促席
고향에까지 퍼지는 광채가 사랑스럽네　　可憐耀彩及家鄉

성(方城) 출신이다. 학식이 높고 시문에 뛰어났다. 혜제(惠帝) 때 태자소부(太子少傅)로 임명되었으나 팔왕(八王)의 난에 조왕륜(趙王倫)에게 살해되었다.

105 두황(杜黃) : 앞의 주 76 참조.

방주(防州)[106] 석국(石國)

○ 학사 사안에 받들어 올리다 규재(圭齋)[107]

돛이 달리 듯 요로진(要路津)[108]에서 바람에 쫓기니	帆駛逐風要路津
엄숙히 채비하는 모습 한 눈에 새롭구나	俶裝肅肅一眸新
깃발이 지금 천 리를 멀다 여기지 않는데	旌旗今不遠千里
두 나라 은덕과 광영에 본래 이웃 있었네	二國德光元有隣

○ 규재(圭齋)가 은혜로이 보인 시에 공경스럽게 차운하다

동곽

가을바람 나를 바닷가 나루로 보내기에	秋風送我到滄津
높은 누각 올라서 본 저녁 경치가 새롭네	乍跡高樓晩眺新
노년에 재주와 힘 쇠하는 것 부끄러우니	自愧暮年才力退
그 여파 잦은데 하물며 고운 이웃 비추랴	餘波頻况照芳隣

106 방주(防州) : 지금 야마구치현(山口縣) 동부에 해당하는 스오주(周防州)의 이칭이다.

107 규재(圭齋) : 우쓰노미야 게이사이(宇都宮圭齋, 1677~1724)로, 에도 중기의 유자다. 우쓰노미야 톤안(宇都宮遯庵)의 아들로 태어나 경도에서 이토 진사이(伊藤仁齋)에게 수학한 후, 스오주(周防州) 이와쿠니(岩國) 번주(藩主)인 기카와 히로미치(吉川廣逹)의 스승이 되었다.

108 요로진(要路津) : 누구라도 지나가지 않을 수 없는 중요한 나루터다.

○ 동곽 학사의 고아한 시에 공경스럽게 받들어 화운하다

규재

수놓은 혀와 비단 입술로 옥진(玉津)[109]을 뱉는데 繡舌錦脣吐玉津
뛰는 용과 춤추는 봉황 와서 보니 새롭네 躍龍舞鳳見來新
지금 우연히 그대 고운 얼굴 만난 곳에서 今辰偶接芝眉處
지척의 가까운 이웃처럼 서로 친해지네 咫尺相親如近隣

○ 우연히 절구 한 수를 지어 규재에게 보내주며 화답을 바라다 경호

우연히 신선 배 쫓아 바다 밖에 노니는데 偶逐仙槎海外遊
상관(上關)의 구름과 이내 가을날에 일렁이네 上關雲烟動高秋
시인에게 객수가 있는 줄 알지 못하고서 騷人不識羈愁在
오히려 등불 앞을 향해 창수하길 구하네 猶向燈前乞唱酬

○ 경호 공의 운(韻)을 받들어 부여잡다 규재

천 리 길의 강산에 기이한 유람 넉넉한데 江山千里足奇遊
맑은 물 상쾌한 하늘이 완연한 가을이네 淸水爽天一色秋
시인이 내게 금옥 같은 시운(詩韻)을 던져주니 騷客投予金玉韻
재주 없이 마주한 채 이어 답함 부끄럽네 不才相對愧賡酬

109 옥진(玉津) : 선약(仙藥)의 이름이다. 『한무고사(漢武故事)』에 "서왕모(西王母)가 최고의 약은 옥진(玉津)과 금장(金漿)이다."라고 한 말이 나온다.

○ 동곽 학사의 안하에 공경스럽게 받들어 올리고 고아한 화답을 구하다 같은 이

사신의 배가 잠시 상관(上關)의 길에 머무르니 星槎暫駐上關路
채색배의 붉은 용이 저녁 햇살 등졌구나 彩鷁紅龍背夕陽
가을 깊어 읊조리는 흥이 좋은 줄을 알고 秋晩定知吟興好
풍년 들어 깃발 드날리는 것을 처음 보네 時豊始見節旄揚
높은 누각에서 본 시야는 드넓은 천지고 高樓眼界乾坤闊
한가한 문에서 남긴 먹은 나는 봉황이네 閑戶墨痕鸞鳳翔
다른 날 우연한 만남을 기약하기 어려워 他日難期萍水會
가만히 읊고 붓 치며 얼마나 애태우려나 沈吟鼓筆幾搜腸

○ 규재 사백이 욕되이 준 시에 받들어 차운하다 동곽

단풍과 국화를 보니 가을 깊어가려는데 赤葉黃花秋欲老
해협의 비바람에 중양절이 가까워지네 海門風雨近重陽
계절이 저물어가 나그네 시름 일렁이고 天時晼晩羈愁動
경치가 청량하여 갑작스런 흥취 오르네 物色凄淸謖興揚
언뜻 고상한 인품을 뵈니 학처럼 서 있고 乍接高標如鶴立
문득 좋은 시를 부여잡고 공작처럼 나네 更攀佳什似雀翔
늘그막에 쇠하는 재주 점차 부끄러우니 白頭漸愧才全退
사마상여(司馬相如)의 금수장(錦繡腸)[110]이라고 부르지 마오

110 금수장(錦繡腸) : 비단으로 수놓은 창자라는 뜻으로, 사람의 뱃속에 주옥같은 재주가 가득하여 아름다운 시문을 잘 지어낼 때 사용하는 표현이다.

司馬休稱錦纁腸

○ 동곽 학사의 고아한 시에 다시 받들어 화운하다 규재

오랫동안 명예가 평범한 귀 놀라게 하니　　多年名譽驚凡耳
모린(慕藺)[111]이 이미 해를 향하는 해바라기 같네　　慕藺已如葵向陽
이내 비가 산을 감싸 안아 구름 아득하고　　烟雨擁山雲漠漠
강바람이 깃발 펄럭여 그 기세 드높구나　　江風靡節氣揚揚
별천지에서 보내는 세월에 가을 저물고　　醉鄕日月秋空晩
고국에는 동서로 기러기가 절로 날겠지　　故國東西雁自翔
운(韻) 하나 내게 던져 귀한 구슬[112] 주는 듯하니　　一韻投予瓊琚賜
묘한 시구로 시름겨운 마음 씻는 줄 아네　　始知妙句洗愁腸

○ 경호 공의 사안에 삼가 받들어 올리다 같은 이

시절은 가을이 저물어가는 철　　時維秋季節
기러기 떼[113] 긴 하늘에 빼곡하네　　雁字點長空

111 모린(慕藺) : 『사기(史記)』「사마상여전(司馬相如傳)」에 따르면, 한(漢) 나라 사람 사마상여(司馬相如)가 전국 시대 조(趙) 나라 사람 인상여(藺相如)의 사람됨을 사모하여 자기 이름을 상여(相如)라 하였다고 한다. 여기에서는 빙문(聘問)의 위의(威儀)가 성대한 조선 사행단의 일원인 동곽(東郭) 학사의 사람됨을 인상여에 견주어 사모하는 정을 표현한 것이다.

112 귀한 구슬 : 『시경(詩經)』「목과편(木瓜篇)」에 "나에게 모과를 던져주기에 귀한 구슬로 보답한다.[投我以木瓜, 報之以瓊琚.]"라 하였다.

113 기러기 떼 : 일(一) 자 형을 이루며 나는 기러기 떼를 안자(雁字)라고 한다.

글 배를 배불리 먼저 채웠기에　書腹飽先滿
벼루 밭[114]을 갈아 절로 넉넉하네　硯田耕自豐
생황과 노래는 술 깬 뒤에 하고　笙歌酒醒後
바람과 달은 배 뜬 동안에 보네　風月舶浮中
방언이 다르다 한하지 말지니　無恨方言別
사귀는 자리에 정 가장 진하네　交筵情最濃

○ 규재의 주옥같은 시에 받들어 화운하다 경호

산 위엔 마을 객관과 이어지고　峯上村連館
누각 앞엔 물이 하늘과 맞닿네　樓前水接空
병혈(丙穴)[115]의 질이 좋은 고기를 삶고　嘉魚烹丙穴
신풍(新豐)[116]의 맛이 있는 술을 따르네　美酒酌新豊
달은 나는 물결 너머로 잠기고　月浸飛波外
산은 가랑비 속으로 희미하네　山迷小雨中
배 대고 오늘 저녁 길게 보내니　維舟永今夕
베개 높이 하여 흥 더욱 진하네　高枕興全濃

114 벼루 밭 : 문인들이 생계를 위해 글을 쓸 때, 벼루를 농사짓는 밭에 비유하여 이르는 말이다.

115 병혈(丙穴) : 중국 대병산(大丙山)의 동혈(洞穴)이다. 좌사(左思)의 「촉도부(蜀都賦)」에 "질이 좋은 고기가 병혈에서 난다."고 하였다.

116 신풍(新豐) : 한나라 장안(長安)에 속하는 현(縣)의 이름으로, 유명한 술인 신풍주(新豐酒)의 산지다.

파주(播州)[117] 실진(室津)[118]

○ 움푹한 돌 한 조각을 조선국의 이학사에게 보여주고 돌 뒷면에 시를 써주길 바라다 감곡(甘谷)[119]

딱딱하게 생긴 작은 돌 그 기세가 드높아　　頑然小石勢崢嶸
오늘 그대 번거롭게 이것의 이름을 묻네　　今日煩君此問名
끝내 어디에 쓰는 것인지 알기를 바라니　　乞得到頭何用處
천추의 좋은 얘기로 길마다 영광 전하리　　千秋佳話路傳榮

○ 감곡 사백이 내게 돌의 뒷면에 시를 써주길 바랐기에 차운하여 받들어 사례하다 동곽(東郭)

막 주먹만 한 돌 가지고 뽐냄이 드높으니　　强將拳石詫崢嶸
시인으로 이름나길 좋아하는 것 우습네　　可笑詞人寂喜名
새 시를 쓰고자 하나 엉성함 부끄러운데　　欲寫新詩慚活沸
미물에서 갑자기 영광 생긴다 하지 마오　　莫言微物頓生榮

117 파주(播州) : 앞의 주 27 참조.

118 실진(室津) : 지금 효고현(兵庫縣) 서부에 해당하는 지역의 옛 이름이다.

119 감곡(甘谷) : 스가이 칸코쿠(菅井甘谷, 1691~1764)으로, 에도(江戶) 중기의 유자다. 에도에서 오규 소라이(荻生徂徠)에게 사사한 후 대판(大坂)에 살면서 후진을 양성하여 대판조래학(大坂徂徠學)의 시조가 되었다.

산주(山州)[120] 전(淀)[121]

○ 용호, 범수 두 공께 올리다 백산(柏山)[122]

바닷바람에 만 리 먼 붕새의 길[123] 즐거운데 海風萬里快鵬程
도성에서 고삐 잡으니 가을이 한창 맑네 攬轡都城秋正淸
대려(帶礪)[124]토록 두 나라의 우호를 길이 닦으나 帶礪永修兩邦好
산천은 독실하게 한 지역의 영재를 낳네 山川篤産一方英
달에서 계수나무 부여잡아 손 향기롭고 月宮攀桂手應馥
밤 누각에서 명아주 비춰 눈이 절로 밝네 夜閣照藜眼自明
천년 만에 만남 운수가 있음을 알겠으니 千載萍逢知有數
어리(御李)[125]를 허락받아 평생의 위안 삼았으면 幸容御李慰生平

○ 백산 사백이 보인 시에 받들어 화운하다 용호(龍湖)

물길 배로 다 건너고 나니 다시 육로인데 鷁路舫窮復驛程

120 산주(山州) : 산성주(山城州)의 다른 이름으로, 지금 교토(京都) 남동부에 해당한다.

121 전(淀) : 교토(京都) 후시미구(伏見區) 남서부의 지명이다. 우치천(宇治川), 계천(桂川), 목진천(木津川)이 모이는 지점에 가까워 항구로 번성하였다.

122 백산(柏山) : 이시카와 하쿠잔(石川柏山, 1665~1732)으로, 에도(江戶) 전기~중기의 서예가다. 향보(享保) 6년 막부의 명령에 따라 중국 명대(明代)의 교훈집인 『육유연의대의(六諭衍義大意)』를 청서(淸書)하였다.

123 붕새의 길 : 붕새가 날아가는 먼 길이란 뜻으로, 머나먼 여행길을 가리킨다.

124 대려(帶礪) : 산하대려(山河帶礪)로, 황하가 허리띠처럼 좁아지고 태산이 숫돌처럼 작아지도록 맹세가 변하지 않음을 뜻한다.

125 어리(御李) : 현자(賢者)를 경모(敬慕)한다는 뜻으로, 후한(後漢)의 순상(荀爽)이 이응(李膺)을 위해 어자(御者)가 된 것을 기뻐하였다는 고사에서 유래하였다.

비 갠 뒤의 가을 경치가 정녕 맑고도 맑네 雨餘秋色正澄淸
선계(仙界)에는 예로부터 기이한 일 많다더니 仙區從古多奇勝
산천의 맑은 기가 지금 영재에게 모였네 淑氣于今鍾儁英
고아한 운치 경림(瓊林)[126] 고운 나무에서 나오고 雅致瓊林瑤樹出
새로운 시 교실(鮫室)[127]의 귀한 구슬처럼 밝구나 新詩鮫室寶珠明
그대의 달필을 보니 진정 강한 적수라서 看君健筆眞勍敵
굴원(屈原)의 루와 미불(米芾)의 담 눈 밑에 평평하네
屈壘米墻眼底平

○ 백산 사백이 은혜로이 준 시에 받들어 차운하다 범수(泛叟)

배 멈추고 오늘 저녁 비로소 길에 오르니 停槎今夕始登程
비가 강가의 성을 적신 후 갠 경치 맑구나 雨浥江城霽景淸
천 리 길의 산과 강마다 빼어난 경치 많고 千里山河多絶勝
한 나라의 인물들이 모두 호걸영웅(豪傑英雄)이네 一邦人物盡豪英
넓은 바다에서 문득 천지가 큰 걸 깨닫고 窮溟更覺乾坤大
별천지에서 비로소 해와 달 밝음을 아네 別界方知日月明
우리들 서로 만난 것 어찌 우연이겠는가 吾輩相逢豈偶爾
태평성세 맞아 백 년 동안 교린우호(交隣友好)하네
百年隣好際昇平

---

126 경림(瓊林) : 옥 같은 나무와 꽃들로 가득하다는 선계(仙界)의 숲이다.

127 교실(鮫室) : 용궁(龍宮)이란 뜻으로, 『술이기(述異記)』에 "남쪽 바다에 물고기처럼 생긴 교인(鮫人)이 방에서 베 짜는 일을 멈추지 않는데 눈물을 떨어뜨리면 구슬이 된다."고 하였다.

○ 자리에서 갑자기 지어 용호와 범수에게 올리며 글자 써 주길 바라다 백산(柏山)

예전 금마문(金馬門)[128]과 옥당전(玉堂殿)의 신선이었는데 從來金馬玉堂仙
붓 휘두르고서야 지금의 미전(米顚)[129]인 줄 아네 揮翰方看今米顚
그대 환아(換鵝)[130]하는 솜씨를 아끼지 않는다면 君若不慳換鵝手
채색 무지개 자줏빛 연못의 이내 없애리 彩虹一掃紫潭烟

○ 백산이 글자 써주길 바란 시에 다시 차운하다 용호(龍湖)

봉래산에서 이날 진정한 신선 찾았는데 蓬山此日訪眞仙
늙어 눈이 이마에 가득하니 이걸 어쩔까 奈此頹齡雪滿顚
붓으로 쓰는 핵심 아직 배우지 않았으니 未學筆家三昧法
붓 휘두른들 어찌 구름과 이내를 없애랴 毫那得洒雲烟

128 금마문(金馬門) : 한나라 때 학사들을 초대하던 곳이었으나 후에 한림원이나 한림학사를 지칭하는 말이 되었다.

129 미전(米顚) : 북송(北宋)의 서화가(書畫家)인 미불(米芾)의 별호다.

130 환아(換鵝) : 글씨를 써 거위와 바꾼다는 말이다. 왕희지(王羲之)가 거위[鵝]를 좋아하여 산음(山陰)의 도사(道士)에게 한 마리 달라고 청하자, 도사가 "『황정경(黃庭經)』을 써주면 드리겠다."고 하므로 결국 『황정경(黃庭經)』을 써주고 거위와 바꾸어 돌아왔다고 한다.

○ 백산의 주옥같은 시에 받들어 차운하다 범수(泛叟)

누각 배 백 척이나 솟아 신선들 받드는데　　樓船百尺奉群仙
세상 속된 사람 눈 가득한 이마 부끄럽네　　半世塵人愧雪顚
절로 훨훨 날아 신선 되고픈 마음 있으니　　自有飄飄羽化意
이제부터 차라리 날 음식을 먹으려 하네　　從今寧欲食無烟

○ 붓을 달려 술을 권하다 백산(柏山)

서로 만나서 문장을 마시느라　　相遇文章飮
밤 이미 깊었음을 알지 못했네　　不知夜已央
독우(督郵)[131]의 모짐 싫어하지 않으니　　不嫌督郵惡
그대 술잔을 연거푸 들이키길　　君幸累盃觴

○ 백산 사백의 시에 화운하다 용호(龍湖)

타국에서 시 짓는 문사(文士)를 만나　　異邦逢韻士
좋은 만남에 즐거움 끝이 없네　　良晤樂無央
마음 같은 그대에게 말하노니　　爲語同心子
사양치 말고 백 잔을 다 비우길　　莫辭盡百觴

131 독우(督郵) : 지방 행정을 감찰하기 위해 나온 관원이다.

○ **갈다** 범수(泛叟)

화려한 촛불 대낮처럼 밝으니 華燭明如晝
가을밤이 아직 끝나지 않았네 秋宵尙未央
그대 좋은 시구(詩句) 지을 수 있다면 君能成好句
내가 어찌 큰 술잔을 거절하랴 吾豈拒深觴

○ **거듭 화답하다** 백산(柏山)

마음 비우기 배 띄우는 것 같아 虛心似泛艖
둥둥 바다 한 가운데에 떠있네 拍拍海中央
잠시 만났으나 친구와 같으니 傾蓋渾如故
어찌 술잔을 비우지 않겠는가 豈無罄酒觴

근주(近州)[132] 대진(大津)[133]

○ **이학사 탑하에 받들어 올리다** 공도자(空圖子)[134]

바다와 육지 백 리 길을 더위와 서늘함 속에 부딪치며 지났고 점차 추운 계절로 향해 가는데 도중에 별 탈 없이 대명을 전하고 벌써 여기

132 근주(近州) : 오우미(近江)로, 지금의 시가현(滋賀縣)에 해당한다.

133 대진(大津) : 시가현(滋賀縣) 남서부의 도시로, 예로부터 수륙교통(水陸交通)의 요지(要地)다.

134 공도자(空圖子) : 가와노 구즈시(河野空圖子)로, 노슈(濃州) 오가키(大垣)의 의원이다.

에 이르렀으니 마음이 기쁘고 마음이 기쁩니다. 저는 성이 하야(河野), 이름이 현광(玄廣), 자가 통요(通堯), 호가 공도자(空圖子)입니다. 오랫동안 고매한 의표를 들어 용문(龍門)[135]에서 한번 뵙고 싶었는데 다행히 반가운 만남을 입게 되었으니 숙원이 갑자기 이루어졌습니다. 진실로 볼품없는 시 한 장을 받들어 올리니 질정하는 화답을 주시면 무엇이 이보다 더 다행이겠습니까.

붕새 날개를 푸른 바다 바람에 높이 펼쳐	鵬翼高張蒼海風
만 리 박차고 올라 하늘 동쪽으로 옮겼네	一搏萬里徙天東
잠시 동안 얼핏 큰 호수 가에서 쉬었다가	暫時乍息太湖上
떠나려고 하니 구름과 무지개 사라지네	欲去絶雲又絶虹

○ 공도자가 준 시에 붓을 달려 차운하다 동곽

부상 바다 만 리 길에 돛 가득 바람 받으며	桑溟萬里一帆風
옥 부절이 가을을 타고 일본에 이르렀네	玉節乘秋到日東
오늘 아침에 단란하게 모인 역참 길에서	驛路今朝團會處
그대 문채(文彩)가 갠 무지개 끊은 걸 사랑하네	愛君詞彩截晴虹

○ 경호 홍공의 안하에 받들어 올리다 공도자

사명산(四明山) 신선[136]을 다행히도 알게 되었으니	四明仙客幸相知

135 용문(龍門) : 앞의 주 93 참조.

맑은 지조 꼿꼿해 소나무 잣나무 자태네 淸操亭亭松柏姿
예전 경호(鏡湖)[137] 물가로 보내던 일 떠오르는데 想像前將鏡湖水
은혜와 영광은 아마도 먼 시기에 있겠지 恩榮應是在遠期

○ 공도 사객께 받들어 화답하다 경호

그 영향을 평생 동안 본디 알지 못했는데 影響平生素不知
서로 만나 절로 빛나는 자태를 사랑하네 相逢自愛烱然姿
내 떠나는 날 바로 매화 향 나는 계절이니 吾行正是梅香節
한 자리에서 시를 논할 훗날 기약 있으리 一榻論詩有後期

○ 홍공이 준 시에 붓을 달려 차운하다 공도자(空圖子)

멀리서 온 나그네 아는 이 없다 하지 마오 勿言遠客莫相知
역참 길의 강과 산은 자태 달리하지 않네 驛路江山不異姿
시구(詩句) 꾸미는 데 서툰 것 어찌 부끄러우랴 何恥彫蟲詩句拙
마음속 뱉어내어 사귀는 기약을 다하네 心肝吐出盡交期

136 사명산(四明山) 신선 : 사명산의 광객(狂客)이었던 하지장(賀知章)을 가리킨다.

137 경호(鏡湖) : 중국 절강성(浙江省) 소흥현(紹興縣)에 있는 감호(鑑湖)의 별칭으로, 하지장이 귀향해 노년을 보낸 곳이다. 여기에서는 홍순연(洪舜衍)의 호가 경호(鏡湖)인 점에 착안하여 하지장이 귀향한 경호(鏡湖)와 연결 지은 것이다.

농주(濃州)[138] 대원(大垣)[139]

○ 이동곽 학사의 좌우에 받들어 올리다 국은(菊隱)

나그네 먼 곳에서부터 일본으로 왔는데	客自遠方來日東
잠시 만나 봄바람에 앉을 줄 생각 못했네	不料傾蓋坐春風
말이야 다르더라도 글자가 어찌 다르랴	語言雖異字何異
종위 위와 붓 끝에서 두 나라가 통해지네	紙面筆頭兩國通

○ 국은(菊隱) 사노가 욕되이 보인 시에 공경스럽게 차운하다

동곽

남녘 상서로운 광채가 하늘 동쪽 비추니	南躔瑞彩照天東
땅 위 여윈 신선에게 예스러운 풍모 있네	地上癯仙有古風
오늘밤에 좋은 성품 보게 된 것 다행인데	自幸今宵瞻德宇
진심을 어찌 말이 통하길 기다려 전하랴	寸心何待語言通

○ 국은 노사백이 동곽에게 준 시에 공경스럽게 차운하다

범수

명성이 일찍이 일본을 독차지하였으니	聲名早擅日本東
늘그막에도 옛 선비의 풍모를 간직했네	頭白猶存古士風

138 농주(濃州) : 미노(美濃)로, 지금의 기후현(岐阜縣) 남부에 해당한다.
139 대원(大垣) : 기후현(岐阜縣) 남서부의 지명이다.

스스로 말하길 내 올해 나이가 여든인데 自道吾今年八十
바다로 오가는 사신 배 다섯 번 보았다고 滄溟五見使槎通

○ 동곽 이공의 여탑 아래에 공경스럽게 여쭙다 수월(隨月)

바다와 깊은 산에 바람과 물결이 때때로 있었으나 별 탈 없이 넘거나 건너 세 사신의 거동이 맑고 빼어난 채로 이곳에 사신 행차를 머물게 하니 이는 남쪽 나라의 지극한 경사입니다. 우리 객관의 주인 같은 분도 손뼉 치며 기뻐함에 남음이 있습니다. 또 존귀한 공이 문형(文衡)[140]의 선발에 응하여 와서 교린우호를 다지는 것은 실로 이번 사행의 중요한 임무입니다. 삼가 6월 무더위를 받아가며 한양을 떠났는데 지금 가을이 이미 지났으니 먼 길의 노고와 여러 날의 회포를 경복(更僕)[141]한들 어찌 다하겠습니까. 비록 그러하나 상호(桑弧)[142]의 초심(初心)을 이루어 하늘 끝에서의 장쾌한 유람을 다하는 것은 선비로서 영광으로 여기는 것이니 누가 부러워하지 않겠습니까. 몸을 귀하고 중하게 여기기를 간절히 빕니다. 이에 거친 시 한 편을 받들어 여행의 적막함을 달랠 웃음거리로 갖추니 고명(高明)함을 더럽힌다고 허물하지 마십시오.

140 문형(文衡) : 조선시대의 대제학(大提學)을 달리 이르는 말이다.

141 경복(更僕) : 말을 하다가 지치면 종을 바꾸어 가며 말하는 것으로, 얘기가 매우 길다는 뜻이다.

142 상호(桑弧) : 앞의 주 102 참조.

개운포(開雲浦)에 댄 배 고래 물결 치고 나가는데　開雲艤舸撲鯨濤
멀리 바다 동쪽 향해 채색 붓 비녀로 삼네　遙向海東簪彩毫
만 리 길의 괴로움 그대 싫어하지 말지니　萬里苦辛君莫厭
예로부터 전대(專對)[143]의 일 영재(英才) 전속이었다오　由來專對屬英髦

일찍이 "개운(開雲)은 부산의 나루를 여는 곳이다."라고 들었다. 嘗聞開雲者釜山開津處也.

○ 수월 사선의 시에 받들어 차운하다 동곽

가벼운 배 바람과 물결에 따라 출몰하니　輕舟出沒任風濤
사람 목숨 예로부터 하나의 터럭과 같네　命從來似一毫
편안히 건너 오늘 모임을 하게 되었는데　利涉仍成今日會
자리의 이름난 이들 모두 당시의 준재네　一筵名勝總時髦

○ 경호 홍공의 음단에 삼가 받들다 수월

사신 기 가을바람에 유유히 흔들리는데　悠悠文旆動西風
봉래 섬의 갈대 언덕[144]으로 뱃길이 통하네　蓬島葦原鷁路通

143 전대(專對) : 외국에 사신 가서 물음을 혼자 받아 독자적으로 응대하여 처리하는 일을 가리킨다. 『논어(論語)』「자로(子路)」에 "시 삼백 편을 외워도 정치를 맡겼을 때에 제대로 해내지 못하고 사방(四方)에 사신으로 나가 전담하여 응대[專對] 못하면 비록 많이 외운다 한들 또한 어디에 쓰겠는가.[誦詩三百, 授之以政, 不達, 使於四方, 不能專對, 雖多, 亦奚以爲.]"라고 한 데서 유래한다.

144 갈대 언덕 : 일본의 별칭이다.

바다 벼루 구름 종이 가는 곳마다 있으니 海硯雲箋行處在
푸른 하늘에 걸린 무지개 붓 우러러 보네 仰看虹筆挂蒼穹

○ 수월이 준 시에 삼가 차운하다 경호(鏡湖)

외진 나라와 풍속 같지 않다 어찌 따지랴 何論絶國不同風
전하는 말 기다리지 않고 뜻 이미 통하네 無待傳言意已通
힘써 하리곡(下里曲)[145]으로 백설가(白雪歌)[146]에 답하고 나서 强把里音酬白雪
먼 하늘에 걸린 새로 뜬 달을 일어나 보네 起看新月掛遙穹

○ 용호 엄공의 사안에 공경스럽게 받들다 수월

신령한 배 노로 큰 바다의 물결을 가르며 棹破靈槎滄海波
사신이 하룻밤 동안에 이곳을 지나왔네 使臣一夜此經過
좋은 인연은 천년의 운수 있어야 하는데 良緣千載有天數
아름다운 사람 만나서 옥가(玉珂)[147]를 부여잡네 邂逅佳人攀玉珂

145 하리곡(下里曲) : '파인(巴人)'과 함께 초(楚)나라 때의 대표적인 저속한 시나 노래다. 저속한 노래는 수천 명이 따라 부르지만 고상한 '백설(白雪)'이나 '양춘(陽春)'의 노래는 너무 어려워서 겨우 수십 명밖에 따라 부르지 못한다는 이야기가 송옥(宋玉)의 「대초왕문(對楚王問)」에 나온다.

146 백설가(白雪歌) : 양춘곡(陽春曲)과 함께 손꼽히는 초(楚) 나라의 2대 명곡으로, 내용이 매우 고상하다.

147 옥가(玉珂) : 옥으로 장식한 말의 굴레를 말한다.

○ 수월 사백이 보인 시에 받들어 화운하다 용호(龍湖)

십 리 잔잔한 호수의 푸른 물결을 보는데 十里平湖瞰碧波
사신의 배 이곳에 잠시 동안 들리러 왔네 星槎此地暫來過
그대들 고삐 이어가며 부지런히 찾으니 諸君連轡勤相訪
걸어오는 청총마(靑驄馬)[148]는 흰 옥가(玉珂)를 매었구나
蹀躞靑驄白玉珂

○ 범수 남공의 오우(梧右)에 공경스럽게 받들다 수월

상서로운 바람 호송하여 동해로 향하니 祥風護送向東瀛
비오거나 갤 때에 시를 읊는 만 리 길이네 吟雨嘯晴萬里程
먼지 이는 세속 저 너머로 의기 드높은데 意氣揚揚塵俗外
명성이 기경(箕京)[149]에서 으뜸임을 미뤄 알겠네 料知聲聞冠箕京

○ 수월 대사(大士)가 은혜로이 준 시에 받들어 차운하다

범수

사신의 배 만 리 길이나 봉영(蓬瀛)[150]에 떠 있더니

---

148 청총마(靑驄馬) : 갈기와 꼬리가 파르스름한 말이다.

149 기경(箕京) : 기자(箕子)가 도읍한 평양(平壤)을 가리키나 여기에서는 조선의 수도인 한양을 뜻하는 것으로 보아야 한다.

150 봉영(蓬瀛) : 봉래(蓬萊)와 영주(瀛洲)의 병칭으로, 방장(方丈)과 함께 바다 가운데 있다고 전하는 삼신산(三神山)을 가리킨다.

	星槎萬里泛蓬瀛
물길 다 건너고 나서 육지의 길로 오르네	涉盡波程上陸程
객관에서 만나는 이 빼어난 선비 많은데	客館逢迎多俊士
막 문채(文彩)가 동쪽 도성에 머문 까닭 알겠네	方知文彩止東京

○ 학사 이공 안하에 삼가 여쭙다 곤면재(困勉齋)

물결 이는 만 리 길, 산 천 리 길에 그 어려움과 노고를 어찌 생각하지 못하겠습니까. 하늘의 도가 선함을 경사스러워하여 거동이 아름답고도 화창한 것은 실로 피차간의 복입니다. 이 저녁 여기에 화려한 깃발 머물러 객관에서 귀한 모습 뵙는 건 천 년만의 한 번 만남이고 오랜 바람입니다. 지금 어초(漁樵)[151]의 누추함을 살피지 않고 썩은 나무[152]의 자질을 부끄러워하지 않은 채 거친 시 한 편을 지어 공의 궤하에 올립니다. 완적(阮籍)의 반기는 눈[153]을 허락하여 질정하는 자상한 가르침을 내려주길 엎드려 바랍니다.

사신의 배 선린하려 멀리 만 리 길 왔는데	萬里星槎遠善隣

151 어초(漁樵) : 물고기를 잡거나 땔나무를 하는 것으로, 하찮은 일에 속한다.

152 썩은 나무 : 사람됨이나 자질이 부족한 사람을 비유한 것으로, 『논어(論語)』「공야장(公冶長)」에 "썩은 나무는 새길 수 없고 거름흙으로 된 담은 흙손질할 수 없다.[朽木, 不可雕也, 糞土之牆, 不可杇也.]"라 하였다.

153 완적(阮籍)의 반기는 눈 : 삼국 시대 위(魏)나라 완적(阮籍)이 저속한 사람을 만나면 백안(白眼), 곧 흰 눈자위를 드러내어 경멸하는 뜻을 보이고 의기투합하는 사람을 만나면 청안(靑眼), 곧 검은 눈동자로 대하여 반기는 뜻을 드러냈다고 한다. 『세설신어(世說新語)』「간오(簡傲)」.

동쪽과 서쪽의 경치 모두 맑고 새롭구나 東西風色共淸新
재주 없이 다행히도 밝은 세상을 만나서 不才幸遇休明世
다른 곳의 군자다운 사람을 직접 보았네 親見殊方君子人

○ 곤면재 사선의 시에 받들어 차운하다 동곽

저물녘 부상 지역에서 좋은 이웃 얻으니 晩從桑域得芳隣
세상 너머 신선의 모습 볼수록 더 새롭네 世外仙標見更新
아양곡(峨洋曲)[154] 한 곡조를 거문고로 연주하기에 須把峨洋彈一曲
늙은이 외람되이 소리 완상하는 이 되네 老夫叨作賞音人

○ 경호 홍공의 안하에 받들어 올리다 곤면재

흰 배에 푸른 발 드리운 채 일본에 이르니 白舫靑簾至日東
향기로운 맹약은 썩지 않고 무궁하리라 芳盟不朽及無窮
옛날에 기자(箕子)가 인(仁)으로 사람을 교화하여 昔時箕子仁人化
지금에도 덕스런 풍속의 문물 우러르네 文物今猶仰德風

154 아양곡(峨洋曲) : 거문고로 연주한 뛰어난 곡을 뜻하는 말이다. 거문고의 명인인 백아(伯牙)가 높은 산을 연주하자 종자기(鍾子期)가 "드높기(峨峨)가 태산과 같다." 하였고, 흐르는 물을 연주하자 다시 "넓기(洋洋)가 강하와 같다."고 한 고사에서 유래하였다. 『열자(列子)』「탕문(湯問)」.

○ 곤면재가 준 시에 받들어 화운하다 경호

문채를 지금 바다 동쪽에 떨치게 한다면 文彩如今振海東
하늘 너머 땅 끝까지 다 퍼져도 괜찮으리 不關天外地維窮
두 나라의 인사들이 맞아 만나는 곳에서 兩邦人士逢迎處
저마다 방언으로 나라의 풍속을 묻는데 各把方言問國風

○ 용호 엄공의 안하에 받들어 올리다 곤면재

바닷물이 아득하여 하늘가로 흐르는데 積水渺茫天際流
나라의 정화가 멀리 사신의 배를 비추네 國華遠映使星舟
너그러이 새로 사귄 선비 버리지 말지니 寬容勿棄新交士
격의 없이 마음을 알아 좋은 밤 노닐기에 不隔心知良夜遊

○ 곤면재가 보인 시에 받들어 차운하다 용호

나그네 길에 세월이 물을 쫓아 흐르는데 客裡年光逐水流
언제 다시 낭화(浪華)에 배를 띄울 수 있으려나 幾時重泛浪華舟
선계(仙界)에서 다행히도 시에 능한 선비 만나 仙區幸遇能詩士
좋은 밤 기뻐서 촛불을 잡고[155] 노닐게 되네 良夜欣成秉燭遊

155 촛불을 잡고 : 앞의 주 6 참조.

○ 범수 남공의 안하에 받들어 올리다 곤면재

찬바람이 갠 창에 불어 밤기운 다해가니　　朔吹晴窓夜色闌
불 밝혀 시 논하느라 시계 소리 잦아드네　　論詩剪燭漏聲殘
바쁜 객관에서 잠시 동안 흥이 일었는데　　忽忽旅館暫時興
바다 동쪽에서 못다 한 즐거움 아쉬우리　　深惜海東未盡歡

○ 곤면재가 준 시에 받들어 차운하다 범수

먼 길을 달려오느라 밤이 이미 다했는데　　長道駈馳夜已闌
촛불 앞에서 객을 맞아 다시 심지 돋우네　　燭前迎客更挑殘
만약 오늘 밤의 모임에 시문과 술 없다면　　倘無文酒今宵會
훗날 두 나라의 즐거웠던 광경 누가 알랴　　他日誰知兩國歡

○ 동곽 이공의 사안에 받들어 올리고 아울러 경호 홍공, 용호 엄공, 범수 남공 세 사백께 올리다 춘죽(春竹)[156]

무사히 산 넘고 바다 건너 사신의 수레가 여기에 이르러 다행히도 귀한 얼굴 뵙게 되니 박수 치며 기뻐함을 어찌 이루 다 하겠습니까. 아무렇게나 거친 시 절구(絶句) 한 수를 지어서 근엄한 귀를 더럽힙니다.

산을 넘고 물을 건너는 먼 만 리의 여정에　　跋涉山川萬里程

156 춘죽(春竹) : 기타오 슌치쿠(北尾春竹)로, 의원인 기타오 슌포(北尾春圃)의 아들이다.

깃발이 잠시 동안 대원(大垣)의 성에 머무르네 旌旗暫駐大垣城
오늘 밤 다행히 한림의 나그네와 만나니 今宵幸遇翰林客
맑은 얘기에 문득 비루한 마음 사라지네 淸語忽消鄙吝情

○ 춘죽 사선이 보인 시에 받들어 차운하다 동곽

여기에서 동쪽 도성까지 몇 백 리 길인가 此去東都幾百程
아름답고 고운 대원(大垣) 또한 웅장한 성이네 大垣佳麗亦雄城
하늘가에서의 나그네살이 묻지 말지니 天涯客況休相問
작은 촛불 켠 빈 객당(客堂) 고국의 정 가득하네 小燭虛堂故國情

○ 춘죽이 준 시에 받들어 화운하다 경호

강호(江戶)에서 여기까지 천 리나 떨어졌는데 江關此去隔千程
오늘 밤 사신의 수레 바다 성에 머무르네 今夜星軺駐海城
우연히 새로 안 벗과 함께 서로 창화하니 偶與新知相唱和
지은 시엔 대부분 고향 떠올리는 정이네 詩成多是憶鄕情

○ 춘죽이 보인 시에 받들어 차운하다 용호

바다와 육지 험난한 먼 나그네의 여정에 海陸間關遠客程
가는 수레 하룻밤 외로운 성에 머무르네 征軺一夜駐孤城
타국이라 지기(知己)[157]가 없다고 말하지 말지니 殊方莫道無知己
새로 안 친구의 정성스런 정 느껴서라오 爲感新知款款情

○ 춘죽이 준 시에 받들어 차운하다 범수

동남쪽으로 바다 너머의 길 다 건넜는데 涉盡東南海外程
오늘 아침에는 이미 좌화성(佐和城)[158]을 지나왔네 今朝已過佐和城
만 리 길의 타국에서 말하는 사람 없으니 殊方萬里無人語
힘써 새로운 사람 사귀어 친구의 정 맺네 强結新知作舊情

○ 방주공의 사안에 올리다 춘죽

시문의 불꽃 만 길이나 하늘로 치솟으니 文炎萬丈徹長天
빼어난 커다란 재목이 호연함 압도하네 卓出宏材壓浩然
기쁜 모임에서 오히려 루의(螻蟻)[159]의 자질 잊고 歡會猶忘螻蟻質
화려한 자리에서 이날 밤 시선(詩仙) 보게 됐네 華筵此夜接騷仙

○ 춘죽 사선의 시에 받들어 차운하다 방주(芳洲)

촛불 잡은 좋은 밤은 맑은 가을 하늘인데 良宵秉燭素秋天
수많은 향수가 문득 씻은 듯이 사라지네 萬斛鄕愁却灑然
그대 붓 휘두르는 재주 가진 게 부러우니 羨子揮毫有奇才
다른 해에는 아마도 시선(詩仙)되어 있으리라 他年應是作詩仙

---

157 지기(知己) : 자기의 가치나 속마음을 잘 알아주는 참다운 벗을 뜻한다.
158 좌화성(佐和城) : 지금 시가현(滋賀縣) 히코네시(彦根市)에 있는 성이다.
159 루의(螻蟻) : 땅강아지와 개미라는 뜻으로, 천한 것의 비유다.

○ 춘죽 소년에게 주다 동곽

대나무 내걸어 호로 삼았는데 揭竹以爲號
그대의 마음을 내가 절로 아네 君心吾自知
서리와 눈 속에서 길이 푸르니 長青霜雪裏
봄철에만 알맞을 뿐만 아니네 非獨一春宜

○ 동곽공의 주옥같은 시에 받들어 화운하다 춘죽

계림에서 온 나그네와 만나니 逢接雞林客
새로 사귄 이가 옛 친구와 같네 新交如舊知
문사의 모임을 어찌 사양하랴 何辭文士會
백 번 기뻐하며 웃기에 알맞네 歡笑百相宜

○ 춘죽에게 답하다 동곽

사귐은 마음을 얻는 게 귀한데 交貴意中得
정은 말 너머로부터 알 수 있네 情從言外知
시가 있고 아울러 술도 있으니 有詩兼有酒
다 읊자 취하기에 문득 알맞네 吟罷醉還宜

○ 동곽 이공의 사안에 받들어 올리고 아울러 경호 홍공, 용호 엄공, 범수 남공 세 사백께 올리다 춘륜(春倫)[160]

비단 돛 만 리에 바닷길 아득하여 별을 이고 서리 맞느라 매우 노고가 많았습니다. 하늘과 신이 서로 도와 시문의 분위기가 맑고 아름답습니다. 삼가 거친 시를 바치고 엎드려 질정을 바랍니다.

얼음과 옥 같은 정신이 바닥까지 맑은데	氷玉精神徹底清
풍류 즐기는 이들 모두가 한림의 영재(英才)네	風流總是翰林英
비단 주머니에 반드시 고아한 시 있을 터	錦囊定有高吟在
하늘이 만 리 가는 시인에게 빌려준 게지	天借詩豪萬里行

○ 춘륜 사선이 보인 시에 받들어 차운하다 동곽

한 번 보고 그대의 맑은 골격을 알겠으니	一見知君骨格清
나는 듯 기이한 기가 실로 영웅호걸이네	翩翩奇氣信豪英
해낭(奚囊)[161]에 맑은 시편을 가득 얻어 담아가니	奚囊貯得清篇去
오늘 아침 자신 있게 간 길 자랑할 만하네	堪詑今朝得意行

160 춘륜(春倫) : 기타오 슌린(北尾春倫)으로, 의원인 기타오 슌포(北尾春圃)의 차남이다.

161 해낭(奚囊) : 해노(奚奴)의 주머니로, 유람자(遊覽者)가 지니고 다니면서 시초(詩草)를 넣는 데에 사용한다.

○ 춘륜이 준 시에 받들어 화운하다 경호

촛불 밝힌 화려한 객당(客堂)에 밤기운 맑은데 剪燭華堂夜氣淸
한 바탕 시문(詩文) 모임에 온 이들 모두 영재(英才)네
一場文會盡才英
누가 나더러 시에 능한 나그네라 하는가 阿誰謂我能詩客
나는 기이한 유람하러 이 길을 나섰다오 我爲奇遊作此行

○ 춘륜 아사가 보인 시에 받들어 차운하다 용호

어린 나이의 기품에 빼어난 눈썹 맑은데 髫齡標格秀眉淸
쌍벽을 이루는 명성 모두 뛰어난 영재네 聯璧聲名總雋英
띠를 맨들 이하(李賀) 맞는 데에 무어 방해되랴 束帶何妨迎李賀
소매 속에 아마 「안문태수행(雁門太守行)」[162]이 있을 테니
袖中應有雁門行

○ 춘륜이 보인 시에 받들어 차운하다 범수(泛叟)

그대의 빼어난 눈썹에 맑은 정신을 보니 看君眉秀又神淸
쌍벽의 재주와 명성은 한 시대의 영재네 聯璧才名一世英

162 「안문태수행(雁門太守行)」: 이하(李賀)가 17세에 안문(雁門) 지역의 난리를 평정하러 가는 태수에게 보낸 시로, 멸사봉공의 비장한 결의가 가득하다. 이 시를 자신의 이름과 함께 한유(韓愈)에게 들여보냈는데 읽고 난 한유가 버선발로 뛰어나와 그를 맞이하였다고 한다.

춘부(椿府)[163] 대인이 데리고 왕림해 보여주는데　椿府大人仍見枉
팔룡(八龍)[164]을 몰아서 온 행렬이 무어 부러우랴　御來何羨八龍行

○ 춘륜 소년에게 주다 동곽

성인 가르침 내 일찍 받았으니　聖訓吾曾受
봄은 사람에게 있어 인(仁)과 같네　於人春是仁
나누어진 직책을 닦으려거든　欲修分門職
순간조차도 인륜 밝혀야 하리　造次宜明倫

○ 이동곽의 고아한 시에 받들어 화운하다 춘륜(春倫)

공개(孔蓋)[165]를 처음으로 기운 곳에서　孔蓋初傾處
남에게 얼마만큼의 인(仁) 미쳤나　及人幾箇仁
용과 뱀이 종이 위로 달려가니　龍蛇趨紙上
두릉(杜陵)[166]의 무리인 듯 우러러 보네　仰見杜陵倫

163 춘부(椿府) : 남의 아버지에 대한 존칭(尊稱)이다.
164 팔룡(八龍) : 팔방(八方)을 제어할 특이한 용마(龍馬)를 가리킨다.
165 공개(孔蓋) : 공작(孔雀)의 날개로 만든 일산을 이른다.
166 두릉(杜陵) : 두보(杜甫)의 별호다.

○ 동곽 이공의 사안에 받들어 올리고 아울러 경호 홍공, 용호 엄공, 범수 남공 세 사백께 올리다 도선(道仙)[167]

채색배가 멀리 큰 바다 가운데에 떴는데　彩鷁遙浮滄海中
만 리 이내 물결 이는 강 동쪽으로 향하네　烟波萬里指江東
오늘밤 만나 보게 된 것 참으로 천행이니　今宵逢接眞天幸
그나마 무딘 붓을 잡아 진심을 옮겨 적네　聊把禿毫寫寸衷

○ 도선 소년의 시에 받들어 차운하다 동곽

만고의 세월 천지에서 아등바등 사는데　蠻觸乾坤萬古中
부상은 아득히 바다 하늘의 동쪽에 있네　扶桑遙在海天東
그대 거처 절로 기자(箕子) 나라와 닿아 있으니　君居自與箕邦接
만나는 곳을 향해서 진심 다해야만 하리　須向逢場罄素衷

○ 도선이 준 시에 받들어 화운하다 경호

장쾌한 경관이 온통 꿈속의 생각 같은데　壯觀渾如夢想中
내 지금 이미 하늘 동쪽으로 다 가보았네　我行今已盡天東
자리에서 새로 안 즐거움에 취하였으니　陶然一席新知樂
그나마 진심을 다해주는 그대가 있구려　聊有吾君罄素衷

167 도선(道仙) : 의원인 기타오 슌포(北尾春圃)의 아들이다.

○ 도선 수재가 보인 시에 받들어 차운하다 용호

지초(芝草) 난초(蘭草) 같은 인재 사정(謝庭)[168]에서 나오는데
芝蘭秀出謝庭中
규벽(奎璧)[169]처럼 정채(精彩) 있게 바다 동쪽에 빛나네
奎璧專精輝海東
삼가 세월을 버리지 말고 힘써 배울지니 勉學愼毋抛歲月
한 편의 시로 권면하며 제 마음을 말하네 一詩相勖道愚衷

○ 술에 취하여 도선 수재의 시에 차운하다 범수

젊은 나이의 재주와 기품 무리에 뛰어나 弱冠才格出人中
자웅 다투는 명성 더욱 동쪽 독차지하네 伯仲聲譽更擅東
내게 아들 셋이나 지금 헤어진 지 오래니 我有三兒今別久
그대의 형제를 보노라면 마음 울컥하네 見君兄弟動心衷

○ 방주공에게 받들어 올리다 도선

일찍이 일신(日新)[170]으로 덕업(德業)[171]을 이루었다 듣고

---

168 사정(謝庭) : 가문을 빛낼 만한 인재가 많은 집안을 가리킨다. 진(晉) 나라 때 태부(太傅)를 지낸 사안(謝安)의 집안에 자질이 우수한 자제들이 많았던 데서 유래하였다.

169 규벽(奎璧) : 28수(宿) 중 규수(奎宿)와 벽수(璧宿)의 병칭으로, 문성(文星)에 해당한다.

170 일신(日新) : 앞의 주 69 참조.

171 덕업(德業) : 숭덕광업(崇德廣業)으로, 수기치인(修己治人)의 공부를 뜻한다.

曾聽日新德業成
높은 광채 바라보며 얼마나 흠모했던지 企望高彩幾葵傾
다행히 이곳에 온 조선의 나그네로 인해 幸因韓客來斯地
생각지도 않게 그대와 우정 맹세 맺었네 不料與君結友盟

○ 도선 소년이 보인 시에 받들어 차운하다 방주(芳洲)

한 번 보고 그대 재주 일찍 이룬 걸 아끼니 一見愛君才早成
소년의 의기가 사람을 향해 기우는구나 少年意氣向人傾
한스러운 거라곤 내일 아침 헤어진 뒤에 只恨明朝分袂後
언제 다시 함께하여 시 맹약을 맺게 될지 何時重與結騷盟

○ 도선 소년에게 주다 동곽

소년의 그대에게 물어보노니 爲問少年子
어떻게 도선(道仙)이라 호(號) 하였는가 如何號道仙
그대의 교만과 욕심을 버려야 去君驕與慾
비로소 참뜻을 배울 수 있으리 方可學眞詮

○ 동곽 사백의 고아한 시에 받들어 화운하다 도선

오늘밤 비스듬한 창 아래에서 今夜斜窓下
시문(詩文) 짓는 신선을 실컷 보았네 飫看翰墨仙
그대의 가르치는 일을 아끼니 愛君垂教事

이것으로부터 참뜻을 배우네　從此學眞詮

○ 동곽공에게 받들어 올리다 도선

내게 주옥같은 시구 보이는데　示吾瓊玉句
구마다 노래해보니 기이하네　句句唱來奇
내일 아침의 이별 알지 못하고　不識明朝別
오늘밤의 즐거움 다할 뿐이네　只殫今夜娛

○ 도선에게 차운하다 동곽

말을 하니 말이 모두 상쾌하고　發語語皆爽
시 지으니 시가 또한 기이하네　題詩詩亦奇
운 하나 빠뜨린 걸 어찌 따지랴　何論一韻落
술을 잡고서 또한 서로 즐기네　把酒且相娛

도선이 기(奇)와 오(娛)를 잘못하여 같은 운(韻)으로 여겨 사용했기 때문에 놀렸다. 바쁜 사이에 희(嬉)자를 잘못 써서 오(娛)자로 했기 때문에 이를 언급하여 놀린 것이다.

○ 춘죽 삼형제의 사안에 남겨서 주다 경호

붉은 난초 떨기에 세 싹 새로 돋아났는데　三芽新茁紫蘭叢
학식과 재능 뛰어나고 기개와 도량 높네　頭角頎然氣宇崇

내 성취하는 날 보기 어려운 게 한스러워　恨我難看成就日
마음에 괜히 바다 하늘 동쪽을 떠올리리　雅襟空憶海天東

○ 당장암(當壯菴)[172]에게 받들어 하례하다 동곽

그대에게 뜰 가득한 옥 있으니　君有盈庭玉
시 땅에 던지자 쨍그랑[173] 울리네　詩鏗擲地金
훗날 가문에 경사가 다할 텐데　門闌他日慶
아마 다시 시단(詩壇)에 우뚝 솟으리　應復聳詞林

○ 우연히 절구 한 수 얻어 당장암의 고안에 기록하여 받들다 경호

주인은 시문에 조예 깊은 진정한 선비라　主人文雅是醇儒
세 아들의 재주 바다 모퉁이에 일렁이네　三子才華動海隅
오늘밤에 이는 흥취를 읊을 필요 없으니　今夜不須吟漫興
그대를 위해서 봉장추(鳳將雛)[174]를 높이 부르리라　爲君高唱鳳將雛

172 당장암(當壯菴) : 기후현(岐阜縣) 오가키(大垣)의 의원인 기타오 슌포(北尾春圃, 1658~1741)의 호다.

173 시 땅에 던지자 쨍그랑 : 훌륭한 시문이란 뜻으로, 진(晉) 나라 손작(孫綽)이 천태산부(天台山賦)를 지어 범영기(范榮期)에게 보이며 "이것을 땅에 던지면 금석(金石) 소리가 날 것이다."고 한 일화가 있다. 『진서(晉書)』「손작전(孫綽傳)」.

174 봉장추(鳳將雛) : 봉황이 새끼를 거느린다는 뜻으로, 어버이가 자식을 데리고 다니는 것을 노래한 악곡이다. 『고악부(古樂府)』「농서행(隴西行)」에 "봉황이 구슬프게도 울어대니 어미가 새끼 아홉을 거느렸네.[鳳凰鳴啾啾 一母將九雛]."라 하였다.

○ 당장암의 사석에 받들어 하례하다 용호

이난(二難)[175]에 다시 하나를 더했는데 二難更添一
재주와 학문 모두 짝할 이 없네 才學總無儔
아들들의 재능이 이와 같으니 有子能如此
그대 아무 근심 없음을 알겠네 知君百不憂

○ 학사의 운을 써서 함께 당장암 주인에게 하례하다

방주(芳洲)

인생에서 아들 있는 게 귀하니 人生貴有子
어찌 꼭 천금을 중하게 여기랴 何必重千金
체악(棣萼)[176]처럼 서로 빛나는 곳에서 棣萼交輝處
울창하게 시문의 수풀 이루네 鬱成翰墨林

○ 이학사의 옥좌 아래에 받들어 올리다 도순

멀리 조선으로부터 사신을 따라 왔으니 遙隨聘使自朝鮮
아득한 바람과 물결에 길이 몇 천리인가 渺渺風波路幾千
붓 휘두르는데 말 다른 걸 어찌 근심하랴 揮筆何憂言語異

175 이난(二難) : 난형난제(難兄難弟)와 같은 말로, 우열을 가리기 어려울 정도로 걸출한 두 형제를 가리킨다.

176 체악(棣萼) : 산앵두나무의 꽃받침으로, 한 데 모여 있는 모습이 마치 사이좋게 어울리는 형제와 유사하여 형제를 일컫게 되었다.

바다 동쪽 하늘에서 잠시 동안 우호 맺네　　一時結好海東天

○ 도순이 준 시에 받들어 차운하다 동곽

원교(圓嶠)[177]의 이내와 노을 우리 조선 가로막아　圓嶼烟霞限我鮮
온통 아득하기가 삼천 리 되는 약수(弱水)[178] 같네　渾如弱水杳三千
서로 만나 갑자기 마음 맞음을 깨달으니　相逢頓覺襟期合
이로부터 동남쪽은 모두 같은 하늘이네　自是東南共一天

아뢰다. 수월(隨月)

받든 게 볼품없는 시라 감히 훌륭한 시로 갚아주기를 바랄 수 없었고 그나마 욕되이 봉황의 모습 보여준 것에 받들어 사례할 뿐이었습니다. 그런데 저마다 아름다운 화답을 주셨으니 천년의 기이한 행운이라 할 수 있어 고향사람들에게 자랑하렵니다. 밤이 이미 다하여 하직하고 떠나려 하는데 수레와 말이 평안하여 동쪽 도성에서의 성대한 예를 마치고 빨리 서쪽으로 돌아오기를 바랄 뿐입니다.

177 원교(圓嶠) : 다섯 신선산(神仙山) 중 하나로, 대여산(岱輿山)과 함께 사라졌다는 전설 속의 산이다.

178 약수(弱水) : 앞의 주 30 참조.

같은 주[同州] 금수(今須)[179]

○ 동곽 이공의 오우에 받들어 올리다 숙산(叔山)

공손히 성대한 예를 맡아 사신의 배로 바다를 건너고 사신의 수레로 구름을 헤치며 하늘가 만 리를 무사히 지나 깃발이 여기에 이르렀으니 온 나라의 경사이고 행운입니다. 제가 미리 관청의 명을 받아 이 역(驛)에 와서 사신의 부엌을 감독했기 때문에 일이 많아 바빠서 귀한 모습을 보지 못한 것이 한스러울 뿐입니다. 이에 속된 시 한 장을 지어 혀를 대신해 그나마 웃음거리로 갖추니 삼가 질정하는 화답을 바랍니다.

내가 사신을 위해서 요리를 감독했으니　吾爲使君監割烹
어찌 통역에 의지해 만나고 마음 전하랴　奈憑鞮目擊通情
까닭 없이 붓을 내달려 사안에 올리는데　無端駈翰呈詞案
한형(韓荊)에게 성과 이름을 알도록 할 뿐이네[180]　惟俾韓荊識姓名

---

179 금수(今須) : 에도시대 오가도(五街道) 중 하나인 중산도(中山道)의 59번째 숙박지로, 지금의 기후현(岐阜縣) 후와군(不破郡) 부근에 해당한다.

180 한형(韓荊)~할 뿐이네 : 한형(韓荊)에게 성명을 알려 서로 아는 사이가 되기를 바란다는 뜻으로, 훌륭한 사람과 교분 맺기를 간절히 염원함을 이른다. 이백(李白)의 「여한형주서(與韓荊州書)」에 "살면서 만호후에 봉해지는 것 필요 없고 한형주를 한번 알기만을 바랄 뿐이다.[生不用封萬戶侯 但願一識韓荊州]"라고 한 데서 유래하였다. 한형(韓荊)은 당(唐) 나라 때 형주의 자사(刺史)였던 한조종(韓朝宗)을 지칭한다.

○ 숙산 십공이 준 시에 삼가 차운하여 먼저 별것 없는 마음을 펴다 동곽

먼 길 나그네 남쪽 요리 실컷 먹게 했으니 能敎遠客厭南烹
서안(書案) 마주해 높은 정 별것 없이 사례하네 對案區區謝高情
더구나 새 시에 옥 부딪히는 소리 있는데 況有新篇聲戛玉
모과로 돌려주는[181] 헛된 이름이 부끄럽네 木瓜還復媿虛名

삼주(參州)[182] 길전(吉田)[183]

동곽 이공의 관하에 받드는 글 휘겸(撝謙)[184]

일찍이 높은 명성 듣고부터 망진지배(望塵之拜)[185]를 펴고자 한 지

181 모과로 돌려주는 : 『시경(詩經)』「목과편(木瓜篇)」에 "나에게 모과를 던져주기에 귀한 구슬로 보답한다.[投我以木瓜, 報之以瓊琚.]"라 하였는데 여기에서는 반대로 상대에게 귀한 구슬을 받고 보잘 것 없는 모과로 돌려주는 경우에 해당한다.

182 삼주(參州) : 지금 아이치현(愛知縣) 동부에 해당하는 지역인 미카와(三河)의 이칭이다.

183 길전(吉田) : 아이치현(愛知縣) 토요하시시(豊橋市)의 옛 이름으로, 에도시대 동해도 오십삼차(東海道五十三次) 숙박지 중 하나다.

184 나카노 기켄(中野撝謙, 1667~1720) : 에도 전반기의 유자로, 고향 나가사키(長崎)에서 숙부인 하야시 도에이(林道榮)에게 유학을 공부하였다. 19세에 에도(江戶)로 올라와 주자학을 배우고 관숙번(關宿藩, 현재 지바현(千葉縣)의 유자가 되었다. 장군(將軍)인 도쿠가와 쓰나요시(德川綱吉)도 종종 관숙번에 가서 휘겸에게 강의를 명했다고 한다.

185 망진지배(望塵之拜) : 진(晉)나라 반악(潘岳)이 세상의 명리를 좇아 석숭(石崇) 등과 함께 당시의 권신(權臣)인 가밀(賈謐)에게 아첨하였는데 가밀이 외출할 때마다 수레가 일으키는 먼지를 바라보며 절을 한[望塵而拜] 것을 가리킨다. 『진서(晉書)』「반악열전(潘岳列傳)」.

오래입니다. 여기에서 만 리 강산을 살피느라 갈옷 입는 여름에서 벌써 갓옷 입는 겨울을 지냈는데 문채 나는 수레가 복되게도 지금 여기에 떨어지니 뛸 듯한 기쁨을 어찌 견딜 수 있겠습니까. 제 본읍은 목야(牧野) 대학인 원성앙(源成央)[186]이라 하는 사람의 채지(采地)[187]이고 저는 그의 가신입니다. 이번에 여러 공의 도착을 맞이하고 경필(警蹕)[188]을 삼가 준비하는 한 직책을 받들고 있습니다. 저는 어려서부터 학문을 조금 좋아했으나 재주가 너무 서툴러 아직 아자시술지(蛾子時術之)[189]에 미치지 못합니다. 엎드려 바라건대, 삼가 의(儀) 땅 봉인(封人)이 뵙기 청한 것[190]에 견주어 한 번 고명의 반가운 돌아봄을 얻는다면 저의 영광을 어찌 만호(萬戶)에 봉해지는 것과 바꾸겠습니까. 객관에서 잠시 동안의 휴식을 방해할까 두려울 뿐이지만 높은 가르침을 기약함이 오늘 저녁밖에 없을 따름이니 만 번 생각하고 헤아려 살펴 주십시오. 종이를 마주하고 있으려니 바라보고 우러르는 지극함을 견딜 수 없습니다. 이만 줄입니다.

---

186 원성앙(源成央, 1699~1719) : 마키노 나리나카(牧野成央)로, 미카와 요시다(三河吉田)번의 2대 번주(藩主)다.

187 채지(采地) : 고대 중국에서 공신에게 내린 채읍(采邑)을 뜻한다.

188 경필(警蹕) : 임금이 거둥할 때에 경호하기 위하여 통행을 금하던 일이다.

189 아자시술지(蛾子時術之) : 개미도 때때로 재주를 익히듯이 어린 학생도 꾸준히 학업에 열중해야 함을 비유한 것이다. 『예기(禮記)』「학기(學記)」.

190 의(儀) 땅 봉인(封人)이 뵙기 청한 것 : 공자가 위(衛)나라에 있을 때, 의(儀) 땅 봉인(封人)이 공자를 뵙기 청하므로 종자(從者)들이 공자를 뵙게 해주었는데 봉인이 공자를 뵙고 나와 "여러분들은 부자(夫子)께서 자리 잃은 것을 어찌 근심하는가. 천하에 도가 없어진 지 오래라서 하늘이 부자를 목탁으로 삼을 것이다.[二三子, 何患於喪乎. 天下之無道也久矣, 天將以夫子爲木鐸.]"라 하였다. 『논어(論語)』「팔일(八佾)」.

○ 여러 공들이 가는 거동을 공경스럽게 바라보고 갑자기 속된 시를 짓다 같은 이

화려한 말이 지금 길전(吉田) 고을에 왕림하니 華驂今莅吉田鄕
만 리 엄한 여정에 가는 것 어지럽지 않네 萬里嚴程不亂行
노래하는 새 수레를 맞아 종과 북 만나고 歌鳥邀輿接鐘鼓
상서로운 구름 길을 가려 어진 이 지키네 瑞雲翳路護賢良
당당한 주옥같은 기엔 굳센 기운 걸었고 堂堂圭節揭靭氣
많고 많은 의관에는 덕의 향기를 띠었네 濟濟衣冠佩德香
나라 보배 예로부터 교린우호(交隣友好)에 있으니 國寶從來在隣好
부상에서 빛나는 화려한 깃발 문득 보네 更瞻文旆耀扶桑

○ 휘겸 사백이 준 시에 받들어 차운하다 이동곽(李東郭)

천지의 정영(精英)들이 한 고을에 다 모였으니 天地精英聚一鄕
눈에 보이는 신선들이 절로 줄을 이루네 眼中仙侶自成行
남전(藍田)[191]의 아름다운 옥은 본래 보배라 하고 藍田美玉元稱寶
기야(冀野)[192]의 준마들 홀로 좋은 명성 차지하네 冀野霜蹄獨擅良
붓은 천군을 휩쓸어야 교묘함 깨닫지만 筆掃千軍方覺妙

---

191 남전(藍田) : 앞의 주 91 참조.

192 기야(冀野) : 한유(韓愈)의 「송온처사부하양군서(送溫處士赴河陽軍序)」에 "백락(伯樂)이 한번 기북(冀北)의 들판을 지나가면 무리지은 말들이 마침내 텅비게 된다."라 하였는데 이로 인하여 기야(冀野) 또는 기북(冀北)의 들판은 '준마가 모여 있는 곳'을 가리키게 되었다.

시는 한 자만 지어도 문득 향기 일어나네	詩成一字輒生香
만난 곳에서 깊은 밤 다했다 하지 말지니	逢場莫道深更盡
맑은 달 바다 위 부상으로 새로 오를 텐데	晴月新昇海上桑

○ 휘겸이 준 시에 받들어 화운하다 경호(鏡湖)

길 따라 가는 곳마다 물과 구름 고을인데	沿途隨處水雲鄉
길옆의 긴 소나무 푸르게 줄을 이루었네	夾路長松翠成行
땅 농사와 양잠 중시해 집들이 넉넉하고	地重耕蚕家盡給
사람 도(道)와 예(藝)에 노닐어 선비들 다 어지네	人游道藝士皆良
귀한 모습 부여잡자 마음 문득 공경하고	攀來雅範心還敬
좋은 시를 읊조리니 뺨에 절로 향기 나네	詠得佳篇頬自香
새로 안 이와 옛 절에서 자리를 이은 곳에	古寺新知連榻地
밤바람이 쓸쓸하게 마른 부상 움직이네	夜風蕭瑟動枯桑

○ 휘겸 사백이 보인 시에 받들어 차운하다 용호

하룻밤 문성(文星)의 빛 바다 고을에 빛나는데	一夜奎輝耀海鄉
문에 이른 많은 선비들 엄연히 줄 이루네	踵門多士儼成行
지리는 기이한 명승이 많은 줄을 알겠고	方知地理多奇勝
인재는 모두 뛰어난 사람을 모아내었네	鍾出人材總俊良
맑은 마음 환하게 비쳐 회포가 상쾌하고	皎映氷壺襟抱爽
난실처럼 향기 나서 담소함이 향긋하네	薰如蘭室笑談香
나그네 마음 저무는 한 해를 더욱 느끼니	羇懷倍感年光暮

쓸쓸히 찬 겨울이 이미 부상에 떨어졌네　　蕭瑟玄冬已實桑

○ 휘겸 사백이 준 시에 받들어 차운하다 범수

그대 명예 이 고을을 독차지한 걸 아는데　　知君名譽擅玆鄕
평범한 사람과 일행된 것 부끄러워하리　　羞與凡人作一行
문예는 절로 오묘한 필력을 겸할 수 있고　　文藝自能兼筆妙
땅의 영기가 좋은 인재 낳음을 이제 믿네　　地靈方信產才良
상자 속 보배인 옥을 끝내 아름답다 하고　　櫝中寶玉終稱美
골짜기 속 깊은 난초 향을 가리지 못하네　　谷裏幽蘭不掩香
아아 내가 늘그막에 이뤄놓은 일이라곤　　嗟我白頭成底事
사방으로 상호봉시(桑弧蓬矢)[193]를 쏘려 한 것뿐이네
　　四方惟擬射蓬桑

원주(遠州)[194] 빈성(濱城)[195]

○ 증락촌의 찻집 정암

판잣집 쓸쓸히 푸른 굽이에 기대있는데　　板屋蕭然倚碧灣

193 상호봉시(桑弧蓬矢) : 앞의 주 102 참조.

194 원주(遠州) : 지금 시즈오카현(靜岡縣) 서부에 해당하는 토토미노쿠니(遠江國)의 이칭(異稱)이다.

195 빈성(濱城) : 시즈오카현(靜岡縣) 서부에 있는 도시로, 도쿠가와 이에야스(德川家康)의 거성(居城)이었는데 동해도(東海道)의 숙박지로 발전하였다.

목란 배를 시든 연꽃 사이에 깊이 매었네　蘭舟深繫敗荷間
황금 화로에 한 줄기 차 연기 피어오르니　金爐一穗茶烟起
먼 길 나그네가 말을 멈추고서 잠시 웃네　遠客停驂暫解顏

○ 조선국 이학사가 빈송성시(濱松城市)[196]를 차운한 것에 받들어 부치다 정수(正數)

만 리 동쪽 바다의 동쪽으로 와서 노니니　萬里來遊東海東
나그네 차림에 태평한 바람 우러러 보네　行裝仰望太平風
먼 길 나그네 위로해 그나마 서로 묻는데　慰勞遠客聊相問
기러기 울음소리가 역에서 정 일으키네　鳴雁催情驛舍中

○ 미견(尾見)씨 사백의 시에 받들어 차운하다 동곽

나그네 길이 아직 하늘 동쪽에 머무는데　客行猶自滯天東
계절은 덩그러니 또 북쪽 바람 부는구나　時序居然又北風
내일 채색 깃발이 관로로 돌아가게 되면　明日彩旄官路廻
부사산(富士山)의 푸르른 빛이 시야로 들어오리　富山蒼翠入望中

196 빈송성시(濱松城市) : 시즈오카현(靜岡縣) 하마마쓰시(濱松市)에 있는 성(城)이다.

준주(駿州)[197] 부사(富士)[198]

○ 부사산(富士山)에 제(題)하다 평천

그대 보지 못했나 부사산이 얼마나 하늘로 높이 솟았는지
君不見富士之山何穹崇
바로 구주(九州)의 밖 동쪽 바다의 동쪽에 있네
乃在九州之外東海東
동쪽 바다 넓고 넓어 끝을 볼 수가 없는데 東海浩浩不見際
부상(扶桑)의 해와 달이 그 가운데서 떠오르네 扶桑日月生其中
이 땅에다 나라를 세운 지가 몇 천 년인가 此地建國幾千年
아득한 태초에 혼돈으로부터 열렸으니 厥初邈矣開鴻濛
추생(鄒生)의 주장[199]이 과연 근거 없는 게 아니네 鄒生騁說果不虛
수해(竪亥)[200] 걸음조차 일찍이 다하지 못했는데 竪亥健步曾莫窮
나라에 이름난 산이 없고 바닷물뿐이네 國無名山但積水
부온(富媼)[201]이 근심스러워 하늘에 하소연하자 富媼上訴愁天公
하루아침에 땅이 갈라지고 물결 뒤집혀 一朝地坼波翻

197 준주(駿州) : 동해도(東海道) 중앙부에 해당하는 스루가(駿河)의 이칭이다.

198 부사(富士) : 시즈오카현(靜岡縣) 동부의 후지산(富士山) 남쪽 기슭에 있는 지명이다.

199 추생(鄒生)의 주장 : 전국 시대 제(齊) 나라의 추연(鄒衍)은 "유자들이 말하는 중국은 천하에서 팔십일 분의 일을 차지할 뿐이다.[儒者所謂中國者, 於天下乃八十一分居其一分耳.]"라고 주장하였다. 『사기(史記)』「맹자순경열전(孟子荀卿列傳)」.

200 수해(竪亥) : 우(禹) 임금의 신하로, 걸음을 잘 걷는 사람이다. 『산해경(山海經)』에 "우 임금이 수해에게 동쪽 끝에서 서쪽 끝까지 5억 10만 9천 8백 리를 걷게 했다."라는 기록이 나온다.

201 부온(富媼) : 토지(土地)의 신(神)을 가리킨다.

신령한 산 솟아올라 만 길 푸른 하늘 떠받치네 神嶽湧屹然萬丈撑蒼穹
이러한 일이 효령(孝靈)[202] 때에 있었다고 하는데 此事云在孝靈時
허탄한 말로 바보를 속이는 것과 다르네 非如誕說欺愚蒙
서린 뿌리 평평한 대륙을 감돌아 누르고 蟠根迴壓大陸平
먼 기세가 넓은 물결을 가로로 띠었구나 遠勢橫帶滄波洪
한 떨기 꼿꼿한 옥으로 된 부용(芙蓉)과 같으니 一朶亭亭玉芙蓉
항상 눈과 싸라기눈이 오래 뒤덮고 있네 常時雪霰長蒙籠
상쾌한 기운 새벽에 이슬 정기로 응기고 爽氣晨凝沆瀣精
차가운 빛 밤에 교룡(鮫龍)의 궁궐을 밝혀주네 寒光夜徹鮫龍宮
해마다 뜨거운 여름 무더위에 괴로울 때 每年朱夏苦熱時
붉은 구름이 빛나며 항상 하늘을 태우네 赤雲焃焃恒燒空
더운 지방 풀과 나무 타 없어지려 하는데 炎方草木焦欲盡
오히려 산꼭대기에 녹지 않은 눈 보이네 猶見山頭雪未融
위에는 천지(天池)라 불리는 깊은 연못이 있고 上有深淵號天池
옆에는 찬바람 이는 깊은 동굴 뚫려 있네 傍開邃穴生寒風
남은 물결 흘러넘쳐 몇 갈래로 흩어지고 餘波汎濫散幾派
내와 연못 굽이돌아 쏟아지듯 내달리네 川澤縈[203]紆瀉奔潨
예전에 있었던 기이한 일 다시 말하는데 復道年前有異事
산속에서 열흘 동안 하늘 불이 타올랐네 山中十日天火烘

202 효령(孝靈, 261~316) : 일본의 제 7대 천황이다. 부여(扶餘)의 의려왕(依慮王)이 배를 타고 일본으로 와서 효령 천황에 올랐다는 설이 있다.

203 縈의 오자다.

이내 물결이 하늘을 가려 낮이 어둡더니　　烟沙[204]蔽天晝晦冥
문득 하늘 높이 봉우리 하나 솟아났다네　　忽有一峯騰穹窿
선계(仙界) 실로 신령하고 괴이한 자취 많은데　　仙區儘多靈怪迹
도깨비장난 어찌 하늘의 공교함 아니랴　　幻弄豈非眞宰工
내가 옛날에 듣고 한번 보기를 원했는데　　我昔聞之願一見
오늘 비로소 사신의 뱃길 통하게 되었네　　今日星槎路始通
새로 비 개어 수레를 멈추고 산의 빛 보니　　新晴駐車看山色
저녁바람이 흐릿한 구름을 싹 쓸어갔네　　晩風一掃雲曈曨
어렴풋이 몸이 옥으로 된 산에 노니는 듯　　怳然身遊群玉岑
눈에 비친 귀한 구슬처럼 빛이 영롱하네　　瓊瑤觸目光玲瓏
이신(頤神)이란 늙은 스님이 나와 함께 가다가　　頤神老師伴我行
이곳이 진정한 영주(瀛州)와 봉래(蓬萊)라고 말하네　爲言此是眞瀛蓬
때때로 대낮에 생황과 퉁소 소리 들리고　　往往白日聞笙簫
신선이 나는 듯이 가벼운 기러기를 타네　　仙侶翩翩駕輕鴻
구름 속에 노닐어 남들은 알지 못하는데　　遊戲雲中人不識
골수가 푸른데다 눈동자도 짙푸르구나　　骨青髓綠仍紺瞳
계수나무 기(旗) 지초 일산(日傘)으로 문득 오가니　桂旗芝蓋倏來往
기수(琪樹)[205]와 요초(瑤草)[206]가 어쩌면 그리도 무성한지
琪樹瑤草何蒨葱
아쉽게도 겹겹 바다 너머에 치우쳐 있어　　惜乎僻在重溟外

204 波의 오자다.
205 기수(琪樹) : 구슬을 드리우고 있다는 선경(仙境)의 옥수(玉樹)다.
206 요초(瑤草) : 신선이 사는 곳에 있다는 옥초(玉草)다.

예로부터 본 사람이 진나라 선동(仙童)[207]뿐이네　　古來見者惟秦童
천추의 시인들 중에 시로 지은 것 적은데　　千秋詞客少品題
성대하게 꾸민 이 금화옹(金華翁)이 있을 뿐이네
금화는 송렴(宋濂)[208]의 호다.　　賁飾獨有金華翁金華宋濂之號
만약 중국 땅에 부사산을 있게 하였다면　　若令置之中國土
어찌 문득 태산(泰山)이나 숭산(嵩山)과 같지 않으랴
何遽不若岱與嵩
내가 이 산을 진실로 아름답다 말하지만　　我道此山固瓌偉
우리나라에도 웅장한 금강산이 있다오　　吾邦亦有金剛雄
금강산 일 만하고도 이 천 개의 봉우리는　　金剛一萬二千峯
하나하나 구슬을 깎은 듯 푸른 단풍 많네　　箇箇削玉多青楓
어찌하면 그대와 비로봉(毗盧峰) 꼭대기에 올라
安得與君一陟毗盧頂
두 산의 빼어남 차이를 자세히 논하려나　　細論二山形勝同不同

금강산에는 일 만 이천 봉이 있고, 또 단풍나무가 많기 때문에 풍악(楓岳)이라고도 한다. 비로봉(毗盧峰)은 바로 그 중에 가장 높은 봉우리의 이름이다. 金剛, 有一萬二千峯, 又多楓樹, 故亦名楓岳. 毗盧卽其最高峯名.

207 진나라 선동(仙童) : 진시황이 서불(徐市)에게 선동(仙童)을 거느리고 바다에 들어가 삼신산(三神山)의 불사약을 구하여 오라고 하자, 그 때 서불과 진나라 선동이 일본(日本)으로 건너갔다는 설이 있다.

208 송렴(宋濂, 1310~1381) : 중국 명대(明代) 초기의 학자로, 당송(唐宋)의 고문(古文)과 주자학(朱子學)을 통달해 당시 경학(經學)과 문학(文學)에 있어서 정통파의 대표자다. 「부사산시(富士山詩)」를 지은 것이 당시에 꽤 유명하였다.

같은 주(同州) 청견사(淸見寺)[209]

○ 삼가 절구(絕句) 한 수를 지어서 조선에서 온 나그네에게 시를 청하다 지안(芝岸)

귀국의 여러 현사(賢士)들 이 땅에 올 때마다 모두 훌륭한 작품이 있었는데 산과 들에서 삼가 거친 시 한 장을 지어 좌우에 받들어 올립니다. 엎드려 바라건대, 선현을 본받아 땅에 던지자 쨍그랑[210] 소리 나는 훌륭한 시를 아끼지 말았으면 합니다.

사신이 바다 건너느라 한 해가 지났는데	使星渡海一寒暄
깃발 아득히 붉은 빛 드날리며 번득이네	旌旆悠揚紫電飜
절에서 먼지 떨고 서쪽 바라본 지 오래니	禪榻拂塵西望久
채색 붓글씨 남겨 산문(山門) 비춰주길 바라네	幸留彩筆照山門

○ 청견사(淸見寺)에 제하여 지안(芝岸) 노사에게 사례하다

평천

맑은 새벽녘 산문(山門)에 잠시 동안 들렀더니	淸曉山門得暫過
누각 위에서 먼지 떨어선지 흰 구름 많네	樓頭拂塵白雲多

209 청견사(淸見寺) : 시즈오카현(靜岡縣) 시즈오카시(靜岡市) 시미즈구(淸水區)에 위치한 선사(禪寺)다. 나라(奈良) 시대에 창건되었다고 전하는데 에도 시대에는 덕천가(德川家)의 비호를 받았고 동해도(東海道) 근처에 위치하고 있어 조선통신사(朝鮮通信使)를 접대하기도 하였다.

210 땅에 던지자 쨍그랑 : 앞의 주 173 참조.

봉우리는 부사산(富士山)의 천년 눈과 이어지고 峯連富嶽千秋雪
해는 큰 바다의 만 리 물결에서 솟구치네 日湧滄溟萬里波
꽃나무는 땅이 어두운데도 늘 피어 있고 花樹地暝常爛熳
시 짓는 스님은 나이 들어서도 읊조리네 韻僧年老尙吟哦
바삐 문득 제천(諸天)[211]을 이별하고 떠나려다가 忽忽却別諸天去
나랏일에 마음을 쓰는 사모(四牡)[212]를 노래하네 王事關心四牡歌

두주(豆州)[213] 삼도(三島)[214]

○ 동곽 이학사에게 받들어 올리다 정장(正藏)

백편의 시 받들었다고 예전에 들었는데 百篇供奉昔曾聞
칠보재(七步才)의 동아(東阿)[215]를 지금 그대에게서 보네 七步東阿今見君

211 제천(諸天) : 불교(佛敎)에서는 마음을 수양(修養)하는 경계(境界)에 따라 여덟 개의 하늘로 나누는데 이 여덟 개의 하늘을 통틀어 일컫는 말이다.

212 사모(四牡) : 『시경(詩經)』「소아(小雅)」의 한 편명으로, 왕명을 받드는 사신을 위로하기 위해 지은 시다.

213 두주(豆州) : 이즈(伊豆)의 다른 이름으로, 시즈오카현(靜岡縣)의 이즈(伊豆) 반도 및 동경도(東京都)의 이즈(伊豆) 제도에 해당한다.

214 삼도(三島) : 시즈오카현(靜岡縣) 동부에 있는 도시로, 에도 시대에는 동해도(東海道)의 역참 마을로 번성하였다.

215 칠보재(七步才)의 동아(東阿) : 삼국시대 때 위(委)나라 조조(曹操)가 죽자, 맏아들 조비(曹丕)가 동생 동아왕(東阿王) 조식(曹植)을 시기하였다. 마침 조식에게 반역 혐의가 씌워졌는데 조비가 일곱 걸음을 걷는 동안에 시(詩)를 지으면 살려주겠다고 하여 조식이 일곱 걸음 만에 시를 지어 조비를 부끄럽게 했다. 이후로 조식을 칠보지재(七步之才)라 부르게 되었다. 『세설신어(世說新語)』「문학(文學)」.

조선으로부터 온 시인 이동곽이야말로 韓國騷人李東郭
명성이 높이 부사산(富士山)의 구름을 압도하네 聲華高壓富山雲

○ 정장 사선의 안하에 받들어 답하다 동곽

세상 사람들이 시문(詩文) 사이에 마음을 의탁하여 가장 깊은 경우 한마디 말을 얻을 뿐 먼저 훤히 알기는 어렵습니다. 게다가 저는 족하와 태어난 세상이 다른 나라고 사귀는 우의가 친구 아닌데도 이렇게 먼저 베푸는 성대한 돌아봄을 얻었으니 그 느낌이 어떻겠습니까. □□ 슬픔을 떨쳐버리고 차운해 올려 별것 없는 마음을 펴서 아로새긴 정성을 굳게 새깁니다.

빼어난 경치 평소 듣던 대로인 게 기쁜데 勝槩方欣愜素聞
게다가 또 깊은 정을 그대에게 입었구려 深情況復荷吾君
어찌하면 함께 큰 바다를 거슬러 올라가 何當共泝滄溟去
손으로 부상을 잡고 채색 구름 희롱할까 手攬扶桑弄彩雲

○ 조선국 이학사의 안하에 부쳐 올리다 평개(平介)[216]

한성(漢城)에서의 비바람을 언제 지나왔던가 漢城風雨幾時過

216 평개(平介) : 후지에 유요(藤江熊陽, 1683~1751)의 자(字)다. 에도 중기의 유자로, 경도에서 이토 진사이(伊藤仁齋)에게 배우고 하리마(播磨, 지금의 효고현(兵庫縣)) 타쓰노번(龍野藩)의 유관(儒官)이 되어 번(藩)의 문교(文敎) 발전에 기초를 닦았다.

한번 동쪽 바다로 들어서자 넓은 물결뿐　一入東溟只浩波
밤낮 상근(箱根)[217] 관문 가도 마주하지 못했더니　日夜箱關行不對
가을 지난 국화처럼 서리 많은 것을 보네　黃花秋盡見霜多

○ 평개 사백의 안하에 공경스럽게 답하다 동곽

작은 수레 새벽에 부사산 향해 지나는데　小輿晨向富慈過
형세가 큰 바다의 만 리 물결을 압도하네　勢壓滄溟萬里波
한 밤 여주(驪珠)[218]가 한 움큼 가득인 데에 놀라니　夜半驪珠驚滿握
한 편의 시 십붕(十朋)[219]인 걸 어찌 많다 할뿐이랴　一篇奚啻十朋多

계림창화집 십일권

217 상근(箱根) : 카나가와현(神奈川縣) 남서부 아시가라시모군(足柄下郡)의 지명으로, 에도 시대 동해도 오십삼차(東海道五十三次) 숙박지 중 하나였고 관문이 있었다.

218 여주(驪珠) : 검은 용[驪龍]의 턱 밑에 있는 구슬로, 긴요한 문장을 비유한다.

219 십붕(十朋) : 붕(朋)은 옛날 화폐(貨幣)의 단위로, 한 자 두 치인 큰 거북이의 값이 십붕(十朋)이었다고 한다.

雞林唱和集　卷之十一

諸州 前編

對州

○席上, 次謝雲壑長老韻 平泉
大守華筵大海濱 老師詩語更清新
從來遠邇皆兄弟 一見懽然似故人

○馬府宴席, 同次雲壑長老韻 靖菴
潭潭府茵海之濱 滿院棕杉秋意新
銀燭花牀淸夜永 道人佳句解留人

○馬州大守席上, 走次雲壑長老韻 南岡
久滯仙槎碧海濱 秋光已向客中新
華堂秉燭成良會 厚意慇懃謝主人

○敬次雲壑大師惠韻 二首 東郭
七月秋晴大海濱 名園物色覺淸新
南來玉節淹留處 杯酒慇懃荷主人

雲樓逈壓曲洲濱　一碧秋天霽色新
蘇老眞筌師已得　問容衣鉢屬他人

○ 疊次前韻　二首　泛叟
仙槎夜泊銀河濱　織罷天孫一界新
寶石磯頭吾自下　歸來肯問世間人

先子泛槎桑海濱　詩中多記旅愁新
未知壽院今何在　謾閱遺篇泣後人

僕之先子壺谷先生, 曾於乙未歲, 奉節貴邦, 往來阻風, 館於府中長壽院前, 從七十餘日. 今僕來此, 願一訪遺躅, 而未可得, 故終篇云.

長州 赤間關

○ 奉呈龍湖嚴公案下　周南
赤目關西玉樹秋　長風吹送木蘭舟
誰知海上蓬壺月　總入詩人脾裏流
赤間, 古又名赤目.

○ 奉和周南示韻　龍湖
橘樹楓林海上秋　滄洲斜日住歸舟
仙區到處窮探勝　歷盡驚濤似穩流

○ 奉贈周南詞伯　東郭
太史文章富　奇才二典參

知君深景仰 所以號周南

○ 次奉東郭李公贈韻 周南

辱賜高唱, 陽春白雪, 未可容易和答也. 聊申鄙衷, 奉謝耳.

詩味如禪乘 庸才終未參
文星光似斗 一夜照天南

稟龍湖嚴公案下 仝

昔者, 我人有山田熙者, 少年穎敏, 頗利翰墨, 從前朝奉使成李諸子而游矣. 不幸蚤賈不成, 此間比之王勃李賀, 不識貴方諸子今也若何. 顧年彌高德彌卲, 益致顯達.

答(龍湖) : 示意謹悉. 山田子之華而不實, 誠可惜也. 胡天之生才而反使早夭耶. 理實難諶. 成李兩人, 位未躋顯秩, 皆已故矣. 悼爽何言.

周南 : 英才屈於下寮, 使人慨然有遺恨矣.

○ 奉呈周南詞伯 芳洲

余與山原欽, 有總丱之好, 嘗見其英才逸發擅一時之譽, 以爲斯後不復有若而人矣. 何料舟行蒼黃之中獲接芝眉於賓館樽俎之間. 竊觀其揮筆如飛詩思泉湧, 眞與原欽, 相伯仲而學問淵源文采精敏, 動有行雲流水之態, 實爲過之可見. 夫天地淸淑之氣, 獨擅於貴邦而人材之蔚興, 蓋無窮極矣, 豈非可敬之至耶.

揮筆看君吐彩虹 妙年氣槪占豪雄
幾時重結騷壇會 連榻細論大雅風

詩則至自鹿室, 故無卽和.

○ 席上，奉錄諸詞伯，要和 泛叟
天地玄形鳥卵同 天包海外地居中
我行窮地仍浮海 海盡何難上碧空

○ 奉和泛叟詞伯 周南
何思音吐不相同 意氣交投翰墨中
忽見鏗鏘金玉散 風聲激烈滿蒼穹

○ 奉呈東郭李公案下 仝
關門紫氣接銀河 帆影如雲使者過
誰奏陽春充海國 秋風散入棹郎歌

○ 奉次周南詞伯韻 東郭
東溟一派接天河 不道仙區此日過
孤館青燈談笑地 竹林凉籟雜漁歌

○ 漫草，奉滿座諸詩豪一粲 霞沼
諸君四坐總詩豪 倚馬時堪揮彩毫
唯我肚中無一字 醉鄉只解日酕醄

○ 奉和霞沼詞伯 周南
鄱陽湖水四方豪 尤好英才濡彩毫
詩味醇醪終不若 朗吟一過已酕醄 松浦播州人

○ 奉席上諸詞伯 東郭

日東形勝兩雄關 馬島風烟伯仲間

竹裏仙家臨碧海 岸邊漁戶近青山

居民敬客多寬禮 詩老逢人有好顔

最喜吾行不落莫 綺筵椽燭坐清閑

關有上下, 故云.

○ 奉和東郭李公高韻 周南

四牡暫留赤目關 一逢相適紙毫間

垂天鵬翼經秋海 帶雨龍鱗出曙山

曲裏郢歌飛白雪 老來仙骨覩朱顔

二三酬唱情何盡 不識幾時更得閑

○ 奉呈席上四公 仝

鳳凰五采文 毛羽一何奇

燦燦赤珊瑚 頭上青瑠璃

朝飛丹穴山 濯翼弱水湄

滄海秋風起 浮雲西北馳

海岸生瓊樹 結實何離離

日出東南隅 光輝扶桑枝

紅霞若渥丹 浩波渺無涯

璆琳與琅玕 翹條各參差

天衢一顧返 奮翼忽來儀

眄睞以適意 鏘鏘揚采眉

小音翻韶護 大音飛咸訑

回風拂地來 雲影且祁祁
燕雀鶡鶯鳩 斂翅以委靡
百禽啁哳歇 相率復何爲
良期不可淹 飄飄遠將辭
西翔崑崙圃 降飮濛汜渚
窈冥何可攀 汎濫靡所隨
聖世亮一見 阿閣不可思
誰截嶰谷竹 與爾奏雄雌

右一首, 聊記覩鳳之喜. 他日有間, 幸賜和章.

○奉呈東郭李公案下 四首 仝
萬里長風破浪來 儼然高興滿蓬萊
世間瑚璉原尊器 天下楩楠自大材
策對春深威鳳殿 高麗時御試所 賦成秋冷觀魚臺 高麗李穡作賦
乘時王旨登賢俊 雲閣丹靑次第開

四牡騑騑征路杳 秋天持節洛陽宮
珣玗價貴東方美 絃管治隆南國風
月詠臺中起崔子 佑神館下見金公
文章本謂千年業 況是他邦名獨雄
貴國崔文昌金文烈共以文翰之任, 奉使中華, 爲知名之士, 鄙作以比足下. 月詠臺, 致遠遊賞之地, 佑神館, 南宋館蕃使所, 富軾嘗舍於此.

冠蓋遙臨滄海圻 箕邦猶自燿周文
豐京遠弔天皇日 乾島忽觀仙侶雲
氣滿南方珠蕊秀 秋來北地桂枝芬

書生欲擬賢臣頌 請獻仁明大國君

本州今府, 卽古豊京, 神功皇后建都此地, 則其南郊. 又海中, 有乾珠滿珠二島.

釜山鎭古瑞雲蒼 一夜星軺指渺茫
日逺扶桑天色嫩 水來滄海地維長
雄風南國飛官跡 落月西方向故鄕
男子平生懷遠志 看君文旆曝秋陽

○ 奉呈鏡湖洪公案下 三首 仝
使臣御命杳相嘉 大拔英才燿國華
還爲名聞轟遠邇 枉令謁刺滿征車

王門軒冕急求賢 諸子翩翩國士前
爲許四方堪作命 知君勳業照凌烟

登高作賦大夫材 更覩樓船橫海來
天下美名誰得兼 千秋竹帛爲君開

○ 奉呈龍湖嚴公案下 二首 仝
俊才君自在 書記故翩翩
弭筆辭王國 執圭馴日邊
長裙光紫海 雄劍倚青天
殊使勞征役 明時爲奉賢
猶有辨詩相 雞林大雅存
軒軒諸子氣 濟濟何王門
芳躅千秋覩 朱顔九月溫

安應長歲序　談笑對青樽

雞林相, 能辨白居易詩, 出於長慶集.

○奉呈泛叟南公案下　仝

羨君壯遊縱天下　滄海騎鯨觀日本
蓬萊宮闕瑞雲興　六鰲翹首呑混沌
斗牛之墟何茫茫　浮槎卽今天一方
投足下探黿鼉窟　擧手上欲捧大陽
豪氣橫秋凌霄漢　南溟北溟擊巨翰
作詩飄逸似謫仙　驥騏千里不可絆
海中珊瑚百千樹　鼓波成雨噴沫霧
驅使鬼神縛魑魅　睥睨宇宙雲衢騖
豐東郡城梧桐落　臨海館前潮水堊　赤間屬豊東郡, 又古有臨海館.
臨海暫鼓瑟與笙　顧我青眼一歡謔
握中美珠稱明月　投我光射白帝闕
高秋九月天氣淸　西顥沆碭吹毛髮
揮毫寄意何綢繆　雖有雜珮不堪酬
交情新可結芳蘭　天地風雲感蜉蝣
周南鄙人縣氏子　家本周州南鄙. 立身覆載喩一指
爲父牧馬長山阿　時時夾經謹諾唯
詩禮繽紛趨庭前　家翁長白, 現爲本藩講官. 辛勤多少十餘年
羽翼稍成當翺翔　忽搦弧矢遊八埏
東都縉紳荻先生　敝師荻生茂卿, 東都人. 一揖哼哼期玉成
芙蓉積雪千秋白　富岳一名芙蓉峯. 自是名山堪托名
誰持頑璞望夜光　獨有素質可成章

徒是縣家舊豚犬 歲月荏苒糜大倉
曷圖托身玉山側 一朝周旋親懿德
鄉國善士不可見 天下善士更難得
君自才子三韓英 結綬彈冠當文明
高標軒軒出人間 翰墨鋒穎凌東京
君王叡思切雲臺 鳳閣將擧綵綸才
嘉運一時假吾輩 把臂相向知幾回
人情偏當伸知己 浮雲聚散何甚駛
願與明月乘秋風 西飛長住漢水湄

○奉贈雅眞詞伯 東郭
文章要健雅 學業貴純眞
揭號寧無意 工夫在日新

○奉和東郭先生 雅眞
學淵尤可到 詩句更通眞
虛譽還堪恥 從今思又新

○奉呈洪鏡湖先生 仝
貴客遠來日本東 萬山不隔海潮通
自今幸尙聞淸佩 高仰昔時箕子風

○酬呈雅眞詞案 鏡湖
我在天西君在東 相將詩句意因通
詠來佳什香生頰 海外能全大雅風

○ 奉呈泛叟先生 雅眞
萬里波濤萬里山 客船漸到赤間關
赤間關外莫言遠 四海一家皆孔顏

○ 奉次雅眞詞伯韻 泛叟
客行前已發藍山 從此歸程問上關
秋後羈愁千萬緒 爲君今日一開顏

○ 奉和泛叟先生韻 本韻出于前. 雅眞
從來詩思兩情同 聊取鄙詞慰客中
別後西東千里遠 一輪明月掛蒼穹

○ 偶占一絕, 錄奉座上諸君子, 要和 鏡湖
男兒天地貴知音 楚越雖殊可斷金
滄海異邦傾郟蓋 一燈秋夜細論心

○ 奉和鏡湖先生韻 雅眞
有味齒牙發玉音 還看錦字類精金
世間最好君須會 更作詩篇共盡心

○ 示座上諸斯文, 求和 龍湖
滄洲秋色近重陽 鴻雁來賓菊欲黃
幸與諸君拚勝會 此身忘却在他鄉

○奉和龍湖先生韻 雅眞
從來關下屬長陽 此地幸猶遇杜黃
料知明日相離後 淸曉時時入夢鄕

○奉呈東郭大位 縮往
壯士辭家萬里程 他鄕只有白鷗盟
男兒墮地飛蓬矢 果到今年做是行

○奉次縮往詞伯韻 東郭
誤坐虛名涉遠程 敢言牛耳主文盟
忽驚珠玉盈雙握 堪托今朝得意行

○奉次縮往贈東郭韻 泛叟
風波不憚數千程 兩國交隣尋舊盟
赤間關下間關到 東武從今幾日行

○奉和泛叟位 縮往
君輕白浪重王程 遠入天涯續舊盟
從是東方山島門 滄波雖大不妨行

○奉呈龍湖崑玉 仝
赤間風月幾千秋 列嶽分光水空流
天使詩仙尋出日 暫因波浪繫羈舟

○ 奉次縮往示韻 龍湖
洒落襟懷爽傾秋 淸宵來訪總名流
能成兩國文場會 滄海遙通學海舟

○ 奉呈鏡湖崑玉 縮往
舟楫無根度海潮 定知波島萬重遙
千年冥契非如是 歡笑淸談只一宵

○ 奉和縮往詞案 鏡湖
寺門如對浙江潮 回首波程故國遙
赤間關下逢詩侶 我唱君酬度永宵

○ 奉和泛叟位 本韻出于前. 縮往
南北雖殊情意同 共居匝地弟兄中
東途如遇雲頭雁 須用一封達碧穹

○ 奉呈龍湖崑玉 縮往
海北海南風馬牛 豈料對榻坐淸秋
夢中胡蝶無滄海 定入故園蕞裏遊

○ 再次縮往韻 龍湖
溯漢仙査貫斗牛 金風玉宇正高秋
箕封近接桑溟域 莫怪今宵與子遊

○ 奉和鏡湖位 本韻出于前. 縮往

慚羞妄吐小蟲音 不比千年擲地金

若使白駒成鶴筭 更教今夜竭斯心

○ 奉和龍湖先生韻 本韻出于前. 縮往

萬里錦帆礙夕陽 行蹤寄館欲昏黃

如非白碰受珠唾 千載爭知遊此鄕

○ 奉贈縮往詞伯 東郭

男兒有義氣 誰憚更誰嫌

自反吾能縮 直前死亦甘

○ 奉和東郭位韻 縮往

滄海波如閣 直來終不嫌

公程唯見耳 辛苦亦能甘

○ 奉呈四君子 仝

漢府聞遼遠 江城又萬程

中間礎葛變 歸路雪霜生

藻鑒客山叟 席珍騁國名

何時風月下 淸嘯對天明

○ 奉和縮往高韻 鏡湖

雲山幾萬疊 海路隔千程

絶域靑眸罕 羈愁雪髮生

憐吾當暮景 羡子有高名
似爲詩樽會 秋窓不肯明

○ 奉次縮往詞伯韻 東郭
使華通南國 原隰幾千程
日域天邊近 秋風海上生
行裝愁遠役 文字愧虛名
欲識吾心事 須看皎月明

○ 呈上鏡湖先生 居敬
親炙淸容靜 仰觀高介專
文辭生麗水 道德産藍田
江向關東斷 雲從海北連
遙知風采美 冰鑑耀前賢

○ 奉和居敬玉韻 鏡湖
蹟類萍逢合 情因晤語專
雲鵬超北海 仙鶴唳靑田
江樹秋風落 湖城夜雨連
不知南國客 有幾似君賢

○ 呈上龍湖先生 居敬
高鵬一搏層雲碧 化作龍門各寵頒
萩苑騰光增舊價 吟壇潤色仰新刪
七言將寄强叉手 千里不期初駐顔

爲禱仙槎回漢節 賸無不明客愁閑

○ 奉次居敬示韻 龍湖

重溟萬里歷危艱 手捧琅函鳳紵頒
行到覇臺忠節挹 路經慈島客愁刪
異鄕莫道霜添鬢 靈境那無藥駐顔
暫向赤關停客棹 一宵良晤占淸閑

○ 呈上泛叟先生 居敬

誰料瑞奎搖百里 却將玉帛入三秋
譽髦拱北圖書府 淸化回東仁義鉤
千斛明珠生吻上 三山碧海逼胸頭
適因偉範臨雄席 珍重彩光滿敝州

○ 奉次居敬瓊韻 泛叟

異地相逢總勝流 客中佳節又淸秋
晴窓喜見雲生筆 滄海嫌無月印鉤
憐我書難憑雁足 羡君身自在鰲頭
東來可遂蓬桑志 壯矚將窮六十州

○ 奉次泛叟位要和韻 本韻出前. 居敬

天末江山意趣同 崑金圃玉落筵中
鶴龍何敵張華座 驚見韻聲逼碧穹

○ 奉賡鏡湖先生風什 同上 仝
麾下吏情對玉音 不圖異域袖遺金
吐華洒翰縱橫字 極愧無言報雅心

○ 奉和龍湖先生嚴押 同上 仝
雲途衣冕寓長陽 驚見高聲追杜黃
夜屋秋堂頻促席 可憐耀彩及家鄉

防州 石國

○ 奉呈學士詞案 圭齋
帆馭逐風要路津 俶裝肅肅一眸新
旌旗今不遠千里 二國德光元有隣

○ 敬次圭齋惠貺韻 東郭
秋風送我到滄津 乍踄高樓晩眺新
自愧暮年才力退 餘波頻况照芳隣

○ 敬奉和東郭學士高韻 圭齋
繡舌錦脣吐玉津 躍龍舞鳳見來新
今辰偶接芝眉處 咫尺相親如近隣

○ 偶占一絕, 寄贈圭齋, 要和 鏡湖
偶逐仙槎海外遊 上關雲烟動高秋
騷人不識羈愁在 猶向燈前乞唱酬

○奉攀鏡湖公韻礎 圭齋
江山千里足奇遊 淸水爽天一色秋
騷客投予金玉韻 不才相對愧賡酬

○敬奉呈東郭學士案下，乞高和 仝
星槎暫駐上關路 彩鷁紅龍背夕陽
秋晩定知吟興好 時豊始見節旄揚
高樓眼界乾坤闊 閑戶墨痕鸞鳳翔
他日難期萍水會 沈吟鼓筆幾搜腸

○奉次圭齋詞伯辱贈韻 東郭
赤葉黃花秋欲老 海門風雨近重陽
天時畹晩羈愁動 物色凄淸謾興揚
乍接高標如鶴立 更攀佳什似雀翔
白頭漸愧才全退 司馬休稱錦繡腸

○再奉和東郭學士高韻 圭齋
多年名譽驚凡耳 慕藺已如葵向陽
烟雨擁山雲漠漠 江風靡節氣揚揚
醉鄕日月秋空晩 故國東西雁自翔
一韻投予瓊琚賜 始知妙句洗愁腸

○謹奉呈鏡湖公詞案 仝
時維秋季節 雁字點長空
書腹飽先滿 硯田耕自豊

笙歌酒醒後　風月舶浮中
無恨方言別　交筵情最濃

○ 奉和圭齋瓊韻 鏡湖
峯上村連館　樓前水接空
嘉魚烹丙穴　美酒酌新豊
月浸飛波外　山迷小雨中
維舟永今夕　高枕興全濃

播州 室津

○ 盆石一片, 見朝鮮國李學士, 要石背題詩 甘谷
頑然小石勢崢嶸　今日煩君此問名
乞得到頭何用處　千秋佳話路傳榮

○ 甘谷詞伯, 要余題詩於石面, 次韻奉謝 東郭
强將拳石詑崢嶸　可笑詞人冣喜名
欲寫新詩慚活沸　莫言微物頓生榮

山州 淀

○ 呈龍湖泛叟二公 柏山
海風萬里快鵬程　攬轡都城秋正淸
帶礪永修兩邦好　山川篤産一方英
月宮攀桂手應馥　夜閣照藜眼自明

千載萍逢知有數　幸容御李慰生平

○ 奉和柏山詞伯示韻　龍湖
鷁路舫窮復驛程　雨餘秋色正澄淸
仙區從古多奇勝　淑氣于今鍾儁英
雅致瓊林瑤樹出　新詩鮫室寶珠明
看君健筆眞勍敵　屈壘米墻眼底平

○ 奉次柏山詞伯惠贈韻　泛叟
停槎今夕始登程　雨浥江城霽景淸
千里山河多絶勝　一邦人物盡豪英
窮溟更覺乾坤大　別界方知日月明
吾輩相逢豈偶爾　百年隣好際昇平

○ 席上卒賦，呈龍湖泛叟，要寫字　柏山
從來金馬玉堂仙　揮翰方看今米顚
君若不慳換鵝手　彩虹一掃紫潭烟

○ 復次柏山要寫字韻　龍湖
蓬山此日訪眞仙　奈此頹齡雪滿顚
未學筆家三昧法　揮毫那得洒雲烟

○ 奉次柏山瓊韻　泛叟
樓船百尺奉群仙　半世塵人愧雪顚
自有飄飄羽化意　從今寧欲食無烟

○ 走筆勸酒 柏山

相遇文章飮 不知夜已央
不嫌督郵惡 君幸累盃觴

○ 和柏山詞伯韻 龍湖

異邦逢韻士 良晤樂無央
爲語同心子 莫辭盡百觴

○ 同 泛叟

華燭明如晝 秋宵尙未央
君能成好句 吾豈拒深觴

○ 重和 柏山

虛心似泛艠 拍拍海中央
傾蓋渾如故 豈無罄酒觴

近州 大津

○ 奉呈李學士榻下 空圖子

海陸百里, 衝過炎凉, 漸向寒令, 道途無恙, 介紹大命, 旣到此地, 欣意欣意. 僕姓河野, 名玄廣, 字通堯, 號空圖子. 久聞高儀, 欲一接龍門, 幸蒙靑眄, 宿望頓足矣. 固奉呈鄙詩一章, 枉賜斤和, 何幸加之.

鵬翼高張蒼海風 一搏萬里徙天東
暫時乍息太湖上 欲去絶雲又絶虹

○ 走次空圖子惠韻 東郭

桑溟萬里一帆風 玉節乘秋到日東
驛路今朝團會處 愛君詞彩截晴虹

○ 奉呈鏡湖洪公案下 空圖子

四明仙客幸相知 淸操亭亭松柏姿
想像前將鏡湖水 恩榮應是在遠期

○ 奉和空圖詞客 鏡湖

影響平生素不知 相逢自愛烱然姿
吾行正是梅香節 一榻論詩有後期

○ 走次洪公惠韻 空圖子

勿言遠客莫相知 驛路江山不異姿
何恥彫蟲詩句拙 心肝吐出盡交期

濃州 大垣

○ 奉呈李東郭學士左右 菊隱

客自遠方來日東 不料傾蓋坐春風
語言雖異字何異 紙面筆頭兩國通

○ 敬次菊隱詞老辱貺韻 東郭

南躔瑞彩照天東 地上癯仙有古風
自幸今宵瞻德宇 寸心何待語言通

○ 敬次菊隱老詞伯贈東郭韻 泛叟

聲名早擅日本東 頭白猶存古士風
自道吾今年八十 滄溟五見使槎通

○ 欽啓東郭李公旅榻下 隨月

積水重山, 風浪有時, 梯航無恙, 三大使君, 動止淸勝, 弭節於此, 是南邦之至慶. 如我館主, 亦抃喜有餘. 且尊公應文衡之選, 來修隣好, 實此行之重任也. 竊承六月盛暑發漢陽, 今也秋已過, 長路之勞, 多日之懷, 更僕何罄. 雖然遂桑弧之初心, 究天末之壯遊者, 士之所爲榮, 孰不羡焉. 珍重至祝. 仍奉蕪詩一篇, 備旅寂之笑囮, 莫以塵高明爲罪.

開雲艤舸撲鯨濤 遞向海東簪彩毫
萬里苦辛君莫厭 由來專對屬英髦

嘗聞開雲者釜山開津處也.

○ 奉次隨月詞仙韻 東郭

輕舟出沒任風濤 性命從來似一毫
利涉仍成今日會 一筵名勝總時髦

○ 謹奉鏡湖洪公吟壇 隨月

悠悠文旆動西風 蓬島葦原鷁路通
海硯雲箋行處在 仰看虹筆挂蒼穹

○ 謹次隨月惠韻 鏡湖

何論絶國不同風 無待傳言意已通
强把里音酬白雪 起看新月掛遙穹

○敬奉龍湖嚴公詞案 隨月

棹破靈槎滄海波 使臣一夜此經過
良緣千載有天數 邂逅佳人攀玉珂

○奉和隨月詞伯示韻 龍湖

十里平湖瞰碧波 星槎此地暫來過
諸君連轡勤相訪 蹀躞青驄白玉珂

○恭奉泛叟南公梧右 隨月

祥風護送向東瀛 吟雨嘯晴萬里程
意氣揚揚塵俗外 料知聲聞冠箕京

○奉次隨月大士惠贈韻 泛叟

星槎萬里泛蓬瀛 涉盡波程上陸程
客館逢迎多俊士 方知文彩止東京

○謹稟學士李公案下 困勉齋

波濤萬里, 山嶽千里, 其艱澀煩勞, 豈不思之哉. 天道慶善, 動定休暢, 實彼此之福也. 此夕, 止文旆於此地, 接龍光於賓館, 千歲之一會, 多時之眉目也. 今不省漁樵之陋, 不愧朽木之質, 賦野詩一篇, 以呈几下. 伏乞許阮眼一青, 賜郢政慈教.

萬里星槎遠善隣 東西風色共清新
不才幸遇休明世 親見殊方君子人

○ 奉次困勉齋詞仙韻 東郭

晩從桑域得芳隣 世外仙標見更新

須把峨洋彈一曲 老夫叨作賞音人

○ 奉呈鏡湖洪公案下 困勉齋

白舫青簾至日東 芳盟不朽及無窮

昔時箕子仁人化 文物今猶仰德風

○ 奉和困勉齋惠韻 鏡湖

文彩如今振海東 不關天外地維窮

兩邦人士逢迎處 各把方言問國風

○ 奉呈龍湖嚴公案下 困勉齋

積水渺茫天際流 國華遠映使星舟

寬容勿棄新交士 不隔心知良夜遊

○ 奉次困勉齋示韻 龍湖

客裡年光逐水流 幾時重泛浪華舟

仙區幸遇能詩士 良夜欣成秉燭遊

○ 奉呈泛叟南公案下 困勉齋

朔吹晴窓夜色闌 論詩剪燭漏聲殘

忽忽旅館暫時興 深惜海東未盡歡

○ 奉次困勉齋惠韻 泛叟

長道駈馳夜已闌 燭前迎客更挑殘

倘無文酒今宵會 他日誰知兩國歡

○ 奉呈東郭李公詞案，兼呈鏡湖洪公龍湖嚴公泛叟南公三詞伯 春竹

梯航無恙，星軺抵此，幸接芝眉，欣抃曷極. 漫賦荒詩一絶，以汚嚴聽.

跋涉山川萬里程 旌旗暫駐大垣城

今宵幸遇翰林客 淸語忽消鄙吝情

○ 奉次春竹詞仙見眎韻 東郭

此去東都幾百程 大垣佳麗亦雄城

天涯客況休相問 小燭虛堂故國情

○ 奉和春竹惠韻 鏡湖

江關此去隔千程 今夜星軺駐海城

偶與新知相唱和 詩成多是憶鄕情

○ 奉次春竹示韻 龍湖

海陸間關遠客程 征軺一夜駐孤城

殊方莫道無知已 爲感新知款款情

○ 奉次春竹惠韻 泛叟

涉盡東南海外程 今朝已過佐和城

殊方萬里無人語 强結新知作舊情

○ 呈芳洲公詞案 春竹

文炎萬丈徹長天 卓出宏材壓浩然

歡會猶忘螻蟻質 華筵此夜接騷仙

○ 奉次春竹詞仙韻 芳洲

良宵秉燭素秋天 萬斛鄕愁却灑然

羨子揮毫有奇才 他年應是作詩仙

○ 贈春竹少年 東郭

揭竹以爲號 君心吾自知

長靑霜雪裏 非獨一春宜

○ 奉和東郭公玉韻 春竹

逢接雞林客 新交如舊知

何辭文士會 歡笑百相宜

○ 酬春竹 東郭

交貴意中得 情從言外知

有詩兼有酒 吟罷醉還宜

○ 奉呈東郭李公詞案, 兼呈鏡湖洪公龍湖嚴公泛叟南公三詞伯 春倫

錦帆萬里, 海路渺然, 戴星衝霜, 賢勞萬端. 天神交相, 文候淸嘉. 謹獻蕪詞, 伏冀郢斧.

氷玉精神徹底淸 風流總是翰林英

錦囊定有高吟在 天借詩豪萬里行

○奉次春倫詞仙見眎韻 東郭
一見知君骨格淸 翩翩奇氣信豪英
奚囊貯得淸篇去 堪詑今朝得意行

○奉和春倫惠韻 鏡湖
剪燭華堂夜氣淸 一場文會盡才英
阿誰謂我能詩客 我爲奇遊作此行

○奉次春倫雅士示韻 龍湖
髫齡標格秀眉淸 聯璧聲名總雋英
束帶何妨迎李賀 袖中應有雁門行

○奉次春倫示韻 泛叟
看君眉秀又神淸 聯璧才名一世英
椿府大人仍見枉 御來何羨八龍行

○贈春倫少年 東郭
聖訓吾曾受 於人春是仁
欲修分門職 造次宜明倫

○奉和李東郭高韻 春倫
孔蓋初傾處 及人幾箇仁
龍蛇趨紙上 仰見杜陵倫

○ 奉呈東郭李公詞案, 兼呈鏡湖洪公龍湖嚴公泛叟南公三詞伯 道仙

彩鷁遙浮滄海中 烟波萬里指江東
今宵逢接眞天幸 聊把禿毫寫寸衷

○ 奉次道仙少年韻 東郭

蠻觸乾坤萬古中 扶桑遙在海天東
君居自與箕邦接 須向逢場罄素衷

○ 奉和道仙惠韻 鏡湖

壯觀渾如夢想中 我行今已盡天東
陶然一席新知樂 聊有吾君罄素衷

○ 奉次道仙秀才示韻 龍湖

芝蘭秀出謝庭中 奎璧專精輝海東
勉學愼毋拋歲月 一詩相勖道愚衷

○ 醉次道仙秀才韻 泛叟

弱冠才格出人中 伯仲聲譽更擅東
我有三兒今別久 見君兄弟動心衷

○ 奉呈芳洲公 道仙

曾聽日新德業成 企望高彩幾葵傾
幸因韓客來斯地 不料與君結友盟

○奉次道仙少年見眎韻 芳洲
一見愛君才早成 少年意氣向人傾
只恨明朝分袂後 何時重與結騷盟

○贈道仙少年 東郭
爲問少年子 如何號道仙
去君驕與慾 方可學眞詮

○奉和東郭詞伯高韻 道仙
今夜斜窓下 飫看翰墨仙
愛君垂教事 從此學眞詮

○奉呈東郭公 道仙
示吾瓊玉句 句句唱來奇
不識明朝別 只殫今夜娛

○次道仙 東郭
發語語皆爽 題詩詩亦奇
何論一韻落 把酒且相娛

道仙奇與娛, 誤作一韻用, 故戲之. 倉卒之間, 誤書嬉字, 爲娛字, 故及此戲.

○留贈春竹三昆季詞案 鏡湖
三芽新茁紫蘭叢 頭角頎然氣宇崇
恨我難看成就日 雅襟空憶海天東

○ 奉賀當壯菴 東郭
君有盈庭玉 詩鏗擲地金
門闌他日慶 應復聳詞林

○ 偶得一絕, 錄奉當壯菴高案 鏡湖
主人文雅是醇儒 三子才華動海隅
今夜不須吟漫興 爲君高唱鳳將雛

○ 奉賀當壯庵詞席 龍湖
二難更添一 才學總無儔
有子能如此 知君百不憂

○ 用學士韻, 同賀當壯菴主人 芳洲
人生貴有子 何必重千金
棣蕚交輝處 鬱成翰墨林

○ 奉呈李學士玉座下 道順
遙隨聘使自朝鮮 渺渺風波路幾千
揮筆何憂言語異 一時結好海東天

○ 奉次道順惠韻 東郭
圓嶼烟霞限我鮮 渾如弱水杳三千
相逢頓覺襟期合 自是東南共一天

啓 隨月

所奉鄙詩, 不敢求瓊報, 聊奉謝鳳覩之辱而已. 然各賜芳和, 可謂千載之奇幸, 可以誇鄕人. 夜已闌欲辭去, 只願輿馬平安, 竟東都之盛禮, 西歸之速.

同州 今須

○ 奉呈東郭李公之梧右 叔山

恭擔盛禮, 仙槎淩海, 星軺衝雲, 天涯萬里免恙, 文旆抵斯, 闔國之慶幸也. 不佞豫承官命, 來此驛, 監信使之庖廚, 故多事鞅掌, 恨不得接光範耳. 爰裁俚語一章, 以代舌, 聊備胡盧, 宓祈斤和.

吾爲使君監割烹 奈憑鞮目擊通情
無端駈翰呈詞案 惟俾韓荊識姓名

○ 謹次叔山辻公之惠韻, 先申區區 東郭

能敎遠客厭南烹 對案區區謝高情
況有新篇聲戞玉 木瓜還復媿虛名

參州 吉田

奉東郭李公館下書 撝謙

自嘗聞高名, 欲展望塵之拜, 久矣. 玆審萬里江山, 夏葛旣經冬裘, 文駕戢轂, 乃今落于斯, 曷任雀喜. 啓者本邑, 是牧野大學源成央者之采地而僕卽其家臣也. 今番奉迓諸公之到, 欽備警蹕之一職. 僕自少

稍好文學, 然才太拙而未及於蛾子時術之. 伏冀, 竊比儀封之請見而一獲高明之青顧, 則僕榮幸豈換萬戶之封哉. 只怕有妨蹔燕息於羈館, 雖然期高誨, 止今夕耳, 萬惟亮察. 臨楮, 無任瞻仰之至. 不旣.

○ 恭瞻諸公行儀, 卒賦俚言 仝

華驂今莅吉田鄉 萬里嚴程不亂行
歌鳥邀輿接鐘鼓 瑞雲翳路護賢良
堂堂圭節揭軔氣 濟濟衣冠佩德香
國寶從來在隣好 更瞻文旆耀扶桑

○ 奉次撝謙詞伯惠韻 李東郭

天地精英聚一鄉 眼中仙侶自成行
藍田美玉元稱寶 冀野霜蹄獨擅良
筆掃千軍方覺玅 詩成一字輒生香
逢場莫道深更盡 晴月新昇海上桑

○ 奉和撝謙惠韻 鏡湖

沿途隨處水雲鄉 夾路長松翠成行
地重耕蚕家盡給 人游道藝士皆良
攀來雅範心還敬 詠得佳篇頰自香
古寺新知連榻地 夜風蕭瑟動枯桑

○ 奉次撝謙詞伯睕韻 龍湖

一夜奎輝耀海鄉 踵門多士儼成行
方知地理多奇勝 鍾出人材總俊良

皎映氷壺襟抱爽 薰如蘭室笑談香
羈懷倍感年光暮 蕭瑟玄冬已貫桑

○ 奉次撝謙詞伯惠韻 泛叟
知君名譽擅玆鄕 羞與凡人作一行
文藝自能兼筆妙 地靈方信産才良
櫝中寶玉終稱美 谷裏幽蘭不掩香
嗟我白頭成底事 四方惟擬射蓬桑

遠州 濱城

○ 增樂村茶屋 靖菴
板屋蕭然倚碧灣 蘭舟深繫敗荷間
金爐一穗茶烟起 遠客停驂暫解顔

○ 奉寄朝鮮國李學士次濱松城市 正數
萬里來遊東海東 行裝仰望太平風
慰勞遠客聊相問 鳴雁催情驛舍中

○ 奉次尾見氏詞伯韻 東郭
客行猶自滯天東 時序居然又北風
明日彩旋官路廻 富山蒼翠入望中

駿州 富士

○題富士山 平泉

君不見富士之山何穹崇 乃在九州之外東海東
東海浩浩不見際 扶桑日月生其中
此地建國幾千年 厥初邈矣開鴻濛
鄒生騁說果不虛 豎亥健步曾莫窮
國無名山但積水 富媼上訴愁天公
一朝地坼波翻 神嶽湧屹然萬丈撑蒼穹
此事云在孝靈時 非如誕說欺愚蒙
蟠根廻壓大陸平 遠勢橫帶滄波洪
一朶亭亭玉芙蓉 常時雪霰長蒙籠
爽氣晨凝沆瀣精 寒光夜徹鮫龍宮
每年朱夏苦熱時 赤雲烌烌恒燒空
炎方草木焦欲盡 猶見山頭雪未融
上有深淵號天池 傍開邃穴生寒風
餘波汎濫散幾派 川澤縈[1]紆瀉奔潨
復道年前有異事 山中十日天火烘
烟沙[2]蔽天晝晦冥 忽有一峯騰穹窿
仙區儘多靈怪迹 幻弄豈非眞宰工
我昔聞之願一見 今日星槎路始通
新晴駐車看山色 晚風一掃雲曈曨

1 縈의 오자다.

2 波의 오자다.

怳然身遊群玉岑 瓊瑤觸目光玲瓏
頤神老師件我行 爲言此是眞瀛蓬
往往白日聞笙簫 仙侶翩翩駕輕鴻
遊戱雲中人不識 骨青髓綠仍紺瞳
桂旗芝蓋倏來往 琪樹瑤草何蒨葱
惜乎僻在重溟外 古來見者惟秦童
千秋詞客少品題 賁飾獨有金華翁 金華宋濂之號
若令置之中國土 何遽不若岱與嵩
我道此山固瓌偉 吾邦亦有金剛雄
金剛一萬二千峯 箇箇削玉多青楓
安得與君一陟毗盧頂 細論二山形勝同不同
金剛, 有一萬二千峯, 又多楓樹, 故亦名楓岳. 毗盧卽其最高峯名.

同州 清見寺

○謹裁一絕, 請韓客詩章 芝岸

貴國諸賢, 每來此地, 皆有佳作, 山野謹賦蕪詞一章, 奉呈左右. 伏冀, 效先賢而莫惜擲地聲.

使星渡海一寒暄 旌旆悠揚紫電飜
禪榻拂塵西望久 幸留彩筆照山門

○題清見寺, 謝芝岸老師 平泉

淸曉山門得暫過 樓頭拂塵白雲多
峯連富嶽千秋雪 日湧滄溟萬里波
花樹地暝常爛熳 韻僧年老尙吟哦

忽忽却別諸天去 王事關心四牡歌

豆州 三島

○ 奉呈東郭李學士 正藏

百篇供奉昔曾聞 七步東阿今見君
韓國騷人李東郭 聲華高壓富山雲

○ 奉復正藏詞仙案下 東郭

世之人，維翰墨間托心契，最深者得一言，先曉難矣. 況僕之於足下, 以生世則異邦也, 以交誼則非舊, 而獲此先施之盛眷, 其感宜如何哉. □□撥悵步呈以申區區, 銘鏤鏤忱.

勝槩方欣愜素聞 深情況復荷吾君
何當共泝滄溟去 手攬扶桑弄彩雲

○ 寄呈朝鮮國李學士案下 平介

漢城風雨幾時過 一入東溟只浩波
日夜箱關行不對 黃花秋盡見霜多

○ 敬復平介詞伯案下 東郭

小輿晨向富慈過 勢壓滄溟萬里波
夜半驪珠驚滿握 一篇奚啻十朋多

雞林唱和集卷之十一

【영인자료】

雞林唱和集

【영인자료】

雞林唱和集

여기서부터 영인본을 인쇄한 부분입니다. 이 부분부터 보시기 바랍니다.

唱和集
東武
一

正德辛卯新鐫

京師書坊

松栢堂
奎文館 仝彫

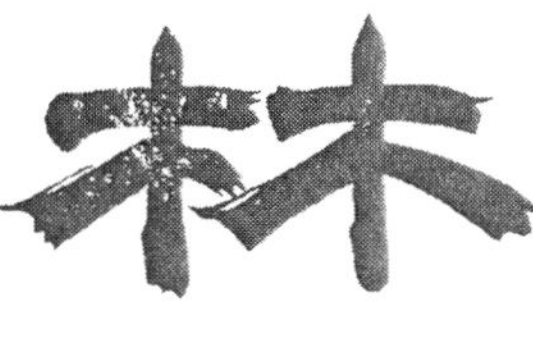

時丁熙朝四海仰維新之化德播殊域三韓脩善隣之儀今書同文何假象胥推詩言志畢見鳳毛霧縠氷紈誇三都之杼柚鏘金戛玉操兩邦之聲音爰擴玩英式附繡梓隨得編録序無後先爲共來葉之義淡永貽文林之遺芳

順尾維賢謹誌

序

古昔○外國脩禮
皇朝者○其種非一○而或通或獻○來
廷不常○唯至三韓之交聘○寢久
遠不絶○故其發舒餘裕於詞章

文字之間雖冒亦有存於鉄簡折
册之遺而事皆出搢紳及士庶
世帝遷革不易撥者今則何以得
観風化之美備物朝去歲辛卯
朝鮮聘使趙泰億等率文武貢

官入轂
國家之好道由對馬而沿海而東
抵難波遠京師驛傳以達江戸
往來已涉十餘月貫所經藩府
州郡公而待私而遇才俊髦士

星列雲集。與彼文人。筆墨相嬲。詩歌相雄。吁亦盛矣。其傳播閭巷者。凡幾百篇。好事者。彼人全文書舖。商求書梓。後又乃若干篇。以續其編。嗚呼。天下之大。人才不翅

千萬而與斯會者僅十之一會必
多倡酬而屬棒人之手者恐十之
一其濟之尚安世可勝稱哉方今
大服韓德之自不唯廟堂崇文乃
正彌縉之宗無不順氣和應而餘

感延豎海外客齊教之編羅頃之響燦然可觀於今儀然可徵於後世雖上世又何加焉乎是所以相共歡杯鼓舞而樂之 昭代至化之懿也

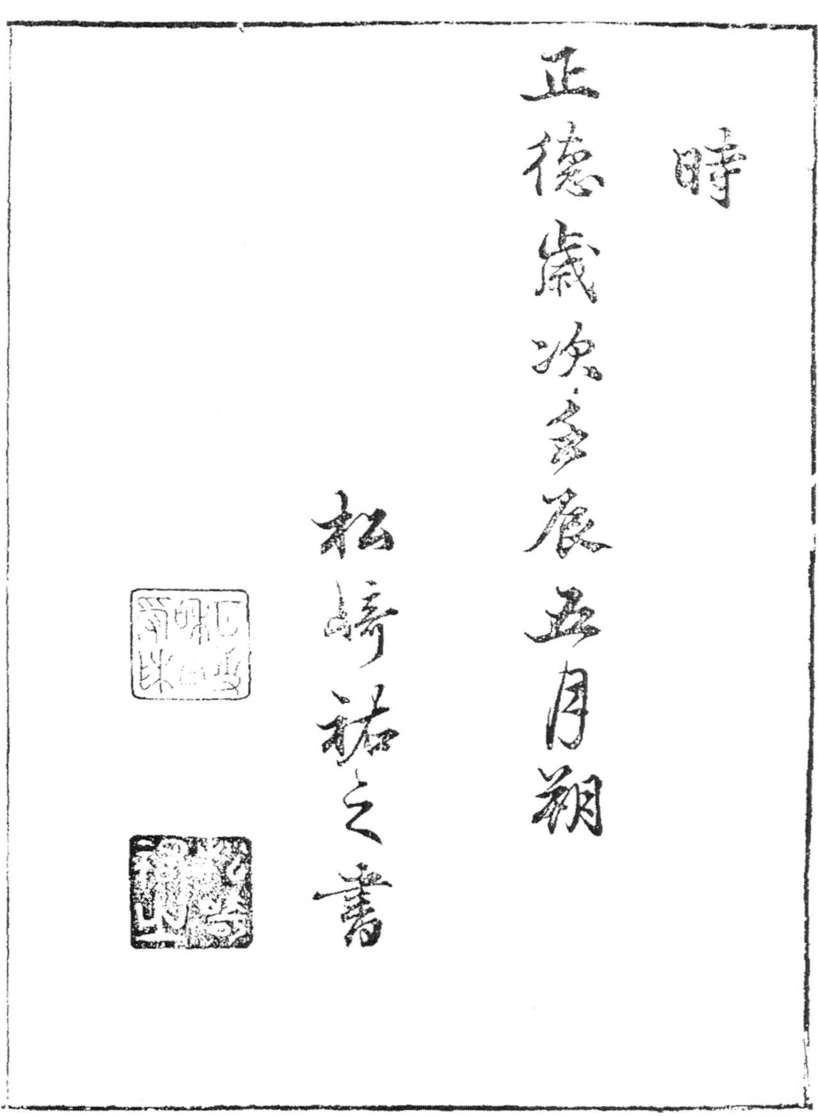

時

正德歲次壬辰五月朔

松崎祐之書

韓使官職姓名

通信三使臣

○正使

通政大夫吏曹參議知製教趙泰億字大年號平泉又號謙齋朝鮮國楊州人生乙卯別業任藍溪

○副使

通訓大夫行弘文館典翰知製教兼經筵侍講春秋館編修任守幹字用譽號靖菴又號書

坪朝鮮國西河人生乙巳

○從李

通訓大夫行弘文館校理知製敎兼經筵侍讀

春秋館記注李邦彥字美伯號南岡朝鮮國

宅山人生乙卯

負役

○上々官

同知　李碩麟字聖瑞

僉知　李松年字久叔

僉知　金始南字重叔

○製述官

前佐郎　李礥字重叔號東郭生甲午乙卯

進士癸酉文科狀元丁丑重試及第曾為安

陵大守李牧隱先生以高麗大相入中朝登

狀元第官翰林還歸之後官至領台

即公外家先世奕世冠冕已至二十餘世先

生之後孫鵝溪先生即宣廟朝領相公之外

高祖也公無子取從弟子為

己子名亂作年二十歳矣

○上判事

前判官　洪舜明字水鏡

副司勇（勇一作猛） 玄德潤字道似

前判官 鄭昌周

○次上判事

前主簿 金是操字楊甫

前僉正 崔漢鎮

○押物判事

前僉正 金顯門字大材

前直長 朴泰信字信哉

前奉事 金時璞

前直長　趙得賢
○良醫
前直長　奇斗文號嘗百軒朝散大夫典涓
司直長住壯義洞
○醫員
前主簿　玄万奎
副司勇　李渭
○寫字官
上護軍　李壽長字馨遠號花菴完山人雪

月堂字 雲月堂 名之錫 壬戌年以寫字官來

止護軍 李爾芳 字仁叟 號貞谷 或號養靜

主人天安人

○正使軍官

僉知 李詻

僉知 金鎰英

前郡守 李行儉

經歷 趙健

僉正 韓範錫

主簿　　　　　　　　　　　　　　　　朴𢳫

哨官　　　　　　　　　　　　　　　　金世珍

前參奉　　　　　　　　　　　　　　　韓潤基

○書記

判官　　　　　　　　　　　　　　　　洪舜衍字命九號鏡湖生癸巳丁

巳進士乙酉及第放爲大常判官是差正使

記室

○副使軍官

前監察　　　　　　　　　　　　　　　閔濟章

宣傳官　鄭壽松
都事　趙憤
宣傳官　鄭纘述字述甫號龜岩圃隱先生
十一代孫
護軍　申震熽
前別將　劉廷佐
副司猛　張文翰
閑良　任道升
○書記

前縣監　嚴漢重字子昕號龍湖生甲辰登
庚午進士丙戌及第歷職秘書監高敞郡太
守今以副使書官來
○從事官軍官
副司勇　卞景和
○書記
副司果　南聖重字仲容號泛叟生丙午以
從事書記來　壺谷之子　壺谷名龍翼明曆
乙未從事官
○別破陳兼軍官

金斗明

嚴漢佐

○馬上才

池起澤

李斗興

○理馬

安英敏

○典樂

金碩謙

金世璟

際

中官 百柒拾人
下官 貳百柒拾肆人

合 支肆百玖拾柒員

○對州書記

芳洲　雨森東五郎

霞沼　松浦儀右衛门

春洲　鹽川伊右衛门

鳳洲　味木金藏

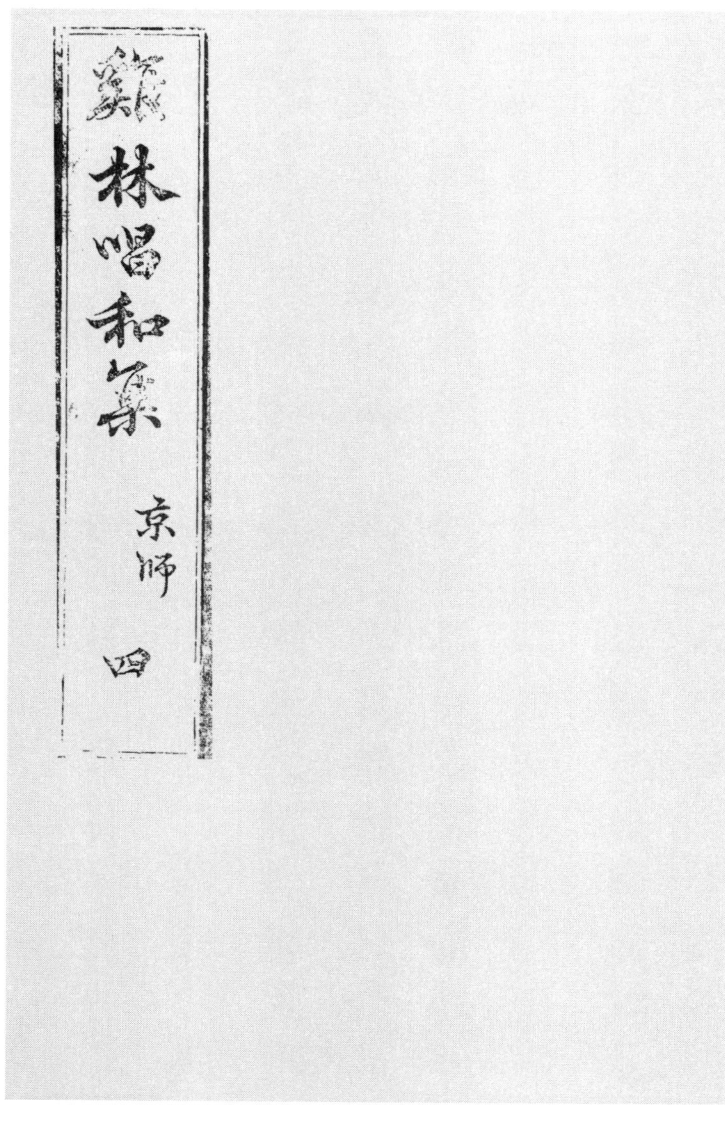
雞林唱和集
京師 四

雞林唱和集巻之六

京師後編　真山

○謹呈東郭崇公案下

西縣東暘區域分似舟容洪海天雲江山各待

甌佳句領袖俯望過素問華館再迎文旆逸紺

圃忽吐白梅芬幾人輻湊求名價一世龍門正

是君

○謹呈鏡湖洪公案下　仝

莫言萬里隔商參瞰日盟尋復舊千載屢朋

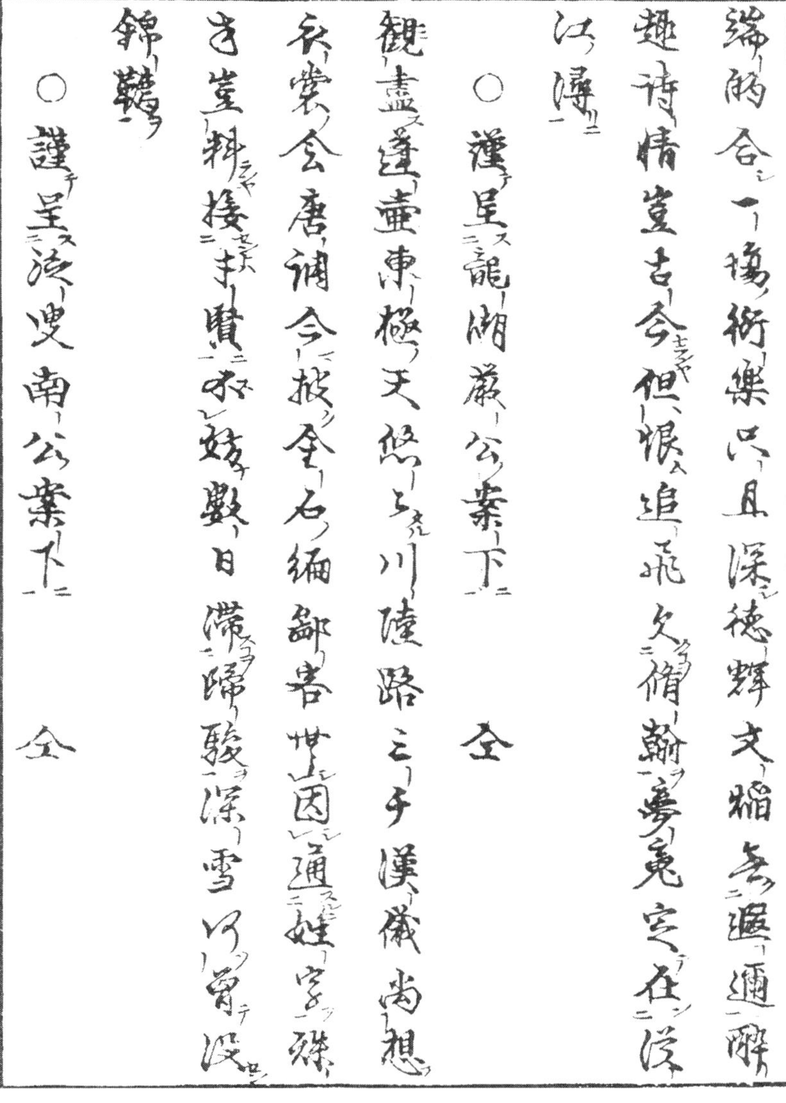

繡納合一場術樂只且深徳輝文猶無遐邇儕

趣詩情豈古今但恨追飛久偕翰墨覓定在浮

江濤

○謹呈龍湖巖公案下　仝

觀盡蓬壺東極天悠々川陸路三千漢儀尚想

衣裳会唐禮今披金石編鄙吝世因通姓字殊

方豈料接丰賢不妨數日滯歸驂深雪何曾没

錦韉

○謹呈滄浪叟南公案下　仝

貴邦奚邈山河美籍甚人才皆絕倫名懷雄圖
開八道流風善政自之仁波涛不偶設修使冠
佩初知專對賓何患歸期向窮臘軺車到處款
呈春

○東江真山惠韻　龍湖

文風不振日東天羨子詞鋒可數千弊稿騁來
捫虱語遺經讀盡汗牛編賓筵邂逅成良晤王
事驅馳歎獨賢明裝可堪分手恨驛亭斜日照
歸鞭

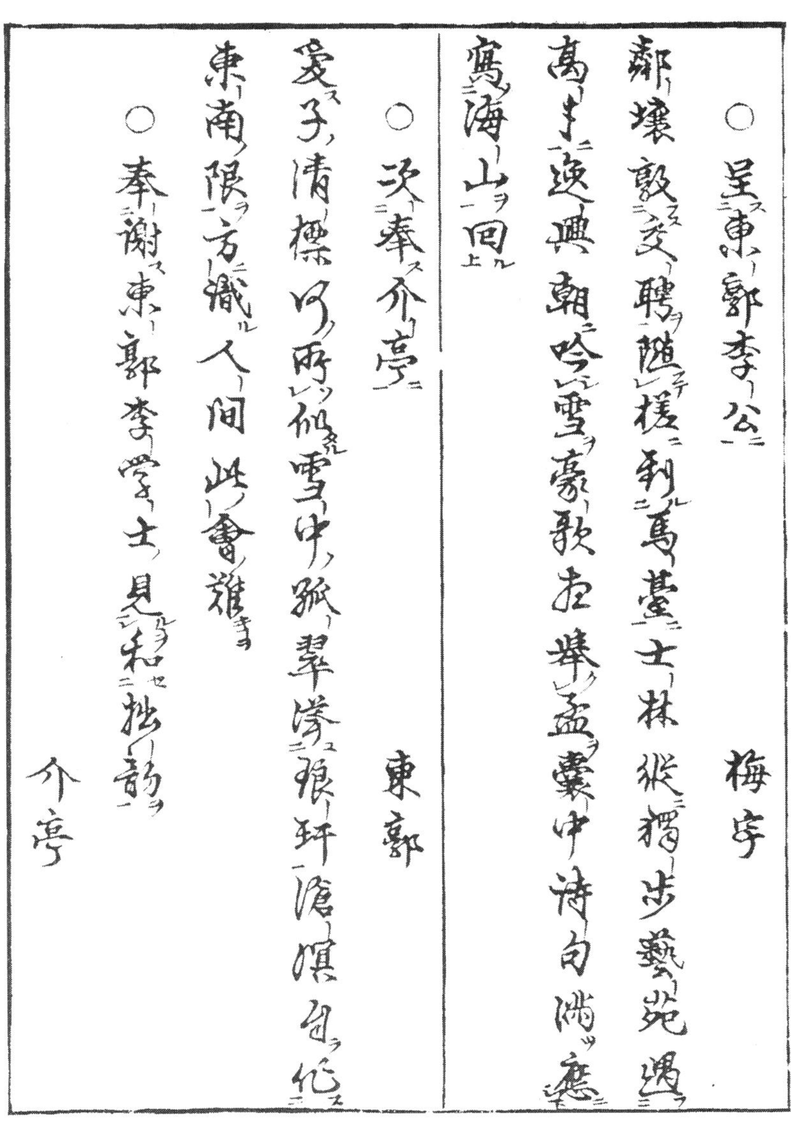

○呈東郭李公　梅宇

鄰壤敦交聘隨槎到馬臺士林從獨步藝苑遇高才逸興朝吟雪豪歌夜舉盃囊中詩句滿應寫海山回

○次奉介亭　東郭

叟子清標何所似雪中孤翠澹琅玕滄須自化東南限方識人間此會難

○奉謝東郭李學士見和拙韻　介亭

巴曲遙寄三島上更徴紫雲報琅玕明鈴此去
道千里不知夢清宵剩也難
偶因一友人呈鄙詞請郢正速辱是和句
三島來感荷感荷展玩之餘附以一詞慚
惶悚愧

○ 呈東郭李學士 竹里

賀封文獻古來同邂逅者今御李君他日相思
何所託天南一鴈度開雲

○ 次李竹里 東郭

海外烟霞愜素閑，就中文彩更逢君。明朝又作臨岐別，回首滄濱但白雲。

○鄙律三章謹奉簡朝鮮學士雪月堂先生案下

寧幹

僊槎萬里載詩來，兩港風灘幾候回。國使更伸弧矢志，詞臣先拔兎星才。望高西海三秋月，心切江南一朶梅。元識乾坤同此氣，龍门何惜容樗材。

一代才望稱儒臣，志節能堪奉使身。古禮應同

呉季札遠遊何慕楚靈均山河拭目文殊壯霜
雪磨襟句奇神賤隨恨無由識面鴻臚此日有
斯人
百里長安引領頻奈何剌字竟無因羽儀共仰
三韓望冠冕充聞一代人口出權衡月旦許參
成金石曲陽春錯落不惜地盈尺自是青冥附
上身
○走次寧静詞伯韻却寄　　東郭
東津到客寄詩来手把華箋詠歎回奎瑞即今

回泰運日邦終古奇才清標恨未攀瓊樹別
意空思贈驛梅近石未逢時易邁可憐虚老棟
梁材
白頭天末飲氷臣翰墨名慙此身海外流光
寂寞客間無緒辞雖怡情添疲病長須藥餌
閲艱難已換神遠震洞津雲水地百年耕鑿一
閑人
高詠新詩撃節頻一床團會更何因魚龍上
長為客翰墨場中始見人旅浦閑吟三島月飲

林嵓欧四時青奇才不必修書老自古文章実
抜萃

○山海万里銜命遠使跋渉歴時自東歸西
動定休暢珍重万エ　不佞姓武部名紘字
好古一號省菴京師産也幸遇昌運歴遊
道範慶幸多エ道路瞻視尚歎威儀況其
公于傾蓋之雅乎不願俚浅漫以拙詩一
篇奉呈東郭李先生梧右冀加潤色

省菴

一夜文星照碧堂忽聞使節自江東華堂相過
雞林客喜見才姿冠世雄

○ 次奉省菴　東郭

萬里孤帆映碧空故園遙望杳西東詠君佳句
仍三歎詩骨真同富嶽雄

上李公學士求豐山香墨詩筆語　古梅園

陳者僕素嘗一墨方囊本朝弘法大師從唐
歸舶之後至于帝里二諦坊教玄人造墨世

稱之二一滴坊墨一之所謂者避其遺志乎監製單思色香倣古故家為名家珍賞命名豈山香蕊取紀貫之嘗咏豊山梅花之言也芬之意也恭惟閤下翰林歐蘇詩壇李杜夙為製述之官今從海東之槎凢獲其片云隻字者矣嘗若護拱璧伏望閤下以筆題豊山香墨詩雜拙製之墨愧薰石之今域外奇遇不易再得是故不揣固陋僂工以瀆威尊倘賜允容永沐德澤矣

甚

○題南京松井和泉製豐山香墨

東郭

豐山妙製最稱奇遺法當時自大師挹取濃光

題數句筆頭渾覺晴香随

○某復李學士辱贈韻　古梅園

南京從古貢珍奇遺業傳來稱墨師種出一云

人競誦喜吾名姓共相随

僕料鄙生遇最奇淵篇慈愛就親師李公門下

今猶古雅得御車轄爲隨

○奉呈嚴洪兩詞宗　東菴

錦帆遠映海天賖　爲慕羊儀問客槎　別後應稀逢驛使　憑誰隴上寄梅花

○次答東菴　龍湖

雪滿千山鄉信賖　嚴程猶未促歸槎　客愁惟待酒盃解　字看来爛似花

○次松井東菴韻　鏡湖

鄉山相隔夢龜賖　未卜皈期在海槎　更喜天携

佳什至烟霞爭彩筆弦歌

○奉呈李公學士　東菴

不啻雙邦萬里餘　文鄰專使此相加　半途留在蓬萊島　此日榮歸博望槎　潭府無緣聽謦咳　錦旌恒向仰光華　如何輕致登龍喜　只要瓊林一朶花

啓

僕姓松井　名元規　字胡云　號東菴　居于南都三笠山下　自早歲而頗嗜吟咏　服其不能窮[illegible]

素乏師承只徼倖歌妝唱耳雖雷門布鼓而突兀所愧拙稿一帙攜来呈上伏希一々縷電覽了賜以鼎言何賜似之幸莫靳教謹啓

東菴侍集序

东郭

昔朱夫子酷愛陶靖節詩者豈以其格趣韻響夐出兩唐諸高手之上哉特取其閑雅沖澹乎蕭散翛然之趣不期焉而自高不事奇而自奇也信乎觀詩者以直寫性情為上乘而已何必求之於聲律色澤之間哉花之色濃焉霏雲之

氣淸而絢江河吼怒而奔放山岳騰踔而偃蹇
其形固不一而各就其先境而寓目則皆足以
怡情而寫興詩亦如是也夫余觀東菴松井氏
所著詩稿意高而沖響亮而淸優游而不追蹤
容而不俗余固已知其人自放於塵埃之外矣
繼而見諸賢序跋而跡其生平則氣亢且傲志
厲且潔不欲與流俗齷齪之輩俯仰馳逐於缺
陷之界就三笠山下遂結茅而居遺落世緣曼
衍肆志以風月爲賓主以松竹爲伴侶興至則

哉詩客至則烹茶而已則其人品之古雅志趣之爽朗即此而自可見矣其發於吟咏之間者安得不如是乎但患人不陶潜其節操如陶潜氣味如陶潜則何患其詩之不及陶潜也哉若以和詩如朱夫子者則亦殊不必以君詩為得柴桑之風致也所可称者豈獨緒餘之詩律也哉若余者亦嘗有嗜閑之癖卜一區置產業欲從為終老計而未免為俗累所打乘決科第踐吏役汨汨悠悠倏焉已度半生焉年以文

字聞靈籟又有邑役隨迎於朝余淅其志也余

於是殊不勝悽慕慚愧之懷強記數語而歸之

歲壬辰元月日 三韓東郭題

○奉次東菴詞伯寄示韻 仝

三笠山居林壑賒遞中春問忽相加清新秀句

唐人韻浩蕩歸心泛客槎苦竹叢深餘臘雪小

梅香動報春華白頭鉛槧今全退雅道尖毫夢

吐花

入貴邦之境得與諸名勝遊頗盡新知之樂

而獨未得與足下盡一面、亦不敢耶
到室津獲奉足下惠詩及華稿盥手
類生爽己足感荷而但審足下致塵臼之
外獨專心世間清福令人不覺健羨來諭謹
此步呈略綴小序並貫稿附呈領納幸甚僕
已涉海足下亦高臥雲林奉袂無便悠紙悵
恨

○欽奉送東部龍湖從叟鏡湖四公還韓
二首　　　蘆文水

鶴背雲輕萬里程星軺事畢出蓬瀛鄉人要曲
詢聲敎極海窮山屬太平
萍水相逢豈有常黯然話別奈愁腸回頭雲月
天涯際莫道從今各一方

○次奉蘆文水詞伯　　東郭

客子行程也有常不愁危檝似羊腸斑荊此会
君應悦千里吾今自遠方

○再和奉東郭公詞案　　蘆文水

韓桑酬唱實雅常錦繡裁成錦繡腸渭樹江

明日是只餘文焰燦吾方

○次奉蘆文水詞案　龍湖

浩淼重溟杳去程孤舟明日發似瀛一生忠信

同冀險銀屋嵯峨眼底平

○再和奉謝游之詞案　蘆文水

使星畢禮內歸程解纜錦帆浮翠瀛邂逅相逢

相別太心頭何日乃和平

○奉次蘆文水詞伯韻　泛叟

思歸客子滯歸程幾日樓船泛大瀛蘆水足吾

釣遊霧對美心事自雄乎　僕之故郷有水名蘆故云

○再和奉浪叟公詞案　蘆文水

學海茫々不料程魁攀蟾桂共登瀛光入邦名水

因吾性移日釣遊青浪平

○奉次蘆文水詞韻　鏡湖

川程悠々送客程掛帆何日渡桒瀛群生又作

何楼別醉後離情卿不乎

○再和奉鏡湖公詞案　蘆文水

遙指筆山幾日程棠旋彩鷁馳滄瀛為朋辛苦

士峯雪鄰好敦依寰宇平

○謹奉呈李洪巖南四先生之案下

勉齋

僕姓布田名直字正伯號勉齋佐渡州之産也近歲遊學于是都幸當善隣結好之時既以篆刻微技專對正畢星軺指西再接手儀何幸如之僕材微線心醉於道德末光漫哉[illegible]浩以續于尊聽可謂鵬鵠搏擊而燕雀附驥者也伏冀蒙不拒至新錦囊貯餘而賢僕渴慕

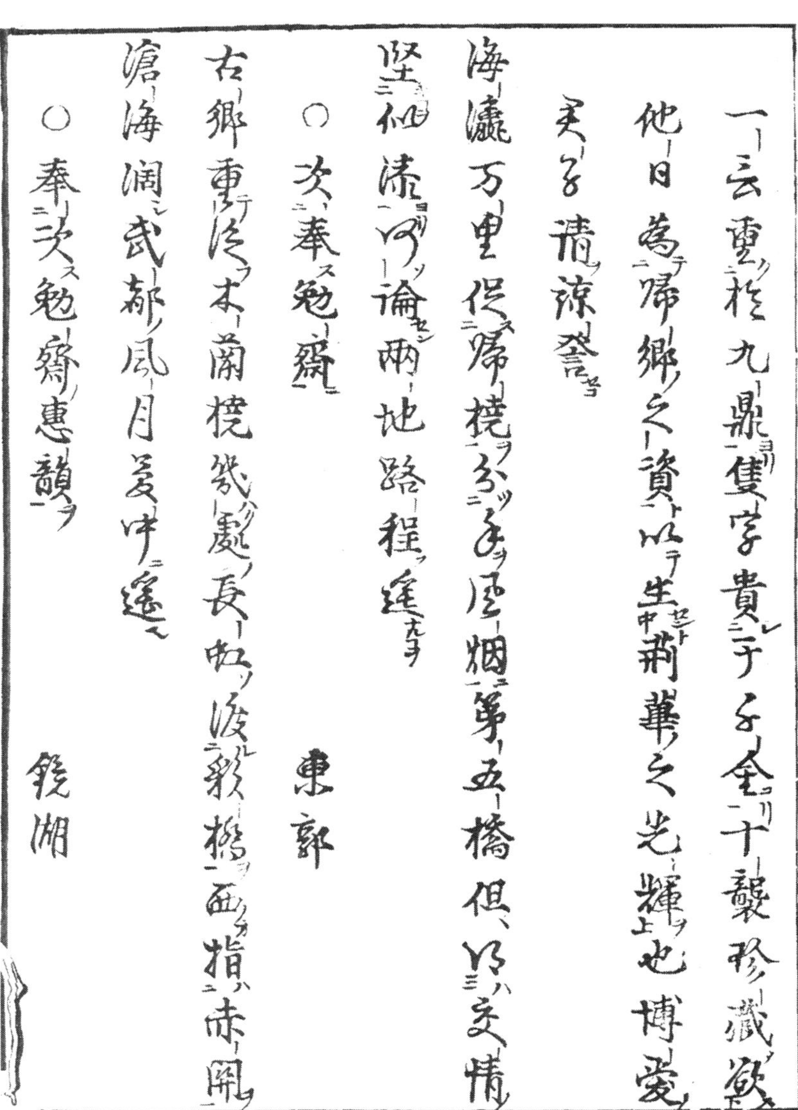

一云璽於九鼎隻字貴于千金十襲珍藏歟他日爲帰郷之資以生荊華之光輝也博愛矣乎清涼答

海瀛万里促帰棹分手屋烟第五橋但以交情堅似漆何論兩地路程遥

○次奉勉齋　東郭

古郷重返木蘭橈裂處長虹渡彩橋西指赤関滄海闊武都風月夢中遥

○奉次勉齋惠韻　錢湖

浪華城外艤蘭棧明發將登大坂橋今日洛陽相別後可憐南北斗箕遙

○次奉勉齋詞案　龍湖

東韓客子艤蘭橈浪迹偏憐再度橋歸路迢滄海闊夢魂時到敝園遙

○謹奉呈浣叟南公案下以要高和　勉齋

龍門千尺接萬標鵬背九重凌漢霄今日騷壇漫裁句禿毫寫出學童謠

○敬次勉齋示韻　　泛叟

騷壇此日接清標意氣當筵凌九霄貴國文華屈宋在分行可以采風謠

○謹奉呈東郭先生案下　　恒軒

使節遠達東都脩途風霜不為從者之患回來此都僕從師辱陪賓館中幸獲拜規範慰藉之極未易言敘恭賦短章以浼於執事伏冀海涵　僕姓神戸名棟字景隆號恒軒

騷客揚鞭回自東風流此日氣如虹明朝更去

鄰門曉萬里美爲音信通

○次華恆軒詞案　　东郭

少年吟詠喉天東豪氣看如萬丈虹仮盃即知肝膽照不須云語意先通

○謹呈龍湖嚴先生案下以要高和　　恆軒

萬里鵬遊仰下風登龍榮望揭名公文奎星聚簪菜会喜見清時世皆窮

○次東恆軒詞案　　龍湖

看君詩律唐風師友名都多鉅公良玉琢磨
才應用莫須抛學歎途窮

○初見三韓李公謹綴俚語一章以奉呈琳
窓之案下伏乞慈斤　　　　梧桐子

韓君奕世共豪英淳和稍知四海清風自三千
吟浪起塵沙百億算烟生幾思治國賢列正
德平天正德明陳懶幸交麟鳳席只慚無力結
詩盟

○次東梧桐子　　　　　　東郭

寒梅已折雪中英塞界風烟更覺淸穩坐蒲團
成小集海天寥落冷雲生
積雪空庭侵夜骨閉門溪坐一燈明朝來強供
諸郎翁翰墨場中共托盟

奉東郭李先生書　東泉

往日呈書忝蒙教誨渴心万斛拱立竢命先
生許所乞不堪感戢僕偶陪玉座謹讀所賜
諸美韻多成天上語不似從人間來者矣
詞場之飛將詩壇之宿匠也嘗聞司馬太史

足跡半天下故常日閑明先生乞日東遊豈
得不似司馬之足跡耶從是先生之筆力當
旋坤軸撼乾樞馳驅風采鞭撻楊馬也必矣
僕
終身欲乃御李海陸万里無奈途程徒悵
望焉耳古人以一字師為尊先生許賜幾字
使僕無堂碑得鏤一字於丈恩無量不盡
焉所以深祈也先生看顧垂意賜尊諭不堪
幸甚

復奉東郭李先生書　仝

頃因芙洲公聞先生學術德淵驚歎畏服吾
吐而不乃收矣日夜翹跂惟切望河[illegible]明學
有如牛毛成者如麟角僅哉言乎僕弊邑學
者負笈抱冊者如牛毛成者亦寡僕亦負笈
抱冊邑其成者就執弟子之禮問之至道語
塗焉不能登室豈得不有翰音登于天者乎 僕
爲之不爲通故名紙生毛落膝久不屈 僕竊
拜玉趾初見麟角忽醉其德不覺膝之屈惟
欲爲先生執鞭而已 以使人景慕一至此耶

伏乞以歆洽妙手幸蒙陶鑄 僕非欲為麟角惟歆免牛毛之徒數瀆冒威尊皇懼無已

復東泉書　　　東郭

頃在大坂蒙陪枉至再是豈半万里外之人所嘗期哉感篆殆不淺之第王程有限即欲再而東別意殊惆怏不已即拏尋存書以恐作別以還動止嘉勝良慰之延因芳洲公悉足下平生志業高遠不啻於常套矣既其才於經文游意於詞翰必欲交濟為兩雄

辛勤可想他日所成就豈不爲於第一地位
矣予既弗如此志願如山力量不堪孤擲
發其底蘊而拮致富貴也耳來詩實推亮老
可畏也敬得之餘又以兩篇伸區區慕用之
識説諒之旋旆之期易在臘前後到洛陽乎
未展之便耶翹企
招提一別夢依依水國秋深雁影稀臘後寒梅
應笑發洛中須待彩旋歸
近因芳洲子聞矣志業優詩篇追盛軌往衛慕

芳修茶話接青眼瞬然欲白頭古今皆如此端
合謝交遊

○奉酬東泉詞伯韻　　　　　　　　仝

聆仙不肖人間事端貎能令俗眼驚惡鳥争鳴
雞啄藥渓藏休作九臯聲

○再和東郭李公韻　　　　　　　　東泉

僕
忝禮口安壇巖聽先生許所乞以賜教誨
且戲賜褒奬古人曰千人之諾々不如一士
之諤々先生之諤々入私門九牛拔毫是

僕之所以增榮及價而又所以赧然汗下也
又愛僕以賜嘉藻兩篇實如收隋珠寶圭哉
堪謹次韻奉呈先生案下伏乞郢政
今古美情愛所倚目耕忘世名來稀雨浮鳴鶴
望氣仰翹企月望足乎歸
泰斗無雙士風姿禮最優博知倒柝槃明徹鑒
楊修獨在風振翼誰憐鼈縮頸先生德如海行
愛賦詩遊

○奉呈錢湖詞伯案下　東泉

銜月吻呈鄙語辱賜玉韻且得賜褒稱感荷
河嶽伏乞棠旋万里海陸無恙解纜去國因
賤野詩一章奉送鏡湖詞伯西帆伏乞郢斤
山林海水帶離聲辱会雞林爲限情賜我瓊詞
永存世因君千古欲傳名

○奉次東泉詞伯玉韻　　鏡湖

愁聽勞歌一曲秋殊方落日別離情老身憂錦
才金盛義向新知道姓名

○呈東郭李公啟　詩　　東皐

兩邦之盛禮擁節于萬里千歳之鴻休結盟
於雙魚草創修飾各以其人而玉函金封風
竟其禮焉嗚呼不亦懿哉恭惟執事碩德重
望模範能啓士儀表足勉人真是元龜之所
託指南之所寄且夫手龍鳳之藻繪胸虎豹
之炳蔚祖於周誥憲於殷盤翰轢潘左蹂躙
曹謝実曠代之高才也先赴武州月衍錦館
于此都下之士思其風慕其義趨走倒駕爭
呈詩章以祈鑒照執事一收不敢擇焉并容

不敢拒焉於是倍佐執事寬冗之際而長者
之人也而 僕亦神魂飛蕩早切御寄遇爲予
所沮不獲承聲咳懸企之私殆與日俱積矣
今日 遂締再臨迄載驅備塗執事勤少爲禱
莫任欣悚 僕 遂蓋末學鉛槧豎儒惡是以適
姓名於左右哉然延頸舉踵之思鶴[illegible]儀
之志不啻饑渇之於食飲也傾注斯須[illegible]
天假良緣以獲蒙綦接之情昌勝雅[illegible]備
夫荷回看之恩而受日[illegible]之深眷[illegible]

僕所敢冀蓋謂容土壌而不譲太山之所
以為大也引細流而不擇河海之所深為深
也憐至愚而不棄君子之所以海容也區々
之誠不能黙而息故猥陳鄙悰并裁野詩一
章呈於左右執事取各云爾恭之義謀賜
電矚是乃千載之一遇也已為蕪陋照
識之盛華齊儒生偶獲良縁不世情異地難為
金石交同懐輯結雞壇盟郷心窮霧月千里歸
夢覚時雁一聲朱紫棠賞知不肖衛闕聽闕是

久疏下

○奉復東皐詞伯見寄書謹和惠示韻

東郭

僕自入貴境相續接離賓加以詩章應答不暇乎吟不暇乎思忽卒任筆和酬何足敢觀哉足下損己之大過推吾之何溢僕多慚懸愧也日幸獲良緣相歡晤云真萍水之一遇爾土地隔語言雖異以驥足之才對策於老蠶何語不通何情不悉夫何遠之有懷很

侍師之日追從緣與足下抵掌於僧月之間一別不亡而再見退增中涙因聊言志以答明月之所惠云

知子愛吾狂老生相逢孟纔佩頸情把毫忘却語言異路別移期松柏盟悵序懸時衝雪送了嶺巖聽猿聲温泉獻賦攀霄漢遥為故人歌聖明

○辛呈鏡湖公

東皐

一見雖辭蘭室薫共悲雨袂欲相分可関露驛

加餐飯耗閑除書憑待君

○奉和東皐示韻　　　鏡湖

擲地瑤辭牙齒薫相逢繖扶更難分風標非是

池中物異日青雲在此君

○奉呈龍湖公　　　東皐

早聞高聲入夢頻乍陪文案玉姿新風流欲作

百年友君是炎邦萬里人

○奉和東皐芳韻　　　龍湖

一曲陽春吟訖頻相歡不覺相知新去程千里

別離後明月清風兩地人

○又呈以換渭城牙酒　　東皐

旅館相逢處山川積雪清輔時儕益好千里刎頸情同照屋梁月遥隔水陸程從此青雲絶何以別離輕

○奉次東皐芳韻　　龍湖

異域逢花暮禅樓夕霧清連床携勝会傾蓋罄歡情旅館淹羈迹孤舟杳去程明朝應征旆渾似快鳥輕

○奉呈東郭李公案下　丹菴

嘉賓今日入京城闔國相歡耳欲似爲祝東遊傳命去西歸此意海潮平

○次韻丹菴　東郭

古寺蕭條上海城漏雲殘月欲西傾戴星行色爲何向澱浦烟波掌樣平

○奉呈良醫奇公丹曷下　丹菴

名醫塞鏡照扶桑妙訣珍治立驗方還悵軒[illegible]世傳術未施一七促歲裝

○奉謝丹菴　　嘗百軒

乘槎萬里向扶桑遥見丹砂天外手稀坐涼堂高寄問温淺綢折留行裝

○呈東郭學士吟案下　　僧辰

邂逅高賓客禮容隨處虔人言攀桂士我識駕槎仙俊彩皆應羨騷盟偶結緣想君鄉思切歸遶鰈川

○次辰上人寄來韻　　東郭

藝苑詩情放禪家禮良虔忍營皆苦海系事是

真仙勝界饒新興奇遊了宿縁多更超世白管領好山川

○謹呈三令公詞案下　周恩

三個宦遊人儀標一樣秋如今千載遇使我感芳因

○次重闍梨周恩　東郭

欽識人為人要須學業新心身如不撿成就更何因

○次贈周恩沙弥　泛叟

[illegible]絶十二披緇人對客題詩了語新逢渠恍見
秦童子採薬似山喜子因

○用前韻謝李南之公賜和章

周恩

相逢如故人況荷和章新篇上思皆謝力微沫
[illegible]因

○贈智門禅師

黙斎

闍梨昔日聴談玄實斗相思已隔年歸邑山僧
難訪蹤再逢飛錫亦奇縁

○次韻默齋崔公見寄　智門

萍水相逢筵曰家獲詩却喜後忘塵世縦使久看面結盡心上未了縁

○奉呈李東郭先生　葉菴

仰見翰林風骨清成均才德羨登瀛不圖幸接芝眉去今日亦看倚玉榮

○次韻葉菴詞宗見示　東郭

神似氷壺徹底清君家自是上蓬瀛休云遠役爲辛苦今日登龍亦一榮

呈東郭雲公書　周拙齋

曩者扣攝之寓館窺手采盛眷相傾銘感昌
勝僕　弱冠之前已知讀書而丹鉛十霜疎慵
無敎且困於多病逃於詩酒都下詩門勝流
皆不陪接性好遠遊湖山勝槩略已搜窮所
恨有詩不工思不奇耳今幸謁高風欣慰素
望歸鷁日迫不能無情謹奉都穆南濠詩話
二冊并拙詩二律呈左右焉幸賜披覽惶悚
惶悚

日本正徳初元辛卯臘月瀬尾維賢頓首

○両才人傳高歎題云呈日東諸公不顧謭劣漫歩韻瓊呈東郭李学士案下幸勿哂好事也　前人

從古長庚感異才詩成一斗釁瞪之姓名赫奕麒麟閣氣象崢嶸鷄鵠盃雪落今呈三白瑞梅開已占百花魁松卿為面毛生香別後心交俱不猜

○謹餞東郭李公還朝鮮　同人

遠奉國書尋舊盟風流學士以詩鳴相逢歎我
珠璣句欲別酬君乞缶李殺鷄來時秋冀驚衛
鞍去日歲崢嶸長安酒客何多幸漫向先邦傳
姓名

呈錢湘浦公書　周拙斎

芳著和擬之賓館漫通名刺呈野詩一律貴
恙蒙復之中再三疊和感嘆何堪今般行李
禮畢而將促歸棹悵恨無量因呈瞿宗吉緑
物新話詩集一冊為別莞存是幸　滕庵維賢

拜

○奉謝用拙齋詞伯贈古人詩卷

鏡湖

一卷山陽篇伊誰贊別筵慇懃出心貺絶勝繞朝鞭

○謹和鏡湖詞宗見謝贈瞿宗吉詠物詩集韻

用拙齋

欲別寄陳篇報來五綵牋還期各惠日春色照金鞭

呈龍湖巖公書　仝

僕姓瀨尾名維賢字源三郎號用拙齋洛陽人

向公館於浪華之城地齎刺求見兼一把光霽顔意官事繽紛在由披空裁拙律一首託芳洲霞沼二君徒悵〻耳未知達左右否今東都事畢將帰西欣幸欣幸且看公駛吾友數輩唱酬佳什清新精錬太有古作者之風前所呈鄙句竟不賜瓊報爲吾詩不足取

與聞公歲朝在近因呈賤宗吉詠物百篇一卷爲鑑幸賜回翰及言和韻後韻候瀨尾維賢拜

答　龍湖

今叢辱賜清詩且爲賤生詩稱之惠感謝萬萬芳庵詩尚今不得一見矣乃中間浮沈耶可怪是下致詞固矣

○謹呈龍湖嚴公　用拙齋

湖値上一韓士情深禮更加鵬程滄海闊雁路白

雲騰々古破手巻詞章句一家機与実名摩詰
毛入仲舒

○次韻用拙齋詞案　　　　龍淵

孫寵奄殊域天涯旅恨加風烟仙界近交水救
園縣正好尋梅徑空思訪酒家不堪征役苦偏
労鬢毛華

瞿生詩格之恵賚出心脾多謝為謝

呈浪叟南谷書　　　　用拙齋

芳日接清儀漫呈巴調一章辛賜為和顧之幸

珠玉光輝逼人東京神畢將遠矣援談論休
龍蛇成參商何恨如之因呈存齋詠梅新韻
一冊寓餞別之意笑納幸甚　瀨尾維賢拜

答　　泛叟

冊子之惠寔出情悃感謝沒量況此瞿集曾
所未見者乎持歸可作珍玩之資耳

○席上用淺新齋韻呈龍湖嚴公泛叟南公
兩書記　　用拙齋

節遠來日東天人間何幸遇詩仙一揚旌

浪華館再會縁清洛客簪薊林中羣哲集扶桑樹外五星連自知疎放百無用貪臥雲山哄水烟

○次前韻奉謝用拙高贈冊子

泛叟

客行留滞日南隈異域頻驚節序来使盖始回何口路騷壇重見洛陽才長歌短作酬吟榻舊識新交共別盃珍重古編心既在時々披覽旅懐開

是詩叢輙之日　託人見恵

○奉寄泛叟南公大坂詞壇

用拙齋

前於賓館幸接手采辱賜疊和感々荷々
今重和高韻呈浪華館下息辛之中不敢
要高和聊謝盛意也　李公求賜回諭及高
和日々　切顒企願致書是幸

留滯半旬京水隈館門衝雪訪來再逢交義
俱傾盃七字豪吟誰敵手今把錢塘舊詩卷倣
酬大坂別離盃回帆開纜無多日那寄巴篇

抱朋　前日贈銭塘瞿佑所寄詩巻故云

○用東部李公韻詠豐山香墨寄古梅園主人　仝

君家香墨吐清芬奇法遥傳過海師殊域來賞愛如玉視巾十襲特相随

附問　泥叟

年幾許乎

答　周恩

其年十二

問　滄叟

身爲僧不着袈裟何也

答　周恩

我禪門沙彌不着袈裟

問　滄叟

倉卒飾鋒來安

答　周恩

沙弥戒者未登僧臘披不許着袈裟古今皆

爾莫容疑識

雞林唱和集卷之六

雞林唱和集
京師
五

雞林唱和集巻之八

浪華前編

○奉呈学士東郭李公　　鶴溪

曩者聞文旆東指星軺韓艇仰如景星慶雲望似泰山北斗先到此地懸企西望不日始以執謁館下多月積懐喀肷氷釋不堪懽猥裁鄙詞以呈左右伏祈鴻恣痛賜郢斲鳳鳥高翔霄漢邉羽毛五彩更翩々天開嘉運呈祥瑞甚異蓬萊第一巓

○敬次鶴溪清韻　東郭

祇樹園中古巷邊
詞仙出使送聯翩
地靈從古生人傑
秀色須看富岳巔

○奉謝學士東郭李公　鶴溪

不才猥冒嚴命殊蒙寵和木瓜之投瓊瑤寔出于望外莊讀數回洪機廓落之海潮之深雲雄毅鋒鋩類夫天鼓之司雷第辱承過譽慚然益愧惡耳不揣菲陋重用前韻恭謝高誼可謂說宮奏蛙鳴也

遥渉鯨洋到日邊玉笙瀏亮霓旌翻秋山忘帰

爲迎客楓樹飽霜連渤嶽

○奉呈滄洲洪公　鵠渓

隣好山河遠浮遊日月長胸羅大古韻筆發文章

機蔵翰墨笑佳城珠玉名正芳落存目撃至起

塵懐忘

○奉和鵠渓高韻　銭湖

揺落秋光夢蒼茫海路長城心雄控扼物性擅

玲瓏出岸起楼臺迴閣深橘柚尋珠翠倣益害凡

楚西相忘

○再疊前韻奉謝鏡湖洪公

鶴溪

文筵談熟處不覺坐來長道出科高擢時清異邑藏三秋遲從海萬里遠流言一曲陽春調相離何日忘

○再酬鶴溪雅韻

鏡湖

客月秋將暮霧愁共元長金沙三界淨香橋万

閒識酒亭新歡洽留殘霖白芳也忘谿手後齋

義彌雅懇

○奉呈退叟南公　　鶴溪

今日幸陪翰墨場雞林豪傑氣如雲風流誰識

千年退溪看德至聚此堂

○奉次鶴溪辱示韻　　退叟

詩酒淸談文一場共看丹葉深秋霜斐然諸子

成文彩云豈同升吾老堂

時客以楓樽見貺有相對共賞故云

○再步前韻呈退叟南公案謝厚眷

鶴陵

老手詞鋒擅雅場，無雙健筆掃清霜。數枝楓葉錦畫裏，豈想雞邦賞一望。

○奉呈龍湖叟　仝

彩鷁衝波萬里程，紛繽錦纜浪華珠甍看檀園。聘儀盛事輝倍加，慕嵐情。

龍湖時在三使，其故書此。

○奉呈學士東郭案下　立軒

天賜千載之奇緣，得見大邦之文字，希願叢

闊索形穎足萬戸之封飛雨可比御李之私
恩私私荷千金之賜實不足比粤不揣固陋
辛上拙詩一章謹当贄啓伏乞鳴慈大開龍
門少察嚴腹不悵冰競之至
鯨海烟波穩星槎下日來試修親禮盛德化拯
風塵遠經高郵更文章万世同慕肆志醜穢慕
開仰情通
○奉呈喜立齋惠韻　東六郎
李名非斗北詞律似遺東肖姥風流尽欲看德

字豐姿從蹤靈客云是美中回思遂仍不平

方驛路通

○奉呈東郭李公　　杏軒

漫呈鄙句辱賜郢肯不任感戢卒步前韻謹

致左右以布謝悰伸大人之罪極眼其伏冀

痛賜流風之筆

名出蒼天上文輝碧海東手待雲水爽萬巻吉

今藝荊棘用胸塞董藉辱器同明翔分秋深唯

[illegible]

○走筆呈龍湖巖公　　　　仝

雲帆萬里渉鵬程此日星橋躍坂陛下視賀邦

文物盛浚呈鄙句致莫情

龍湖居士去故世和

○奉呈泛叟南公　　　　仝

兩國交盟數往來以禮婚錦帆過北海玉節燿

東都千里全天命四者嘆使乎高德望竟久判

處物皆擁

○奉復嘉老孫示韻　　　　泛叟

掞抱雖云悪清遊亦可嫌扶桑元絶域大坂是雄都我輩從此有君知水月乎秋風行處斷覺病今猶

○再次芳韻奉呈浚齋案下

立軒

古曰瑰瑤報木瓜魚目易投光乞將余句得見詩豈徒謂嘲莫下以運汗敢聽罪暇棄幸

遥之窮巷生何以贊之歡娯雄皇温兼正德音潔

且都逕待懐賜也謝道是参乎　並對單封会使
人意氣蘇

○奉呈鏡湖[illegible]公　立軒

萬里海瀛八月槎　使星此地耀文華　微軀何幸
見英姿　莫咲封人似[illegible]陸

○奉酬立軒　鏡湖

風濤[illegible]霧帶征槎　今日難關到浪華　人物甚繁
城郭壯　向來傳説未全誇

○再次韻奉鏡湖公以謝　立軒

無辭固似鵲槎之乍過奚待被鶴籌子後李陵
勞州日暢恩只是說人傳

○奉和芝軒 龍湖

浪城西岸繫秋槎一帶澄江勸月華可笑幾塘
湖之上鴨家羅綺競相誇

謝東郭叟寫懷 芝軒

青曰愚叔雄齋者自幼好學而為不仕見
今隱居于江村号蚊可堂耶勞大手筆挑請
攬穎之榮踰華袞見惠幸上學士輒構詩何

三大字余拜謝

併謝東郭先生恵果蓉洲兩公題句詩　并序

立軒

簞瓢再三經日將斜已欲辭去小童持糖糕數種來東郭須臾坐客予輩特清益曰僕不老母欲以嘗先生賜與之包紙是恵兩蓉洲先生猶援筆題之一聯曰糖糕聊代陸家橘可敬南陵孝子心何幸駢得先佳賜不勝歎抃一絶奉謝兩公

鶴溪

高明學賜洛恩深況復殘騰當篤金從此儒失
銘骨太須省夕晨心

不敏姓河島名正鄉字典上號南樓賀州人
也賀攝相隔七百里程仲冬既聞星軺東指
吾妖到西京從別宗和尚來恨未江頭相待
且日潑説万里錦帆無恙欣幸欣幸
○秋夜謹賦華詞二篇奉呈朝鮮國李南二
公之案下幸賜高和

南樓

雞林豪傑客奉使從星槎鄉國雲山隔天涯海
路賒一雙珠照夜之妙筆生花傾盞生喜遊新
知音舊手

○又　　　　　　　　　　　　仝

萬里鵬飛渡海瀛錦帆急急向皇城相逢何恨
語言異幸有文章通兩情

○奉次南樓尊贈韻　　　　　東郭

海上三山路天東八月槎年光愁裡盡鄉國夢
中賒寒月明衹對清霜斂菊花白頭猶幕府珠

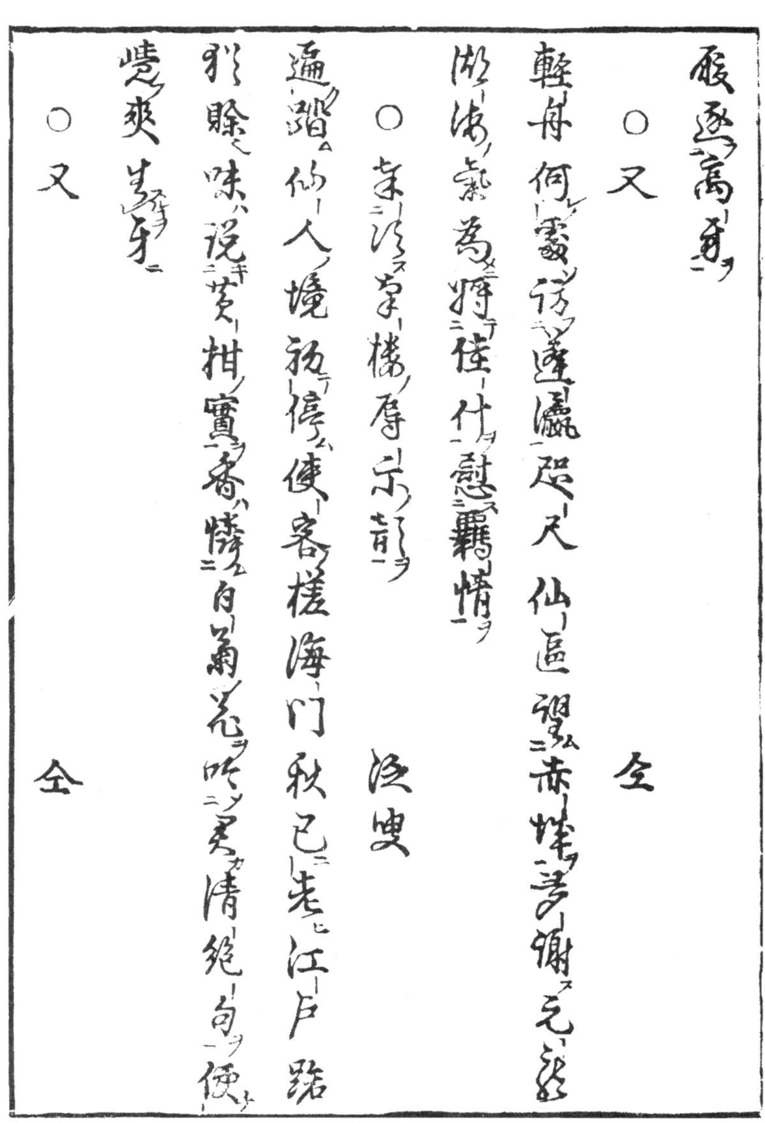

服逐高牙

○又　　仝

軽舟何處訪蓬瀛　咫尺仙區望赤城　李謝元龍湖海氣　為将佳什慰羇情

○来游李樓辱示詩　　泛叟

遍踏仙人境　殊停使客槎　海門秋已老　江戸路彌賖　味説黄柑實　香憐白菊花　吟君清絶句　便覺爽生牙

○又　　仝

出槎幾日從東瀛閲盡三秋到坂城江舘始看黄菊爛開野徑惹望郷情

○再用芳韻奉謝李南乙司伯惠清和爲寫

龍湖詞伯　李樸

鯷域烟波路飄然一葉槎殊方人盡笑故國客心賒台嶺樹霜冨士峯見雪花良宵揮彩筆斜月照暮乎

○又　仝

朝鮮日域隔滄瀛文翰悠々到攝城投我新詩

瓊玉報慇懃吟羅盛交情

○奉次南樓示韻　龍湖

擧書遥國旌節載孤槎仙界三山近鄉園一水
里賒盍簪攙白髮從解折黄花頼遇能詩客情
詞爽頼手

○又　仝

三韓遠客涉寰瀛彩船初停大坂城多謝高明
叨枉駕却憑詩律道寰情

○席上走筆呈龍湖詞伯　南樓

帆檣万里駕秋雲破浪去来日本東筑紫
始為識面一路舘下意先通

○奉次南樓示韻　龍湖

祇林高会共来風坐待滄溟月出東交誼却憑
詩句道誰云何必象胥通

書云　晩湖

笑客登臨雖適意遊覧病牀暇投翰可恨
又恨

答云　南樓

敎諭鄙事貴恙能加保愛居上幸有筆硯相

是慰吾情

○從縣野待一章上呈李巖南之之榻下

幸賜高和　恒山

奉命遠來碧海東書生同李是豪雄語言雖異

情非異文字相同道本同禮樂至今存聖化[illegible]

爵從古尚儒風昇平時節修文好喜是使星臨

揖遜

○奉次恒山詞伯韻　東郭

艶子聲華擅日東清詩堪與海争雄襟期似邑
共我鴻言語何須較異同秦從求仙餘故跡在
震興學慕遂長之句步達扶桑京國遥亭一
路通

○奉次恒山恵韻　龍湖

奎文散彩降天東箇箇諸君墨陣雄万里山川
疆域異一堂樽酒笑談同高標幸接先生似表傑
句皆追大雅風却喜新知情不隔靈犀自是氣
相通

○奉次恒山序贈韻　　浪叟

扶桑城在海天東一國城隍大坂雄百里江干蘆岸遠千家閭閻橘林同樓吞老蜃噓爐氣地浪搏鵬背上風晨是夕陽堪畫處十重橋下客帆通

○席上用前韻奉謝李巖南三公惠芳和　　恒山

活龍飛處海之東佳吐文英才力雄心裡交情和氣似坐間詩客共似同歲邦自古行王為鄰

於于今仰德風燈火影微吾欲去別來唯吾念
意通

○觀朝鮮信使行一一篇呈馬島儒臣雨森茂
才兼寄懷東郭先生　若水

正當龍飛辛卯年靈槎奉使向朝鮮洋々間
舟多颶母東漂西向路三千九月既望入河口錦
勞接待禮尤虔青簾白舫邀前港款乃聲和郊
纜牽浪華橋畔停蘭槳一一呈砲火響中天清道
旗飄揚龍節金聲玉振披閲之使軺護送閲青

轎文武材官知幾員冠蓋由來設制度青衿衆
後蹬茲鷁江南古是称佳麗水秀山明萬井烟
九市場開通百貨繡巷錦街沸管絃泥金屏障
綾羅幕條血耀瑜珖瑁筵舍南舍北人如蟻擁
竜扶老各争先悉道翰林李東郭宮袍魚佩藹
將看衆熙盛裡狀元客出鎮安陵最称賢陂峰
圖書輕二酉高雅風流呼謫仙何料天外隨大
藤濟々多士喜欲顛一日唱酬詩万首擅場白
代筆如椽非啻天才偏敏捷調高郢客陽春薦

從斯紙價驟騰貴五鐵爭寫誤烏焉吾儕[illegible]
此盛事竹杖芒鞋徐富田江湖落魄一寒生陪
重歲露囊無錢學士館芳補名紙早晚掃門月
讀還近體一章拈小吏年旬已勞音倩貧生
剡見韓知客向人只說惡因緣寄云鏤城騷壇
將九[illegible]泉路好後云
○奉寄吳東郭先生　若水
不識何時發華山星槎九月到人間幾朝阻雨
青藍島連日古風赤馬關魚蒸市開行霜酒鱸

蓬卿遠夢中遠野生難得登龍後只献菊袍處

笑顔

○奉謝若水伺伯用援韻却寄

東郭

行人前日發蓬山九月歸舟南斗間撲地村閭

經大府橋下樓櫓歷重開烹茶古寺移朝醉理

揖烟波入去還恐尺仙居逢勝觀何時笑攜一

開顔

○再用前韻奉酬東郭李先生

若水

士望堂々北岱山儒家獨占藝林間鷄聰通讀
古今史盤梵界抽名利開階下花磚日長入室
中蓮燭夜深遙吾亭寄我新詩好試欲賡酬只
許顰

○奉寄呈洪鏡湖先生　仝

微茫烟浪隔家山過涉漂洋數月間燦々文星
輝絶域瑩々紫氣溢重關壯心豈碍弃儒去
辭何難定登遠佳句驚人乞四傑至楊盧駱歎

衰顔

○和若水詞宗　　　　　　　　　　　鏡湖

形勝名雄控海山萬家烟樹白雲間蒼茫郷國
連天遠寥落禪扉盡日關賴有良朋隨雲會不
知游子幾時還何來詩句多新響與予高吟洗
振顔

○奉寄呈巖龍湖先生　　　　　　　　　若水

散圜逕遊上山使星先入搏桑間海西聲揖
里江左繫軺百二關秋後青邀文梯爲朧

若要看錦衣還不知明日河邊別誰唱[illegible][illegible]能
[illegible]顏

○和鳳岡寄示韻　　鏡湖

青丘萬里隔鄉山極目雲濤浩淼間已遣孤舟
維海嶠卽隨征旆向江關殊方節序涼秋早遠
客行裝幾日還賴爲異詩能起我朗吟如罷好
容顏

○奉寄呈泛叟先生　　若水

兩邦親睦重如山遠艤樓舟渡水間七八月中

漂海島五千里外向京関官亭不忍牽衣別驛
路只期持節遥如把驪珠報魚目他時更好作
客顔

○奉次若水詞伯投恵殘韻

泛叟

客行留滞海中山玄圃滄洲咫尺間夜雨凄〻
関鼓角雲天杳〻隔郷關星遥北極愁瞻望路
闊東城計往還誰把殘瑶投拜揚吟來恍若對
清顔

○野詩一章奉謝朝鮮四先生

若水

綵條衚巷隔墻東何料詩筒此際通愧我吟腸多朽腐羨卿文思更豪雄攜囊李賀非同調横槊曹瞞立下風韓使留題知幾首夢周以後過諸公

○以金絲烟寄贈東郭先生

仝

採從頭黄已去筋剪成金縷一何多面苦不起

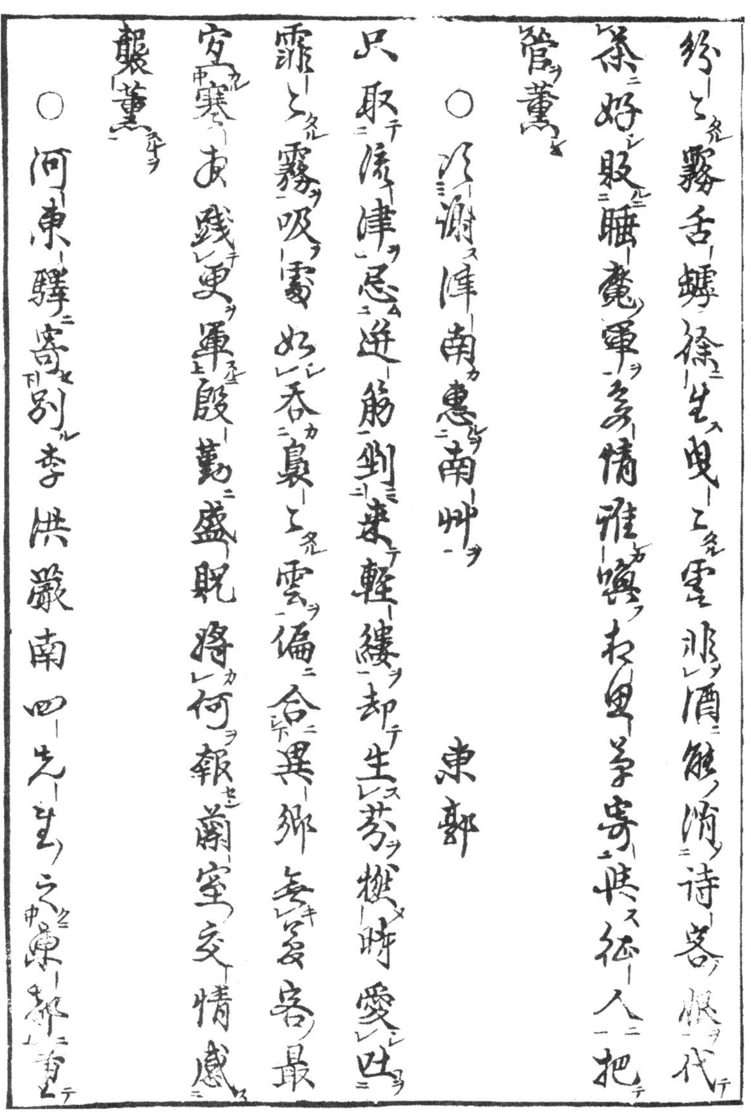

紛々霧舌嫭徐生曳々雲非酒能消詩客恨代
茶好敗睡魔軍多情雅興杯里第寄與征人把
管薰

○次謝津南惠南州　東郭

只取清津忌逆筋到來輕縷却生芬擬時愛吐
霏々霧吸露如呑裊々雲偏合異鄉無窮客最
宜寒夜醆更渾殷勤盛貺將何報蘭室交情感
襲薰

○河東驛寄別李洪巖南四先生之東都看

用前韻　若水

陽江煙樹是吾公遠望征旗驛路間為寫瓶聯
溪奠兔豈由三疊唱陽関蕭條古寺連宵過
遞脩途以日遠行列東都解戰霧嵐總嶽雪玉
屠顔　奠水乃淀河之也

○謹奉呈東部書公吟壇　橘洲

使星此行經歷山海不憚艱險幸免風濤逼
〻之情豈不慰跋渉之勞乎天錫奇緣親獲
觀看等宵志頻足不勝感佩欽賦短篇以要

斤和

兩邦雅会古来難況復忝知且謦欬莫恨新交情未洽一時已擬結金蘭

○再柬橘洲詞伯　東郭

知面知心較熱難逢場且酌盡交歡看待剰覚天香動知子爲情紉蕙蘭

○奉謝東郭李公文壇　橘洲

卒獻魚目辱貺龍珠如貧兒暴富喜出于望外欽歩前韻謝盛眷

莫謂龍门登去難即今執御暫留歎秋風[illegible]
藝園裏法德薫人臭若蘭

○走筆奉呈東郭先生詞壇伏乞慈斤

橘洲

喜看文苑筆花叢灼若美蓉出水中相對不須
煩譯語陽春曲裏意先通

○次奉橘洲詞伯

東郭

江海秋光渤執蒙羈愁瀉盡一盃中清譚傲處
神先契休道殊言不可通

○欽奉呈鏡湖洪公詞壇　橘洲

長風破浪星査凌空玆達敝邦初把文風拔衿領契合堪欣抃呈巴調一章攄鄙懷伏冀
錫繩墨榮踰于華衮

錦纜牙檣駕碧空大洋幸免石尤風懸懸相對
皇華使仰是高儀煥日東

○敬和橘洲詠　鏡湖

茫茫積水接遙空使節歸來一帆風佳客逢場如舊識莫云分在海西東

○恭奉謝鏡湖以驛壇　橘洲

猥忝卑陋獻巴謳於郢中辱錫高和感佩無上捧誦數四曷勝雀躍雖不免褻瀆之罪再次原韻敢伸謝悰

鯤鵬詞臣名不空詩篇郁〻仰清風渤堂文焔射牛斗宛若蜃樓現海東

○再酬橘洲　鏡湖

君才一世眼還空餘子紛〻盡下風遙想使时成就後流傳佳句満于東

○卒賦一絶奉呈龍湖巖公吟榻伏祈郢政

橘洲

雞林英傑早知名玉骨稜ミ眉宇清傾蓋晤言如舊識賦詩欲慰遠遊情

○和贈橘洲示韻

龍湖

名高詞客舊聞名襟抱氷壺徹底清莫道東西疆域異一床談笑討深情

○敬奉謝龍湖公文壇

橘洲

詞源滾ミ御詩名胥眼照人風采清燕國文才

鳳樓手臺端更動鬼神情

○漫賦蕪詩一律奉呈錢溆龍湖二公案下

伏冀斧斤　仝

聞說雞林地東方秀氣鍾來賓聖儀鳳顧盼仰

登龍岸水千年会文章百代宗詞場相遇處惟

恨不從容

○欽奉呈滄叟南公吟榻　仝

嘗聞玉節東嚮企足西望景星瑞雲先覩

爲快已接音盼極增愉快寔一生之幸也吻

賦蕪詞一絶呈左右伏祈雌黄
玉節暫留蕭寺中詞場以料挹高風幸逢四海
世爲月一枝賀善隣篤好通

○奉次橘洲大士詩韻　從使
霜鬢星稀照鏡中旅窓今又送秋風羈愁月至
詩才退對客遙慚媿玄通

○謹呈上東郭李公詞案　一時軒
爲含之秋之色桂開万斛之香時哉賢使君
此行也從龍鷁於蒼波飄旟節于杳路[illegible]

無恙來過于桑國至祝至祝伏承錦帆迴檣
憩息北堂旅舘瓊佩耀賜答教名奮関東僕
姓岡西名且字惟中號一時狂北水浪生僻
地因北之産也寓止當邦攝陽州載于此許
從來雖志文藝天質拙訥不能登道義階堂
促七十三頽暮矣且有春秋兩膝萎苶而恰
至鼇波遥泛忘固陋獻拙句幷瀆嚴聽仰冀
下既郢行永為家孫遠流子孫惟望
韓使百年入浦頭太平風物古皇州猶解莫任

還家菱花向攝江蘆荻秋
遠聞玉唾落江陀聲譬警雷六十州只恨鷁舟
飛海去雖期再会月明秋

○奉次一時軒老詞伯辱賜韻

東郭

僕
在青丘已嘗聞日城流峙之餘人物之殷
而聆一家目以僕未了之情矣及其舟于海
亦與諸君子遊潤藻之華符彩之美足令吾
心眼目益大也　僕
誠聞幸頓忘羈旅跋渉之

勞不紆意足下又以泰然之人如寄昔契不能含杯酒擔慇懃爲先投清製以替龍範

僕於是盥手奉玩燦然若驪珠之盈握爽然如瓊露之挹手也不知僕以生面何以乃此於足下哉況多種珍貺寔出中心感拜謝之不但物爲贄也無名之餽遺不敢留之而退述慇懃之意不能奉還一嘗一臠不知爲喩遂次玉韻以激足下言外之情焉以作勉焉

聞君家在大江路管領烟霞第一州想得幽居

詩料區綠橙黄菊滿園秋
嗟天落柘雪盈頭倚此烟霞臥勝州万里鶴乏
三島月表孝漁蓑一江秋

○又

用別韻以謝珍餽

絶藝曾將氣共豪清癯鶴骨亦仙曹窮經篤業
三餘足至老新詩一一格高病臥長江滄月月索
居滄衡掩蓬蒿懸戀忽々中心既遠跡遥漸盛
禮吻

○呈掌書東郭李公啓 幷叙

用拙齋

朝鮮國學士東郭李公今以從聘使來吾日
東海陸萬里天祐世寧亦已達于浪花之館
僕性好詩悲歡憂樂一寓于詩焉今聞諸賴
向鷄東而斗山之望如飢渴也因賦一律以奉
大邦夫子鳴慈俯就乞賜郢削

相逢莫恨蒼波隔萬古斯文氣脈通闔國欽迎
正德歲華隣修聘承平風峭帆躍多今年慈以
琴山盟何日窮大雅千年不振久因君自此障

川東

○奉次用拙齋惠韻　　東郭

曾眞莫恨葉舟隅自有帆檣万里通交義客邦
修聘禮行人八月候南風神仙誕説猶難信逢
此奇觀亦不窮歳暮帰心如走馬長波滾々入
流東

○又賦拙絶一篇奉謝東郭李公之高和

用拙齋

文星昨夜射遥空名皆群中逢李生頃刻裁成

珠玉句知君胸裏發雲夢

○次用拙齋韻　東郭

岧嶢富嶽聳晴空海国能待有發公自笑老夫才力退大家風格奈夢上

○奉呈添叟南公　用拙齋

仙槎忽入攝城隈紫氣騰海外来聖学英今逢曾代髙風人更伏言吾我[illegible]所嗜唯詩句世語尋常一酒盃客榻幸容蹤放客鞿了肩館為吾用

○奉次用拙齋示韻　泡叟

扶桑城在日南隈盛世交鄰使節来路過蓬山饒勝賞身隨蓮幕愧微才漫求玉液金丹術虛負黃花向酒盃幸賴殊方文士在時々接搨好懐開

○再和芳韻奉謝爲和　用拙斎

丞問狂波共險隈星軺穩向日東来可羞瓦礫投髦士豈料瓊琚酬小才盛会何嗟經日會一盃須擬萬金盃樂浪自昔文章富今也錄材眉

姑用

○奉呈鏡湖洪公　仝

雞林兼月東阻隔路蒼茫相見風標特先朋久

姓香文今迴八代詩已復三唐代舌名毛穎笑

音六不妨

○奉和用拙韻　鏡湖

岸連城突兀天接海微茫薦蓄烟雲合深秋橘

柚香帆檣通大漢衣冠足高唐随是盛文会文

歡也不妨

○呈拙絶一章謝高和　用拙斎

眞邦詞客訝吾邦彩筆如椽鼎可扛此日芝眉相接處知君國士卽無雙

○和呈用拙斎詞案　鏡湖

文士如今盛日邦從他筆力昂能扛客間剰得瓊瑶什學既含勝聲一雙

○奉和呈鏡湖洪公　用拙斎

眇江烟波隔故邦唯能九鼎筆頭扛磊隗胸吹吾吟取知是扶桑無等雙

○再疊用拙齋　　鏡湖

百年儕好聘和邦筆力何開夏鼎扛頼與新知輸木契一樽相對眼青雙

是日嚴龍湖偶在三使面前故不得見卒題一律託馬州記室芳洲霞沼兩君而退

雞林唱和集卷之八

雞林唱和集
京師
六

雞林唱和集卷之十一

諸州前編

對州

○席上次謝雲壑長老韻　平泉

大寄華筵大海濱老師詩語更清新從來遠邇皆兄弟一是懽然似故人

○馬府宴席因次雲壑長老韻

靖菴

潭府芳海之濱滿院樣移秋意新銀燭共林

清夜永道人佳句解留人

○ 芸州太守席上走次雲嶺長老韻

南岡

久滯仙槎瑤海濱 秋光已向客中移 華堂秉燭
來良會學意懃懃 謝主人

○ 敬次雲嶺大師惠韻二首 東溟

七月秋晴大海濱 名園物色費清新 南來玉節
淹留處 杯酒慇懃荷主人

雲樓迥壓曲州濱 一碧秋天霽色新 蘇巻眞筌

師已得開客衣鉢廬仲人
○疊次芳韻二之　後叟
仙槎夜泊銀河濱織羅支孫一界新寰石磯路
通下帰来背聞世間人
先生後槎残浪濱詩巾為説縣愁聴未知寿院
今何在漫閲遺篇法後人
僕々先生壷谷先生曾於未歳奉節来郵
僕從来阻陪館於府中長壽院芳洲七十餘
僕
今未酬一語遺蹋而讀河得故終篇而

赤間關

長州

〇奉呈龍湖巖公案下　周南

赤目關西五穀秋長風吹送木蘭舟誰知瀛上
蓬壺月總入詩人脾裏流　赤間古又名赤日

〇奉和周南示韻　龍湖

橘樹楓林海上秋滄洲斜日送歸舟仙區到處
窮探勝歷盡驚濤似穩流

〇奉贈周南詞伯　東郭

太史文章富斉才二典參知君深景仰所以羅

周南

○次東郭李公贈韻　周南

辱賜高唱陽春白雪誰可容易和答也聊申
鄙衷奉謝耳

詩味如禅乗庸才終難参文星光似得一拈照
玉南

禀龍湖巖公案下　仝

昔者我人至山田熈者少年頴敏頗利翰墨
従前朝奉使成書諸子而游矣不幸蚤賓不

歳晩間比之王勃李賀不識貴方諸子令也
況得顧遂弥高徳彌邵益致顯達

答　　　　　　　　　　龍湖

示意謹悉山田子之華而不實誠可惜也胡
天之生才而反使早夭耶理実難堪成李両
人従来蹄顛跌皆已故笑悼蘊以云

周南

英才屈於下寮使人慨然遺恨矣

○奉呈周南詞伯　　　　　芳洲

余與山原欽有總丱之好嘗見其英才逸發擅一時之譽以爲斯後不復有若人矣何料舟行蒼黃之中獲接其眉於賓館旅邸之間竊觀其揮筆如飛詩思泉湧出與原欽相伯仲而學問淵源文采精敏動容行雲流水之態實爲過之可見夫天才清淑之氣獨擅於貴邦而人材之蔚興蓋無踰矣豈非可敬之至耶

揮筆看其吐辭粒粒新鮮氣槩出豪雄幾時當結

騷壇会遇構細論文雅風 詩則至自鹿鄉故

○席上筆録請詞伯要和 浪叟

天下幽奇形勝郎 因天包海外地居中 我行窮地

仍浮海三畫何難上碧空

○奉和浪叟詞伯 周南

何思青吐不相同 壹氣文投翰墨中 忽見鏗鏘

金玉散 風於激烈滿蒼穹

○奉呈東郭掌客案下 仝

闕門紫氣擁銀河 帆影如雲使者過 誰奏陽春

充海國秋風散入棹郎歌

○奉次周南詞伯韻　東郭

東溟一派接天河不道仙區此日過孤館青燈
談笑夜竹林涼籟雜漁歌

○漫草奉酬座諸詩豪一粲　霞沼

諸君四座總詩豪倚馬時堪揮彩毫唯我肚中
無一字醉鄉只解日酕醄

○奉和霞沼詞伯　周南

鄱陽湖水四方豪尤好英才濡彩毫詩味醇醲
終不足朗吟一過已醒醐　　松浦播州人

○奉席上諸詞伯　　東郭

日東形勝両雄開馬島風烟伯仲間竹裏仙家
臨碧海岸邊漁戸近青山居民敬客多寛禮詩
老逢人多好韻最喜吾行不落莫徜徉樽爼坐
清閑　　関有上下扱至

○奉和東郭雲台高韻　　周南

四牡輜留赤目開一逢猶達紙毫間垂天鵬翼

經秋涴苧岳龍鱗 出曙山曲裏郢歌飛白雪吾
未俗骨觀朱顏二三酬唱情以盡不識歲時更
得閑

○奉呈席上四公　仝

鳳凰五采文毛羽 一何奇燦上赤珊瑚頂上青
瑠璃朝飛丹穴山濯冀弱水湄浪倚秋風起濤
雲西北馳海岸生渡樹結實何離立久日出東南
隅光輝扶桑枝紅霞若塗丹浩波渺茫涇瀠琳
琪琅玕翻條各參差天衢一顧返舊翼忽來儀

眄睞以逞意鏘々揚采眉小音翻韶護大音飛
咸池回風拂地來雲彩且祁々燕雀鶉鶯鳩斂
翅以委靡百禽唱嘶歇相率後何爲良期不可
淹飄々遠將歸西翔崑崙圃降飲漾汜清窈冥
何可攀沆瀣靡所隨聖世豈一見阿閣不可望
誰截嶰谷竹與爾奏雄雌

右一首聊記覩鳳之喜他日奉問幸賜和章

○奉呈東郭書記案下 四首 仝

萬里長風破浪來儼然高興渺蓬萊世間湖璉

原菁器乏下楩楠自大材葉對春深處鳳殿 高麗

侍御試所賦戲秋吟觀魚臺 高麗手稿作賦 乘時王有登賢

俊元閣丹青次第開

四牡騑騑征路香秋乏持節後稱書掬玕價貴

東方美絃管洛陰南國風月詠臺中起崔子佑

神館下是全公文章東謂千年業況是化邦名

獨雄

貴國崔文昌金文烈共以文翰之經名 使中華為知名之士鄙作以比之下

月詠臺致遠遊賞之地佑神號南宋館蕃使 所富軾嘗舎於此

冠蓋遙臨滄海圻貧邦敢自耀周文豐京遠吊

天皇日乾岳忽兢仰侶丞氣湖南方殊蕊秀献来北地桂枝芬書生敢擬賢臣頌請献仁明大國君

本州今府即古豊京神功皇后建都於此胡其南郊又為中乾珠満珠二島

釜山鎮古稱重蒼一衣帯輕指渺茫日逐扶桑孟邑嫩多来滄海地維長雄風南國飛官路落月西方向故郷男子平生懐遠志豪英文旆瞭秋陽

○奉呈鏡湖洪公案下二首　仝

使臣銜命杳相嘉大抜英才擢國選爲名聞

東遠通柱令嵩刺淵從東
王門軒冕急求賢諸子翩〻國士英爲許四方
堪作命知君動柔照凌烟
登高作賦大夫材更覩樓船横海來天下美名
誰似兼手秋何帛爲君用

○奉呈龍湖嚴公案下二首　仝

俊才君冠在書記故翩〻揮筆鋒王國執圭璋
日邊長裾光紫海雄劍倚青雲誰使學從役明
時爲之賢

猶有雜詩相雞林大雅存軒諸氣脈同
玉門蒼踏千秋覩朱顔九月溫安進長歲寄隣
雞林相能辨白居易詩出於長慶集
笑殺青樽上

○奉呈浪叟南公案下　仝

羨君壯遊徧天下渡海騎鯨觀日東蓬萊宮闕
瑞雲興六鰲翻首呑混沌斗牛之墟何落落
槎郎今天一方投足下探龜鼉窟攀手上欲攀
大陽壽氣横秋懐霄漢南溟北溟擊巨翰作詩
飄逸恍惝似驥騄千里不可絆滄中珊瑚百尺

樹鼓濤成高噴沫霧驅使鬼神傳魑魅睥睨穿
宙霄衝鷲壑東郡城樓桐落臨海館前潮水壑
赤間屬豊東郡 又古呂浴海館 臨海靜鼓瑟與望頗我青眼一色
歡讌擅中美珠稱明月投我光射白帝開高鈥
吟月天氣清西顧沉碭吹毛髮揮毫寄意何惆
悵陞有雅佩不堪鼎交情私可結言蘭在地風
雲感婷嫦周南鄙人縣氏子 家東周 州南鄙 立身履載
喩一指為父牧馬長山阿時ヒ 爽經蓮諾唯請
禮績紛趨庭廿 為本藩講官 家翁長白現 辛勤多少十餘年

羽翼稍成當翺翔忽擬弧矢遊八埏東都搢紳
荻先生（㴱師荻生茂卿東都人）一揖噂之期玉成芙蓉積
雪千秋白（富岳一名芙蓉峯）鄒邑名山堪抂名諸持頑
璞望夜光韜有素質可成章徒是縣家爲豚犬
歲月荏苒棄犬倉昌圖托身玉山供一朝周旋
親懿德郡國善士亦可見天下善士更難得矣
自未学三韓英髦綏彈冠當文明高標軒去出
人間翰墨鋒穎凌東京君王叡思切而臺鳳閣
將華綵綸未嘉運一時假吾輩把臂花向如飢

同人情偏當神知己浮雲聚散何甚駛形與明
月乘秋風西飛長住漢水湄

○奉贈雅真詞伯　東郭

文章要健雅學業貴純眞揭號寧無意丈夫在
日新

○奉和東郭先生　雅眞

學問尤可到詩句更通眞虚聲還堪恥從今思
又日新

○奉呈滄鏡湖先生　仝

貴客遠来日本東萬山不隔海潮通自今幸尚
聞清佩高仰昔時箕子風

○酬呈雅真詞案　鏡湖

我在天西君在東相将詩句意因通詠来佳什
香生頰海外猶全大雅風

○奉呈浣叟先生　雅真

萬里波濤萬里山客船衝到赤間關赤間關外
莫言遠四海一家皆孔顔

○奉次雅真詞伯韻　浣叟

客行前已發藍山從此歸程問上關秋後霧愁

千万緒爲天々日一開顔

○奉和淀叟先生韻 本韻出于前 雅生

從来詩思兩情同聊取鄙詞慰客中別後西東

千里遠一輪明月掛蒼穹

○偶占一絶録奉座上請君子要和

鏡湖

男兒天地足知音楚越雖殊可斷金滄海異邦

傾郷蓋一燈秋夜細論心

○奉和鏡湖先生韻　雅真

多謝齒牙發玉音遠寄錦字類精金世間最好
君須會更作詩篇共尽心

○亦坐上諸斯文求和　龍湖

滄洲秋色近重陽鴻雁來賓菊敷英幸与諸君
携勝會吟身忘却在他郷

○奉和龍湖先生韻　雅真

從來闕下屬長陽遠地幸相遇杜黄料知明日
相離後清暁時入夢郷

○奉呈東郭大位　偕往

壯士辭家萬里程　他鄉只要白鷗盟　男兒墮地飛蓬矢　果到今年做是行

○奉次偕往詞伯韻　東郭

誤坐虛名涉遠程　敢言牛耳主文盟　忽驚珠玉盈雙握　堪把今朝得意行

○奉次偕往贈東郭韻　泛叟

風波不憚若干程　兩國交隣尋舊盟　赤間關下閒関到　東武涉今幾日行

○奉和淡叟佳什　　　鏑徃

君驂白浪重其程遠文互涯債舊盟渾是尋常
山島内滄波障文不妨行

○奉呈諸湘崑玉　　　仝

赤間風月幾千秋列嶽分光各堂流互使詩仙
尋出月輔因波浪繫釋舟

○奉次鏑徃示韻　　　龍湖

洒落襟懷爽似秋清宵来詩總名流能成两國
文場會滄海遥通学浦舟

○奉呈鏡湖崑玉　縞径

舟檥岳根度海潮定知波恙業室遥千年異契
非期如是歡笑宵談只一宵

○奉和縞径詞案　鏡湖

高門如對淅江潮因首波程故國遥赤関第下
逢待侶我唱君酬度永宵

○奉和滄叟徃于艸本韻出　縞径

高亦雖殊情意同共居西地弟兄中東遊如遇
雲路雁須用一封達碧穹

○奉呈龍湖崑玉　縮往

海北海南風馬牛豈料對榻坐清秋夢中胡蝶

世滄海變入故園夢裏遊

○再次縮往韻　龍湖

湖漢仙査貫斗牛金風玉宇正高秋隻對近樓

乘溟域莫怪乞宵與子遊

○奉和鏡湖位 東莉出 于芸　縮往

嘶蓋妄吐小蟲音不比千年擲地金豈使白駒

戒鶴等更教乞拒絹斯心

○奉和龍湖先生歎東韻于前　縮往

萬里錦帆礙夕陽行蹤寄跋欲愁莫如絶白礁愛殊唾千載争知遊此郷

○奉贈縮往詞伯　東郭

男兒剛義氣誰憚更誰嫌自反吾能縮直前死亦甘

○奉和東郭迭韻　縮往

滄海波如閲直未経不嫌公程唯是耳辛苦亦難甘

○奉呈四賓客 仝

漢府闕遼遠江樓又第程中間碁箇變歸路雪

霜生藻鑒客山使席孫聘國在河關風月下情

嘯詠更明

○奉和縞洋高韵 鏡湖

雲山幾万疊隔路隔千程絶域青眸累霧愁雪

鬢生憐色當暮景羨汝子好容名似為詩標會秋

窓不肯明

○奉次諸詞伯韵 東郭

使華通南國原限幾千程日域天邊近秋風満上生行裝愁遠役文字愧虚名欲識吾以來須看餞月明

○呈上鏡湖先生　居敬

親炙清容静仰觀高介專文辞生廉孔道德產藍田江向開東斷雲從満北連遥知風采美冰鑑燿芳賢

○奉和居敬玉韻　鏡湖

蹟斷萍逢合情因晤語專吹鵬超北海仙鶴喚

青田江樹秋風落湖樹夜雨連不知東園去已
發似君賢

○ 呈上龍湖先生　居敬

烏鵰一搏雲呑碧化作龍門各寵須甦苑騰光
揚爲便吟壇潤色仰龍刪七々云將寄強父手千
里不期初踵韻爲積似槎回漢節騰奇不啓
悠閑

○ 奉和居敬　龍湖

客須万里歴艱難手捧琅函鳳德頌行到覇臺

忠節杷路經慈島客然刪異鄉芙蓉霜添鬢霧
境那兵策驅顏韜向赤關停客棹一宵良晤占
淸閑

○呈上泛叟先生　　居敬

誰料瑞奎捴百里帥將玉帛入三秋琴髦拱北
圖書府淸化回東仁義鈞千斛明珠生吻上三
以碧海遥留跡遷因偉範服雄摩孫重彩光浙
敝州

○奉次居敬瑤韵　　泛叟

異地相逢總勝流客中佳節又淸秋晴窓喜見
天生筆滄海嫌無月印鈎憐我書難憑雁足羨
君身自在鰲頭東來可遂蓬萊志壯矚將窮六
十州

○奉次泛叟位要和韻李韵出示　居敬

天末江山意趣同崑全圓玉落筵中鶴龍何敢
張義座驚是韻聲遍碧穹

○奉賡鏡湖先生風什月上　仝

麾下吏情窮丞意不圓笑揮袖裏全吐錦灑瑯

縱横字極愧乏才報雅心

○奉和龍湖先生嚴押同上　公

雲途衣冕寓長陽驚見高岑追杜黄古屋秋堂
野促席可憐耀彩及家鄉

防州　石國

○奉呈學士詞宗　圭齋

帆馱逐風要路津傲裝肅々一眸新旌旗々不
遠千里乙國德光元隣

○敬次圭齋惠賦韻　東郭

秋風送我到滄津下跡高樓晩眺 乾能凭虛拿
才力退餘波頗泛照鬚鱗

○敬奉和東郭尊生高韻 圭齋

繡吞錦膓吐玉津躍龍舞鳳是天來新知辰偶接
芝眉霎咫尺在親如近鄰

○偶占一絶寄贈圭齋要和 鏡湖

偶逐仙槎海外遊 上朋雨栖重數高秋騷人不識
羇愁在恨向樵花乞鳴鶚

○奉攀錢湖以韻磯　　　　圭齋

江山千里足奇遊清氣爽乞一色秋騷客投毫

金玉韻不才相對愧賡酬

○敬奉呈東郭學士案下乞高和

仝

星槎暫繫上關路彩鷁紅龍背夕陽秋晚定知

吟興好時豊始是節旌揚高樓眼界乾坤闊閑

戸墨痕鸞鳳翔仰日難期萍水會沈吟拔筆幾

搜腸

○奉次主簿河仙原贈韻　東郭

赤縣黃落秋欲老海門風雨近重陽天時晚晚羈愁動物色淒清漫興揚作接遠標如鶴立更攀隨仕似雀翔白頭慚愧金退馬休稱錦繡腸

○再奉和東郭學士高韻　圭齋

秀年名譽驚九耳慕蘭已如葵向陽烟雨擁山雲漠上江風麗節氣揚之醉鄉日月秋空晚故國東西雁自翔一歎投予瓊琚錫始知[illegible]

愁腸

○謹奉呈鏡湖公詞案　仝

時維秋季節雁字點長空書腹飽先消硯田耕

句豐生歌酒醒後風月舶浮中塞恨去云別交

莚情最濃

○奉和圭齋疊韻　鏡湖

峯上村連館樓前丸接空嘉魚烹丙穴美酒酌

乾豊月浸飛波外山迷小雨中維舟永今夕忘

枕與金濃

播州 室津

○盆石一片見朝鮮國文學士要石背題詩

甘谷

頑然小石勞崢嶸今日煩君此問名乞得到陵何用安千秋佳話遠傳榮

○甘谷詞伯要余題詩於石面次韻寄謝

東郭

強將拳石擬崢嶸可笑詞人寂喜名欲寫新待慚活佛莫云識物招生榮

山州　淀

○呈龍湖活叟二絶　柏山

海風萬里快鵬程攬轡都城秋正清帶礪永脩
兩邦好山川篤産一方英月宮攀桂手應馥夜
闌照藜眼自明千載萍逢知不歎幸容御李慰
平生

○奉和柏山詞伯示韻　龍湖

鷁路船窮復驛程雨餘秋色正澄淸仙區從古
多奇勝淑氣于今鍾儁英雅致饒林瑤樹出新

詩鮫室寶珠明看取健筆真勵敵壘米墻眼
底平之

○奉次栢山詞伯惠贈韻　治叟

停槎今夕始登程兩邑江城霽景清千里山河
多絶勝一邦人物盡豪英窮源更覺乾坤大聯
界方知日月明吾輩相逢豈偶爾百年隣好際
昇平

○席上卒賦呈龍湖治叟要寫字

栢山

從来金馬玉堂仙　揮翰方看今来顛君　若不慳
換鵝牋彩虹　一掃紫潭烟

○漫次栢山要寫字歌　龍湖

蓬山此日訪真仙　奈此頽齢雪滿顛　聊將筆家
三昧法　揮毫那得洒雲烟

○奉次栢山瓊韻　泛叟

樓船百尺来羣仙　半世塵人愧雪顛　却喜飄飄
羽化意　從今寧欲食氣烟

○走筆勸酒　栢山

右遇文章欽不知夜已央不嫌簪鄙惡君幸累盃觴

○和栢山詞伯韻　　龍湖

異邦逢韻士良晤樂未央爲語同心子毫鋒盡百觴

○同　　滄叟

華燭明如晝秋宵尚未央更難成好句吾豈拒深觴

○重和　　栢山

虚心似泛艇柄云滄中央傾蓋渾如故豈無鼓
酒觴

近州　大津

○奉呈李學士榻下　　空圖子

滄溟百里衝過炎涼漸向寒令道途無恙介
紹大命既到此地欣意欣意　僕姓河野名玄
庚字通堯號空圖子久聞高儀欲一接龍門
幸蒙青眄宥望頻足矣因奉呈鄙詩一章狂
賜行和韻幸加之

鵬翼高張蒼海歴一搏萬里從天東轄時作息
太湖上欲去絶雲又絶虹

○走次空圖子惠韻　東郭

桑滇万里一帆風玉節乗秋到日東驛路公錦
團會雲愛兄詞彩戴晴虹

○奉呈鏡湖洪公案下　空圖子

四明仙客幸相知清操亭亭松栢姿想像昔時
鏡湖亡恩栄應是在遥朔

○奉和空圖詞君　鏡湖

新響平生素不知相逢且愛嫺雅姿 色紛正是
梅香節一榻論詩又復期

○走次洋公惠韻　　空圖子

匆言遠客莫相知驛路江山不異姿何恥彫蟲
詩句抽心肝吐出盡交期

濃州　大垣

○奉呈李東郭學士左右　　菊隱

客身遠来東日東不料傾蓋坐春風語公隣交
字何異紙面筆話兩國通

○敬次蕭隱詞老辱賜韻 東郭

南躔瑞彩照天東地上瀛仙有古風自幸今宵瞻德宇寸心何待語言通

○敬次蕭隱老詞伯贈東郭韻

泛叟

聲名早擅日本東頭白猶存古士風自道危今年八十滄溟五見使槎通

○欽啓東郭李公旅榻下 隨月

積水重山風浪多時撐舩無恙三大使吏勤

止猜勝弭節於此邑邦々至慶如我館主
亦朴喜有餘且寄云應文衡之選來備隣好
実世行之重任也竊承六月盛暑發漢陽今
也秋已過長路々労多日之懷更僕何盡雖
然遂采孤之初心究天朝之壯遊壽士之所
為樂熟求羡焉孫至祝仍奉荅詩一篇備
旅宗之笑囮莫以塵高明為罪
開々艤舸撲鯨濤遥向海東驂彩毫万里苦辛
君莫厭由来專写雋英髦
営峯開雲寺釜
山開以津處也

○奉次隨月河仙韻　東郭

輕舟出沒任風濤性命從來付一毫利涉仍成

今日會一筵名勝總時髦

○謹奉鏡湖洪公吟壇　隨月

悠々文旆動西風蓬島葦原鷄語通海祝雲箋

行變在仰飛虹筆挂蒼穹

○謹次隨月惠韻　鏡湖

何論絶國不同風待傳言意已通雖把里音

鼎白雲起秀新月掛遙穹

○敬奉謝湖巖公詞案　随月

棹破靈槎滄海波使星一夜此経過良縁千載多奇新邂逅佳人繋玉珂

○奉和随月詞丈示韻　龍湖

十里平湖聯碧波星槎此地轎来過情其連暮勤相訪蹀躞晋聽白玉珂

○恭奉湖叟南公梧右　随月

祥風護送向東瀛吟色蕭瞻萬里程意気揚々塵俗外料知参閣冠賓宗

○奉次隨月大士惠贈韻　澹叟

星槎萬里泛蓬瀛海尽波程上陸程客館逢迎
多後士方知文彩上東京

○謹奉學士李公案下　困勉齋

波濤萬里山嶽千重艱難煩労豈不思之
哉天啓靈善舊定休暢實彼此之福何幸多
止文彩於此地接龍光於賓館且影之一會
多時之眉目也今不省陋推之不愧不才
之質賤鄙綴一篇以呈乃下伏乞許院眼一

青賜郢政慈教

莫思星槎遠異儔東西風色共清秋不是幸遇

休明堪親見殊方君子人

○奉次困勉斎何似韻　東郭

晩從桑域次蓬儔世外仙槎見更新須把峨洋

彈一曲老夫吻作賞音人

○奉呈鏡湖洪公案下　困勉斎

白舫青篷至日東蓬盟不朽及天窮昔時贊子

仁人化文物今將仰德風

○奉和困勉高案韻　鏡湖

文翰如今振海東不開天外地維窮西邦个士逢迎處各把手云問國風

○奉呈龍湖嚴公案下　困勉齋

積水瀰漫天際流國家遠映使星舟寬容勿棄新交士不偶以知良夜遊

○奉次困勉高案韻　龍湖

客裡年光逐水流幾時坐泛浪華舟仙遊幸遇能詩士良夜欣來秉燭遊

○奉呈滄叟南公案下　　因勉齋

朔吹晴窓夜色闌論詩剪燭漏聲殘忽之辭館

轎騎興深惜海東珠盡歡

○奉次因勉齋惠韻　　滄叟

長道驅馳夢已閑燭影迎客更挑殘備名文酒

今宵會作日誰知兩國歡

○奉呈東郭李公詞案兼呈鏡湖洪公龍湖

嚴公滄叟南公三詞伯　　春竹

梯航帶惹星軺抵北牽搖落眉放杯昌極漫

賦荒詩一絶以汚嚴聽

跋涉山川萬里程旋横轄經大垣城今宵幸遇
翰林客清語忽消鄙吝情

○奉次春齋詞仙見贈韻　東郭

歸去東都幾百程大垣使羅山雄堞芳渥客況
休相向小燭畫堂故園情

○奉和春齋惠韻　鏡湖

江關歸去隔千程今夜星軺駐海城偶與新知
在唱和詩箋兩是慰鄉情

○東江春竹示韻　龍湖

海陸間關遠者程征帆一去駐孤城殊方莫道無知己偶感新知款々情

○奉次春竹惠韻　滄叟

涉盡東南海外程今朝已過佐和城殊方萬里無人語張結新知作舊情

○呈菊州公詞案　春竹

文炎萬丈徹長天卓出客村壓浩然款會將忘螻蟻質叨筵終夜接騷仙

○奉次春所問仙韻　芳洲

良宵秉燭素秋天 笑解鄉愁却灑然 羨子揮毫
多奇才 他年應是作詩仙

○贈春所山人　東郭

揭所以爲號君心 吾句如長青霜裏 非獨一
春空

○奉和東郭呂玉韻　春所

逢接鷄林客 新交如舊知 何嫌文士會 歡笑百
相宜

○賦春竹　　東郭

文貴意中得情從雲外知有詩無多酒吟罷醉還宜

○奉呈東郭李公詞案兼呈鏡湖洪公龍湖嚴公泛叟南公三詞伯　春倫

錦帆萬里海路渺然戴星衝霜賢勞萬端天神交相文候清嘉謹獻蕪詞伏冀郢斧

氷玉精神徹底清風流總是翰林英錦囊定有高吟在天借詩豪萬里行

○奉次春倫詞伯見贈韻　東郭

一見知君骨格清翩翩奇氣信豪英奚囊貯得
清篇去堪詫他朝問意行

○奉和春倫惠韻　鏡湖

剪燭華堂夜氣清一場文會盡才英阿誰謂我
能詩客我為奇遊作此行

○奉次春倫雅士示韻　龍湖

鬚髯標格秀眉清聯璧聲名總雋英東帶何妨
使李賀袖中進[illegible]雁門行

○奉次春倫示韻　浪叟

[illegible][illegible]眉秀又神清聯鑣才名一世英精府丈人

仍見枉御来何羨八龍行

○贈春倫少年　東郭

聖訓吾曽受接人春是仁欲修玄内職造次宜

循倫

○奉和李東郭高韻　春倫

孔孟初修襲及人發揮閫仁龍蛇趨紙上仰是杜

陵倫

○奉呈東郭李公詞案兼呈鏡湖洪公龍湖嚴公從叟南呂三河侶 道仙

彩鷁遙浮滄海中烟波萬里指江東今宵邂逅
共一丘壑聊把禿毫寫寸衷

○奉次道仙丹丘韻 東郭

鸞鶴乾坤萬古中扶桑遙在海天東君居卽與
箕邦接須向逢場盡素衷

○奉和道仙惠韻 鏡湖

壯觀渾如夢想中我行今已盡天東陶然一序

新知樂聊有吾足罄素衷

○奉次道仙秀才示韻　龍湖

芝蘭秀出謝庭中
奎璧專精輝海東
勉學慎毋拋歲月
一詩相贈道愚衷

○醉吟道仙秀才韻　良叟

弱冠才格出人中
伯仲孝參文擅東
我喜之見今別之
見君兄弟動心衷

○寄呈華洲公　道仙

曽聽日新德業成
企望高彩我葵傾
幸因韓客

來斯坐不料與君結友盟

○ 集江道仙少年是聯韻 蓬洲

一見雲客手早識少年意氣向人傾深恨明朝

分袂後何時重共結騷盟

○ 贈道仙少年 東郭

爲問少年子如何歸道仙去君驕其態可嘗

先途

○ 奉和東郭詞伯高韻 道仙

今夜斜窓下飲看翰墨仙愛君垂教事從此嘗

真詮

○奉呈東郭公　道仙

示吾瑤玉句々唱来奇不識明朝別只弾今夜娯

○次道仙　東郭

談謔々皆爽髭詩々亦奇何論一韻落把酒且相娯

道仙奇與娯誤作一韻用故戯之

倉卒々間誤書嬉字為娯字故及此戯

○留贈春竹三昆季詞案　鏡湖

三芽新茁紫蘭叢　頭角頎然氣宇崇
恨我難爲成就日　稚襟空憶海天東

○奉賀當壯菴　東郭

君家盈庭玉　詩鏗擲地金
門蘭仰日慶　應渡峯詞林

○偶得一絶錄奉當壯菴高案　錢游

主人文雅是醇儒　三子才華動海隅　父在不須

吟漫興爲君高唱鳳將雛

○奉賀當壯庵詞席　龍湖

二雛更添一丁學總是傳有子能如此知是百
歲憂

○用學士韻同賀當壯菴主人　芳洲

人生貴有子何必重千金棣蕚交輝處藝林翰
墨林

○奉呈李學士玉座下　道順

遥隨聘使自朝鮮渺々風波路幾千揮筆何憂
言語異一時結好海東天

○奉次道帳畫敍　　　東郭

圓嶠烟霞限我鮮渾如弱水杳三千相逢頓覺
襟期合自是東南共一天

啓　　　　　　　　隨月

所奉鄙詩不敢求覆報聊奉謝鳳覩之辱而
已然各賜筆和可謂千載之奇幸可以誇鄉
人矣已閑欲辭去只願與馬平安竟東歸々

盛禮西歸之速

同州　今須

○奉呈東郭李公之梧右　叔山

恭揖盛禮仙槎凌海星軺衝雲天涯萬里免鞭文旆抵斯吾國之慶幸也　不佞豫承官命來此驛監信使之庖廚故多事鞅掌恨不得接光範耳爰裁俚語一章以代面話聊備胡盧哂祈斤和

吾為使君監割烹奈憑輶目擊通情多端驅縱

呈河棠惟俾韓荊識姓名

○謹次叔山辻公之恵韻以申區區

東郭

能教遠客厭南烹對策區區謝寸情況忝投篇

參憂玉木底還復媿虛名

參州　吉田

奉東郭李公館下書

撝謙

自嘗聞高名欲展望塵之拜久矣茲審萬里

江山夏葛既經冬裘文駕戢轂乃今蒞于斯

曷任雀喜啓者本邑是數野大学源成央者之之采地而　僕即其家臣也今番奉迓諸公之到欽備警蹕之一職　僕自少稍好文学然才太拙而未及於蛾子時術之伏冀竊比儀封人之請見而一獲高明之肯顧則　僕栄幸豈換萬戸之封哉只怕[illegible]妨蹔燕息於驛館雖然期高誨止今夕耳業惟亮察臨楮無任瞻仰之至不既

○恭瞻諸公行儀率賦俚言

仝

華騶今發吉田郷萬里嚴程不亂行歌鳥邊鳴接鐘鼓瑞雲發路護賢良堂圭節揭鄭泉濟濟衣冠佩德香國賓從來在隣好更瞻文飾粲扶桑

○奉江携謙詞何惠韻　李東郭

乾坤精英聚一郷眼中仙侶自成行藍田美玉元稱寶冀野霜蹄獨擅良筆掃千軍方覺妙詩成一字輒生香逢場莫恡深更盡晴月移昇滿

上桑

○幸和攜謙惠歆　　鏡湖

沿途随處水之郷爽路長杉翠成行地重耕桑
家盡裕人游道藝士皆良攀來雅範心還放詠
得佳篇類卿番古寺新知連榻地齊風蕭瑟動
枯桑

○幸次攜謙詞係聯韻　　龍湖

一柱奎輝耀海郷踵門多士儼成行方知地理
多奇勝鍾出人林總俊良股映氷壺襟抱爽薫

如蘭室笑後香爵懷倍感年光暮蕭瑟玄冬已
霣桑

○奉次携謙詞伯惠韻　泛叟

知爾名聲擅茲鄉羨其凡人作一行文藝自能
兼翰筆妙地靈方信産才良璞中寶玉移稱美谷
裏幽蘭不掩香嗟我白頭成底事四方惟擬射
蓬桑

遠州　濵城

○增樂村茶屋　靖菴

板屋蕭然倚碧灣蘭舟深繫敗荷間金爐一穗
茶烟起遠音停驂暫解顔

○奉寄朝鮮國李學士次濱松城市

正數

萬里来遊東海東行裝仰望太平風慰勞遠客
聊相問鳴雁催晴驛舍中

○奉次尾見氏詞伯韻

東郭

客行猶自滯天東時序居然又北風明月彩旌
官路廻富山蒼翠入望中

駿州　富士

○題富士山　平泉

若不見富士之山何穹崇乃在九州之外東海
東東海浩不見際扶桑月生其中幽[illegible]建
國幾千年厥初邈矣開鴻濛鄒生騈說果不虛
竪亥健步曾莫窮圖名山但積水[illegible]
愁天公一朝地坼波翻神嶽湧屹然萬丈[illegible]蒼
穹此事云在孝靈時非如誕說欺愚蒙幡根迴
壓大陸平遠勢橫帶滄波洪一朶高亭玉芙蓉

常時雪霰長蒙籠爽氣晨凝沆瀣精寒光徹微
鮫龍宮毎年春夏苦熱時赤雲燒之恒燒窒炎
方草木焦歇盡稽是山頭雪積融上乃塗瀾澆
天地僊開窟遂穴生寒風餘波沆瀣散幾派川澤
榮紆鴻奔瀑復道年前今夏末山中十日天火
烘烟沙蔽天晝晦冥忽有一峯騰穹窿似盈燼
爲靈怪迹幻弄豈非造牢工我昔聞之猶一見
乙日星槎路始通新晴疑東看山色晩風一掃
雲曀靆悦然身遊羣玉岑瓊瑤贔目老均瀧灝

神老師伴我行爲言此是眞瀛蓬往白月閑
筆簫砂侶翩而駕輕鳴遊戲雲中人不識骨骨
髓綠仍紺幢挂旗芝蓋條杉從琪樹瑤草間蒨
葱惜乎儔任寰溟外古來是者惟秦童求然詞
客歩品題貴飾獨專金羨蒔 金華宋濂之號 若合置之
中國土何邊不忘岱與嵩我道此山固穗偉丞
邦亦有金剛雄金剛一萬二千峯箇之削出多
骨楓安得與夫一登陟毗盧頂細論乙山形勝同
不同 金剛有一萬二千峯又多楓樹故亦名楓岳毗盧即其最高峯名

同州　淸見寺

○謹裁一絶請攀高詩章　芝岸

貴國諸賢毎来遊皆有佳作山野謹賦蕪
詞一章奉呈左右伏冀效先賢而垂惜擲地
聲

使星渡海一容瞻旌旆悠揚紫電飜禅榻拂塵
西望久幸留彩筆照山門

○題淸見寺謝芝岸老師　平泉

淸曉山門得暫過樓頭拂塵白雲多峯連四嶽

千秋雪日湧滄溟 萬里波落對坤幌 帶烟嵐慢談
傍年老尚吟哦慾 却別諸天去生事開心西
壯歌

豆州　三島　正藏

○寄呈東郭李學士

百篇供奉昔曾聞 七步東阿今是君 韓國騷人李東郭 教為高壓富山雲

○奉復正藏詞伯案下　東郭

世之人維翰墨間 托心契最深者 乃一云先

暁雞矣況僕之於足下以生世則與那也以
交誼則非舊而獲此先施之盛眷其感宜如
何哉 [illegible] 撥悵歩呈以申區區銘鏤之忱
勝槩方欣愜素聞深情況復荷吾君何當共済
滄溟去手攬扶桑弄彩雲

○寄呈雞林國書学士案下

平介

漢城風雨幾時過一旦入東溟只浩波月磨篇開
行不為黄花秋老是霜多

〇敬復季介詞伯案下　東郭

小與君尚富並過粉壁滄溟棠里波夜半[illegible][illegible]

[illegible]嵩握一篇美嘗十朋匆

雞林唱和集卷之十一

조선후기 통신사 필담창화집 번역총서를 간행하면서

20세기 초까지 한자(漢字)는 동아시아 사회의 공동문자였다. 국경의 벽이 높아서 사신 외에는 국제적인 교류가 불가능했지만, 문자를 통한 교류는 활발했다. 중국에서 간행된 한문 전적이 이천년 동안 계속 한국과 일본을 비롯한 주변 나라에 전파되었으며, 사신의 수행원들은 상대방 나라의 말을 못해도 상대방 문인들에게 한시(漢詩)를 창화(唱和)하여 감정을 전달하거나 필담(筆談)을 하며 의사를 소통했다.

동아시아 삼국이 얽혀 싸웠던 임진왜란이 7년 만에 끝난 뒤, 조선에 군대를 파견하였던 중국과 일본은 각기 왕조와 정권이 바뀌었다. 중국에는 이민족인 청나라가 건국되고 일본에는 도쿠가와 막부가 세워졌다. 조선과 일본은 강화회담이 결실을 맺어 포로도 쇄환하고 장군이 계승할 때마다 통신사를 파견하여 외교를 회복했지만, 청나라와에도 막부는 끝내 외교를 회복하지 못하고 단절상태가 계속되었다. 일본은 조선을 통해서 대륙문화를 받아들일 수밖에 없었고, 그 방법 중 하나가 바로 통신사를 초청할 때 시인, 화가, 의원 등의 각 분야 전문가를 초청하는 것이었다.

오백 명 규모의 문화사절단 통신사

연암 박지원은 천재시인 이언진(李彦瑱, 1740~1766)이 11차 통신사 수행원으로 일본에 다녀온 지 2년 만에 세상을 뜨자, 이를 애석히 여겨 「우상전」을 지었다. 그 첫머리에 일본이 조선에 다양한 전문가들로 구성된 문화사절단을 파견해 달라고 요청한 사연이 실려 있다.

> 일본의 관백(關白)이 새로 정권을 잡자, 그는 저축을 늘리고 건물을 수리했으며, 선박을 손질하고 속국의 각 섬들에서 기재(奇才)·검객(劍客)·궤기(詭技)·음교(淫巧)·서화(書畫)·여러 분야의 인물들을 샅샅이 긁어내어, 서울로 모아들여 훈련시키고 계획을 갖추었다. 그런 지 몇 달 뒤에야 우리나라에 사신을 파견해 달라고 요청하였는데, 마치 상국(上國)의 조명(詔命)을 기다리는 것처럼 공손하였다.
>
> 그러자 우리 조정에서는 문신 가운데 3품 이하를 골라 뽑아서 삼사(三使)를 갖추어 보냈다. 이들을 수행하는 사람들도 모두 말 잘하고 많이 아는 자들이었다. 천문·지리·산수·점술·의술·관상·무력으로부터 통소 잘 부는 사람, 술 잘 마시는 사람, 장기나 바둑 잘 두는 사람, 말을 잘 타거나 활을 잘 쏘는 사람에 이르기까지, 한 가지 기술로 나라 안에서 이름난 사람들은 모두 함께 따라가게 되었다. 그런데 이들 가운데서도 문장과 서화를 가장 중요하게 여기지 않을 수가 없었다. 왜냐하면 그들은 조선 사람의 작품 가운데 한 글자만 얻어도 양식을 싸지 않고 천리 길을 갈 수 있기 때문이었다.

도쿠가와 이에하루(德川家治)가 쇼군을 계승하자 일본 각 분야의 대표적인 인물들을 에도로 불러들여 조선 사절단 맞을 준비를 시킨 뒤, "마치 상국의 조서를 기다리는 것처럼 공손하게" 조선에 통신사를 요청하였다. 중국과 공식적인 외교가 단절되었으므로, 대륙문화를 받아들이기 위해 조선을 상국같이 모신 것이다. 사무라이 국가 일본에는 과거제도가 없기 때문에 한문학을 직업삼아 평생 파고든 지식인들이 적어서, 일본인들은 조선 문인의 문장과 서화를 보물같이 여겼다.

조선에서도 국위를 선양하기 위해 여러 분야의 문화 전문가들을 선발하여 파견했는데, 『계림창화집(鷄林唱和集)』이 출판된 8차 통신사(1711년) 때에는 500명을 파견했다. 당시 쓰시마에서 에도까지 왕복하는 동안 일본인들이 숙소마다 찾아와 필담을 나누거나 한시를 주고받았는데, 필담집이나 창화집은 곧바로 출판되어 널리 읽혔다. 필담 창화에 참여한 일본 지식인은 대륙의 새로운 지식을 얻었을 뿐만 아니라, 일본 사회에서 전문가로서의 위상도 획득하였다.

8차 통신사 때에 출판된 필담 창화집은 현재 9종이 확인되었으며, 필담 창화에 참여한 일본 문인은 250여 명이나 된다. 이는 7차까지 출판된 필담 창화집을 모두 합한 것보다 훨씬 많은 수인데, 통신사 파견이 100년 가까이 되자 일본에서도 한문학 지식인 계층이 두터워졌음을 알 수 있다. 8차 통신사에 참여한 일행 가운데 2명은 기행문을 남겼는데, 부사 임수간(任守幹)이 기록한 『동사록(東槎錄)』이나 역관 김현문(金顯門)이 기록한 또 하나의 『동사록』이 조선에 돌아와 남에게 보여주기 위해 일방적으로 쓴 글이라면, 필담 창화집은 일본에서 조선과 일본의 지식인들이 마주앉아 함께 기록한 글이다. 그러기에 타인의 눈을 통해 자신의 모습을 객관적으로 볼 수 있다.

16권 16책의 방대한 분량으로 다양한 주제를 정리한 『계림창화집』

에도막부 초기의 일본 지식인은 주로 승려였기에, 당연히 승려들이 통신사를 접대하고, 필담에 참여하였다. 그 다음으로 유자(儒者)들이 있었는데, 로널드 토비는 이들을 조선의 유학자와 비교해 "일본의 유학자는 국가에 이용가치를 인정받은 일종의 전문 지식인에 지나지 않았다"고 규정하였다. 그 가운데 상당수는 의원이었으므로 흔히 유의(儒醫)라고 하는데, 한문으로 된 의서를 읽다보니 유학에도 관심을 가지게 된 것이다. 이노 작스이(稻生若水)가 물고기 한 마리를 가지고 제술관 이현과 서기 홍순연 일행을 찾아가서 필담을 나눈 기록이 『계림창화집』 권5에 실려 있다.

> 이 현 : 이 물고기는 우리나라의 송어입니다. 조령의 동남 지방에 많이 있어, 아주 귀하지는 않습니다.
>
> 홍순연 : 이 물고기는 우리나라의 농어와 매우 닮았습니다. 귀국에도 농어가 있는지 모르겠지만, 이것과 같지 않습니까? 농어가 아니라면 내가 아는 물고기가 아닙니다.
>
> 남성중 : 이 물고기는 우리나라 송어입니다. 연어와 성질이 같으나 몸집이 작으며, 우리나라 동해에서 납니다. 7~8월 사이에 바다에서 떼를 지어 강으로 올라가는데, 몸이 바위에 갈려 비늘이 다 떨어져 나가 죽기까지 하니 그 성질을 모르겠습니다.

그는 일본산 물고기의 습성을 자세히 설명하고 조선에도 있는지 물었지만, 조선 문인들은 이 방면의 전문가들이 아니어서 이름 정도나

추정했을 뿐이다. 홍순연은 농어라고 엉뚱하게 대답하기까지 하였다. 조선 문인이라면 모든 것을 알 수 있을 것이라고 기대했기에 생긴 결과인데, 아직 의학필담으로 분화되기 이전의 형태다. 이 필담 말미에 이노 작스이는 이런 기록을 덧붙여 마무리했다.

> 『동의보감』을 살펴보니 "송어는 성질이 태평하고 맛이 달며 독이 없다. 맛이 진기하고 살지다. 색은 붉으면서 선명하다. 소나무 마디 같아서 이름이 송어이다. 동북쪽 바다에서 난다"고 하였다. 지금 남성중의 대답에 『동의보감』의 설명을 참고하니, '鮏'은 송어와 같은 것이다. 그러나 '송어'라는 이름은 조선의 방언이지, 중화에서 부르는 이름이 아니다. 『팔민통지(八閩通志)』(줄임) 『해징현지(海澄縣志)』 등의 책에 모두 송어가 실려 있으나, 모습이 이것과 매우 다르다. 다른 종류인데, 이름이 같을 뿐이다.

기록에서 보듯, 이노 작스이는 다수의 의견에 따라 이 물고기를 '송어'라고 추정한 후, 비교적 자세한 남성중의 대답과 『동의보감』의 기록을 비교하여 '송어'로 결론 내렸다. 그런 뒤에 조선의 '송어'가 중국의 송어와 같은 것인지 확인하기 위해 중국의 여러 지방지를 조사한 후, '송어'는 정확한 명칭이 아니라 그저 조선의 방언인 것으로 결론지었다. 양의(良醫) 기두문(奇斗文)에게는 약초를 가지고 가서 필담을 시도하였다.

> 稻生若水 : 이 나뭇잎은 세 개의 뾰족한 끝이 있고 겨울에 시들지 않으며, 봄에 가느다란 꽃이 핍니다. 열매의 크기는 대두만하고, 모여서 둥글게 공처럼 되며, 생길 때는 파랗고, 익으면 자흑색이 됩니다. 나무

에 진액이 있어 엉기면 향이 나고, 색이 붉습니다. 이름은 선인장 나무입니다. (줄임)

기두문 : 이것이 진짜 백부자(白附子)입니다.

제술관이나 서기들이 경험에 의존해 대답한 것과 달리, 기두문은 의원이었으므로 자신의 지식을 바탕으로 확실하게 대답하였다. 구지현박사의 연구에 의하면 이노 작스이는 『서물류찬(庶物類纂)』이라는 박물지를 편찬하기 위해 방대한 자료를 수집·고증하고 있었는데, 문화 선진국 조선의 문인에게 서문을 부탁하여, 제술관 이현이 써 주었다. 1,054권이나 되는 일본 최대의 백과사전에 조선 문인이 서문을 써 주어 권위를 얻게 된 것이다.

출판사 주인이 상업적인 출판을 위해 직접 필담에 참여하다

초기의 필담 창화집은 일본의 시인, 유학자, 의원 등 전문 지식인이 번주(藩主)의 명령이나 자신의 정보욕, 명예욕에 따라 필담에 나선 결과물이지만, 『계림창화집』 16권 16책은 출판사 주인이 직접 전국 각 지역에서 발생한 필담 창화 원고들을 수집하여 출판한 것이다. 따라서 필담 창화 인원도 수십 명에 이르며, 많은 자본을 들여서 출판하였다. 막부(幕府)의 어용 서적을 공급하던 게이분칸(奎文館) 주인 세오겐베이(瀨尾源兵衛, 1691~1728)가 21세 청년의 몸으로 교토지역 필담에 참여해 『계림창화집』 권6을 편집하고, 다른 지역의 필담 창화 원고까지 모두 수집해 16권 16책을 출판했을 뿐 아니라, 여기에 빠진 원고들까지 수집해 『칠가창화집(七家唱和集)』 10권 10책을 출판하였다.

『칠가창화집』은 『계림창화속집』이라고도 불렸는데, 7차 사행 때의 최대 필담 창화집인 『화한창수집(和韓唱酬集)』 4권 7책의 갑절 규모에 해당한다. 규모가 이러하니 자본 또한 막대하게 소요되어, 고쇼모노도코로(御書物所)인 이즈모지 이즈미노조(出雲寺 和泉掾) 쇼하쿠도(松栢堂)와 공동 투자하여 출판하였다. 게이분칸(奎文館)에서는 9차 사행 때에도 『상한창화훈지집(桑韓唱和塤篪集)』 11권 11책을 출판하여, 세오겐베이(瀨尾源兵衛)는 29세에 이미 대표적인 출판업자로 자리매김하게 되었다. 그러나 안타깝게도 38세에 세상을 떠나, 더 이상의 거질 필담 창화집은 간행되지 못했다.

필담창화집 178책을 수집하여 원문을 입력하고 번역한 결과물

나는 조선시대 한문학 연구가 조선 국경 안의 한문학만이 아니라 국경 너머를 오가며 외국인들과 주고받은 한자 기록물까지 연구해야 한다는 생각으로, 첫 번째 박사논문을 지도하면서 '통신사 필담창화집'을 과제로 주었다. 구지현 선생은 1763년에 파견된 11차 통신사 구성원들이 기록한 사행록 9종과 필담창화집 30종을 수집하여 분석했는데, 박사학위를 받은 뒤에도 필담창화집을 계속 수집하여 2008년 한국학술진흥재단의 토대연구에 『조선후기 통신사 필담창수집의 수집, 번역 및 데이터베이스 구축』이라는 과제를 신청하였다. 이 과제를 진행하면서 우리 팀에서 수집한 필담창화집 178책의 목록과, 우리가 예상한 작업진도 및 번역 분량은 다음과 같다.

1) 1차년도(2008. 7.~2009. 6.) : 1607년(1차 사행)에서 1711년(8차 사행)까지

연번	필담창화집 책 제목	면 수	1면 당 행수	1행 당 글자 수	예상되는 원문 글자 수
001	朝鮮筆談集	44	8	15	5,280
002	朝鮮三官使酬和	24	23	9	4,968
003	和韓唱酬集首	74	10	14	10,360
004	和韓唱酬集一	152	10	14	21,280
005	和韓唱酬集二	130	10	14	18,200
006	和韓唱酬集三	90	10	14	12,600
007	和韓唱酬集四	53	10	14	7,420
008	和韓唱酬集(결본)				
009	韓使手口錄	94	10	21	19,740
010	朝鮮人筆談幷贈答詩(國圖本)	24	10	19	4,560
011	朝鮮人筆談幷贈答詩(東京都立本)	78	10	18	14,040
012	任處士筆語	55	10	19	10,450
013	水戶公朝鮮人贈答集	65	9	20	11,700
014	西山遺事附朝鮮使書簡	48	9	16	6,912
015	木下順菴稿	59	7	10	4,130
016	鷄林唱和集1	96	9	18	15,552
017	鷄林唱和集2	102	9	18	16,524
018	鷄林唱和集3	128	9	18	20,736
019	鷄林唱和集4	122	9	18	19,764
020	鷄林唱和集5	110	9	18	17,820
021	鷄林唱和集6	115	9	18	18,630
022	鷄林唱和集7	104	9	18	16,848
023	鷄林唱和集8	129	9	18	20,898
024	觀樂筆談	49	9	16	7,056
025	廣陵問槎錄上	72	7	20	10,080
026	廣陵問槎錄下	64	7	19	8,512
027	問槎二種上	84	7	19	11,172

028	問槎二種中	50	7	19	6,650
029	問槎二種下	73	7	19	9,709
030	尾陽倡和錄	50	8	14	5,600
031	槎客通筒集	140	10	17	23,800
032	桑韓醫談	88	9	18	14,256
033	辛卯唱酬詩	26	7	11	2,002
034	辛卯韓客贈答	118	8	16	15,104
035	辛卯和韓唱酬	70	10	20	14,000
036	兩東唱和錄上	56	10	20	11,200
037	兩東唱和錄下	60	10	20	12,000
038	兩東唱和後錄	42	10	20	8,400
039	正德韓槎諭禮	16	10	18	2,880
040	朝鮮客館詩文稿(내용 중복)	0	0	0	0
041	坐間筆語附江關筆談	44	10	20	8,800
042	七家唱和集－班荊集	74	9	18	11,988
043	七家唱和集－正德和韓集	89	9	18	14,418
044	七家唱和集－支機閒談	74	9	18	11,988
045	七家唱和集－朝鮮客館詩文稿	48	9	18	7,776
046	七家唱和集－桑韓唱酬集	20	9	18	3,240
047	七家唱和集－桑韓唱和集	54	9	18	8,748
048	七家唱和集－賓館縞紵集	83	9	18	13,446
049	韓客贈答別集	222	9	19	37,962
예상 총 글자수					589,839
1차년도 예상 번역 매수 (200자원고지)					약 8,900매

2) 2차년도(2009. 7.~2010. 6.) : 1719년(9차 사행)에서 1748년(10차 사행)까지

연번	필담창화집 책 제목	면수	1면 당 행수	1행 당 글자 수	예상되는 원문 글자 수
050	客館璀璨集	50	9	18	8,100
051	蓬島遺珠	54	9	18	8,748
052	三林韓客唱和集	140	9	19	23,940
053	桑韓星槎餘響	47	9	18	7,614

054	桑韓星槎答響	106	9	18	17,172
055	桑韓唱酬集1권	43	9	20	7,740
056	桑韓唱酬集2권	38	9	20	6,840
057	桑韓唱酬集3권	46	9	20	8,280
058	桑韓唱和塤篪集1권	42	10	20	8,400
059	桑韓唱和塤篪集2권	62	10	20	12,400
060	桑韓唱和塤篪集3권	49	10	20	9,800
061	桑韓唱和塤篪集4권	42	10	20	8,400
062	桑韓唱和塤篪集5권	52	10	20	10,400
063	桑韓唱和塤篪集6권	83	10	20	16,600
064	桑韓唱和塤篪集7권	66	10	20	13,200
065	桑韓唱和塤篪集8권	52	10	20	10,400
066	桑韓唱和塤篪集9권	63	10	20	12,600
067	桑韓唱和塤篪集10권	56	10	20	11,200
068	桑韓唱和塤篪集11권	35	10	20	7,000
069	信陽山人韓館倡和稿	40	9	19	6,840
070	兩關唱和集1권	44	9	20	7,920
071	兩關唱和集2권	56	9	20	10,080
072	朝鮮人對詩集1권	160	8	19	24,320
073	朝鮮人對詩集2권	186	8	19	28,272
074	韓客唱和/浪華唱和合章	86	6	12	6,192
075	和韓唱和	100	9	20	18,000
076	來庭集	77	10	20	15,400
077	對麗筆語	34	10	20	6,800
078	鳴海驛唱和	96	7	18	12,096
079	蓬左賓館集	14	10	18	2,520
080	蓬左賓館唱和	10	10	18	1,800
081	桑韓醫問答	84	9	17	12,852
082	桑韓鏘鏗錄1권	40	10	20	8,000
083	桑韓鏘鏗錄2권	43	10	20	8,600
084	桑韓鏘鏗錄3권	36	10	20	7,200
085	桑韓萍梗錄	30	8	17	4,080
086	善隣風雅1권	80	10	20	16,000
087	善隣風雅2권	74	10	20	14,800
088	善隣風雅後篇1권	80	9	20	14,400

089	善隣風雅後篇2권	74	9	20	13,320
090	星軺餘轟	42	9	16	6,048
091	兩東筆語1권	70	9	20	12,600
092	兩東筆語2권	51	9	20	9,180
093	兩東筆語3권	49	9	20	8,820
094	延享五年韓人唱和集1권	10	10	18	1,800
095	延享五年韓人唱和集2권	10	10	18	1,800
096	延享五年韓人唱和集3권	22	10	18	3,960
097	延享韓使唱和	46	8	14	5,152
098	牛窓錄	22	10	21	4,620
099	林家韓館贈答1권	38	10	20	7,600
100	林家韓館贈答2권	32	10	20	6,400
101	長門戊辰問槎상권	50	10	20	10,000
102	長門戊辰問槎중권	51	10	20	10,200
103	長門戊辰問槎하권	20	10	20	4,000
104	丁卯酬和集	50	20	30	30,000
105	朝鮮筆談(元丈)	127	10	18	22,860
106	朝鮮筆談1권(河村春恒)	44	12	20	10,560
107	朝鮮筆談1권(河村春恒)	49	12	20	11,760
108	韓客對話贈答	44	10	16	7,040
109	韓客筆譚	91	8	18	13,104
110	韓人唱和詩	16	14	21	4,704
111	韓人唱和詩集1권	14	7	18	1,764
112	韓人唱和詩集1권	12	7	18	1,512
113	和韓文會	86	9	20	15,480
114	和韓唱和錄1권	68	9	20	12,240
115	和韓唱和錄2권	52	9	20	9,360
116	和韓唱和附錄	80	9	20	14,400
117	和韓筆談薰風編1권	78	9	20	14,040
118	和韓筆談薰風編2권	52	9	20	9,360
119	鴻臚傾蓋集	28	9	20	5,040
예상 총 글자수					723,730
2차년도 예상 번역 매수 (200자원고지)					약 10,850매

3) 3차년도(2010. 7.~ 2011. 6.) : 1763년(11차 사행)에서 1811년(12차 사행)까지

연번	필담창화집 책 제목	면수	1면당 행수	1행당 글자수	예상되는 원문 글자수
120	歌芝照乘	26	10	20	5,200
121	甲申槎客萍水集	210	9	18	34,020
122	甲申接槎錄	56	9	14	7,056
123	甲申韓人唱和歸國1권	72	8	20	11,520
124	甲申韓人唱和歸國2권	47	8	20	7,520
125	客館唱和	58	10	18	10,440
126	鷄壇嚶鳴 간본 부분	62	10	20	12,400
127	鷄壇嚶鳴 필사부분	82	8	16	10,496
128	奇事風聞	12	10	18	2,160
129	南宮先生講餘獨覽	50	9	20	9,000
130	東渡筆談	80	10	20	16,000
131	東槎餘談	104	10	21	21,840
132	東游篇	102	10	20	20,400
133	問槎餘響1권	60	9	20	10,800
134	問槎餘響2권	46	9	20	8,280
135	問佩集	54	9	20	9,720
136	賓館唱和集	42	7	13	3,822
137	三世唱和	23	15	17	5,865
138	桑韓筆語	78	11	22	18,876
139	松菴筆語	50	11	24	13,200
140	殊服同調集	62	10	20	12,400
141	怏怏餘響	136	8	22	23,936
142	兩東鬪語乾	59	10	20	11,800
143	兩東鬪語坤	121	10	20	24,200
144	兩好餘話상권	62	9	22	12,276
145	兩好餘話하권	50	9	22	9,900
146	倭韓醫談(刊本)	96	9	16	13,824
147	倭韓醫談(寫本)	63	12	20	15,120
148	栗齋探勝草1권	48	9	17	7,344
149	栗齋探勝草2권	50	9	17	7,650
150	長門癸甲問槎1권	66	11	22	15,972

151	長門癸甲問槎2권	62	11	22	15,004
152	長門癸甲問槎3권	80	11	22	19,360
153	長門癸甲問槎4권	54	11	22	13,068
154	萍遇錄	68	12	17	13,872
155	品川一燈	41	10	20	8,200
156	表海英華	54	10	20	10,800
157	河梁雅契	38	10	20	7,600
158	和韓醫談	60	10	20	12,000
159	韓客人相筆話	80	10	20	16,000
160	韓館應酬錄	45	10	20	9,000
161	韓館唱和1권	92	8	14	10,304
162	韓館唱和2권	78	8	14	8,736
163	韓館唱和3권	67	8	14	7,504
164	韓館唱和續集1권	180	8	14	20,160
165	韓館唱和續集2권	182	8	14	20,384
166	韓館唱和續集3권	110	8	14	12,320
167	韓館唱和別集	56	8	14	6,272
168	鴻臚摭華	112	10	12	13,440
169	鷄林情盟	63	10	20	12,600
170	對禮餘藻	90	10	20	18,000
171	對禮餘藻(明遠館叢書 57)	123	10	20	24,600
172	對禮餘藻(明遠館叢書 58)	132	10	20	26,400
173	三劉先生詩文	58	10	20	11,600
174	辛未和韓唱酬錄	80	13	19	19,760
175	接鮮瘖語(寫本)1	102	10	20	20,400
176	接鮮瘖語(寫本)2	110	11	21	25,410
177	精里筆談	17	10	20	3,400
178	中興五侯詠	42	9	20	7,560
예상 총 글자수					786,791
3차년도 예상 번역 매수 (200자원고지)					약 11,800매

1차년도에는 하우봉(전북대) 교수와 유경미(일본 나가사키국립대학) 교수를 공동연구원으로 하여 고운기, 구지현, 김형태, 허은주, 김용흠 박

사가 전임연구원으로 번역에 참여하였다. 3년 동안 기태완, 이지양, 진영미, 김유경, 김정신, 강지희 박사가 연구원으로 교체되어, 결국 35,000매나 되는 번역원고를 마무리하였다.

일본식 한문이 중국식 한문과 달라서 특히 인명이나 지명 번역이 힘들었는데, 번역문에서는 독자들이 읽기 쉽도록 한국식 한자음으로 표기하고, 첫 번째 각주에서만 일본식 한자음을 표기하였다. 원문을 표점 입력하는 방법은 고전번역원에서 채택한 방법을 권장했지만, 번역자마다 한문을 교육받고 번역해온 과정이 다르기 때문에 재량을 인정하였다. 원본 상태를 확인하려는 연구자를 위해 영인본을 뒤에 편집하였는데, 모두 국내외 소장처의 사용 승인을 받았다.

원문과 번역문을 합하여 200자원고지 5만 매 분량의『조선후기 통신사 필담창화집 번역총서』를 12,000면의 이미지와 함께 편집하고 4차에 나누어 10책씩 출판하는 과정이 복잡하고 힘들었기에, 연세대학교 정갑영 총장에게 편집비 지원을 신청하였다.『조선후기 통신사 필담창수집 번역본 30권 편집』 정책연구비(2012-1-0332)를 지원해주신 정갑영 총장에게 감사드린다.

『조선후기 통신사 필담창화집 번역총서』를 편집하는 과정에 문화재청으로부터『통신사기록 조사 및 번역, 데이터베이스 구축』 연구용역을 발주받게 되어, 필담창화집을 비롯한 통신사 관련 기록을 세계기록유산으로 등재하는 작업에 참여하게 된 것도 기쁜 일이다. 통신사 관련 기록들이 모두 데이터베이스로 구축되어 국내외 학자들이 한일문화교류, 나아가서는 동아시아문화교류 연구에 손쉽게 참여하게 된다면『통신사 필담창화집 번역총서』의 사명을 다하는 것이라고 생각한다.

조선후기 통신사가 동아시아 문화교류 연구에 중요한 이유는 임진왜란 이후에 중국(청나라)과 일본의 단절된 외교를 통신사가 간접적으로 이어주었기 때문이다. 통신사 필담창화집 번역총서 60권 출판이 마무리되면 조선후기에 한국(조선)과 중국(청나라) 지식인들이 주고받은 척독집 40여 권도 데이터베이스로 구축하여, 일본에서 조선을 거쳐 청나라로 이어지는 '동아시아 문화교류의 길' 데이터베이스를 국내외 학자들에게 제공하고자 한다.

▒ 구지현(具智賢)

1970년 천안 눈돌 출생.

연세대학교 국어국문학과를 졸업한 후 동대학원에서 석박사를 취득하였고, 한국고전번역원에서 한문을 공부하였으며, 일본 게이오대학 방문연구원(일한문화교류기금 펠로우십)을 거쳐 연세대학교 국학연구원 학술연구교수를 역임하였다.

현재 선문대학교 인문과학연구소 조교수.

저서로는『1763년 계미통신사 사행문학연구』(보고사),『통신사 필담창화집의 세계』등이 있다.

▒ 임채명(林采明)

1968년 경남 밀양 출생.

서울교육대학교를 졸업한 후 단국대학교 대학원에서 석·박사 학위를 취득하였고 한국고전번역원에서 한문을 수학하였다. 지금은 조선과 일본의 詩文 교류에 관심을 가지고 조선후기 조선통신사의 筆談唱酬集을 읽는 작업에 빠져 산다.

주요논문으로는「朝日 兩國의 漸移地帶 對馬島 硏究」,「朝鮮의 對日 教化 樣相과 그 基底」,「朝日 文士의 筆談唱酬에 나타난 富士山 인식 양상」등이 있다.

조선후기 통신사 필담창화집 번역총서 11

雞林唱和集

2014년 8월 28일 초판 1쇄 펴냄

역 자 구지현·임채명
발행인 김흥국
발행처 도서출판 보고사

등록 1990년 12월 13일 제6-0429호
주소 서울특별시 성북구 보문동7가 11번지 2층
전화 922-5120~1(편집), 922-2246(영업)
팩스 922-6990
메일 kanapub3@naver.com
http://www.bogosabooks.co.kr

ISBN 979-11-5516-286-6 94810
979-11-5516-055-8 (세트)

정가 37,000원

이 도서의 국립중앙도서관 출판예정도서목록(CIP)은 서지정보유통지원시스템 홈페이지(http://seoji.nl.go.kr)와 국가자료공동목록시스템(http://www.nl.go.kr/kolisnet)에서 이용하실 수 있습니다. (CIP제어번호 : CIP2014024645)